회명晦明의 군상

"역사는 산맥을 기록하고
나의 문학은 골짜기를 기록한다."

지리산 5
이병주

한길사

이병주전집 편집위원

권영민 문학평론가 · 서울대 교수
김상훈 시인 · 민족시가연구소 이사장
김윤식 문학평론가 · 서울대 명예교수
김인환 문학평론가 · 고려대 교수
김종회 문학평론가 · 경희대 교수
이광훈 경향신문 논설위원
이문열 소설가
임헌영 문학평론가 · 중앙대 교수

1권 잃어버린 계절
병풍 속의 길
하영근 | 73
1939년 | 105
허망한 진실 | 201

2권 기로에서
젊은 지사의 출발
회색의 군상
기로에서
하나의 길
바람과 구름과

3권 작은 공화국
패관산
화원의 사상
선풍의 계절
기로

4권 서림西林의 벽
빙점하의 쌍곡선
먼짓빛 무지개
원색의 봄
폭풍 전야

지리산 5권 회명晦明의 군상
운명의 첫걸음 | 7
피는 피로 | 67
비극 속의 만화 | 197
어느 전야 | 295

6권 분노의 계절
허망한 정열

7권 추풍, 산하에 불다
가을바람, 산하에 불다
에필로그

작가후기
지리산의 사상과 「지리산」의 사상 · 김윤식
작가연보

운명의 첫걸음

매일매일이 찌는 듯한 더위의 연속이었다. 무슨 일이 나고야 말 것 같은 예감이 그 무더운 공기 속에 서려 있었다.

그러한 가운데도 명륜동 하영근 씨의 집엔 경사가 겹쳤다. 김숙자가 무난히 의과대학 입학시험에 합격했다. 박태영도 십팔 대 일이란 경쟁을 뚫고 경성대학 예과 입학시험에 합격했다.

박태영이 새삼스럽게 예과부터 학교를 시작하게 된 것은 하영근의 강권 때문이었다.

"시간을 넉넉히 잡고 학생 신분을 갖고 있어야만 충실한 학문을 할 수 있다."

라는 것이 그 이유였다. 하영근은 어떻게 해서라도 박태영을 학문하는 사람으로 만들고 싶어했다. 박태영의 자질이 아깝기도 했지만, 깨끗하게 난세를 살게 하려면 학문의 길 외엔 없다는 노파심의 작용이기도 했다.

8월도 마지막인 날, 하영근은 자기 집에서 김숙자와 박태영의 합격을 축하하는 잔치를 베풀었다. 그 자리엔 권창혁 씨는 물론 최원일 씨도 참석했고, 김상태·정무룡·곽병한도 초대되었다.

"하여간 박태영은 수재다. 별로 공부하는 것 같지도 않더만 감쪽같이 합격하는 걸 봐."

권창혁의 이런 칭찬은 태영의 얼굴을 간지럽게 했다.

대학생이 고급 중학생과 같이 시험을 치렀는데 뭐 대단할 것 있느냐는 투로 김상태가 박태영의 입장을 구하려고 나섰다.

"그러나 입학시험이란 건 또 달라."

하고 권창혁은, 대학 졸업생이 준비도 없이 자기가 졸업한 대학의 입학시험을 다시 치렀을 때, 백 프로 합격하리라고 볼 순 없다고 했다.

"어떻게 되었건 박군이 이 기회에 차분한 학문의 길을 걷게 되었으면 다행이겠다."

하고 하영근은 모두에게 술잔을 권했다.

명륜동에서 축하연이 진행되고 있을 무렵, 소공동 근택 빌딩 밀실에선 최근에 발표된 '국립서울대학교안'을 둘러싸고 모의가 진행되고 있었다. 근택 빌딩은 조선공산당 본부가 있는 건물이었다. 모의하고 있는 방은 공청共靑, 즉 공산주의청년동맹의 사무실이었고, 그 바로 맞은편에 조선공산당 당수 박헌영의 방이 있었다.

모인 사람들은, 국대안 반대투쟁 5인 소위원회 멤버로서,

강문석(조선공산당 청년부장)

김영준(공청 중앙위 조직부장)

조희영(민청 전국위원장)

문일민(공청 중앙위 상임위원)

박광희(공청 서울위원회 책임비서)

등과 옵서버로서,

  조헌준(공청 지방부장)

  오기옥(공청 비서부 비서)

  염형순(공산당 학생과장)

  이호제(청총 위원장)

  송택영(공청 중앙위 소년부장)

  김용일(공산당 선전부 기관지 책임자)

  권오준(공청 비서부 비서)

  박일원(공청 경기도 책임 비서)

  김상권(공청 경기도 책임 비서) 등 아홉 명이었다.

그밖에 공산당 조직국 총책인 이주하가 참석했다.

먼저 이주하의 말이 있었다.

"앞으로 9월, 10월은 우리 당으로서 중대한 과업을 전개할 시기입니다. 도시에선 노동자가 일어서고 농촌에선 농민이 일어서서 반동세력과 결판을 내게 될 거요. 이때에 학원에선 학생이 민중의 운동에 호응해야 합니다. 그런 뜻에서도 국대안 반대는 학생을 일으켜 세우는 좋은 조건이 될 줄 압니다. 국대안 반대투쟁을 전국적으로 파급시켜 군정의 문교정책을 분쇄하는 한편, 그 세력을 우리 당에 유리하도록 이끌어나가야 합니다. 학생을 우리 당에 묶을 수 있는 좋은 기회이기도 하니, 보람 있는 토의가 있기를 바라오."

5인 소위원회의 책임자 강문석이 발언했다.

"22일 법령으로 공포된 이른바 국대안은 한 마디로 말해 미국의 식민지 정책이라고 할 수 있습니다. 대학을 그들의 손아귀에 넣고 마음대로 흔들어보자는 속셈을 노출한 것입니다. 대학은 민족의 두뇌라고 할 수 있습니다. 그것을 미 제국주의자들에게 빼앗겨서야 될 말입니까? 단연코 안 됩니다. 우리는 어떠한 수단을 써서라도 그들의 흉계를 분쇄해야 합니다. 우리 공산당은 절대로 미 제국주의의 흉계를 분쇄해야 할 의무를 가지고 있습니다. 동시에 조선 인민의 권익을 옹호해야 하는 우리 당의 권리이기도 합니다. 토의에 들어가기 전에 학생들의 동태에 관해 염형순 동무가 보고하십시오."

다음은 염형순의 보고다.

"극소수의 학생이 국대안에 찬성하고 있을 뿐, 절대 다수의 학생은 국대안에 반대하고 있습니다. 경성대학 학생들은 어려운 경쟁시험을 치르고 들어온 학생들이어서 프라이드가 대단히 높습니다. 어쭙잖은 전문학교와 통합하는 걸 좋아할 까닭이 없지요. 말하자면 자기들은 순종인데, 다른 전문학교와 합치면 잡종이 된다는 그런 기분일 겁니다. 그러니까 전문학교 학생들 기분도 알 만하죠. 프라이드는 경성대학 학생들에게만 있지는 않으니까요. 경성대학에 통합되어서 의붓자식 취급받는 것보다, 전통과 역사가 있는 학교를 지켜나가겠다는 겁니다. 졸업생의 입장은 더욱 뚜렷합니다. 좋으나 궂으나 모교가 아닙니까. 그 모교가 없어지니 서운할 것 아닙니까. 이런저런 이유로 해서 졸업생, 재학생 할 것 없이 국대안에 반대하는 수가 절대적입니다."

"그런 이유뿐만은 아닐 것입니다. 각기 개인 사정으로 반대하는 사람도 많을 거예요."

강문석이 이렇게 말을 끼우자, 염형순이 덩달아 말을 이었다.

"국대안을 볼 것 같으면 출석을 엄격하게 따지게 돼 있어요. 그런데 종전의 학칙은, 학교에 나오지 않더라도 시험 때 나와 시험만 보면 되게 돼 있습니다. 그러니 직장을 가지고도 학적을 유지할 수 있습니다.

그런 이유로도 반대할 것이 뻔합니다."

"찬성하는 사람이 적을 것이라고 낙관해서도 안 될 겁니다."

하고 김영준이 이런 말을 했다.

"신입생의 경우는 사정이 다를 것 아니겠소. 입학시험을 치러 합격은 했지만, 학교에 대한 애착이나 관념이 재학생과 다를 테니까요."

"그런 건 그다지 문제가 안 될 겁니다."

하고 문일민이 나섰다.

"교수들의 태도가 문젠데, 내가 보기엔 교수들도 대부분 반대할 줄 압니다. 종합대학이 되면 모든 교수가 일단 사표를 내게 돼 있으니, 모두들 재임명을 받을지 어떨지 불안할 것 아닙니까. 게다가 종전대로라면 교수들의 권한이 당당한데, 이번의 국대안대로 하면 그 권한이 대폭 줄어들거든요. 교무와 무관하게 되니, 학생들의 급락 결정에 참여할 수 없게 되구요. 하여간 교수들의 반대가 학생들의 반대보다 더 맹렬할 줄 압니다."

"요는 그러한 반대세력을 어떻게 조직화하고 동원하는가가 문제 아니겠소."

이주하가 신중히 한마디 끼웠다.

"그렇습니다."

하고 김영준이 일어섰다.

"국대안이 실시되면 혁명의 기반을 잃는 거나 다름이 없습니다. 지금 조직적으로 동원할 수 있는 집단으로서 학생 이상으로 편리하고 강력한 집단이 달리 있습니까. 물론 노동자도 있고 농민도 있습니다. 그러나 학생처럼 수월하게 단시간에 이용할 수 있는 집단은 아닙니다. 국대안이 실시되어 대학의 모든 권한이 미 군정의 수중으로 들어가면 혁명의 기반을 송두리째 잃게 됩니다. 학생들의 세포 조직이 어렵게 되고, 사상 활동, 서클 활동도 일일이 제압을 받을 것이니 말입니다. 교수 임명권이 그들의 수중에 있으니, 그들의 충견들만 교수로 남게 되어 학생들에게 나쁜 영향을 끼치게 된다, 이 말입니다. 국대안을 구상한 밑바탕엔 이런 것도 있었을 것이 분명합니다…….”

"그러니까 우리가 지금 회의를 하고 있지 않습니까?"

새삼스러운 소리 그만 하라는 투로 강문석이 김영준의 말을 막고,

"이제부터 당으로서의 투쟁 방침을 정해야겠습니다."

하고 힘주어 말했다.

"국대안 철회를 최후의 투쟁 목표로 하는 전략을 세웁시다."

그때 조헌준이 일어섰다.

"나는 결의권을 가지지 않았습니다만 한마디 하겠습니다. 국대안은 물론 철회되어야 합니다. 그러나 현실적인 문제로, 미 군정이 상당한 준비 기간을 두고 작성 공표한 국대안을 쉽사리 철회하겠습니까. 나는 불가능하다고 봅니다. 칼자루는 그들이 쥐고 있고, 우리는 칼날을 쥐고 있는 셈입니다. 칼자루를 쥔 사람과 칼날을 쥔 사람의 싸움은 결과가 뻔합니다. 나는 군정이 어떠한 반대에 부딪쳐도 국대안을 끝끝내 관철시키리라고 봅니다. 그럴 때 우리가 만일 최후의 투쟁 목표를 국대안 철회에 둔다면 무한 투쟁을 해야 하는 결과가 될 겁니다."

"조 동무는 무슨 소릴 하는 거요? 그래, 반대 투쟁을 그만둬야 한다는 거요?"

강문석이 발끈해서 말했다.

"아닙니다. 반대 투쟁을 관두자는 게 아니고, 국대안 철회를 주장하는 겁니다. 제 생각을 말해본 데 불과합니다."

조헌준이 어름어름 말을 맺자, 강문석이 노골적으로 불쾌한 표정을 지었다.

"당치도 않은 소리. 절대 다수의 반대자를 안고 있으면서 국대안 철회를 관철시킬 수 없다니 말이나 되는 소리요? 그래가지고 혁명을 어떻게 수행한단 말이오. 국대안 하나 철회시킬 힘도 없이 앞으로 무슨 혁명을 하겠소."

모두들 강문석의 의견에 찬성했다.

드디어 투쟁 목표가 국대안 철회로 낙착되었다.

이어 방법 문제가 토의되었다.

첫째, 조직에 관해서.

5인 소위원회가 핵심이 된다.

이 조직 아래 '국대안 반대투쟁위원회'를 둔다. 이것은 대중 조직으로 한다. 즉 학생들이 자발적으로 조직한 단체처럼 가장한다.

이 조직의 간부직은 학생 당원이 맡는다. 그 하부엔 비당원인 학생을 끼워도 좋다.

5인 소위에서 결정된 사항은 공청 상임위원회의 결의를 거쳐 당 조직부장 이현상을 거쳐 이주하, 박헌영의 순으로 보고되어 승인을 받는다.

이렇게 당 중앙의 승인을 받은 사항은 소위원회, 공청 학생과장 염형순을 거쳐 학원 내의 국대안 반대투쟁위원회 책임자에게 지령되도록 한다. 이 지령은 세포 책임자를 통해 세포들에게 전달된다.

교수들에 대한 지령은 공청을 거치지 않고 이현상이 직접 각 대학 교수 세포 총책에게 전달한다.

둘째, 투쟁 방법에 관해서.

국대안 철회를 주장하는 요구를 내걸고 맹휴盟休 단행. 동시에 등록 거부 장려. 집회를 통해 선동할 것.

4~5명씩 클럽별로 선동할 것.

벽보 활동을 통할 것.

9월 2일 등교와 더불어 각 단위 대학별로 학생 대회를 열 것.

신입생에 대해선 설득을 통해서 등록을 하지 않도록 하고, 필요에 따라 위협으로 등록을 방해한다.

5인 소위는 국대안을 반대하는 명분을 밝힌 문서를 작성하는 한편, 설득 요령을 아울러 연구한다.

그 명분의 골자.

국대안은 미국 식민지 정책의 발현이다.

국대안은 미 제국주의의 의도를 조선의 학원에 반영하려는 흉계다.

국대안은 군정청이 학원의 전권을 장악하려는 음모다.

국대안은 대학의 자치를 무시하는 야만적인 수단이다.

국대안은 교수의 권한을 박탈하는 비교육적인 처사다.

국대안은 학원에서 민주주의를 추방하려는 반동 정책의 일단이다.

국대안은 학생으로부터 학문의 자유를 박탈하는 치명적인 계교다.

학원의 자치, 학원의 민주화, 진리와 정의에 대한 헌신, 미 제국주의에 대한 반대를 위해서 국대안은 기어이 분쇄해야 한다.

학생들이여, 그대들의 학원을 위해서 분기하라, 투쟁하라…… 등등.

5인 소위의 첫날 모임은 대강 이러한 것을 결의하고 해산했다.

그런데 며칠 후 이주하는 강문석을 불렀다.

"소위원회는 몇 번이나 열었소?"

"세 차례 열었습니다."

"그럼 상당한 진전을 보았겠군."

"네."

"국대안 철회를 최종 목표로 하는 덴 변함이 없죠?"

"그렇습니다."

"그런데 문제가 생겼소. 박헌영 동무와 의논한 결과, 최종 목표를 국대안 철회에 둔다는 건 자승자박할 위험이 있다는 사실을 깨달았소."

"그러나 우리 소위원회는 만장일치로 그렇게 하기로 결정했고, 그리고 이왕 투쟁을 할 바엔……."

"알고 있소, 알고 있어. 그러나 그건 어려울 것 같애. 그러니 최종 목표를 당세 확장에 두도록 합시다. 물론 표면적으론 국대안 철회를 주장해야 하지만, 우리의 진짜 목적은 당원 확보, 당세 확장에 두어야 해요."

"명령대로 하겠습니다."

"국대안 반대 투쟁을 통해서 학원 내 당 조직을 강화하도록 하세요. 학원 내 당 조직을 강화하기만 하면, 국대안이 실시된다고 해도 손해볼 것은 없소. 그러나 그런 눈치를 보이면 안 되지. 표면적으론 어디까지나 국대안 철회를 위해 배수진을 쳐야 하오."

이주하와 강문석이 이야기할 때 들어와 듣고 있던 이현상이 강문석에게 물었다.

"지금 경성대학 교수로서 당이 신임할 수 있는 교수가 누구누구겠소?"

강문석이 수첩을 꺼내 들었다.

"도상록 교수, 이 사람은 물리학 교숩니다. 그리고 경전經專의 허동·전석담·김한주 교수, 의전醫專의 최의영·이종두 교수, 경성대학 법문학부의 유행중·박극채·윤동도·이태진·서재원 교수 등은 믿을 만할 겁니다."

"그밖에도 믿을 만한 교수가 없는지 나도 살펴보겠소만, 강 동무도 잘 살펴보시오. 이번의 반대 투쟁엔 학생과 교수 간의 일체 의식이 가장 중요하지 않겠소?"

"그런데 교수들은 순수하질 못해."

하고 이주하가 상을 찌푸렸다. 그리고 덧붙였다.

"매수당하기 가장 쉬운 분자들이 교수들이란 말야. 예외 없이 돈을 좋아하고 지위를 좋아하거든. 그러니까 그런 문제에도 신경을 쓰고, 감시 제도를 치밀하게 짜서 철저한 감시를 해야 할 것 같소. 이현상 동무, 감시책은 누가 적임자일까요?"

"최용달 동무가 적임자가 아닐까 하는데요."

"그럼 박헌영 동무에게 상신하도록 합시다. 감시가 소홀하면 사상누각이 되고 말지도 모르니까."

"감시는 철저해야죠."

하고 이현상은 뭔가를 메모했다. 이주하는 눈을 지그시 감고 있더니,

"이현상 동무."

하고 불러놓고 이런 말을 했다.

"어쩌면 국대안 반대 투쟁은 동무가 전담해서 끌고 나가야 할지 모르오. 앞으로 9월 사태, 10월 사태가 어떻게 전개될지 모르니, 당수와 나는 그 문제에 몰두해야 될 것 같소. 그렇게 알고 동무는 국대안 반대 대책을 동무 책임하에 진행해야 될 거요."

"강문석 동무가 있으니까……."

하고 이현상은 강문석을 돌아봤다.

"제가 어디……."

강문석이 머뭇머뭇했다.

"강 동무는 열의가 있으니까 일을 잘할 거요. 그런데 성미가 급한 게

탈이라서…….”

이주하가 싱긋 웃으며 말했다.

경비 문제가 화제에 올랐다.

"상대가 학생들이니까 별 돈 안 들 걸로 알지만, 최소한 종잇값은 있어야…….”

라고 한 사람은 강문석이었고,

"무슨 말을 그렇게 해. 국대안 반대를 적극적으로 파급시키려면 직업 당원을 많이 동원해야 할 테니, 상당한 예산을 잡아두어야 할 거요.”

라고 한 사람은 이주하였다.

"자금 염출이 또 문제군.”

하고 이현상은 어두운 얼굴을 했다.

'정판사 사건만 없었더라면…….'

하는 심정이었을 것이다.

"학원, 도시, 농촌에 걸쳐 대사업이 진행될 판이니, 우리 힘껏 노력해 봅시다. 당의 운명을 걸고 말이오.”

이주하가 힘주어 말했다.

8월 30일 교육자 공동대책위원회는 이현상의 지령을 받고 다음과 같은 성명서를 발표했다.

1. 교수는 완전히 교무에서 분리되고, 학생들의 급락及落까지도 약관의 미국인 교무처장의 전권에 위임되리라고 한다. 이것은 민주주의 정신과 공통점이 없음이 명백하다.

2. 교수는 일개 피고용인으로 전락되어 서약서와 취직 원서를 제출

해야 되며, 또 채용된 '국립서울대학교' 교수는 1주 44시간을 근무하는 동시에 관료 이사회와 교무처에서 제정 발표하는 제반 명령에 복종해야 한다. 이것이 전 민족 문화의 장래를 위촉받은 최고 학부의 선생이다.

3. 조선의 사회 문화 부문에 있어서 대학 직원이 담당한 역할이 실로 크다 하겠는데, 서약서로 교직원의 대외 활동 일체를 학장, 총장의 허가제로 구속하고 말았다. 이에 우리는 교육자 명의로 삼천만 동포에게 호소하여 국대안의 전면적 철회를 관철해야 한다.

이 성명서에 서명한 대표자는 도상록 교수였다.

1946년 9월 2일 국립서울대학교가 드디어 문을 열었다. 동시에 거센 반대 선풍이 일었다.

하영근과 권창혁은 박태영을 불러놓고 의향을 물었다.

박태영은 국대안을 검토해본 결과, 반대하는 편에 이유가 있다는 것을 발견했다. 그러나 그 반대 운동에 뛰어들 생각은 없었다. 반대 운동에 박헌영 일파의 사주가 있는 것이 틀림없다고 짐작되어, 자기가 나설 자리가 아니라고 생각하게 된 것이다. 이런 뜻을 말했더니 하영근과 권창혁은 잘한 생각이라며 박태영의 의견을 지지했다.

권창혁은 또 다음과 같은 말을 했다.

"군정청이 발표한 국대안엔 이 나라의 실정에 맞지 않는 부분, 그리고 근본적으로 불합리한 부분이 없지 않다. 그러나 일제의 잔재인 학제를 그냥 두는 것도 불합리하다. 어차피 학제의 변동에 따른 개선책이 있어야 한다. 이번 반대엔 좌익이 주동적으로 나서는 모양인데, 모든 분야에서 일제의 잔재를 청산해야 한다고 떠드는 공산당이 유독 경성대학 문제에 한해서는 일제의 잔재를 그냥 답습하려고 하니 이상하지 않은가. 군정청의 국대안이 구체적 내용에 있어서 미흡한 것이라면, 공산당의 반대엔 그 바탕에 불순한 동기가 있는 것 같다. 교육적인 목적으로 하는 반대가 아니라, 정치적 목적으로 하는 반대가 명약관화하다. 학원의 혼란을 정치적으로 이용하려는 태도는 도저히 용서할 수 없다. 그러니 국대안에 이의가 있더라도 공산당이 그런 목적을 가지고 있다는 사실을 안 이상 동조할 수 없다. 그리고 미흡한 점은 장차 시정되어 나갈 것이니, 기를 쓰고 반대할 것까진 없다고 본다."

"군정청이 호락호락 철회하지 않을걸. 그러면 당분간 혼란을 면할 수 없겠지."

하고 하영근은 권창혁에게 일렀다.

"등록 거부니 방해니 하는 사태가 날지도 모르니, 권군이 가서 박군의 등록 절차를 밟아주게."

그래서 박태영은 신입생으로서 제일 처음 등록한 학생이 되었다.

박태영은 국대안 반대 투쟁을 완전 중립의 입장에서 지켜보리라 생각했다. 공산당의 전략이 어떻게 진행되고 어느 정도 성공하는가를 볼 수 있으리란 기대가 차츰 흥미로 변했다.

9월 초 어느 날 박태영은, 개학은 아직 하지 않았지만 청량리에 자리 잡은 예과 교사에 가보았다.

교문을 들어서자 몇몇 학생이 박태영을 둘러쌌다.

"당신은 신입생이죠?"

"그렇습니다."

"국대안 반대 성명에 서명을 했소?"

"안 했습니다."

"그럼 서명을 하시오."

"내용도 잘 모르는데 서명을 하고 안 하고가 있습니까?"

한 학생이 국대안을 반대해야 한다는 이유를 길게 설명하기 시작했다. 그러자 다른 학생이 불쑥 나서서,

"길게 설명할 필요가 어딨어. 경성대학이 어떻게 시시한 전문학교 따위와 합칠 수 있겠느냐 말야. 우리는 프라이드를 살리기 위해서도 반대 성명에 서명해야 할 것 아닌가."

하고 사뭇 위압적으로 덤볐다.

"말씀대로라면 시시한 전문학교를 합쳐 모두 훌륭한 학교로 만들면 좋지 않겠습니까?"

태영은 순진한 시골 청년의 태도로 꾸며 말했다.

"모두 훌륭한 학교로 만들기 전에 우리 학교가 시시하게 된단 말요."

아까 위압적으로 나온 학생이 말했다.

"경성대학만 훌륭하다고 생각하는 것은 일제의 사고방식이 아니겠습니까. 우리는 일제의 잔재를 청산해야 할 처지에 있을 텐데요."

"일제의 잔재가 아니라 사실이 그렇지 않소. 당신은 십팔 대 일이란 어려운 관문을 통과한 사람이란 말요."

왜 이렇게 말귀를 못 알아듣는가 하여 조바심이 나는 투로 어느 학생이 말했다.

"하여간 나는 학교의 권위라는 걸 인정하기 싫습니다. 그런 생각이야말로 부르주아의 의식이니까요."

태영이 침착하게 말했다.

"그럼 무슨 권위를 당신은 인정하겠소?"

또 다른 학생이 시비조로 나왔다.

"무슨 권위를 인정하건 그것은 다른 얘기구요. 학교의 간판 또는 학교의 권위를 들먹이는 것은 부르주아 의식이라고 봅니다. 가장 타기해야 할 의식이죠. '저 학교는 시시한 학교다. 이 학교는 권위가 있는 학교다' 하는 식의 통념을 없애는 게 혁명이라고 나는 생각합니다. 시시한 학교에 훌륭한 학생이 있고 훌륭한 학교에 시시한 학생이 있다면 어떻게 됩니까. 그럴 가능성이 충분히 있지 않습니까. 경성대학의 권위를 내세우는 그런 의식은, 학교에 다니지 못한 사람들에겐 우월의식으로 나타나지 않겠습니까. 그런 우월의식으로 만민의 벗이 될 순 없지 않습니까. 내가 이 대학에 들어온 목적은 훌륭한 인민의 벗이 되기 위해섭니다. 그렇다면 먼저 경성대학과 시시한 전문학교를 구별하는 그런 태도부터 고쳐야 하지 않겠습니까?"

"꽤나 똑똑한 척하는구면. 그렇다면 당신은 왜 하필 이 학교에 왔소?"

역시 위압적인 자세로 그 학생이 물었다. 대화는 주로 그 학생과 진행되었다.

"내 실력과 편리를 감안해서 선택했지, 우월의식을 갖기 위해 이 학교에 온 것은 아닙니다."

"그러니까 당신은 국대안에 찬성한다는 거요?"

"찬성하는 것도 아닙니다."

"반대도 않구?"

"아직 국대안의 내용을 샅샅이 검토해보지 않았으니까 그럴 수밖에 없죠."

"국대안은 미국 식민 정책의 반영입니다. 미 제국주의의 흉계입니다. 그래도 반대하지 않겠소?"

"그럼 미국 식민 정책이 겁나서 일본 식민지 정책의 잔해를 그냥 온

존시키자는 겁니까?"

태영을 상대로 토론에 이길 자신이 없어졌는지 그 학생은

"국대안대로 하면 학원에 민주주의가 없어진단 말요."

하고 언성을 높였다.

"종전 그대로 두면 민주주의가 될까요? 그 제도대로 해서 일제 때 학원에 자유가 있었습니까?"

"보아하니 당신은 철저한 반동이구료, 도저히 상대가 안 되누먼."

하고 그 학생은 혀를 찼다.

"심사숙고해서 태도를 결정해야겠다는 태도가 반동이면, 대학이란 대학은 모두 반동의 소굴이 되겠네요."

"이 사람이!"

그 학생은 덤빌 것처럼 대들었다.

박태영은 더 이상 머물 필요가 없다고 생각하고 어슬렁어슬렁 교사 쪽으로 걸어가기 시작했다. 혹시 제지하지나 않을까 했는데, 그들의 조소가 섞인 말을 등 뒤로 들었을 뿐 태영은 아무런 제지도 받지 않고 교사 주위를 둘러볼 수 있었다.

'국대안 결사반대', '국대안 단호 분쇄', '국대안은 반동의 흉계다', '학생은 단결하라', '애국적 학생은 국대안에 반대하라' 등등의 삐라가 이곳저곳 벽에 붙어 있었다.

박태영은 허전했다. 자기가 당적을 가지고 있었더라면 누구보다 앞장서서 국대안에 반대하고 나섰을 것이라고 생각하니 스스로의 처지가 야릇하기만 했다. 그래서 더욱 허전했다.

교사 뒤쪽 뜰 한구석에 앉아 담배를 한 대 피우고 다시 정문을 빠져나오는데, 역시 아까의 학생들이 신입생인 듯한 사람을 붙잡고 승강이

를 하고 있었다.

태영이 청량리 전차 종점에 이르렀을 때였다. 헐떡거리며 뒤쫓아오는 학생이 있었다. 아까 자기를 둘러싼 학생들 가운데 한 얼굴이어서 태영은 섬뜩했다. 그런데 그 학생은 태영의 옆에 와 서며 웃어 보이기까지 하고 자기소개를 했다.

"나, 신화중이라고 합니다. 고향은 경북 대굽니다."

태영도 자기소개를 할 수밖에 없었다. 신화중은

"아까 박형의 말을 듣고 난 감동했습니다."

하고, 많은 신입생을 만나 말을 걸어보았는데 태영처럼 응수하는 사람은 하나도 없었다며,

"참말로 훌륭합니다, 훌륭합니다."

하고 연발했다. 그리고

"어디 다방에나 가서 얘기합시다."

하고 태영을 꾀었다. 태영이

"어디로 갈까요?"

하자, 신화중은 조금 생각하는 듯하더니 말했다.

"우리, 명동으로 갑시다. 명동에 가면 스핑크스란 다방이 있죠. 거기 가면 국대안에 반대하는 교수들을 볼 수 있습니다. 가서 그들의 얘기나 들어봅시다."

"나를 국대안 반대파로 만들 셈입니까?"

하고 태영은 웃었다.

"천만에요. 그럴 의사는 조금도 없습니다. 그저 그들의 의견을 들어보자는 겁니다. 그리고 기회가 있으면 아까 박형이 우리에게 한 질문도 해보면 좋지 않겠습니까?"

태영은 간단히 응했다. 전차에 올라 자리를 잡자 신화중은

"이런 것 본 적 있소?"

하고 포켓에서 한 장의 삐라를 꺼내 박태영에게 보이며,

"이건 경성공전 학생들의 성명입니다."

박태영은 삐라를 받아 들었다.

경성공전의 성명은 다음과 같았다.

'서울대학교 안은 다음과 같은 근본적 결함을 내포하고 있음을 지적한다.

1. 교수회의 원칙적 부인, 미국인 총장의 교내 전권 장악, 이사회의 독단적 학교 운영은 관료적이며 학원의 민주화를 말살하는 것이다.

2. 교수의 1주 44시간 근무는 너무 과도하며, 대외 문화 활동을 총장이 통제한다는 것은 기성학자가 적은 조선의 현실로 보아 우수한 학자 양성을 저해한다.

3. 설비 없는 이공학부 제2호실에 현 공전 시설을 이전하여 광전 등과 종합하는 것은 조선 공업 교육의 축소를 의미하는 것이며, 조선 공업의 급속한 발전을 갈망하고 있는 현 단계에 이러한 기도는 조국 발전에 암영을 던지는 것이 아니고 무엇이랴.'

태영이 그것을 읽기가 바쁘게 신화중은 또 한 장을 꺼냈다.

"이건 이공학부 투쟁위원회에서 낸 성명섭니다."

태영은 그것을 받아 들었다. 다음과 같은 내용이었다.

'국립서울대학교 안은 교수를 혹사하고, 연구의 자유를 박탈하며, 학생수와 교육 기관을 축소하여, 조국 문교의 발전을 억제할 것이 분명하다. 또 자주 독립의 기본적 토대인 정경 과학계 교육의 노예화·종속화를 초래할 것이다. 그러니 조국의 자주독립을 열망하는 사람이라면, 또

일제의 혹독한 착취와 탄압의 쓰라림이 뼈에 사무친 우리는 거국적인 여론으로 이에 반대한다. 우리 학생들은 조국 문교의 앞날에 광명을 가져오기 위하여 뜨거운 민족적 피로써 맺어진 단결된 힘으로 이에 대비할 것이다. 조선 청년 학생의 굳센 힘을 세계에 보일 것을 확신하는 바다. 경고하노니, 조국 문교의 이러한 위험에 있어 자기 자신만의 이익을 위하여 학장을 꿈꾸며 구직 운동에 급급함은 자살 행위이며 민족 천추의 원수의 짓일 것이니, 급속히 민족적 양심으로 돌아가기를 요망한다.'

읽고 나서 박태영은 쓴웃음을 지었다.

"하나같이 설득력이 없는 공허한 내용이구먼요."

"나도 그렇게 생각합니다. 그런데도 학생 대부분이 반대의 방향으로 기울어져 있으니 현실은 무시하지 못하는 것 아닙니까?"

이렇게 신화중이 말하자 박태영은,

'현실은 무시할 수 없다는 말은 거꾸로 사용해야 할 것이 아닌가.'

하고 생각했다.

정자옥 앞에 이르러 전차에서 내려 명동으로 들어섰다. '스핑크스'란 다방은 곧 찾을 수 있었다. 담배 연기가 자욱한 다방 안을 신화중은 이곳저곳 두리번거렸다.

"이상한데. 이맘때면 다들 여기서 모인다고 들었는데……."

하고 신화중이 중얼거렸다. 이른바 국대안 반대 교수가 한 사람도 보이지 않는다는 것이었다.

국대안 반대 문제는 제쳐놓고, 다른 화제로 한동안 잡담을 했다.

신화중은, 일본 H고등학교에 입학하자마자 학병으로 끌려가서 지난 3월에 돌아와 경성대 예과에 시험을 쳐서 들어오게 됐으니 학력에 있어서 4년을 손해 본 셈이라고 했다. 그리고 장차 물리학을 할 예정이라고 포부를 털어놓았다. 그 순진함이라든가 말을 공손하게 하는 점 등으로 해서 태영은 이규를 상기했다.

태영은, 자기도 4년쯤 손해 보게 된 셈인데, 학병은 가지 않았다고 했다.

"학병에 안 가고 어떻게……?"

신화중은 의아해했다.

박태영은 지리산, 특히 괘관산에서의 피신 생활 얘기를 했다.

"그러는 방편도 있었구먼요."

신화중은 부러워 못 견디겠다는 표정을 짓고, 학병으로서 약 2년 동안의 생활이 얼마나 비굴한 것이었는가를 자책하는 투로 얘기했다.

"어쩌면 앞으로 영원히 떳떳하지 못할지도 모르겠어요. 강간을 당한 기분이거든요. 그처럼 자기가 비굴했다는 것, 그 어두운 그림자가 평생 나를 떠나지 않을 것 같애요."

태영은, 진실된 성품의 사람이면 응당 그러리라 생각했다. 그러나 그 생각을 입밖에 낼 순 없었다.

"차차 잊게 되겠지요."

"아닙니다. 국대안 반대에 서명한 일만 해도 그렇죠. 나는 아까 확실히 그걸 느꼈습니다. 박형의 얘길 듣구요. 나도 응당 박형처럼 행동했어야 옳았을 겁니다. 국대안을 신중히 검토하고 나서 찬성을 하든 반대를 하든 해야 할 건데, 반대 안 하면 반동으로 몰리지 않을까 겁부터 먹어버렸거든요. 비굴한 과거를 지닌 탓이죠. 박형이 그처럼 당당할 수 있었던 것은 깨끗한 과거를 지녔다는 자부 때문이라고 생각해요."

"그건 아닙니다."

하고 박태영은 되도록 말을 절약해서 그렇게 행동한 동기를 설명하려 했으나 뜻대로 되지 않았다. 그래서

"내겐 다른 동기가 있었습니다."

라고만 말했다.

신화중은 좌익과 우익의 정치 이념에 관해 박태영의 의견을 물었다.

박태영이 대답했다.

"이념만의 문제라면 절대로 좌익이 옳다고 나는 생각합니다. 인류의 역사가 계급투쟁의 역사란 인식은 정당하지 않습니까? 역사를 지배한 원동력이 경제력에 있다는 인식도 정당하지 않습니까? 인민의 절대 다수를 차지하고 있는 노동자와 농민이 나라의 주인이 되어야 한다는 주장이 정당하지 않습니까. 이에 반해 우익에 무슨 이념이 있습니까. 우리나라에 꼭 보수해야 할 무엇이 있단 말입니까? 봉건 잔재, 일제의 잔재, 주주의 이익, 자본가의 권익, 그런 것밖에 없지 않습니까. 우익이 옹호하려는 것은 말입니다. 그러니까 이념적으론 상대가 안 되죠. 그러나 문제는 그것으로 끝나는 게 아닌 것 같애요. 이념대로 되느냐 하는 문제가 남고, 공산당이 인민을 배신하지 않는다는 보증이 있느냐 하는 문제가 남고……. 그러니까 고민이 아닙니까?"

신화중은 홀린 것처럼 박태영을 바라보았다. 그러더니 꾸벅 절을 했다.

"앞으로 많은 지도를 바랍니다."

"무슨 그런 말을 하십니까?"

박태영이 겸연쩍게 웃었다.

"아닙니다. 난 이때까지 박형의 얘기 같은 그런 좋은 얘긴 처음 들어보았습니다."

아닌 게 아니라 신화중은 박태영 같은 사람을 만나보긴 처음이었다.
그래서
"박형 같은 학우를 만날 수 있으니, 경성대학에 들어오길 잘한 것 같습니다."
라는 말까지 했다.
이런 인연으로 해서 박태영과 신화중은 급속도로 친해질 수 있었다.
두 사람은 단과대학별 학생대회를 구경해보자는 약속도 했다.

9월 4일 경성대학에선 단과대학별로 일제히 학생대회가 만발했다.
경성여자학생 대회에선,
"우리 여자 학생들은 조선 교육계와 아울러 1천5백만 여성 해방의 중대한 사명을 어깨에 짊어진 거대한 존재로서 국대안을 절대 반대한다."
라는 요지로 5개항에 걸쳐 국대안의 부당성을 지적한 결의문을 발표했다.
경성대학 법문학부 학생회에선,
"우익 정당 12개를 제외한 모든 정당, 학자, 교수, 지식인, 문화인, 학생들은 통틀어 이 안의 비민주적 부당성을 지적하여 재고를 요구해왔다. 그런데도 민중의 의사와 배치되는 이 안을 끝까지 실현시키려는 의도는 어디에 있는가. 이에 우리는 전정한 조선 학도로서, 진실한 조선인의 자제로서 최후의 1인에 이르기까지 불합작 투쟁을 할 것을 성명한다."
라고 하고, 등록 거부란 투쟁 방법을 내걸었다.
이어 다음날인 5일, 예과 학생대회가 있었다.
이 대회엔 아직 등록도 않고, 그러니 입학식도 하지 않은 신입생들도 참가했다. 몇몇 변사의 국대안 내용을 성토하는 연설이 있은 뒤, 학생 투쟁위원회 위원장 전흥태가 다른 학부와 공동 전선을 펼 것을 제의하는 연설을 했다.

"우리는 절대로 국립서울대학교의 학생이 될 수는 없습니다. 경성대 학생 그대로 남아야 합니다. 그러기 위해선 서울대학교에 등록을 하면 안 됩니다. 그런데 우리만 등록을 거부하면 아무런 효과도 거둘 수 없을 것입니다. 이공학부, 법문학부, 의학부는 물론 각 전문학교 학생들도 등록을 거부해야 합니다. 그러기 위해선 공동 전선을 펴고 다 함께 투쟁해야 할 줄 압니다."

박수 소리와 "옳소!" 소리가 터져 나왔다. 그런데 여윈 체구의 학생이 발언권을 얻어 단상에 섰다. 신화중이였다. 신화중은 장내가 조용해지길 기다려 말했다.

"국대안이 모순투성이라는 것은 잘 알고 있는 바입니다. 다른 학교와 합치게 되니 여러분의 기분도 불쾌할 줄 압니다. 나 역시 똑같은 심정입니다. 그러나 다시 한 번 생각해봅시다. 해방된 우리 조국은 지금 일꾼을 필요로 합니다. 유능한 일꾼을 부르고 있습니다. 조국이 필요로 하는 일꾼이 되기 위해 우리는 하루바삐 실력을 닦아야 합니다. 지금은 공부할 때이지, 정치적인 문제에 휩쓸려 얼렁뚱땅 세월을 보낼 때가 아닙니다. 제도상의 모순점은 차차 해결되리라 보며, 서울대학교가 된다고 해서 공부를 못할 아무런 이유도 없다고 생각합니다."

그러자 이곳저곳에서 "옳소!" 소리와 박수 소리가 터져 나왔다. 장내가 한때 완전히 역전되는 듯한 분위기로 꽉 찼다.

그러나 좌익계 학생 간부들이 끈덕지게 물고 늘어져, 결국 등록 거부와 학생공동투위 결성을 가결했다.

이렇게 연일 성토가 있고, 등록 방해 난동이 있었다. 이공학부 교수 38명은 서울대학교에 근무할 의사가 없음을 밝혔다. 상과대학 교수 24명도 연서로 된 사표를 제출했다. 동시에 새로 단과대학장으로 임명된 교수와 국대안을 반대하지 않는 교수에 대한 인신공격이 공공연하게 전개되었다.

　학원 내부는 극도로 혼란했다. 이대로 간다면 대학이 개점 휴업 상태로 자멸하게 될 염려마저 있게 되었다. 반대 투위를 성원하는 뜻으로 전국 중고등학교 대부분이 국대안 반대를 내세워 맹휴에 돌입하기도 했다.

　사태의 클라이맥스는 등록 마감 직전에 시작됐다. 등록하려는 학생과 방해하는 학생 사이에 난투극이 벌어졌다. 드디어 경찰대가 학원 질서 유지를 위해 출동하지 않으면 안 될 상황까지 되었다.

　그러나 좌익의 끈덕진 방해에도 불구하고 전체 학생 8천217명 가운데 7천295명이 등록함으로써 국립서울대학교는 실질적으로 발족된 셈이 되었다.

　"이건 학교가 아니고 전쟁터다."

　신화중이 투덜댔다.

　"그렇게 흥분할 필요가 어딨나?"

하고 박태영은 최소한도의 출석 일수를 계산해서 등교하길 제안했다.

　박태영과 신화중은 학교에 가는 시간보다 등산하는 시간을 많이 가졌다.

　태영은 공산당의 실패를 한편 고소하게 생각하면서도 한편 서글프기도 했다. 공산당이 하는 짓이 번번이 어긋나 태영으로선 불길한 예감을 가졌던 것이다. 공산당의 전략이 당초 잘못되기는 했지만, 2월 사태, 10월 사태로 이어지는 정세에 휘말려 공산당이 국대안 문제에 전력을 집중시킬 수 없었던 탓도 있었다.

뿐만 아니라 군정청은 9월 7일 조선공산당 책임비서 박헌영을 비롯, 이주하, 김삼룡, 이강국 등에게 체포령을 내렸다. 7일 오후 이주하와 호남포가 체포되고, 이어 김삼룡도 체포되어 공산당은 일종의 패닉 상태에 있었다.

이에 앞서 9월 6일엔 미군정 공보부가 좌익계 신문인 조선인민보, 현대일보, 중앙신문에 대해 정간 처분을 내리고, 이상 3개 신문 간부와 기자들 약간 명을 검거한 사건이 있어, 좌익계 학생들의 사기가 대폭 꺾여 있었다.

(이 항의 집필은 서울신문에 게재된 '다큐멘터리 국대안 반대 사건'에 힘입은 바 컸음을 밝혀둡니다.—저자)

국립서울대학교 안의 실시를 선포했는데 전체 재적 학생 8천217명 중 7천295명이 등록했다면 실질적으로 반대 운동은 끝장난 것이다.

그러나 공산당은 그것을 제1단계로 보고 제2단계 전략에 들어갔다.

제2단계 전략이란, '원래 국대안을 반대한 학생들의 단결을 더욱 공고히 하는 한편 중간파 학생을 포섭해서 학원 상태를 항상 불안하게 하고 기능을 마비시켜 사실상 대학의 존재 이유가 없어지도록 만들자'는 것이었다. 그 구체적 방법으로선,

1. 국대안 시행 후에 취임한 총학장 및 교수들에 대한 인신공격, 필요에 따라 테러 행위.

2. 학과별, 학년별, 교실별로 하는 수업 보이콧 또는 성토 행위.

3. 단과대학 단위의 동맹 휴교, 시위, 성토 행위.

4. 적극적인 국대안 지지 학생에 대한 협박, 폭력 행위.

5. 그러기 위한 학생들의 완전 구별, 즉 지지파 학생의 고립을 획책해서 거세할 것.

한때 경성대학의 소단위 세포책을 한 적이 있는 박태영은 공산당의 이러한 술수를 쉽게 파악할 수 있었다. 그리고 그 모든 전술이 너무나 유치하다고 판단했다.

대다수의 학생은 정치적인 행동보다 학생으로서의 생활을 동경하고 있었다. 원래 이 학교에 들어온 학생들은 호학好學의 성격이 농후한 편이어서 배우고자 하는 의욕이 어느 학교 학생들보다 왕성했다.

그래서 당적으로 또는 조직적으로 이미 사로잡혀 있는 소수의 학생을 제외하곤 끈덕진 선전이나 선동에 염증을 내기 시작했다.

박태영은,

'종전대로 내가 세포책으로 있었더라면 이런 사태를 어떻게 끌고 갈 것인가?'

생각해보지 않을 수 없었다.

첫째, 공부하고 싶어하는 학생들의 기분에 편승해서 옳은 학원의 분위기를 만들어야 한다는 방향으로 유도하고, 그 이상적인 조건을 열거해 보임으로써 현재의 학원은 학원 구실을 다하지 못하고 있다는 인식을 개개인이 갖게끔 노력했을 것이다.

둘째, 학장이나 교수들의 비행을 유포시키되, 한편으론 그만한 결점이 없는 사람이 있겠느냐는 식으로 무마하기도 해서 참고 견디자는 방향으로 이끌어가면서, 그러나 이러한 결정적인 비행은 용납할 수 없다고 기폭력起爆力을 준비했을 것이다.

셋째, 독서회 같은 소단위 서클을 만들어 진리 탐구의 방향으로 그 서클의 단합을 획책하고, 일단 유사시엔 그 서클의 지도자를 선동함으로써 서클 단위로 궐기하게 하는 조건을 갖추었을 것이다.

넷째, 사사건건 트집만 잡는 것을 삼가고 일시에 중점적으로 학원을 탈취 또는 파괴하는 방향으로 대의와 명분을 준비하고 그 시기를 노렸을 것이다.

사실 국대안 반대는 명분이 부실한데다가 이유가 너무나 추상적이어서 학생들의 감정에 불을 붙이기엔 약했다. 그러니 그것에 구체적인 사건과 계기를 혼합시켜 학생들이 자발적으로 일어서게 해야 소기의 성과를 얻을 수 있었을 것이다.

그러나 이젠 박태영이 나설 자리가 아니었다. 그는 학원 사태에는 관심을 갖지 않기로 했다.

박태영은 어느 날 동숭동 교사 앞을 지나다가 자기가 세포책으로 있었을 때 가지고 있던 학적이 어떻게 되어 있을까 생각했다. 학생으로서의 신분이 문제가 아니고 세포책으로서의 사명이 문제였기 때문에 세포책을 그만두게 되자 학적에 관한 일을 잊고 있었는데, 문득 그 생각이 난 것이다.

박태영은 지난해 서울에 오기가 바쁘게 10월 초, 전태일이란 이름으로 편입 시험을 치르고 경성대학에 편입했다. 편입 시험에 필요한 이력 사항은 학병동맹에 있는 전태일의 것을 송두리째 빌렸다. 어느 시기에 그 학력을 전태일에게 물려줄 약속을 당 간부 입회하에 하고 진행시킨 일이었다. 전태일은 규슈제대 1학년 재학 중 학병으로 끌려가 일본 시

마네현 어느 부대에서 복무하다가 해방 직후 돌아와 학병동맹에 가담한 황해도 출신 학생이었다.

당시 조직된 지 얼마 안 된 공산당은 경성대학의 중요성에 비춰 많은 프락치를 파견할 계획을 세웠다. 그 계획에 따라 학병동맹 맹원의 신상조사를 하던 중 전태일의 이력을 확인하고 동시에 박태영의 유용성을 인정했다. 그리고 전태일이 당분간 학병동맹의 간부로 종사하길 원하고 학교에 갈 의향이 없음을 알자 그런 엉뚱한 계교를 꾸민 것이다.

엉뚱하기는 하나, 중요 기관에 들어가는 프락치는 변성명을 하는 것이 공산당의 상투 수단이다. 그 수단에 이 계교가 합치된 셈이다.

그런데 공교롭게도 전태일은 학병동맹이 김두한 집단과 싸울 때, 그러니까 1946년 1월에 죽었다. 그래서 박태영은 아무 거리낌 없이 전태일로 행세할 수 있었던 것이다.

박태영은 이런 생각을 하다가 대학 본부에 들러 전태일의 학적을 챙겨보았다. 국립대학의 까다로운 입퇴학 규정 때문인지 전태일은 제적되지 않고 등록금 미수 상태였다. 언제든 등록금을 내면 버젓이 철학과 2학년 과정에 다닐 수 있게 돼 있었다.

박태영은 순간 생각에 잠겼다. 전태일의 학점을 살려볼까 생각한 것이다. 황해도가 고향인 전태일의 사망을 서류로 증명할 방법은 없었다. 그리고 누군가가 서울대학교까지 찾아와 말썽을 부릴 까닭도 없었다. 대학의 학적 증명을 떼어다가 그것을 증거로 삼아 적당한 주소를 빌려 가호적假戶籍을 할 수도 있었다.

박태영은 망설임 끝에 일단 전태일의 등록금을 납부하고 학생증을 받아놓기로 했다.

앞으로 어떻게 될지 모르는 사태에 이중 인물로 행세하고 이중 호적을 가지는 것도 나쁘지 않으리란 생각이 막연하게나마 들었다. 아니, 직업 혁명가로서 일하기엔 다시없는 조건이 될지도 몰랐다.

전태일의 학생증을 호주머니에 넣고 의과대학 구내를 걸어 명륜동으로 가다가 박태영은 가벼운 흥분마저 느꼈다.

'요절한 전태일의 생애를 대신 살아주리라.'
하는 마음은 신비로운 감정의 빛깔이기도 했다.

학자로선 박태영으로 살고, 혁명가로선 전태일로 살 거라 생각하니 자신이 어떤 탐정 소설의 주인공이 된 것 같은 기분이었다.

태영은 앞으로 박태영과 전태일을 학교에서 공존시킬 방법을 모색했다. 출석 일수의 밸런스만 맞추면 충분히 가능했다. 일제 때처럼 정복을 입지 않아도 된다는 것이 천만다행이었다. 예과의 친구를 동숭동 교사에서 만나면

'흥미 있는 과목이 있어서 청강하러 왔다.'
고 하면 되고, 동숭동 교사의 친구를 청량리 교사에서 만나면 역시 그런 식으로 대답하면 그만이었다. 이런 모험을 감쪽같이 해내려면 교우 범위를 극도로 압축시켜야 한다고 생각했다.

그런데 신화중의 선전이 있었기 때문인지 많은 친구들이 박태영의 주변에 모여들었다. 박태영은 그 학생들을 이왕이면 뜻있고 보람 있게 묶어보고 싶었다. 그래서 신화중과 의논하여 독서회를 만들기로 했다.

박태영과 신화중을 포함, 13명의 학생이 청량리 교사의 교실에서 첫 모임을 가진 것은 9월 중순 어느 날 오후였다. 박태영은

"순수한 학문적 목적으로만 이 모임을 끌고 나가자."
라고 제의하고,

"설혹 정치적인 서적을 읽을 경우라도 학문적으로만 논하고 취급해

야 한다."
라는 단서까지 붙였다.

   학생들이 정치에 염증을 느끼고 있었다는 증거가 그 모임에서도 나타났다. 순수한 학문적 목적만으로 독서회를 하자는 제안에 반대하는 학생은 하나도 없었다.

   그 모임에 참가한 학생들의 출신지와 이름은 다음과 같다.

   서울: 신동영, 이명철, 유양수

   경남: 김기엽, 심종관, 박태영

   경북: 신태창, 박영목, 정대영, 신화중

   충북: 강대철

   전북: 정용준, 이태호

   자기소개와 명부 작성이 있은 후, 명칭 문제가 나왔다.

   "토지엔 번지라는 게 있고 시간엔 시각이라는 게 있는데, 모임에 이름이 없을 수 있느냐."

   경남 출신 심종관의 말이었다.

   "'부엉이의 모임'이라고 하면 어떨까?"

   경북 출신 신태창이 한 말이었다.

   "부엉이는 또 왜?"

   같은 도 출신인 신화중이 물었다.

   "미네르바의 부엉이는 지혜의 상징 아니가. 그리고 부엉이는 밤눈이 밝다고 안쿠나. 우리, 부엉이처럼 어두운 밤에도 볼 수 있도록 하자는 뜻 아니가."

   신태창은 미네르바의 부엉이란 말에 대단한 애착을 느끼고 있는 듯 말했다.

"밤에 잘 보려다가 낮엔 장님이 돼도 좋단 말야?"

서울 출신인 신동영이 말하자 폭소가 터졌다.

"'페닉스'라고 하면?"

서울 출신인 이명철의 제안이었다. 불사조를 닮자는 뜻이었다.

그러자,

"그런 미신인지 뭔지 모르는 이름을 따올 거 뭐 있어."

하고 이명철과 친한 유양수가 받았다.

"'아폴론'은 어때? 아폴론처럼 명석하고 디오니소스처럼 어쩌고 하는 그 아폴론 말이다."

경남 출신 김기업의 제안이었다.

"그것도 신화가 아닌가."

심종관이 말하자 모두들 피식 웃었다.

"무슨 좋은 이름이 없을까? 소박하고, 그러면서도 멋있는……. 서양 말처럼 번들번들하지 않은 것 말이다."

신화중의 이 말이 있자, 모두들 사뭇 심각한 생각에 잠겼다.

"죽순회."

라는 말이 나왔고,

"갈대 모임. 생각하는 갈대."

라는 말도 나왔다.

"반딧불."

하니까,

"'형설의 공'인가?"

하고 빈정댔고,

"송풍회면?"

라고 하자,
"이왕이면 되게 겸손하고 끔찍스럽도록 '송충이회'로 하지 뭐."
라는 제안이 잇따랐다.
"배지도 않은 아이 이름 짓느라고 날 새겠구만."
하고 경남 출신인 심종관이 투덜투덜했다.
"이름부터 지을 게 뭐 있어. 착실하게 독서회를 꾸려나가면 되지."
하는 의견이 나왔다.
"거창하게 이름만 지어놓고 용두사미로 끝나는 것보다는 이름이 없는 대로 착실한 독서회가 되었으면 좋겠다."
하고 그 의견에 동조하는 사람이 나왔다.
"세 사람이 모이면 문수보살의 지혜가 나온다는데, 열세 사람이 모였는데도 이런 꼴이면 싹이 노란 것 아닌가?"
경북 출신인 박영목이 한마디 했다.
결국 무명의 모임으로 시작하기로 의견을 합칠 수밖에 없었다.
이어 읽을 책의 목록을 정하자는 제안이 있었다. 그러나 제일 먼저 읽을 책을 정하고 나머지는 독서회를 진행시키면서 의견을 모으기로 했다.
우선은 책을 각기 자기 집에서 읽고 일주일에 하루꼴로 모여 토론회를 갖기로 의견의 일치를 보았다.
"그럼 제일 처음에 읽을 책을 정하자."
라고 신화중이 발언하고, 그것을 정하는 방법은 한 사람씩 책명을 들먹여 찬성하는 사람이 가장 많은 책으로 하자고 덧붙였다.
서울 출신인 유양수가
"『공산당 선언』부터 읽는 게 어떨지?"

하고 머뭇머뭇하며 얼굴을 붉혔다.

뜻밖의 제안이라서 모두 서로 눈치를 살피는 얼굴이 되었다.

유양수가 설명을 보탰다.

"뭐니뭐니 해도 지금 공산주의가 큰 문제 아냐? 찬성하기 위해서나 반대하기 위해서나 중립을 지키기 위해서나, 한번은 읽어봐야 할 게 아닐까 해서……."

유양수는 수줍은 성격이어서, 그 말에서 성실성이 느껴졌다.

"좋아, 나도 찬성이야."

유양수의 단짝인 이명철이 먼저 동조했다. 그러자 모두 찬성을 했다.

"학문적으로 검토해볼 필요가 있을 거야."

신화중이 이렇게 말하고 제안했다.

"이왕 『공산당 선언』을 읽을 바엔 독일어 원서로 읽자."

"독일어는 지금부터 배울 판인데……."

경남 출신인 김기업이 볼멘소릴 했다.

"그럼 영어판으로 읽자. 헌데 책을 구할 수 있을까?"

신태창이 말하자, 유양수가

"충무로 고서점에 가면 구할 수 있다."

라고 했다. 그렇다면 지체할 것이 아니라 그 고서점으로 가보자고 모두들 우르르 일어섰다. 이때 정용준이 이런 말을 했다.

"우리 모임이 꼭 13명이니 왠지 기분이 이상하잖아? 한두 명 더 보태 14명이나 15명으로 하면 어떨까이."

"동양의 미신지국에 서양의 미신까지 보탤 참인가비여."

정대영이 정용준의 전라도 사투리를 흉내내어 말했다.

"그러고 보니 오늘이 또 프라이데이(금요일)가 아닌가?"

심종관이 큰 발견이나 한 듯 말했다.

"토정비결 보며 키운 자식들이 돼놓으니께 별소리 다 하는구먼."

신화중이 익살을 섞었다.

선뜻 그저 지나쳐버릴 일이 아니란 생각이 들어 박태영이

"미신이래서가 아니라 출발부터 꺼림칙한 기분을 가질 필요는 없으니, 정용준의 말대로 회원을 15명으로 하기로 하자."

하고, 추가할 학생은 서울 토박이인 유양수가 맡으라고 했다.

유양수가 말하는 고서점으로 가보니, 영문으로 된 『공산당 선언』이 30부 남짓 있었다. 푸른 마분지 표지로 된 얄팍한 그 팸플릿엔 뉴욕에 주소를 둔 미국 공산당의 출판부가 인쇄한 것이라고 적혀 있었다. 그러나 종이가 누르스름한 재생지인 것을 보면, 국내에서 리프린트한 것 같았다. 그런데 그 팸플릿이 모두 신품이라는 것이 이상했다. 공산당이 그런 일에까지 신경을 쓰고 있을까 싶으니 기특한 생각마저 들었다.

박태영은 독일어판과 영문판을 다 가지고 있었지만, 자기가 이미 읽었다는 내색을 하지 않기 위해 친구들과 똑같이 그 팸플릿을 샀다. 그리고 어떤 필요가 생길지 모른다는 생각도 들고 값이 싸기도 해서 다섯 부를 여분으로 사놓기로 했다.

그 길로 박태영은 다동의 술집으로 일동을 안내했다. 그 술집은 김상태의 안내로 가기 시작한 후 박태영의 단골이 되어 있었다.

일동 가운데 그런 곳에 온 것이 처음인 사람도 많은 것 같아 서먹서먹한 기분이 들었다. 그래서 박태영이

"이런 데 와서 술을 마셔보는 것도 인생 수업이 되는 기라."

하고 풀이를 해야 하는 국면도 있었다.

방에 들어앉기가 바쁘게 몇몇은 이제 막 사가지고 온 선언을 읽기 시

작했다. 김기업도 그 가운데 하나였는데, 잠깐 들여다보더니 중얼거렸다.

"아, 이거 굉장히 어려운데? 선생님이 있어야겠는데……."

"18대 1의 경쟁을 뚫고 들어온 영어 실력이면 충분히 읽을 수 있을 거다."

신화중이 팸플릿을 펴 들고 말했다.

"나도 이거 안 되겠는데……."

심종관이 신음했다. 다음다음으로 비슷한 의견이 나왔다.

결국 따로따로 읽을 수는 없으니 누군가 영어 실력이 있는 사람이 주동이 되어 같이 읽어야겠다는 결론이 나왔다.

"신군이 있으니까 걱정 없을 거요."

신화중이 일제 때 고등학교에 다닌 사실을 상기하며 박태영이 말했다. 박태영 자신은 독어로건 영어로건 『공산당 선언』을 암송할 만큼 마스터했지만, 어디까지나 독서회의 주동을 신화중에게 맡길 계획이었던 것이다.

술상이 들어오자 분위기가 훨씬 누그러졌다.

갖가지 화제로 꽃을 피우기도 했는데, 가장 많이 화제에 오른 것은 '일제 때 우리들이 얼마나 철없이 굴었느냐.' 하는 데 대한 반성이었다.

전북의 정용준은, 국어 상용을 하지 않고, 즉 일본말을 하지 않고 우리말을 곧잘 하는 학우를 불러놓고

"너, 천황 폐하의 적자嫡子의 몸으로 국어를 사용하지 않고 조선말을 하는 까닭이 뭐냐?"

라고 점잖게 충고했는데, 바로 그 이튿날 일본이 항복하고 우리나라가

독립한다는 바람에 얼떨떨해서 그날부터 그 친구에게 얼굴을 들 수 없게 되었다는 얘기를 해서 모두를 웃겼다.

경북의 정대영은

"8·15 그날 천황 폐하의 항복 방송을 듣고 나는 실컷 울었던 기라. 그래 그 뒤 얼마나 놀림감이 됐던지 죽어버릴라 안 했나."

하고 얼굴을 붉혔다.

모두들 그러한 쓰디쓴 회상이 있는지, 그런 얘기를 들으며 씁쓸하게 웃었다.

"그래도 명색이 중학교 상급반인데, 어떻게 그처럼 철딱서니가 없었던지······."

서울의 이명철이 한 말이었다.

"중학교 상급반? 말 말아요. 나는 고등학교 학생이었는데도 학도병으로 나가 천황 폐하를 위해 죽을 생각을 했는데 뭐."

신화중이 이렇게 말하고,

"그런데 박태영 군은······."

하고 말을 이으려 하자, 태영은 얼른 그 말을 막았다.

"철없었을 때의 일을 갖고 우리 너무 자기 비하를 할 것까진 없잖을까? 자, 우리의 출발을 위해 축배나 들자."

그 나이 또래에서 두세 살 차이면 어울리기 힘들었지만, 술이 몇 순배 돌자 그런 기분도 말쑥이 사라졌다.

박태영은, 중학 시절 이래 억지놀음으로 어른 행세를 해온 스스로의 과거가 쑥스럽게 회상되기도 해서 지금부터야말로 젊은 후배들과 청춘을 시작해볼 요량으로 들뜬 기분이 되었다. 그러나 또 하나의 자기인 전태일이 그러한 자기를 지켜보고 있는 차가운 눈을 태영은 의식하지 않을 수 없었다. 그래서 박태영은, 어지간히 술에 취해 못하는 노래까지 부르며 기염을 토하기도 했지만, 또 하나의 자기로서 마음속에 설정된 전태일은 말짱한 정신으로 명륜동 집으로 돌아갈 수 있었다.

명륜동에선 뜻밖의 손님이 태영을 기다리고 있었다. 노동식이었다.

"형님, 이거 웬일이십니까?"

태영이 방으로 뛰어들자 노동식이 손을 잡았다.

"볼일이 있어서 서울에 온 길에……. 그저 내려가버릴 수 없어서……."

뜸직뜸직 이렇게 말하는 노동식은 얼굴이 시커멓게 그을려 있을 뿐만 아니라 수척해져 있었다.

"또 술을 자셨죠?"

대문을 열어주고 따라 들어온 숙자가 살금 비난하는 투를 비쳤다.

"박군, 술을 하게 됐나?"

노동식은 뜻밖이라는 듯한 표정을 지었다.

"이래저래 어른이 됐습니다."

박태영이 겸연쩍게 말했다.

"거의 매일 술이랍니다."

나무라달라는 투로 숙자가 말을 끼웠다.

"요즘 조금 우울한 모양이로구나."

동식이 웃어 보이며 한 말이었다.

"그렇지도 않습니다."

태영은 이렇게 말하고 물었다.

"언제쯤 명륜동에 왔습니까?"

"여섯시쯤 됐을까?"

"그럼 퍽 무료하셨겠네요."

"아니, 하 선생, 권 선생과 이때까지 쭉 같이 있었어."

그렇다면 두 사람으로부터 꽤나 시달림을 받았겠구나 하는 생각이 들었다. 노동식이 부산에서 당의 지시 아래 전평全評의 일을 보고 있다는 것을 하영근과 권창혁은 알고 있었다. 그래서 그러한 노동식을 달갑지 않게 생각하고 있는 터였다.

"여러 가지 거북한 얘기가 있었겠네요."

"그렇지도 않았어. 일반적인 시국 얘기가 있었을 뿐이지."

"형님, 많이 여윈 것 같습니다."

"긴 여름을 지냈응깨."

하고 동식이 물었다.

"참, 박군은 대학 일학년으로 새로 들어갔다며?"

"그랬습니다."

"박군의 실력으로는 편입을 해도 될 낀디. 야간 전문부라도 그만한 이력이 있는디."

의아하다는 동식의 말이었다.

"졸업하는 데 목적이 있는 것이 아니라 공부하는 데 목적이 있으니까요. 되도록 학생 신분 시간을 오래 끌기 위해 그렇게 한 겁니다."

태영은 그것이 하영근 씨의 뜻이기도 하다고 덧붙이려다가 말았다.

숙자가 두 사람의 자리를 깔아놓고 자기 방으로 돌아갔다. 두 사람만 남았다. 태영은, 뭐라고 형언할 수 없는 애달프고 정다운 기분이 순식간에 괴었다. 그 기분은 손으로 만질 수 있고, 피부로 느낄 수 있고, 코로 냄새 맡을 수 있는 농밀한 감정의 빛깔이기도 했다. 혈육 이상의 혈육을 느끼게 하는 이 기막힌 감정은 어떻게 비롯된 것일까. 그 감정이 노동식에게도 엄습해 있다는 것을 그의 눈빛으로 알 수 있었다. 갑자기 괴게 된 침묵에 그 의미가 있었다.

"형수씬 편히 계십니까?"

태영이 먼저 침묵을 깨뜨렸다. 노동식은 한동안 대답이 없더니,

"요새 자꾸만 그 사람이 불쌍해져서 큰일이구만."

하고 밑도 끝도 없는 말을 했다.

그러나 물을 필요는 없었다. 박태영은 그렇게 말하는 노동식의 감정과 그 무늬를 본능적으로 이해했다. 앞으로 밀어닥칠 사태에 대한 공포 섞인 예감이 그런 말을 엮은 것이다.

"그렇게 비관할 것까진 없잖을까요?"

"꼭 비관해야 할 사태라면 내 나름대로 결단이라도 내겠다."

"나름대로의 결단이라니, 어떻게요?"

노동식은 담배 한 개비를 다 피울 때까지 잠잠하더니 입을 열었다.

"이번 서울에 온 것은 전평 긴급 회의 때문이었어."

그리고 다음 말이 이어지기까지 한참이 걸렸다.

당이나 그밖의 조직이 긴급 회의에서 결의한 사항은 필요한 시기에 필요한 사람에게가 아니면 절대로 발설해선 안 된다는 것이 조직의 원칙이었다. 그러니 박태영이 아무리 친한 사이라 해도 말해선 안 되었다.

"어려우시면 억지로 말할 필요는 없어요."

태영이 동식의 입장을 알고 한 말이었다.

"아니다. 나는 박군에게만은 꼭 얘기를 해야겠다."

노동식의 말에 의하면, 부산에서 철도노조와 남전노조의 파업을 단행해서 부산시를 경제적으로나 사회적으로 마비시키라는 지령을 받았다는 것이었다. 그 날짜는 일주일 후인 9월 23일, 그리고 그 파업을 극

운명의 첫걸음 45

한화해서 10월에 들어서면 대대적인 시위 운동을 조직하여 군대나 경찰의 간섭에도 불구하고 일대 소요로 몰고 가라는 내용이라고 했다.

"그건 어마어마한 일이네요."

박태영이 자기도 모르게 한숨을 섞었다.

"어마어마하지. 사람이 몇 죽을지 모르는 일이니까."

"그걸 형님의 책임하에 하는 겁니까?"

"도당 위원장도 있고 도 인민위원장도 있고 시당 책임자, 그밖에 청년단체 간부들도 있으니까 내 혼자의 책임이랄 수는 없지. 그러나 행동의 주력이 노동조합이니까 결국 내가 실질적인 책임자가 될 수밖에 없지 않은가. 내 말을 듣지 않고 일어설 노동조합이 부산엔 없을 테니까."

태영은 무슨 말을 끼워볼 엄두도 나지 않았다.

동식이 나직이 말을 이었다.

"당 위원장이니 뭐니 해봤자 그들이 동원할 사람들의 수야 뻔하지 않은가. 노동자 이외의 조직 대중이란 기껏 천 명 안팎일 끼라. 그것도 노동자가 출동해서 위력을 만들어놓지 않으면 움직이기 힘들 끼라. 적절한 선동을 꾸며 비조직 대중을 동원하려고 하겠지만, 그것 역시 노동자가 앞장을 서야 될까 말까 한 기거든."

노동식은 박태영에게 얘기한다기보다, 자기의 마음을 다지듯 혼잣말을 하고 있었다.

"요는 형님의 결심과 행동 여하에 달렸다, 이거 아닙니까?"

"그렇지."

"그런데 형님이 마음먹기만 하면 지령대로 사태를 전개시킬 순 있습니까?"

"결과 불구하고 한다면 안 될 것도 없지. 노동자들은 내 말이라면 콩을 끝이라고 해도 그대로 믿을깨."

아닌 게 아니라 노동식이 훈훈한 인간성과 성실성, 그리고 깊은 교양을 바탕으로 한 견식으로 부산의 조직 노동자 사이에서 영웅처럼 숭앙받고 있다는 사실을 박태영은 듣고 있었다. 그런 만큼 당 중앙에 대한 발언권도 강했다.

"그러니까 형님은 그 사태의 결과에 대해서 걱정하는 겁니까?"

"그럴 수밖에. 일대 소요를 일으켜 많은 사람을 죽이기까지 할 터인데, 그 소요를 혁명의 성공으로까지 이끌고 가지 못한다면 큰일 아닌가배. 철저한 탄압을 받게 될 끼라. 그렇게 되면 보상할 수 없는 희생자만 안고 혁명세력은 묘혈을 파게 될 끼 아닌가. 그걸 누가 어떻게 감당한단 말이가. 내 하나 죽어 수습이 된다면 난 백 번 죽겠다. 그러나 그럴수도 없을 것 아니가."

"사태의 예측이 꼭 그렇다면 왜 당 중앙에 반대하지 않습니까. 반대가 통하지 않으면 물러설 각오를 하면 될 게 아닙니까?"

"언제부터 박군은 그렇게 간단하게 말하는 걸 배웠지?"

노동식은 쓸쓸하게 웃었다.

"사태의 예상에 자신이 있다면 그렇게 할 수도 있을 것이란 얘기가 아닙니까."

"백 프로의 자신이 어디에 있겠노. 당이 10월의 고비에 사생을 걸고 있는디. 당수에게 체포령이 내려졌는데 당이 그만한 반발을 않고 가만히 있을 수 있겠나. 이건 첫째, 공산당으로서 오기의 문제 아닌가배. 둘째, 당 중앙은 지령대로만 하면 절대로 자신이 있다쿠는 기라. 철석같은 정신 무장을 한 당원이 일시에 전국 각지에서 일어선다는 거라. 만일 열성 당원을 2만 명으로 치고 전국에서 일시에 일어나봐. 조직 대중은 백만이 될 거고, 여게 비조직 대중을 합세시키면 수백만으로 부풀어 오를 것 아니가. 전국의 행정을 일거에 장악할 수도 있어. 군정의 경찰이 얼마나 되기에 대항할 수 있겠나. 당이 설명하는 정세의 예상은 이렇단 말이다. 내 짐작으론 아무래도 터무니가 없지만, 그렇다고 결론을 내도 반증을 제시할 자료가 없는걸 어떻게 허나."

"그러니까 당은 앞으로의 사태에 자신이 있다는 겁니까?"

"그렇다니까. 부산 지역만 책임지면 된다는 기라. 대구를 비롯한 경북 지구는 만반의 태세를 갖추고 있다는 기고. 대구 대표들은 자신만만하더만. 그런 정황 속에서 낸들 어떻게 하겠노. 내 짐작, 내 예상만 갖고 당의 방침을 변경시킬 수 있겠어?"

"……"

"내 짐작과 예상에 백 프로의 자신만 있다면 당이 어떻게 나와도 난 나름대로 결단을 내리겠는데 말이다."

"세상에 백 프로의 자신을 갖고 미래를 예견하는 사람이 어디 있겠습니까. 50, 60프로의 예견으로 결단을 내려야죠. 그러니까 영웅이 존재하는 것 아니겠습니까?"

"나는 영웅이 되기도 싫고, 갈채를 받고 싶지도 않아. 당의 방침이 승리하길 바랄 뿐야. 완전 승리는 어렵더라도 최악의 사태만 안 됐으면 좋겠어."

태영은 노동식의 심정을 이해하고도 남았다. 지금 당을 떠나 있으니까 이렇게 저렇게 말해보지만, 만일 당 조직 속에 있다면 노동식의 망설임에 비판을 했으면 했지 추호의 동정심도 느끼지 않을 것이다. 아무리 친한 사이라도, 아니 친한 사이인 만큼 노동식의 태도를 비난하고 아울러 충고와 격려를 섞어 당의 방침에 무조건 호응하도록 할 것이다.

노동식은 이어, 당의 지령대로 하자면 어떠한 무리를 해야 하느냐에 관한 세부적인 난점을 열거하기도 했다.

이것도 태영에게 들려주려고 하는 얘기라기보다 자기 자신 속에 자신을 심기 위해 다짐하는 것이라고 풀이하는 것이 옳았다.

"그런데 회의에선 어떻습디까. 당의 지령에 반대하거나 수정안을 내는 사람은 없습디까?"

태영은 이 한 마디만은 안 해볼 수 없었다.

"없더만."

태영은 노동식의 이 대답을 듣고, 그렇다면 어떻게 할 도리가 없다고 생각했다. 당 중앙이 아무리 부실하더라도 명색이 당이 존재하는 한, 그리고 지방의 대표자 절대 다수가 그 지령에 복종할 의사를 표명한 이상, 그 지령은 집행되어야 했다. 그 결과는? 집행해놓고 볼 일이지, 미리 전색할 일이 아니었다.

그러고도 많은 이야기가 오갔다. 태영은 혈육의 정도, 혈육 이상의 우정도 어떻게 할 수 없는 상황이 있다는 것을 절실히 느꼈다.

태영이 말했다.

"시간도 오래되고 했으니 주무시도록 하시죠."

자리에 눕긴 했는데, 태영도 노동식도 쉽게 잠이 오지 않았다.

"형님!"

"말해보게."

"이번에 나도 부산에 내려가볼까요?"

"뭣 하러."

"형님의 사설 비서 격으로 눈이 되고 귀가 돼드리면 혹시……."

"쓸데없는 소리 말게, 괜히 어지러운 사태에 말려들 필요는 없어. 아우는 다음 시기를 위해 수양이나 하고 있게."

"사태가 어지럽다면 조직과 전연 무관한 내 같은 사람이 형님의 신변에 있어 갖고 돌봐드리는 것도 괜찮을 낀디요."

"아우 아니라도 돌봐주는 사람은 많으니까."

하고 노동식은 저쪽으로 돌아누웠다.

태영은 그 이상 할 말도 없어 눈을 감고 잠을 청했다.

한참 시간이 흐른 것 같았다.

"박군, 자나?"

하고 노동식이 이쪽으로 돌아누웠다.

"아아뇨. 아직 안 잡니다."

"만일에 말인디……."

"말해보이소."

"사태가 엉망이 되어 피신할 필요가 있게 되면, ……혼자만 피신할 순 없을 기거든. ……그때 일단 지리산으로 들어갔으면 하는데, ……가능하겠지?"

"무슨 말씀인데요?"

"도청이나 시청을 점령했다가 다시 쫓겨나게 될 경우, ……경찰서를 습격해서 피차 사상자가 발생했는데 우리들의 세가 부대껴 후퇴해야 할 경우가 생겼을 때 얘긴데……."

"그때 지리산으로 가서 은신하겠단 말인가요?"

"최후의 경우엔 그렇게라도 해야 될 것 같아서 하는 의논인데……."

"안 될 일은 아니겠죠. 그러나 그렇게 되면 혁명의 현장을 포기하는 결과가 되는 것 아닙니까?"

"전진을 위한 후퇴도 있으니까. 그리고 우리의 혁명세력이 이번 사태의 실패만으로 전멸할 까닭도 없고……. 게다가 이북이 당당하게 성장하고 있으니까 일시적인 후퇴가 전화위복이 될 수도 있지 않을까?"

"일을 시작하기도 전에 그런 것을 생각해요?"

"잠이 안 오니까 별 생각이 다 드는구만. 그런데 당은 당의 무장화 계획도 진행시키고 있거든."

"당의 무장화?"

"국민당 정부에 대한 중국공산당 같은 상태가 되는 기라."

"물론 당은 거기까지 생각해야 되겠지요만, 아직까진 합법면이 살아 있는데 그렇게 되면 완전히 비합법 정당으로 돼버리는 것 아닙니까?"

"지금도 사실상 비합법 정당이나 마찬가지 아닌가. 공공연한 활동을 하고 있는 건 노동조합 정도, 그것도 극히 일부지만……."

"어떤 사태가 어떻게 진행될지 모르지만, 극한 폭력 투쟁을 한다면 당이 완전히 지하로 잠행해야 할 결과가 될지도 모르겠습니다."

"당은 이번 사태를 계기로 적극적으로 해방구를 만들어 군정이 항복할 때까지 항전한다는데……."

"그럼 지리산 주변에 해방 지구를 설치하면 되겠구면요. 중국공산당이 강서성의 서금瑞金에 맨 처음 해방구를 만든 것처럼……."

얘기가 이렇게 번지자 박태영은 가슴에서 혁명의 로맨티시즘이 고개를 쳐들었다. 지리산의 해방구, 다소곳한 독립국. 봄엔 꽃, 여름엔 녹음, 가을엔 단풍, 겨울엔 눈……. 불과 몇 년 전에 겪었던 그곳의 생활이 고통스러운 측면은 말쑥이 어디론가 사라져버리고 동화 세계 같은 측면만 다음다음으로 뇌리를 스쳤다.

그런데 노동식의 생각은 약간 다른 것 같았다. 지리산에서 희망의 거점을 찾을 수밖에 없겠지만, 그 마음에 로맨틱한 빛깔을 띠고 있진 않왔다.

"중국공산당의 고난은 그 서금 소비에트에서 시작된 것 아닌가배."

노동식은 이렇게 말해놓고 한숨을 쉬었다.

"동시에 영광의 시작이기도 한 것 아닙니까. 형님이 지리산으로 간다면 나도 따라갈 작정입니다."

"실없는 소리."

하고 노동식은 다시 돌아누웠다.

태영은 지리산 근처가 해방 지구로 될 상황을 상상했다. 그 상상에 앞서 공산당이 그곳에 집결하더라도 박헌영은 오지 못할 것이란 생각이 들었다. 그렇게 되면 박헌영 일파는 맥을 추지 못할 것이 아닌가. 태영은 이런 생각과 함께 당에 대한 자기의 입장이 좋아질 것이란 기대를 해볼 수 있었다.

이상에 적합한 당의 건설! 박태영은 상상만 해도 가슴이 설렜다.

이렇게 되고 보니 지금 공산당이 계획하고 있는 10월 투쟁이 어떻게 전개될지 기다려지는 마음이 되었다. 마음이 들떠 있으니 잠이 올 까닭이 없었다.

"형님, 자요?"

하고 소리를 건네보았다.

"아아니."

"형님, 필리핀엔 후크단이란 무장 공산당이 있다는데요, 산속에 대학을 만들었답니다. 그 대학의 이름은 스탈린 대학……."

하고 권창혁으로부터 들은 얘길 했다.

"그래, 박군은 지리산에 대학을 만들 작정인가?"

"아아뇨. 우연히 생각이 나서 한 얘깁니다."

잠깐 잠자코 있더니 노동식이 말했다.

"박군은 공산당에 관심을 두지 말고 한동안 살아보지."

"왜요?"

"사람이 필요해서 광분하는 형편인데 당으로부터 제명당한 걸 보면 박군에겐 공산당원으로서의 적성이 없기 때문이 아닐까 해서."

"당의 잘못이란 것도 있지 않겠습니까?"

"설사 당이 잘못했더라도, 그런 잘못을 할 수밖에 없는 게 당의 체질이면 어떻게 해. 조선공산당만이 아닌 공산당 공통의 체질이라면 할 수 없지 않은가? 트로츠키가 추방된 것이나 박군이 추방된 것이나 문제의 크기가 다를 뿐 질은 같은 것 같애."

"그러나 나는, 지금의 당은 믿지 못하지만 언젠가는 옳은 당이 될 것이란 희망은 저버리지 않을 겁니다. 나는 그 당의 당원이라고 지금부터 자처하고 있습니다."

한동안 반응이 없더니 노동식이 말했다.

"불쾌할까봐 말을 안 했지만, 당의 일부에선 박군을 함흥차사로 이용할 작정이었더만. 이왕 제명할 바에야 위험한 과업을 주어 말살하자는 거였지. 그걸 이현상 씨가 반대한 기라. 당에서 내보내도 절대로 해당害黨할 사람이 아니라고 고집을 부려 단순한 제명 처분이란, 공산당으로선 의례적인 조처를 하게 된 기라. 그 얘길 들었을 때 난 발끈했다. 그러나 당을 그만두기엔 내 발이 너무 깊게 당 속에 빠져들어 있는 기라. ……그런 공산당에 무슨 미련이 있다고……. 박군은 이왕 시작한 거니까 학문적으로 나가도록 해요. 하영근 씨와 권창혁 씨로부터 권고를 받았기 때문에 하는 소리만은 아닌 기라……."

노동식의 그런 말을 들으면서 박태영은 속으로 웃었다.

'천하의 어떤 힘도 내 속에 있는 혁명의 불꽃을 끌 수는 없을 게다.'

이튿날 노동식은 부산으로 떠났다.
"어떤 일이 있어도 당분간 부산에 내려오지 마라."
라는 부탁을 태영에게 하고, 김숙자에게도 같은 부탁을 했다.
"박군이 절대로 부산에 내려오지 못하게 단속하십시오. 부산에 박군이 내려왔다 하면 큰일 날 줄 아시오."
그리고 역까지 나간 박태영을 보고,
"만일 내 신상에 무슨 일이 있거든 마누라를 잘 부탁한다."
라는 말을 남겼다. 그때 노동식은 자기의 앞날에 전개될 운명을 어슴푸레하게나마 예감한 것 같았다. 열차에 오를 때 나눈 악수를 통해 박태영은 만감이 손에 응집된 듯한 촉감을 느꼈던 것이다.

노동식이 떠난 날 밤, 권창혁이 하영근의 방에서 박태영을 불렀다.
국대안을 둘러싼 학원 사태가 화제에 올랐다. 박태영은 학원 사태엔 일절 관심이 없다는 뜻을 밝혔다. 그리고 서클 활동을 하되 순학문적으로만 진행시킬 것이란 의견도 말했다.
하영근과 권창혁은 그 얘길 듣고 적이 안심되는지 용돈이 모자라면 사양 말고 말하라는 등 태영의 비위를 맞추려고 했다.
그러더니 권창혁이 심각한 표정을 하고 말했다.
"가능만 하다면 노동식 군과 하준규 군을 서울로 불러왔으면 좋겠어. 그리고 10월 중순께까지 이곳에 꼼짝 말고 머물러 있게 했으면……."
"왜요?"
하고 태영이 물었다.

"지금 공산당이 9월 하순부터 10월 초순에 걸쳐 대대적인 폭동을 계획하고 있다. 공산당은 만에 하나도 승산이 없는 짓을 하려는 거다. 노동식과 하준규가 시골에 그냥 있으면 절대로 살아남지 못한다. 나는 지금 사상이 어떻고 정치가 어떻고 하는 말을 하는 것이 아니다. 아까운 젊은 사람의 생명을 말하는 게다. 좌익도 좋다. 공산당도 좋다. 그러나 살고 봐야 할 것 아닌가. 지금 죽는 건 개죽음이나 조금도 다를 바 없다. 그러니 자네 힘으로 될 일이라면 그들을 서울로 오게 하는 것이 좋겠다."

권창혁의 표정엔 성의가 넘쳐 있었다. 박태영이 말했다.

"꼭 그런 심정이시라면 왜 권 선생님께서 노동식 형에게 직접 말씀하시지 않았습니까?"

"그런 말은 할 수 있는 사람이 해야 하는 거여. 충고란 아무나 할 수 있는 게 아니지. 되레 역효과만 내지, 잘못했다간. 더욱이 정치적 색채가 있는 문제에 있어선 그래. 그러니 오래간만에 만난 사람보구 대뜸 그런 정치성 있는 충고를 어떻게 할 수 있었겠나."

"좌익이 그런 폭동을 일으킬 거라는 정보는 어디서 나온 겁니까?"

"경찰이지, 별 곳이 있겠나."

"헌데 공산당이 실패한다는 것은 무슨 증거로 판단하신 겁니까?"

"그걸 내가 일일이 설명할 수 있겠나. 그저 두고 보라고 할밖에."

"좋습니다. 그런데 그 이유를 알건 말건 노동식 씨와 하 두령을 설득하기란 결정적으로 불가능합니다. 생명에 위험이 있다는 정도로 설득당할 사람들 같으면 아예 정치 운동에 뜻을 두지 않았을 겁니다."

"딱한 일이라."

하고 하영근 씨는 자리에서 일어서더니 방 밖으로 나가버렸다. 눈앞에

운명의 첫걸음 55

전개된 따분한 광경이 신경에 거슬린 모양이었다.

"그런데 권 선생님은 어떻게 앞으로 닥칠 일을 그렇게 잘 압니까?"

태영의 이 물음엔 약간의 빈정댐이 있었다. 귀신같이 미래를 예견하는 권창혁의 식견에 감복하면서도 한편 반발을 느끼고 있는 터였다.

그러한 태영의 기분을 눈치챘는지 권창혁의 답도 자연스럽지 않았다.

"글쎄, 그게 병이라."

하더니,

"자네나 하군, 노군의 정치 활동에 내가 심히 간섭하는 것 같기도 하지만, 결과를 뻔히 내다보면서 가만있을 수야 있나."

고 한탄했다.

"아까 공산당의 10월 공세는 절대로 성공하지 못할 것이라 하셨는데, 그 구체적인 이유를 한 가지라도 알고 싶습니다."

"군정의 경찰이 공산당이 하려는 일을 미리미리 파악하고 있으니 하는 얘기가 아닌가."

"어떻게 알 수 있었을까요?"

"내통하는 자가 있어서 아는 거지, 점을 쳐서 알아내겠나? 그리고 대체적으로 공산당은 미국 또는 군정에 대해서 너무 안이한 생각을 가지고 있어. 중국에 있어서 미국이 공산당에 대해 약간 미온적으로 보이는 태도를 취하니까 조선 반도에서도 그러리라고 믿는 모양인데, 그게 오해란 말야. ……공산당은 대대적이고 무시무시한 계획을 짜놓고 이판사판의 투쟁을 전개할 모양인데, ……하여간 두고 보면 알 거다. 스스로 묘혈을 파고 있다는 것을 말야. 그러나 나는 전반적인 그러한 정세에 대해 저널리스트 이상의 관심은 없어. 다만 우리의 친한 사람들이 그런 정세에 휘말려 희생되는 일은 없었으면 하고 바랄 뿐이지. 난세에 스스로를 더럽히지 않고 살아간다는 것은 대단한 일 아닌가. 나는 이 난세에서 스스로를 더럽히지 않고 안전하게 살아남는다는 것이 어떠한 정치적인 큰 목적을 달성하는 것 못지않게 큰일이라고 생각해…….”

"그렇게 아낄 만한 자기를 가지고 있는 사람이 몇이나 될까요?"
하고, 듣기에 따라선 거북할 수도 있는 말을 남겨놓고 태영은 자기 방으로 돌아왔다.

원래 공산당은 전평 주도하에 총파업을 10월 농민 투쟁과 결부시켜 단행하기로 계획하고 있었다. 그런데 박헌영 체포령이 내려지고 공산당 지도부의 이주하가 체포되는 등 사건이 있고, 그들의 기관지인 『인민보』, 『현대일보』, 『중앙신문』 등이 포고령 위반으로 정간당하는 사태가 뒤이어 일어나 부랴부랴 총파업을 앞당기기로 한 것이다.

전평은 우선 다음과 같은 요령으로 총파업을 단행하기로 했다.

1. 파업 투쟁은 주로 철도 부문에 중심을 두고 전개하되, 이 부문에서 내세우는 요구 조건이 표준이므로 기타 부문은 이에 준해 자기들의 실정에 맞는 요구를 할 것.

표준 요구 조건이란,

가. 일급제를 폐지하고 월급제로 전환

나. 평균 임금을 3천5백 원으로 하고, 가족 수당 1인당 6백 원 지불

다. 식량은 노동자 1인당 4홉, 가족 1인당 3홉 배급

라. 점심 급식

마. 해고, 감원 중지

바. 노조 활동 자유 보장

사. 검거된 공산당 간부 석방

아. 8시간 노동제 실시

　2. 철도는 9월 24일, 경전은 9월 26일, 기타는 9월 28일에 파업을 단행할 것이며, 파업 상황을 노동자와 인민에게 선전하기 위해 출판, 보도 부문만은 마지막에 파업할 것.

　3. '파업 방해'를 방지하기 위하여 기관차의 간단하고 중요한 부속품을 빼놓을 것과, 파업이 노동자들이 자발적으로 일으킨 것처럼 할 것.

　4. 농성 투쟁을 주로 하고, 마지막으로 시위로 넘어가되, 전체 요구 조건이 관철된 개별적인 산별 단체에서는 파업을 종결지을 것.

　5. 파업을 지도하기 위하여 각 산별 및 지방과 공장들에 파업투쟁위원회를 조직할 것이며, 전평에서도 총파업투쟁위원회를 조직하여 각 산하단체 투쟁위원회를 통일적으로 지도할 것.

　그리고 한편 전평에서는

　"우리 4만 철도 종업원은 우리 철도가 다시 어느 제국주의의 압박과 착취와 침략의 무기가 되게 함이 아니라, 조국의 민주화와 독립과 부강의 무기가 되게 하기 위하여 참다못해 총파업에 들어갔다. 미국에 의존하여 국내 생산을 감축시키고 종업원의 대량 해고, 감원까지 진행하는 데 있어서 20만 가족의 생명을 구하기 위하여 정당한 투쟁을 시작했다."

라는 성명서를 준비하고, 공산당에서는 '남조선 노동자 제군에게 고함'이란 파업 선동 삐라를 뿌렸다. 공산당의 이러한 획책이 파업의 성공을 기하기보다 파업의 요구 조건이 관철되지 못할 때 노동자를 전부 폭도화할 목적으로 이루어졌다는 것은 두말할 나위가 없다.

　이와 병행해서 10월 1일을 기한 전국적인 폭동의 준비가 착착 진행되어갔다. 농민을 선동하기 위한 구호로는

"공출을 폐지하라."

"우리의 추수를 지키자."

"토지를 농민에게 분배하라."

"친일파, 민족 반역자는 물러가라."

라는 등 내용의 것이 준비되었고, 도시민을 선동하기 위한 구호로는

"식량을 배급하라."

"기아 정책을 청산하라."

"실업자에게 일터를 달라."

"친일파, 민족 반역자 물러가라."

라는 등 내용이 준비되었다. 방법은, 부락 단위로 세포책이 독려하여 괭이, 도끼, 낫, 갈고리, 곤봉 등을 든 농민들을 행정관서 소재지에 집합시켜 그 압력으로 행정 관서를 점령하는 동시, 치안대를 편성해서 그 점령한 관서를 유지하고 최후의 일인까지 싸운다는 것이었다. 이렇게 해서 남조선 전역을 일시에 인민공화국으로 탈바꿈시킨다는 전략이었다.

드디어 9월 23일 부산의 철도 노동자 7천여 명이 파업에 들어갔다. 태영은 그 사건을 전한 신문을 펴 들고, 며칠 전에 본 노동식의 초췌한 얼굴을 상기했다.

'일은 터지고야 말았다.'

라는 감회가 있었다. 태영은 그 신문 기사의 행간에서 만만치 않은 노동식의 의지를 읽고, 금방이라도 부산으로 뛰어가고 싶은 충동을 느꼈다.

뒤이어 서울을 비롯한 전국의 철도 종업원 4만 명이 총파업에 들어갔다 경부선, 경춘선, 호남선, 전라선, 중앙선, 경인선, 경원선, 경의선

전부가 운행을 중지했다.

출판 노조의 파업이 있었다. 서울에서 발행되는 신문은 모두 발간을 중지했다. 출판 노조의 파업에 호응해서 21개의 공장이 파업으로 들어갔다.

중앙 우편국(우체국)을 비롯해서 광화문 우편국, 광화문 전화국, 중앙 전화국이 파업했다. 부산의 남전이 파업했다. 대구의 섬유 부문 50여 개의 공장이 문을 닫았다. 이윽고 전국의 전신 기관에 파업이 파급되어 전화, 전신이 모두 단절 상태가 되었다.

철도와 전신의 마비는 민심을 흉흉하게 했다. 내일이라도 무슨 폭동이 불어닥칠 것 같은 무시무시한 기분이 서울의 거리마다 감돌았다.

그러한 날 박태영은 권창혁에게 물었다.

"이만하면 공산당이 꽤 실력을 가졌다고 할 수 있지 않습니까?"

"예상보다 실력이 있는 것 같은데, 문제는 앞으로 어떻게 히느냐에 달렸지."

권창혁은 아무렇지도 않게 말했다.

"이대로 사태가 진전된다면 군정청도 별 도리 없이 굴복해야 하지 않을까요? 평화적으로 농성하는 노동자들을 전국 방방곡곡에까지 찾아다니며 쏘아 죽일 수는 없을 테니까요."

박태영에겐 권창혁의 예상이 단 한 가지만이라도 뒤엎어져봤으면 하는 심술이 있었다.

"두고 보게."

권창혁은 웃으며 말했다.

"군정청은 이 총파업을 노동조합 문제, 즉 어디까지나 공산당의 배후 책동에 의한 비경제적 문제로 취급하는 모양이다. 그러니까 군정청은 한 걸음도 양보하지 않을 방침인 것 같애."

"그렇게 되면 어떻게 되는 겁니까?"

"굶어죽어도 조선 사람이 굶어죽지 미국놈들이 굶어죽는 게 아니니까, 극한 투쟁엔 극한적인 태도로 맞선다는 얘기지 별거 있겠나."

권창혁은 태평한 얼굴로 말했다.

거리엔 살벌한 기운이 돌았다. 중무장한 미군의 차량이 오가는 것이 전시의 풍경을 방불케 했다.

학원에서도 동요가 있었다. 이때를 놓치지 말고 국대안 반대 투쟁의 위세를 올려야 한다는 움직임이 있었고, 노동자를 성원하는 뜻으로 동정 맹휴를 하자는 주장도 나돌았다. 그러나 주위가 너무나 삼엄하고 살벌해서 찬성하는 사람도 반대하는 사람도 선뜻 용기 있는 노력을 하지 못하는 것 같았다. 당에서 압력이 없을 까닭이 없는데 서울대학교의 움직임은 종전과 조금도 다르지 않아 이상했다. 풍설만 나돌 뿐 행동이 없었다. 태영은 서울대학교 관계 세포책들이 겁을 먹고 있다고 짐작했다.

9월 30일이었다. 저녁밥을 먹고 있는데 태영에게 이상한 사람이 찾아왔다. 그 사람은 대문간에서 태영에게 쪽지 하나를 전하고 한마디 말도 없이 어디론가 사라져버렸다.

방으로 들어와서 쪽지를 폈다.

계동 어느 지역의 지도가 그려져 있었다. 자세히 보니 삼각표를 한 집으로 통하는 노순路順을 가리키는 것이었다.

'이 쪽지를 받는 즉시 표가 있는 집으로 오시오.'

라는 글이 있고, '로'라는 사인이 보였다. '로'는 이현상의 사인이었다.

자세히 그 사인을 살펴보니 이현상의 친필이 확실했다. 이현상은 '로' 자를 쓸 때 꼭 '토'자를 쓰고 가운데 점을 찍었다.

태영은 등골에 가벼운 전류가 흘렀다. 곧 옷을 챙겨 입고 나갈 채비를 했다. 그때 숙자가 들어왔다. 태영은 멈칫했다.

"어딜 나가실 작정예요?"

숙자는 태영의 눈을 쏘아보며 말했다.

"좀 나가봐야겠소."

태영은 태연한 척 꾸몄다.

"아까 온 사람이 누구죠?"

"모르는 사람이던데."

"모르는 사람이 왜 찾아왔죠?"

"그저……."

"그 사람, 뭔가 연락하러 왔죠?"

"그런 게 아니라……."

"그런 게 아니면 지금 왜 나가시려고 하죠?"

본능적인 후각으로 무슨 냄새를 맡았는지, 김숙자는 끝내 물고 늘어지려는 태도로 나왔다.

"당신, 왜 이러는 거요."

태영이 부드럽게 핀잔했다.

"태영 씬 정치에서 손을 떼겠다고 말씀하셨죠? 약속했죠?"

"……."

"그런데 보니까 아직도 무슨 일을 하고 있는 모양이네요."

"아니야, 그런 게 아냐."

"그럼 왜 내게 숨기죠? 그 사람이 누구란 걸 왜 얘기하지 못하죠? 그 사람이 무슨 용무로 왔는지 왜 숨기려고 하죠?"

숙자는 대청을 사이에 둔 하영근 씨의 방에까지 소리가 들리도록 일부러 목청을 돋우었다.

"당신, 정말 왜 이러는지 모르겠군. 난 정말 정치완 무관해. 당신에겐 아무 비밀도 없어. 그리고 오늘 온 사람은 몰라. 다만 어느 친구가 날 좀 만나고 싶다는 전갈을 보내왔을 뿐이오."

태영이 타이르듯 말했다.

"어떤 친군데요."

"그건 지금 말할 수 없어. 만나고 와서 얘기할게."

"노동식 씨와 관련이 있는 사람 아녜요?"

"그런 걸 신경과민이라고 하는 거요."

"그럼 왜 태영 씨가 만나러 가는 사람을 지금 알면 안 되죠?"

"그럴 사정이 있다니까."

"그 사람, 여자예요?"

"참말로 어이없는 소릴 하는구먼."

태영은 얼굴빛을 바꿀 정도로 신경질을 내고 밖으로 나왔다.

숙자는, 일단 마음먹으면 어느 누구도 어떻게 할 수 없는 태영의 성격을 잘 아는 터라 순순히 대문간까지 따라 나왔다. 그리고 한마디 했다.

"갔다 와서 말씀하는 거죠?"

태영이 계동의 그 집을 찾아낸 것은 여덟시쯤 되어서였다.

대문을 두드렸다.

"누구냐!"

묻는 말이 대문 안에서 들려왔다.

"박태영이란 사람입니다. 아까 연락을 받았는데요. 로 선생님을 만나러 왔습니다."

귀문이 열렸다. 태영은 담장 쪽에 붙은 작은 길을 어떤 청년의 뒤를 따라 걸었다. 잠깐 걸으니 조그마한 문이 있었다. 청년이 문을 열고 먼저 나갔다. 태영이 따라 나갔다. 보니, 다른 골목으로 나왔다.

일단 집에 들어갔다가 다른 문을 통해 다시 골목으로 빠져나오게 한다는 수속을 통해서 대단한 보안 조치를 하고 있음을 깨달았다.

골목을 돌고 돌아, 더욱이 밤이어서 거의 방향 감각을 잃을 만했을 무렵, 청년은 어떤 등실하게 큰 집 대문 앞에 섰다.

암호 교환 같은 나지막한 몇 마디 말이 오가더니 역시 귀문이 열렸다.

태영이 안내된 방은, 그 큰 집의 규모로 봐 어울리지 않는 좁고 지저분한 방이었다.

조금 있으니 기침 소리가 나고 낯모르는 중년 사나이가 들어왔다.

"박태영 씨죠?"

"예."

"옛날 당에서 가졌던 이름은?"

"전태일입니다."

"내 이름은 박찬이오."

중년 사나이는 이렇게 자기를 소개했는데, 물으나마나 한 변명이었다.

"사실은 이현상 선생의 분부로 내가 전 동지를 만나게 된 겁니다."

이렇게 전제하고 그는 말했다.

"사람을 시켜 전태일의 학적부를 뒤져봤더니 등록이 돼 있습디다. 그래 주소를 찾았더니 옛날 살던 곳이고, 지금은 거게 안 계셔서 다시 전 동지의 주소를 찾았죠."

"어떻게 찾았습니까?"

태영은 차갑게 물었다.

"이현상 선생이 알고 계십디다."

중년 사나이에겐 표정이 없었다. 태영은 그의 다음 말을 기다렸다.

"아시다시피 지금 경성대학엔 학생을 입학시키기가 퍽 어렵습니다. 그래서 전태일의 학적부를 이용하려고 했더니 박 동지가 등록을 했더먼요. 박 동지가 한 거죠, 그 등록은?"

"그렇습니다."

"사진을 바꿔 붙이려다가 발견했다고 합니다."

"그래서 어떻게 하시겠다는 말씀입니까. 제가 그 학적을 포기하란 말입니까?"

"그럴까도 했는데 이현상 선생의 각별한 분부가 있었소. 당 밖에 나가 있는 동안 별로 과오가 없으면 박 동지를 복당시키자고 말입니다. 그리고 계속 전태일의 역할을 맡기자는 겁니다."

"……"

"지금 경성대학은 대단히 중요한 의미를 가지고 있소. 그 대학을 송두리째 인민의 대학으로 만들 수만 있다면 그건 대단한 승리요. 그런데 사람이 없단 말요."

박찬은 박태영의 관상이나 보려는 듯 이모저모에 시선을 옮겼다. 태영은 우선 불쾌감이 앞섰다. 무슨 물건을 감정하듯 하는 박찬의 태도에 맹렬한 반발을 느낀 것이다.

"그래서 부탁인데, 박 동지가 당에서 나간 후 이때까지의 경과를 일기 형식으로 자세하게 기록해서 제출하도록 하시오."

"그건 왜요?"

"그걸 검토해야만 복당 여부를 결정할 수 있지 않겠소?"

태영은 그 자리에서 거부하려다가 참았다. 이 복마전 같은 집에 어떤 함정이 마련되어 있을지도 모른다는 경각심 때문이었다. 그래 답을 바꿨다.

"그렇게 해보죠."

"일주일 안으로 제출하도록 하시오."

박찬은 점잖게 말하고 일어섰다.

피는 피로

피는 피로, 테러는 테러로 대항하자는 공산당의 전술은 철도 파업을 시발점으로 삼았다.

철도의 마비로 서울 시내의 식량 사정이 악화되었다. 민심이 흉흉했다.

공산당을 비롯한 좌익들은 내일이라도 혁명이 일어날 것처럼 설쳤다.

"인공을 수호하자!"

"인민의 승리를 위해 싸우자!"

"한민당을 비롯한 악질 반동을 분쇄하라!"

"철도 파업을 지지한다!"

"애국 노동자의 궐기에 인민의 성원을 보내자!"

거리마다 벽, 전신주에 이러한 내용의 삐라가 나붙었다. 학원도 동요하기 시작했다.

"노동자들의 영웅적 파업을 지원하기 위해서 우리도 동정 맹휴同情盟休를 해야 한다."

라는 좌익계의 주장이 있었고,

"노동자의 파업은 건국 과정에 있어서 범죄 행위다."

라고 우익계 학생들은 맞섰다. 불모에 가까웠던 우익계 학생들의 세력이 어느덧 만만찮은 세력으로 성장하고 있었던 것이다.

박태영은 이러한 소용돌이 속에서 되도록이면 냉정하려고 했다.

혁명의 물결이 바야흐로 거센 파도로 굽이치려는 시간에 정열을 억누르고 냉정하려니 이만저만한 노력이 필요하지 않았다. 더욱이 좌익계 학생들의 끈덕진 공작을 물리치기란 상당한 용기를 필요로 했다.

"박형은 인민의 편에 서시렵니까, 인민의 적이 되시렵니까?"

고등학교를 갓 졸업한 순진한 청년들이 이렇게 물어올 때 박태영은 한편 환영하면서도 한편 당황했다. 그래서

"나는 인민의 적은 되지 않을 겁니다."

라고 대답하면,

"노동자 파업을 지지하는 거죠?"

하며 동정 맹휴를 일으킬 것을 제의하기도 했는데,

"학생들 다수의 의견에 따르겠소."

라고 할 뿐 그 이상 뚜렷한 태도를 취할 수가 없었다.

그런 가운데서도 신화중을 중심으로 한 독서회는 회를 거듭함에 따라 열기를 띠었다. 유양수의 추천으로 박인지, 전규동 등 서울 출신 학생을 추가해서 모임의 인원이 15명이 되었다. 박태영은 그들 전부의 태도가 진지하고 학구적인 데 감탄했다. 어려운 경쟁시험을 통해 입학한 학생들은 그만한 재질을 가졌다는 사실을 확인한 셈이기도 했다.

가령 '종래 사회의 역사는 계급투쟁의 역사다'라는 일절을 가지고도 예사로 지나치지 않았다.

"자유민과 노예, 귀족과 평민, 영주와 농노, 길드의 수령과 그 배하配下, 즉 억압하는 자와 억압당하는 자는 항상 대립하고 혹은 암암리에, 혹은 공공연하게 싸워왔다……."

라는 대목에 이르러선

"우리 역사 속에 자유민과 노예에 해당하는 계급이 있었던가? 귀족과 평민을 양반과 상놈으로 대치할 수 있는가? 영주와 농노를 지주와 소작인으로 풀이할 수 있는가? 길드의 수령과 그 배하에 해당하는 부류가 있었던가?"

라는 따위의 토론을 벌이기도 하며, 골고루 납득이 되지 않을 때는 일보도 전진하지 않는 독실함을 보이기도 했다.

이런 모임을 가진 박태영의 내심엔 가능한 한 훌륭한 공산주의자 동지를 만들어보려는 의도가 있었는데, 그들의 태도로 보아 그 의도는 포기하는 게 좋겠다는 판단을 내렸다.

그런 때문도 있어 신화중과의 사이에 다음과 같은 대화가 있었다.

"이 모임에서 양심적인 학구를 만들기는 할망정 한 사람 공산주의자는 만들지 못하겠다."

"공산주의자를 만들어볼 생각이 있었소?"

"그럴 생각이 없지 않았지."

"그런데 어떻게 그런 판단을 내렸소?"

"마르크스주의는 분석적인 사고가 만들어낸 사상이며 주의이긴 해도 분석적 연구를 통해 혁명가가 만들어질 순 없거든."

"분석은 정열을 죽인다, 이 말인가?"

"그런 뜻만은 아냐. 공산주의자가 되려면 우선 공산당원이 돼야 하는데, 우리 모임의 분석적 태도를 견뎌낼 만한 공산당이 생겨날 것 같지 않거든."

"나는 납득이 안 되는데."

"공산당이 옳게 기능을 다하려면 상부의 지령에 절대 복종해야 하고, 상부의 지령이 형성되기까진 당내의 민주주의가 철저해야 하는데, 지금의 공산당은 그렇게 돼 있지 않아. 하부 당원엔 민주주의가 없어. 군대식인 명령이 있을 뿐야. 그러니 이러한 모순은 당원 개개인이 의지와 정열로 극복해나가야 하는데, 분석적인 검토가 그런 의지와 정열을 가능하게 할 까닭이 없지 않은가.”

“그렇다고 해서 걱정할 건 없지 않은가. 당원이 못 되더라도 훌륭한 인간이 되면 될 게 아닌가.”

신화중의 이 마지막 말에 박태영은

‘어느 시기, 어느 단계의 훌륭한 인간이란 개혁의 의지와 실천을 가진 인간이라야 한다.’

는 말로 보충할까 하다가 그만두었다. 자기 자신의 복당 문제를 해결하지 못하고 있는 주제에 그런 말을 한다는 건 너무나 뻔뻔스럽다는 생각이 들었기 때문이다.

박태영은 복당 문제를 두고 고민하고 있는 터였다.

‘내 일생의 목표와 민족의 목표를 일치시키기 위해선 당으로 돌아가야 한다.’

라는 자각은 있었다. 그러나 곧,

‘기왕 나를 당은 내쫓았다. 내겐 잘못이 없었는데도 그랬다. 그러한 당의 생리가 바뀌었을 리 없다. 그렇다면 설령 복당을 한다고 해도 같은 이유로 언제 쫓겨날지 모른다.’

라는 경각심이 잇따랐다.

‘결함을 알면서 복당한다는 것은 경솔한 짓이 아닐까.’

하는 망설임도 있었다.

공산주의자가 당을 떠나 있는 것은 물고기가 뭍에 오른 거나 마찬가지란 생각도 없지 않았다. 그러니 시기의 완급은 있을망정 언젠가는 당으로 돌아가야 했다.

그런데 장, 윤 등 기왕 겪었던 '캡'들을 생각하기만 하면 저절로 입안에 쓴맛이 돌았다. 시기나 악의라고 꼬집어 말할 순 없지만, 그들은 사사건건 사람의 밸을 비비 꼬아서 골탕을 먹일 궁리만 하는 사람들 같았다.

박태영이 신탁통치 문제에 대한 반발로 당수 박헌영의 미움을 샀다는 것을 알자 그들은 한결같이 박태영을 못살게 굴었다. 그렇게 하는 것이 당수에 대한 충성의 표시라고 생각한 모양이었다. 그런 태도가 지금이라고 해서 바뀌어졌을 리 만무했다.

게다가 김숙자의 은근하면서도 끈덕진 견제가 있었다.

그런 상황 속에서 차일피일하다가 박태영은 보고서를 제출할 시기를 넘겨버렸다. 객관적으로 수긍할 만한 이유 없이 지시된 보고서 제출 기한을 넘기면 당명 불복종으로 쳐서 징계를 하든지, 이에 상응한 조치를 취하는 것이 공산당의 관행이었다. 그러니 박태영은 스스로 복당을 불가능하게 만든 셈이었다.

박태영의 복당 문제가 거론된 것은 경성대학에서의 당 사업이 지지부진하다는 보고가 있은 직후였다. 뿐만 아니라 당은 일꾼을 필요로 했다. 중간 간부와 하급 간부의 수는 얼마가 있어도 모자랄 형편이었다.

"젊은 당원으로서 그만큼 성실하고 유능한 당원도 드물다."
고 내세운 사람은 최용달이었고,

"성급하게 출당 처분을 한 것은 징계 위원회의 경솔한 처사다."
라고 말한 사람은 김삼룡이었다.

이런 얘기가 있은 뒤

"이현상이 책임지고 박태영을 복당시키라."

는 의견이 나왔고, 그 의견이 당의 방침으로 되었다. 박헌영이 부재해서 쉽게 의견의 일치를 보았다고 할 수도 있었다.

그런데 기일이 지났는데도 박태영으로부터 보고서가 들어오지 않았다. 박태영의 복당을 계기로 서울대학교 문제를 거론할 참이었는데 좌절이 생긴 것이다.

이현상은 박찬을 불러 경위를 물었다. 박찬은 있었던 사실을 그대로 보고하고,

"평당원의 신상 문제에 중앙 위원들이 지나치게 신경을 쓰는군요."

하고 불쾌한 감정을 보였다.

"아니오. 전태일, 아니 박태영 문제는 단순히 평당원 문제로만 생각할 게 아니오."

이현상은 신중한 어조로 말했다.

"그렇게 중요한 사람을 왜 출당시켰죠?"

박찬의 말엔 가시가 있었다.

"박 동무의 태도를 보니, 그 사람의 감정을 상하게 한 거로구먼."

"내가 그 사람의 감정을 상하게 했다구요?"

박찬이 발끈했다.

"그러지 않고서야……."

하고 이현상이 말꼬리를 흐렸다.

"내가 잘못해서 그자의 보고서 제출이 늦다는 말입니까?"

"쓸데없는 시비를 할 때가 아뇨. 당장에라도 연락해서 그자를 복당시키도록 하시오. 보고서는 차차 받기로 하고 복당 수속부터 하란 말요."

"본인이 원하지도 않는데 복당을 시켜요?"
박찬은 어이가 없다는 표정을 지었다.
"그러니까 본인을 불러 의도를 타진해보란 말요."
"당 밖에 있을 때 무슨 일을 했는지 챙겨보지도 않구요?"
"나는 그 사람을 신용하오. 당 밖에 있어도 과오를 범할 사람이 아뇨."
이현상이 준절하게 말했다.
"글쎄, 그런 훌륭한 당원을 왜 출당시켰느냐는 거예요."
박찬이 짜증스럽게 말했다.
"그럴 만한 이유가 있었소. 지금 그런 걸 따질 필요는 없소. 만일 박동무가 맡기 싫다면 전태일이 나와 직접 만나도록 수배하시오."
"그럴 것까지야 있겠습니까. 제가 맡아 처리하겠습니다."
"그럼 서둘러주세요."

이현상은 박태영의 복당을 서두르고 싶었다. 이북으로 간 당수의 비위는 당분간 생각하지 않아도 되니, 이 기회에 박태영을 복당시켜 서울대학교 문제 처리에 그를 중용하고 싶었다.

그날 밤 박찬은 박태영을 불렀다. 그런데 엉뚱한 답이 돌아왔다.
"그 집으론 가기 싫으니 제삼의 장소에서 만나고 싶다."
며, 제삼의 장소로 혜화동의 중국 요릿집을 지정했다. 불쾌하기 짝이 없었지만 이현상의 부탁도 있었던 터라 박찬은 지정된 장소로 갔다. 박태영이 기다리고 있었다.

자리에 앉기가 바쁘게 박찬은 태영에게 보고서 제출을 재촉했다. 이현상이 보고서 제출은 뒤로 미루라고 했지만, 당의 위신상 지시를 수정할 수 없다고 생각했기 때문이었다.

태영은 박찬의 그런 태도에 불쾌감을 느꼈다. 장기일과 윤병창에게서 받은 그런 불쾌감이었다. 자기를 한 단 위에 앉혀놓고 깔보는 그 따위 태도를 용서할 수 없었다. 그건 분명히 당원의 태도가 아니었다.

"박 선생이라고 하셨죠?"

태영이 냉랭하게 물었다.

"그렇소."

박찬의 태도는 여전히 거만했다.

"박찬 선생님께선『당원의 수양』이란 책을 읽으신 적이 있습니까?"

"『당원의 수양』?"

"그렇습니다. 유소기 동지가 쓴 책 말입니다."

"그건 왜 묻죠?"

"그럴 만한 이유가 있어서 묻는 겁니다."

그러자 박찬은 태영의 얼굴을 날카로운 눈초리를 핥듯 하더니,

"그 따위 얘긴 집어치우구, 보고서를 왜 제출하지 않는지 그 이유나 말하시오."

하며 아랫입술로 윗입술을 밀어올렸다.

"당신에게 보고서를 낼 의사는 없습니다."

박태영은 감정의 빛깔이 없는 조용한 어조로 말했다.

"그건 무슨 뜻이오?"

박찬의 말은 거칠었다.

"내가 보기엔 당신은 당원의 수양이 전연 돼 있지 않습니다. 당원의 수양이 돼 있지 않은 사람에게 내 신상의 비밀을 적은 보고서를 낼 순 없다는 뜻입니다."

"복당할 뜻이 없다는 의사 표시로 듣겠소,"

박찬은 흥분을 가누지 못하는 것 같았다.

"당신을 통해서 복당할 의사는 없습니다. 당신을 통하지 않으면 복당할 수 없는 것이 당의 사정이라면, 그런 사정이 있는 동안엔 복당하지 않겠습니다."

"당신은 나를 모욕하는 거요?"

"천만에요. 당신이 나를 모욕한 일은 있어도 내가 당신을 모욕한 적은 없습니다. 나는 지금 내 의사를 정직하게 말했을 뿐입니다."

"내가 언제 당신을 모욕했소?"

박찬은 덤빌 듯이 말했다.

"초대면할 때부터요. 나와 당신은 개인적으로도 아무런 관계가 없으며, 당적으로도 아직은 아무런 관계가 없습니다. 그런데도 당신은 상위자가 하위자를 대하는 것 같은 말을 썼고 그런 태도를 취했습니다. 공산당원은 상하지간이나 또는 비당원에 대해서 어디까지나 겸손하고 친절해야 된다고 나는 배워왔습니다. 그런데 당신은 처음부터 거만하고 도도했습니다. 그런 태도로 어려운 당 사업을 어떻게 해나갈지 심히 의심스러운 태도를 취했습니다."

"당신이 지금 취하고 있는 그런 태도는 거만하다고 생각하지 않소?"

"거만한 태도에 대한 나의 반응이겠죠."

이 말을 마지막으로 태영은 일어섰다. 시켜만 놓고 손을 대지 않은 음식만 남았다. 태영은 음식값을 계산하고 밖으로 나왔다.

'당분간 당과는 절연이다!'

라는 생각이 마음 한구석에 아픔처럼 남았지만, 장기일 같은, 윤병창 같은, 그리고 박찬 같은 인간과 같이 당 사업을 하느니 절연한 채 있는 것이 나을 것 같았다. 요는 박헌영 체제의 당과는 무관해도 좋다는 체관이 있었다. 양심상 조금도 구애될 것이 없었다.

어두운 골목길을 걸으며 태영은 루이 아라공의 시 한 구절을 마음속으로 외어보았다.

'나는 보다 인간적인 사람을 만나기 위해 공산당에 입당했다. 나는 보다 인간적인 사람이 되기 위해 공산주의자가 되었다.'

보다 인간적인 사람일 수 없을 때 공산주의자는 되지 못한다. 그런데 박태영은 공산당 안에서 인간적인 사람을 하나도 만나지 못했다. 물론 하준규나 노동식은 인간적인 인간이었다. 그러나 하준규와 노동식은 공산당원이 되기 이전에 인간적인 인간이었다.

공산당원의 비인간화는 충분히 문제삼아 볼 만했다. 그런데 그것이 이 조선이란 나라의 특수 사정에 원인이 있는지, 박헌영 체제 자체에 원인이 있는지 알 까닭이 없었다. 아라공이 감동적인 시로 공산당원임을 자랑한 것은 프랑스에서였다. 프랑스 공산당엔 인간적인 인간이 많은데, 조선의 공산당엔 왜 인간적인 인간이 없을까.

그날 밤의 외출을 수상하게 생각한 김숙자가 태영의 방에서 태영을 기다리고 있었다.

"숙자 씬 좋은 의사가 될 자신이 있소?"

하고 태영은 오랜만에 농담을 했다.

"될 수 있도록 노력할 참예요."

하면서도 숙자는 태영에게서 뭔가를 맡아내려고 했다.

"정신이 썩어빠진 육체의 병을 고친들 뭣 할까?"

태영은 이렇게 빈정대기도 해보았다.

"정신이 썩었건 안 썩었건 생명이란 건 소중한 거예요."

숙자도 지지 않았다.

"히틀러의 생명도 소중한가?"

"그런 예외 갖곤 생명의 신성성을 부인할 수 없을 텐데요."

"히틀러는 예외가 아냐. 인류의 적으로서 일반화할 수 있는 문젠 기라."

"교조적인 해석은 지겨워요. 병은 일반론으로 설명할 순 있어도 고치진 못해요."

"올챙이도 채 못 된 주제에 의사 같은 소릴 하는데?"

숙자는 순간 뾰로통해졌다. 그리고 그 표정은 근심스러운 빛깔로 변했다.

"아무래도 수상한데요. 태영 씨가 얼렁뚱땅하는 덴 무슨 이유가 있을 것 같은데요."

"이유란 별게 아냐. 숙자 씨가 거기 있으니까 말이 그렇게 빗나갔을 뿐이지."

"아닌 것 같은데요?"

하며 숙자는 태영의 얼굴을 정면으로 응시했다.

"약간 통쾌한 일이 있긴 했지."

하고 태영은 웃었다.

"뭔데요?"

"이 아가씨는 호기심도 많으셔."

"태영 씨에 관한 일이면 뭐든 알고 싶어요."

"그럼 얘길 하지."

태영은 박찬과의 사이에 있었던 일을 설명했다.

"그랬어요?"

하고 숙자의 얼굴에 꽃이 피었다.

"공산주의자는 그러면 못쓴다고 따끔하게 말해줄 땐 정말 통쾌했어."

"듣기만 해도 통쾌해요."

숙자는 자기도 모르게 태영의 손을 잡았다. 무겁고 어두운 그림자가 장막이 걷히듯 하고, 빛나는 아침을 맞은 것 같은 감동이 숙자를 사로잡았다. 그러한 숙자를 보고 박태영은 멈칫했다. 표정이 굳어졌다.

"숙잔 뭔가 오해한 것 아냐?"

숙자는 말뜻을 모르겠다는 듯 얼굴을 들었다.

"숙잔 오해한 것 같애."

태영은 자기의 손을 잡은 숙자의 손을 고쳐 잡았다.

"숙잔 내 얘길 내가 공산당과 절연했다는 뜻으로 들은 것 아냐?"

"그럼 그런 뜻으로 들으면 안 되나요?"

"분명히 박헌영 체제의 공산당과는 절연했어. 그러나 난 공산주의자를 포기한 건 아니다. 언젠가 나는 당에 복귀할 거다. 훌륭한 공산주의자로서 내 일생을 살 작정이다. 내게 그런 각오 없이 어떻게 박찬에게 그런 말을 할 수 있었겠어. 박찬에게 '당신은 공산주의자로서의 수양이 모자라는 사람이오'라고 비난할 수 있기 위해선 '나는 훌륭한 공산주의자가 되리라'라는 각오가 있어야 했던 거라. 나는 내 각오를 먼저 다 져놓고 그를 비난했다. 그럴 각오도 없이 박찬에게 그런 소릴 했다면 나는 경박하기 짝이 없는 놈이 안 되나."

숙자는 태영에게 잡힌 손을 빼냈다. 그리고 고개를 숙인 채 어깨를 들먹거렸다.

"숙자, 나를 이해해줘야 해. 나를 사랑한다면 내 사상까지 사랑해줘야 할 것 아닌가. 사상이고 뭐고 다 집어치우고 그저 평화스럽게만 살았으면 하는 숙자의 소원을 내 모르는 건 아니다. 그러나 나는 내 일생의 목표라고 세웠던 것을 포기하고까지 편안을 구할 순 없어. 일본에서 우리가 만났을 때 숙자와 나는 무슨 곤란이 있어도 옳은 길을 걷자고 약속하지 않았어? 그 약속으로 우리는 결합된 것 아닌가. 괘관산에서도 그 약속을 다져가며 살았던 것 아닌가. 그때의 그 심정을 잊지 말자구. 이규와 하윤희 씨의 결합을 눈앞에 보고 서울의 호사스런 생활을 보고 하니까 숙자의 마음이 약해진 거라. 진실을 외면하고 헛된 꿈을 꾸게 된 기라. 그 심정 난 이해할 수 있어. 그러나 이해할 수는 있어도 옳다고 할 순 없어. 나는, 행복은 참된 길을 걷는 데서만 찾을 수 있다고 생각해. 자기를 속이고 남을 속이고 불결한 것과 타협하며 아무리 호화롭게 살아도 그건 생활이 아냐. 거짓된 행복보다 참된 것을 추구하는 불행이 낫다고 생각해. 숙자! 우리, 거짓된 희망을 포기하자고. 환상을 지워버리자고. 숙자가 여학교 시절 좌우명으로 외고 있었다는 베토벤의 그 말, '착하게 고귀하게 행동하고 있다는 그 마음만으로도 어떤 불행이건 극복할 수 있다는 것을 증거 세우기 위해 나는 살아야겠다'는 그 말을 잊지 말라구. 나는 오늘 박찬에게 통쾌할 만큼 무서운 말을 던져주었어. 그래놓고 내가 그놈만도 못한 짓을 한다면 어떻게 되는 긴가. 나는 박찬이 미워서 그런 말을 했다기보다 나 자신의 각오를 굳게 하기 위해서 감히 그런 말을 할 수 있는 용기를 낸 기거든……."

숙자는 고개를 들었다. 그 눈엔 눈물이 함빡 담겨져 있었다. 그리고 조용히 말했다.

"착하게 고귀하게 사는 길이 공산주의자의 길밖에 없을까요?"

"없어. 내겐 그 길밖에 없어."

박태영은 나직이, 그러나 단호하게 말했다.

박태영이 훌륭한 공산주의자가 되겠다고 새삼스럽게 다짐하고 있을 때 공산당의 발악이 시작되었다는 것은 기억해둘 만한 일이다. 1946년 10월 1일 공산당이 선동한 폭동은 대구에서 비롯되어 전국적으로 번졌다.

당시의 사정을 개괄적으로 적어보면 다음과 같다.

조선공산당 9월 총파업 지령으로 부산 철도노조가 9월 23일 총파업에 들어가자, 대구 철도노조는 24일 총파업을 단행했다. 이로써 식량 사정이 핍박해지고 시민들의 불안이 날이 갈수록 심각하게 되었다. 이어 26일에는 통신 기관의 파업과 남전南電의 파업이 있었다. 이에 40개 생산 공장의 파업이 겹쳤다. 공산당은 동요하기 시작한 민심을 선동하기에 광분했다. 좌익들의 선동이 있고 식량 사정이 걱정되자, 대구의 일반 시민들도 노동자들의 식량 증배 요구에 동정하는 분위기에 휩쓸려들었다. 이러한 상황을 조작한 주동 인물은 공산당 대구 시당 위원장 손기영, 전평 경북 위원장 윤장혁이었다. 이들은 남조선 노동자 총파업 대구시 투쟁위원회를 조직하고, 그 간판을 전평 경북위원회 사무소에 내걸고 조직적인 파업 지도와 민심 선동에 나섰다.

9월 30일 대구 경찰서는 그 투쟁위원회에

"간판을 내리고 평화리에 사태를 수습하자."

고 제의했다. 전평 위원장 윤장혁은 자발적으로 철거하겠다고 언약했다. 그런데 투쟁위원회는 10월 1일 오전 대구 시청 앞에 1천여 명의 부녀들을 동원해서 식량 배급을 하라고 소동을 일으켰다. 그러자 오후에는 운수, 금속, 화학 노조원을 중심으로 한 각 직장노조원 5백여 명이 '파업 요구 조건 관철'이란 구호를 내걸고 태평로부터 대구역까지의 구간에서 시위를 감행했다. 경찰이 무장 경관 80명을 현장에 급파하여 시위 군중을 해산시키려 했으나 불응했을 뿐 아니라, 시위 군중의 수는 불어만 갔다. 드디어 경찰대와 충돌, 투석전까지 벌이게 되었다. 밤 11시경 경찰이 쏜 위협 발포로 시민 한 명이 죽었다.

이튿날 노조원들은 전날 사살된 시체를 메고 대구 경찰서 앞 광장에 모여들기 시작, 9시경엔 만 명을 넘는 수가 되었다.

이에 대구의대, 대구사대, 대구농대 등의 학생들과 중학생 등이 가세해, 도합 1만 5천 명이 들이닥쳐 경찰관과의 사이에 일대 혼전을 빚은 결과 경찰서를 점령하기에 이르렀다. 이렇게 해서 유치장을 개방하고 경찰 무기를 탈취하여 기세를 올리는 한편, 1백 명 내지 2백 명으로 분단을 구성해 시내 각 동에 배치한 다음, 경찰 가족과 우익 요인들을 색출·살해하고 그들의 집과 가구를 마구 파괴했다. 그리고 대구 경찰서 관내의 동촌 지서 등 6개 지서, 중앙 파출소 등 9개 파출소, 달성 경찰서 관내의 현풍 지서 등 8개 지서, 대봉동 파출소 등 3개 파출소도 점령했다.

부득이 군정청은 계엄령을 선포하고 미군을 출동시켰다. 이로써 폭도들의 대구 점령은 삼일천하로 끝났다.

그러나 미군의 경계망을 벗어난 폭도들은 성주, 칠곡, 고령, 영천, 의성, 군위 방면으로 분산했다.

10월 3일 오전 9시 대구로부터 성주에 도착한 폭도 50여 명은 지방의 좌익 인사 3백여 명의 호응을 받아 4일 오전 3시 성주 경찰서를 습격하여 공안계장 이하 21명의 서원을 강제 유치하여 생화장할 작정으로 유치장 주변에 석유를 뿌리고 불을 붙이려 했는데 충남 경찰대의 내원으로 위기일발의 순간을 모면한 사례도 있었다. 그러나 성주 경찰서 관내의 수편, 초전, 벽진, 금수, 가천 등 6개 지서는 10월 4일 오전 1시부터 3시 사이에 3백여 명의 습격을 받아 많은 피해를 입었다.

칠곡에서는 대구에서 온 폭도 40여 명이 지천 지서와 신동 지서를 습격 파괴하고, 그 여세로 왜관에 이르러 지방 좌익 분자 2천여 명의 호응을 얻어 시위 행진을 한 다음, 왜관 경찰서장 장석윤 경감을 비롯한 수 명의 경찰관을 학살했다.

폭도들은 또 칠곡, 인동, 석적, 약목, 북삼 등 지서를 습격한 다음 경찰관과 우익 인사를 살해했다.

고령에서는 본서 소재지의 경비가 철통같아 폭도의 근접을 막을 수 있었으나 10월 2일 오후 10시부터 10월 5일 오후 10시까지 성산, 다산, 오곡, 쌍림 등 4개 지서가 폭도들의 습격을 받아 많은 피해를 입었다.

영천에서는 10월 2일 오후 11시부터 3일 오전 3시까지 대구로부터 잠입한 폭도들의 선동을 받은 지방 좌익 분자를 핵심체로 한 약 3천 명이 우편국에 방화하여 통신을 단절하고 경찰서를 점령한 다음 수많은 경찰관 및 지방민을 살상함과 아울러 적잖은 건물을 파괴했다. 동시에 4백 명에서 7백 명으로 추산되는 폭도들은 신령, 임고, 청도, 화산, 청경 등 5개 경찰서를 불태우고 금호, 극경, 북안, 대창, 자양, 보현, 자천, 삼창 등 9개 지서를 파괴했다.

경산에서는 10월 3일 오후 2시경 대구로부터 침입한 폭도 60여 명과 지방 좌익 분자 3백 명이 합세해서 경찰서를 포위하고 서원의 무장 해제와 경찰서의 명도를 강요하고 있을 무렵에 미군의 출동이 있어 위험을 모면했으나 하양, 청천, 안심, 압량, 고모, 진량, 용성 등 7개 지서는 습격을 받아 피해가 컸다.

의성에서는 10월 3일 오전 9시경 대구에서 파견된 60명의 폭도와 지방 좌익 분자 3천 명이 합세하여 경찰서를 습격하려 했으나 응원 경찰대의 출동으로 미연에 방지되었다. 그러나 봉양, 비안, 안평, 안계, 구천,

신평, 다인, 단북, 단밀, 금성, 가음, 청산, 단촌, 점곡, 옥산, 금곡 등 16개 지서는 폭도들에 의해 격심한 파괴를 당했다.

군위에서는 10월 2일 오전 9시 30분경 대구에서 침입한 50명의 폭도가 지방 좌익 분자 5백여 명과 합세하여 경찰서를 점거한 바 있지만 충북 경찰대의 응원으로 대사에 이르진 않았으나 소보, 호령, 우부, 의여, 악계, 산성, 고로, 봉림 등 8개 지서가 4백여 폭도의 습격을 받았다.

대구로부터 폭도 파견이 있었던 선산, 청송, 예천 등지에서는 지방 폭도의 습격으로 경찰과 우익 진영에 많은 피해가 있었다.

대구 폭동 사건은 순식간에 전국에 연쇄 반응을 일으켰다. 경남 일대, 전남북 일대에도 폭동이 번졌다.

10월 3일 서울에선 수만 군중이
"정권을 인민위원회에 넘겨라."
라는 구호를 외치며 중앙청 앞에서 시위를 했고, 거리마다 '정권은 인민위원회로', '쌀을 달라', '박헌영 체포령을 취소하라'는 등 삐라가 살포되었다.

이미 경기도 일원에서도 경찰서 습격을 비롯한 폭동 사건이 빈번히 발생했다.

좌익들은 이러한 일련의 폭동을 '정의로운 10월 인민 항쟁'이라고 미화하고 끈덕진 선전과 선동을 계속했다.

그러나 피아 간에 많은 사상자만 내고 폭동은 허망하게 진압되었다. 이 폭동으로 가장 심한 타격을 입은 것은 우익도 아니고 경찰도 아니고 미 군정도 아니고 공산당 자신이다.

10월 사건이 터지자 집 일이 걱정된다면서 대구로 내려갔던 신화중이 서울로 돌아오기가 바쁘게 명륜동으로 박태영을 찾아왔다.
"사람이 어떻게 그처럼 잔인할 수 있을까?"
하고 신화중은 좌익들이 경찰관과 우익자를 돌로 쳐죽인 애기를 했다.
그리고
"지금은 좌익들에 대한 우익의 보복이 한창이라."
하며 얼굴을 찌푸렸다. 박태영은 할 말을 잃었다.
불과 며칠 전에 노동식이 한 말이 되살아났다.
"……일대 소요를 일으켜 많은 사람을 죽이기까지 해놓고 그 소요를 혁명의 성공으로까지 이끌고 나가지 못한다면 큰일 아닌가배……."
사태는 노동식이 걱정한 그대로 되어버렸다.
'노동식 형은 지금 어떻게 하고 있을까?'
"앞으론 철저한 탄압을 받게 될 끼라. 그렇게 되면 보상할 수 없는 희생자만 안고 혁명세력은 묘혈을 파게 되는 것 아닌가."
라고 하던 때의 노동식의 핼쑥한 얼굴이 눈앞에 선했다.
"이번 대구 사건의 희생자가 얼마나 된답디까?"
태영이 막연히 물었다.
"경찰관 사망자가 40명이 넘어요. 부상자는 수를 확인할 수 없고, 민간인도 한 50명 죽은 모양이더먼. 다친 사람도 그 정도 되는 모양이구."
"좌익 가운데 죽은 사람은?"
"그거야 아직 알 수 없지. 좌익은 지금부터 당할 테니까. 붙들린 사람만도 8천 명이 넘는다니, 무시무시한 보복이 있지 않을까 싶어."
"앞으로 사태가 어떻게 될 것 같애?"
"미군과 경찰이 질서를 회복하고 있으니까 별일 없겠지. 주동자의 일부는 도망치고 7천 명이 붙들렸다니까, 대구 지방의 좌익은 뿌리가 뽑힌 거나 다를 게 없지."

"참말로 무모한 짓을 했구먼."

태영은 자기도 모르게 중얼거렸다.

"헌데 박형, 이번의 사건은 아무래도 납득할 수가 없어. 꼭 그럴 필요가 있었을까?"

하고 신화중은 태영의 대답을 기다렸다.

"글쎄 말이오."

태영도 그 문제를 생각하고 있는 터였다.

"이번의 사건으로 혁명을 성취할 수 있다고 생각하고 한 짓이라면 그런 오산이 없고, 성공할 수 없다는 걸 뻔히 알고 한 짓이라면 그건 또 너무나 어처구니없는 노릇 아닙니까. 난 그렇게 생각하는데요."

"신형의 말이 옳소."

"공산당은 과학적 사회주의 운운하는 사람들 아닙니까. 그런 주제에 계획이나 행동이 그처럼 비과학적이라면 공산당은 믿을 게 못 되는 것이 아닐까요?"

신화중의 말은 일일이 옳았다. 신화중이 말을 계속했다.

"혁명에 폭력이 필요하다는 건 나도 이해해요. 어쩌다 실패할 수 있다는 것도 이해해요. 그러나 실패라는 것도 정도 문제가 아니겠소? 사람을 죽이고 죽고 하는 일은 장난이 아니지 않소. 8할쯤의 자신은 갖고 해야 할 일 아니겠소? 그런데 이번 일은 아무리 호의적으로 생각하려고 해도 전연 무모한 짓이라 이겁니다. 미군이 가만있을 줄 알았던가요? 1개 소대의 병력만 출동해도 꼼짝달싹 못하는 세력을 갖고 뭣을 어떻게 하겠다는 것이었을까요?"

"그만한 규모의 폭동을 일으켰다, 그만큼 미 군정에 반대했다, 공산당이 대중을 그 정도로 동원할 수 있었다는 것을 보인 것만으로도 성공적이었다고 생각할 인간이 있을지 모르지.”

박태영은 박헌영을 염두에 두고 말했다. 박헌영 같으면 당원의 희생이야 어떻든 소련이나 이북 공산당에 대해 과시할 수 있을 만한 폭동을 일으킨다는 것으로 만족할 수 있을지 모르겠다는 생각을 했던 것이다.

“박형, 무슨 말을 그렇게 합니까. 실질적인 보람은 전연 없는데 선전효과만을 노리고 사람을 그렇게 많이 죽일 수 있단 말요?”

신화중이 흥분한 투로 말했다.

“그럴 수 있는 분자가 있으니 큰일이란 뜻 아닙니까.”

태영도 어느덧 흥분하고 있었다.

“나는 공산당에 전적으로 동조하진 않았지만 다소 동정적인 입장을 취하고 있었는데, 이번 사건을 계기로 완전히 생각을 바꾸게 됐소.”

하고 신화중은 자신의 심경을 설명했다.

공산당은 사태의 결과에 책임질 생각이 추호도 없으면서 민중을 선동하기만 했다. ‘소 뒷걸음질치다가 쥐 잡기’로, 어쩌다가 정치적인 성과를 얻으면 그만이란 요행만을 바라고 무계획·무원칙적으로 폭동을 꾸며 일반 대중은 물론 자기네 당원까지 속였다.

“앓아누웠기 때문에 이번 사건에 끼이지 못한 한 좌익 친구가 날 보고, 혁명을 하는 과정엔 이런 일도 있고 저런 일도 있는 거라고 합디다. 이번 사건 같은 것이 수없이 겹쳐져야만 혁명의 기운이 무르익는다는 말도 했어요. 그런데 그게 될 말입니까. 우선 백성들이 신뢰할 만한 모체가 있어야 할 것 아닙니까. ‘죽는 놈은 죽어라. 붙들려 죽는 놈은 죽어라. 공산당은 명령할 권리만 있고 책임질 의무는 없다’는 식의 그런 뻔뻔스런 독선이 어떻게 긍정될 수 있단 말입니까?”

태영은 신화중의 말을 충분히 이해할 수 있었으나 다음과 같이 반문해보지 않을 수 없었다.

"미 군정도 나쁘지 않고, 경찰도 나쁘지 않고, 우익 정치인도 나쁘지 않은데, 유독 공산당만 나빴단 말입니까?"

"그런 건 아니죠. 군정도 나빠요. 경찰도 나빠요. 우익도 나빠요. 그러나 그것을 시정하려는 방법은 근본적이어야 하고 단계적이어야 합니다. 군정이 나쁘면 그 근본 원인은 군정 전반에 있지, 대구에 있는 경찰관에게 있는 것은 아니지 않습니까. 대구에 있는 경찰관을 죽이고 우익 인사를 죽인다고 해서 군정이 없어지겠소? 경찰이 없어지겠소? 우익이 없어지겠소? 보시다시피 결과는 빤하지 않소. 나는 문제를 그런 식으로 해결하려는 수작에서 공산당의 근본적인 결함을 본다, 이 말입니다."

"요는 공산당의 전술이 실패했다, 그 말 아닙니까?"

"그것만이 아닙니다. 그런 전술을 쓰는 공산당의 생리 자체에 악이 있다고 본다, 이거지."

"나도 지금의 조선공산당은 달갑게 생각하지 않소. 그렇다고 해서 공산당 전반을 비난하고 부정하는 것은 성급하지 않을까 생각하는데요?"

"정치 문제에 있어서 추상적 논의는 소용없다고 봐요. 그러니 조선공산당 아닌 어떤 다른 공산당을 지정해놓고 얘기하는 건 그야말로 쓸모없는 관념론입니다. 나는 대구 사건의 참상을 내 눈으로 보고, 그 책임 소재가 공산당에 있다고 확인하고, 그 결과 공산당은 신뢰할 수 없다는 확신을 가지게 되었습니다. 뿐만 아니라 공산당은 이번 폭동을 인민 항쟁이라고 미화하는데, 그런 수작에서 공산당의 위선과 거짓을 본단 말입니다. 어떻게 해서 인민 항쟁입니까? 인민이 무엇에 대해 어쩌자고 항쟁한 겁니까?"

"신형, 너무 흥분하지 마시오. 혁명이란 설계도를 꾸며 그 설계도에 맞추어 집을 짓는 것처럼은 안 되는 것 아닙니까. 러시아 혁명만 봐도 그렇지 않소? 프랑스 대혁명은 말할 것도 없구. 불합리, 부조리가 범벅이 되어 흐르는 탁류 같은 것이 혁명의 흐름 아니겠소?"

"나도 그런 걸 모르는 건 아닌 기라요. 다만 공산주의자에 대한 인식을 고쳤다는 말입니다. 언젠가 박형은 내게 훌륭한 공산주의자상을 얘기한 적이 있죠. 나는 그 얘기에 크게 공명했습니다. 그런데 이번 일을 당하고 보니 공산주의자는 본질적으로 훌륭할 수 없다는 생각이 들었습니다. 명분도 서지 않을 뿐 아니라 방법도 서툰 그 따위 짓을 하는 공산당을 절대적인 당으로 믿고 일하는 사람들이 어떻게 훌륭할 수가 있겠어요?"

"그 문제는 또 다른 시간에 얘기하기로 합시다. 그러나저러나 신형은 이번 사건으로 큰 충격을 받은 모양이죠?"

태영이 웃음을 띠고 물었다.

"충격이 클 수밖에요. 내 외삼촌이 폭도들에게 맞아 죽었어요. 외삼촌은 광주 학생 사건 때 감옥살이한 경력이 있는 분이죠. 그리고 외삼촌은 우익이랄 수도 없어요. 그런데 이런 일이 일어나다니요. 민청 맹원의 청년들이 외삼촌 댁 이웃에서 사는 어떤 청년에게 민청에서 이탈했다는 이유로 집단 폭행을 했답니다. 외삼촌은 말리다 못해 경찰에 신고한 모양입니다. 그래서 폭행을 한 청년들이 일주일 남짓 유치장살이 했습니다. 청년들은 원한을 품고, 대구 경찰서를 점령한 직후 달려와서 외삼촌을 몽둥이로 쳐 죽였지요. 대구 사건의 살인 동기란 대개 이런 정도라는 거라. 조국이 해방된 지 1년 남짓한 동안 줄곧 기세를 편 측은 좌익이었는데, 우익을 했대서 무슨 죄를 지었겠습니까?"

그 얘길 듣고 태영은 차마 신화중의 얼굴을 바라볼 수가 없었다.

태영은 다동으로 신화중을 데리고 가서 정신없이 술을 마셨다. 술이라도 마시지 않으면 뒤숭숭한 기분을 고칠 수가 없었다.

"두고 봐요. 이 나라는 결정적으로 불행하게 될 끼라. 폭동이 있었대서가 아니라, 그 폭동의 성질과 양상이 어수선하고. 하두 저질이고, 하두 잔인하고, 하두 어이가 없어 하는 말인 기라."

신화중은 술에 취하자 넋두리를 하며 눈물을 줄줄 흘렸다. 태영도 전적으로 동감이었다. 그래 신화중의 어깨를 잡고 호소하듯 말했다.

"세상이 어떻게 되건, 우리 우정이나 변치 맙시다."

대구 사건에 관한 권창혁의 의견은 이랬다.

좌우익의 투쟁은 앞으로 전연 다른 단계로 들어선다. 경찰관과 좌익의 관계는, 종래에는 치안을 지키는 사람과 치안을 교란하려는 사람의 법률관계에 지나지 않았는데, 이를테면 서로 게임에 이기려는 스포츠적인 관계였는데, 인제 원수와 원수의 적대관계, 죽느냐 사느냐 하는 감정의 관계로 들어섰다. 뺨 한 번 치는 정도로 끝날 수 있는 관계가 몽둥이를 휘둘러야 직성이 풀리게 되었고, 그것도 모자라 죽이지 않으면 참을 수 없는 감정으로 격화될 것이 뻔하다. 피차 간의 미움이 상승 작용을 하게 될 때 이 나라의 정치 투쟁은 세계 어느 나라에서도 볼 수 없는 잔인한 양상을 띠게 될 것이다.

경찰관과 좌익의 관계란 곧 우익과 좌익의 관계를 말한다. 이로써 좌우익 간에 대화는 없어지고 폭력이 판을 치게 된다.

대구 사건은

'이 나라의 문제를 민주 방식에 의해 해결할 수도 있지 않을까?'

하는 실오라기 같은 희망마저 단절해버렸다. 중간파는 발언권을 잃고, 극우와 극좌만이 정치무대의 정면에 나서게 되었다. 이 나라의 비극은 이 시점에서 시작된다.

공산당은 그들이 동원한 사람의 수를 토대로 그들의 역량을 과시할지 모르나, 그것은 그들의 한계를 나타내기도 한다. 미 군정은 좌익의 한계를 알고 그것을 진압함으로써 좌익에 대항할 수 있다는 자신을 가졌다. 앞으로 공산당을 비롯한 좌익의 세력은 줄어들면 줄어들지 늘어날 까닭이 없지만, 경찰과 우익의 세력은 늘어나기만 할 것이니 승부는 뻔하다.

공산당은 이번 사건을 통해서 그들의 최량의 부분을 잃었다. 그러니 공산당의 기세는 쇠약하고 그들을 두둔하던 대중의 지지는 위축될 것이 명백하다. 관권의 탄압 앞에 우리 민족이 어떻게 위축되는가는 일제 때를 돌이켜보면 알 일이다.

결론적으로, 이번 사건을 통해 공산당은 무모함과 무원칙함, 무성의를 노출하여 대중의 신뢰와 기반을 완전히 잃었다. 일부 광신자가 당을 지켜나갈지 모르나, 광신자의 집단이 어려운 혁명 과업을 감당할 수 있을 까닭이 없다. 폭동으로 당내의 헤게모니를 완전히 장악할 것을 꾀하기도 한 모양이지만, 거꾸로 공산당은 내부적으로 수습하기 어려운 혼란에 직면하게 될 것이다. 공산당은 앞으로 탈바꿈을 하려고 애쓰겠지만, 아무리 탈을 바꾸어 봐도 소용이 없다. 인민 대중은 겁을 먹고 그 당 근처에 가지도 않을 것이니 말이다.

이 사건이 있기 전엔 공산당원으로서 붙들렸을 경우 포고령의 조문이 기다리고 있을 뿐이었다. 그리고 기껏 몇 달 동안 휴식을 취하고 나오면 그것이 훈장이 되기도 했다. 그러나 인제 다르다. 포고령을 제쳐놓고 몽둥이가 기다릴 것이다. 팔다리 하나쯤 예사로 분질러놓을지 모른다. 골통쯤 예사로 깨버릴지 모른다. 경찰관은 공산당원을 범법자로 보기에 앞서 동료를 죽인 원수, 언젠가는 자기를 죽일 원수로 보게 되었기 때문이다. 비합법적인 폭동을 일으킨 자가 비합법적인 처우를 받았대서 어떤 항의를 할 수 있겠는가…….

박태영은 부산 일이 하도 궁금해서 독서회 멤버인 부산 출신 김기업에게 부탁했다. 부산에 가서 대강의 사정을 알아보고, 노동식의 소식도 알아달라고. 김기업은 부산에 갔다가 11월 초순에 돌아왔다. 그의 말에 의하면, 부산에서도 대구만큼은 아니었어도 상당한 규모의 폭동이 있었던 것 같았다.

대정 공원에서 시위 군중과 경찰대의 충돌이 있어 양쪽 모두 수십 명씩 사상자를 냈고, 남부산 경찰서는 일시 폭도들에게 포위되어 하마터면 점령당할 뻔했는데, 이 공방전에서도 역시 상당수의 사상자를 냈다는 것이었다. 그리고 수백 명이 검거되었는데도 폭동 주동자 색출 작업은 아직도 맹렬하다는 것이었다.

"노동식이란 사람을 찾아봤소?"

박태영이 다급하게 물었다.

"그 사람, 유명한 사람이드만요. 이번 폭동의 주모자라고 합디다. 아직 잡히지 않은 모양입니다. 지금 노동식을 체포하려고 경찰이 혈안이 돼 있다고 하니까요."

그밖에 김기업은 부산의 사태가 얼마나 험악한지 모른다고 덧붙였다. 태영은 노동식이 붙들리지 않았다는 소식을 들은 것만 해도 다행한 기분이었다.

이 무렵, 하영근 씨의 먼 친척 되는 처녀가 진주에서 폭동 사건에 가담했다가 천신만고 끝에 서울 하영근 씨 집으로 피신해왔다.

그 처녀 하정옥을 통해서 박태영은 진주의 사정을 자세하게 들을 수 있었다. 하정옥은 아직 스물두셋밖에 안 되는 나이였지만, 진주 시당 당원이며 부녀 동맹의 동원부장을 맡고 있었다고 했다. 하정옥은 이번 사건으로 공산당에 환멸을 느꼈다면서 하영근, 김숙자, 박태영이 있는 자리에서 다음과 같이 말했다.

"여름부터 당이 어수선했어요. 공산당 중앙에서 분파 소동이 있었거든요. 강진, 문갑송, 이정윤 등 소위 중앙 6동지의 성명이란 게 있었지요. 그리고 그들은 사회노동당이란 간판까지 들고 나왔어요. 진주 시당에서도 떨어져 나간 사람이 있어요. 그래서 전 이번 10월 항쟁을 분파 소동을 막기 위해 당원들의 신경을 달리 유도하려는 계책이 아니었는가 해요. 그렇지 않고서야 어떻게 그런 무모한 짓을 했겠어요."

하정옥은 세포 회의에서 단련해서인지 또록또록 대중말을 쓰며 차근차근 얘기를 엮어나갔다.

하정옥은 10월 2일 밤 시당 간부 회의에 참석하여 폭동 계획을 듣고 놀랐다고 했다.

"폭동 계획을 설명한 사람은 공청 위원장共靑委員長인 박철 씨였는데요, 투쟁 목표를 반미 투쟁과 반동 소탕이라고 했어요."

그리고 투쟁 전위대를 3개 조로 편성했다고 했다.

제1조는 경찰서를 점령하고, 제2조는 우편국을 습격하여 통신망을 차단하고, 제3조는 시청을 점령할 계획이었다.

습격 방법은 3일 오전 열한시까지 전원 공원에 집합했다가 정오 사이렌 소리를 신호로 행동하기로 했다.

전위대원은 모두 머리에 수건을 동여매고 '여잇샤, 여잇샤' 소리를 외치면서 공원에서 뛰어나와 시내를 한 바퀴 돌며 공포 분위기를 조성해놓고, 조별로 목표 건물을 향해 돌진하기로 작정했다.

권총이 한 자루밖에 없는 처지여서 경찰서를 습격해야 할 전위대원들은 모두 나무를 깎아 권총 모양을 만들어 검정칠을 해서 무기를 가진 흉내만을 내기로 했다. 지휘자가 실탄을 잰 권총을 빼들고 경찰서 정문 보초의 가슴에 들이대면 순경이 손을 들 테니, 그때 모두 달라붙어 순경의 총을 빼앗고 무기고를 점령하라는 것이었다. 그때 경찰관이 손을 들고 순순히 응하면 살려주고, 반항하면 죽이기로 되어 있었다. 그리고 내일 아침 시장 상인들과 길 가는 사람들, 동별로 동민들을 동원하되, '쌀을 달라는 궐기대회'를 한다는 선전으로 열한시까지 군중들을 공원에 모으라는 지시도 있었다.

"나는 이 계획의 설명을 듣고 아무래도 납득할 수가 없었어요. 그러나 비판할 수도 없고 반대할 수도 없었어요. 비겁한 사람으로 몰릴 테니까요. 그래 그날 밤 잠을 잘 수가 없었어요. 그런 어리석은 방법으로 성공할 까닭이 없다고 생각한 겁니다. 나는 입당한 것을 후회했죠. 그러나 어쩔 수 없었어요, 뜬눈으로 밤을 새우고 일어나 행동을 시작했습니다. 동원부장으로서의 책임을 다하려고 나섰어요."

오전 열시쯤엔 공원이 꽉 차게 사람들이 모였다. 식량 배급을 요구하는 대회에 빠지면 체면이 안 선다는 심정이었다.

경찰관이 해산하라고 명령하고 위협했다. 행동대원들은 당황하여 군중을 끌고 시청으로 몰려갔다.

"쌀을 달라."

고 외치며 시청 안으로 들어가서 유리창을 부수고 책상을 뒤엎는 등 난동을 부리고, 2층으로 올라가 시청 간부들을 끌어내려 구타하는 등 난장판을 이루었다. 동원된 군중들과 구경꾼들은 경찰관이 해산 명령을 내렸는데도 듣지 않았다.

"이때 미군들이 출동해 왔어요."

어디선가 한 방의 총소리가 나더니 총성이 연달아 났다. 군중 속에서 아우성이 일었다.

"우리도 쏴라! 쏴라!"

라는 소리가 빗발치듯 했다.

"야, 총알이 안 나간다! 동무가 쏴봐라!"

하고 지휘자는 권총을 옆에 있는 사람에게 맡기고 빠져나갔다. 그렇게 해서 권총은 이 사람 손에서 저 사람 손으로 옮겨졌으나 총알은 나가지 않았다. 그러는 사이에 시청 뒤뜰에서는 피를 흘리며 쓰러져 있는 사람들의 비명과 서로 먼저 빠져나가려는 군중들의 밀고 밟고 아우성치는 소란이 있었다. 그런데 공청 간부들과 행동대원들은 부상자와 군중들을 버려둔 채 모조리 도망치고 말았다.

"이날 시청 마당에선 20명가량의 사상자가 났는데, 그 가운데 조직원은 공청원 한 사람뿐이었어요. 모두가 비조직 대중이었어요. 부상자를 운반하는 사람들도 구경 나왔던 비조직 군중이었구요. 전 이때 공산주의자임을 자처하는 사람들에게서 환멸을 느꼈어요. 어떻게 그처럼 무책임할 수 있단 말입니까. 조직원이란 나와 소정자가 남아 있을 뿐이었어요. 소정자가 울며 떠들어댔어요. '여러분! 우리는 미국 사람들의 뺨 한 번 때린 일이 없는데 그들은 왜 우리 형제들을 죽입니까? 우리는 이대로 죽은 형제들을 구경만 하고 있을 겁니까? 조선 사람의 피가 살아 있거든 모자를 벗고 넥타이를 풀고 부상자들을 병원으로 옮겨주세요. 그리고 수혈할 피도 제공해주세요.' 하고 소정자는 호소했어요. 그랬더니 군중 가운데서 많은 사람들이 나와 부상자를 병원으로 옮기고 수혈도 하게 했어요. 수혈을 해도 사망자는 많았습니다. 해가 지도록 나와 소정자와 서가라는 여맹원이 부상자들을 지켜보느라고 병원에 남아 있었어요. 우리는 무책임하고 비겁한 간부들을 원망했죠. 연달아 누구누구가 경찰에 붙들렸다는 소식이 날아들었습니다. 여맹원들은 모조리 잡혔다는 얘기였습니다."

하정옥과 소정자는 밤을 이용해서 당 지도부와 청년 간부들을 찾으려고 애썼으나 찾을 수 없었다.

"그날 당 간부들은 대부분 현장에 참가하지도 않았어요. 평당원 일부와 공청 간부들만 참가했어요. 여성 당원은 진주 시당에 다섯 있었는데, 그 가운데 셋만 참가했어요. 숨어 있는 당 간부들을 겨우 찾긴 했는데, 그들은 우리를 보자 질겁을 하면서도 식량이니 약이니 제공해달라고 부탁했어요. 그들이 괘씸하기 짝이 없었지만 우선은 보호해줘야겠다고 생각했어요. 나와 소정자는 밤에 박쥐처럼 뛰어다니면서 그들에게 아지트를 구해주고 식량을 구해다주었어요."

그런데 어느 날 소정자가 붙들렸다. 하정옥도 신변이 위험하기 짝이 없었다. 밤길을 걸어 진주시에서 빠져나와, 친척을 찾아 함양으로 가서, 거기서 트럭에 편승하여 전라도를 거쳐 서울에 왔다면서 하정옥은 긴 한숨과 함께 얘기를 끝냈다.

"조선판 라 파쇼너로구먼."

하영근 씨는 싸늘한 웃음을 띠고 물었다.

"넌 느그 지도자들을 '비겁하다, 비겁하다'고 줄곧 말했는데, 모두 붙들려 고생하는 것을 보면서 너만 도망친 것은 비겁하다고 생각지 않나?"
하정옥은 고개를 숙인 채 말이 없었다.
"말을 그렇게 하면 쓰나."
권창혁이 하영근을 나무래놓고 하정옥을 위로했다.
"이만저만 고생하지 않으셨소. 그러니까 앞으론 신중하게 하시오."

박태영은 하정옥이 함양을 거쳐 왔다는 말에 솔깃해서 밤이 늦었지만 숙자의 방으로 하정옥을 찾아갔다. 그리고 함양 소식을 물었다.
"함양의 항쟁도 대단한 것 같았어요. 경찰지서가 거의 파괴되고, 사상자도 많이 났다고 합디다."
하정옥의 대답에 태영은 가슴이 철렁했다.
"어떻게 해서 사상자가 났을까요? 경찰이 사람을 쏘았습니까?"
"진주와는 날리 경찰이 사람을 죽이진 않았어요. 주로 경찰과 우익인사들이 죽었다고 들었어요."
"이번 사건의 책임자가 누구라고 합디까?"
"김씨라던가, 박씨라던가 하던데요. 그런데 함양 경찰서를 습격한 책임자는 우리 일가 되는 사람이었어요."
"일가라니?"
"하준규 씨라고, 제게 먼 친척 아저씨뻘 되는 분이어요."
"그래, 하준규 씬 어떻게 됐습니까?"
"잘은 모릅니다만 미군이 출동해 오자 미군과 한바탕 교전을 하고 동무들과 함께 지리산으로 들어갔다고 했습니다."
"지리산으로?"
하고 태영은 신음했다.

"이번 사건으로 붙들리지 않은 사람들은 대개 산으로 피했어요. 나도 산으로 들어갈까 했지만, 간부들 하는 짓에 너무나 실망해서……."

"그럼 앞으로 공산주의 운동을 안 하실 작정입니까?"

태영이 넌지시 물었다.

"글쎄요. 조금 더 생각해봐야겠어요. 내게 신념이 있어도 같이 일하는 사람이 그런 꼴이면 뭣이 되겠어요. 이번 사건으로 난 정말 정말 실망했어요. 말단 간부와 평당원을 죽음터로 내보내놓고 간부들은 뒷방에 모여 앉아 소주를 마시고 있었다지 않아요. 그게 진주 시당에서만 있었던 일 같진 않아요. 게다가 당은 당대로 분열돼 있지, 뭘 믿고 운동을 하겠어요?"

하정옥은 질금질금 눈물을 짜기 시작했다.

"진주에 다섯 명밖에 없는 여성 당원 가운데 한 분이 그렇다고 해서 울어요?"

태영이 빈정대는 투로 말했으나 위로의 뜻도 있었다.

"당원은 울면 안 되나요?"

하정옥은 눈물을 닦았다.

"안 되죠. 공산당원에겐 환멸도 실망도 원래 없습니다. 절망할 수밖에 없는 곳에서 시작해 도루 그 자리로 돌아오곤 합니다. 그래도 다시 시작하는 게 공산주의라고 나는 생각하는데요."

하정옥은 박태영을 놀란 표정으로 바라보았다. 그런데 그 눈빛엔 물음이 있었다. 당신도 그럼 당원이냐는…….

박태영이 말을 이었다.

"실패도 플러스가 됩니다. 실패에서 교훈을 얻으니까요. 당이나 사람이나 자랍니다. 성장합니다. 시작부터 완전할 수는 없죠. 어느 때 어느 경우라도 우리는 실망을 거절해야 합니다. 환멸을 거절해야 합니다."

하준규가 지리산으로 들어갔다면 노동식도 지리산에 있으리라고 추측할 수 있었다. 박태영은 실로 오랜만에 덕유산, 괘관산이 계절 따라 모습과 빛깔을 바꾸는 풍경을 마음속에 펼쳐보았다. 그 산속에서 있었던 시절의 간명하고 충실한 시간이 갈증 난 사람의 눈앞에서 솟는 샘물처럼 태영의 가슴을 에었다. 드디어 이 나라에 파르티잔('빨치산'의 러시아어)이 생겨나게 되었다는 감회와 그곳에서 벗어난 지 불과 1년 남짓한 세월에 다시 그곳을 찾아야 하는 사정에 휘말린 감회가 태영을 흥분케 했다.

그땐 일제의 패망을 예견할 수 있었기 때문에 기다리기만 하면 되었다. 그런데 지금은 기다리기만 할 처지가 아니다. 싸워 이겨야 살아남는다. 그런데 싸울 상대가 누구냐? 그것은 미국이었다. 권창혁의 말에 의하면, 북쪽에 소련군이 주둔하고 있는 이상 미국은 남조선에서 철수하지 않을 것이라고 했다.

미국은 세계에서 제일 강한 나라다.

세계에서 가장 끈덕진 나라다.

미국은 지길 싫어하는 나라다.

미국은 언제든 전쟁을 필요로 하는 나라다.

이런 나라를 상대로 빨치산이 가능할까?

"그러나저러나 하준규가 거기에 있고 노동식이 거기에 있다면 나도 지리산으로 가야 한다."

이렇게 중얼거리며 박태영은 그날 밤 겨우 잠에 빠져들었다. 그리고 맥락이 없는 꿈을 꾸기 시작했다.

초토가 된 거리를 걷고 있었다. 진주라고 하는데 진주 같지 않았다.

누군가를 열심히 찾았다. 그러면서도 누굴 찾는지 알 수 없었다. 누굴 찾는가를 알아내려고 진땀을 뺐다. 꿈속에서 끙끙 앓기 시작했다…….

새벽녘에야 태영은 자기가 찾는 사람이 노동식이란 것을 깨달았다.

꿈에서 깨어난 태영은 어떤 예감 때문에 가슴이 두근거렸다. 미신과는 거리가 먼 사람이었지만, 밤새 꿈속에서 찾아다닌 사람이 노동식이었다는 사실이 그를 불안하게 했다. 노동식에게 무슨 사고가 생겼을지 몰랐다.

태영이 일어나 앉아 뛰는 가슴을 진정하려고 하는데 바깥 대문 쪽에서 다투는 듯한 말소리가 들려왔다. 귀를 기울였다. 분명히 한 가닥의 말소리는 권창혁의 것인데 맞선 사람의 말소리는 누구의 것인지 분간할 수가 없었다. 새벽 산책을 즐기는 권창혁 씨가 산책을 떠나려다가 문 밖에서 누군가를 만나 실랑이를 하는 것임이 틀림없었다.

태영은 스웨터를 입고 나가 안쪽 대문을 열었다.

"그저 아는 사람이라고만 하는데, 이 새벽에 어떻게 집에 디려놓을 수 있겠소?"

하는 사람은 권창혁이었고,

"만나면 알게 된다는디 왜 이러십니꺼?"

하는 건 모르는 사람의 소리였다.

"신분을 밝히시오. 신분을 못 밝히면 이 문 안에 들어설 수 없소!"

권창혁은 단호했다.

"나는 전가입니다. 그분의 친구의 친굽니다. 신분을 밝히려고 해도 밝힐 신분이 없습니더."

모르는 사람이 간원조로 말했다.

"그렇다면 훤히 날이 새거든 오시오. 범죄 수사라도 새벽과 일몰시엔 못 하는 법이우."

"잠깐 물어보면 그만인디 왜 이러십니꺼?"

"안 된대두 그러네. 훤히 날이 밝거든 와요."

"잠깐이면 됩니더. 우리는 지금 바쁩니더. 훤히 날이 샐 때까지 기다릴 수가 없습니더."

"허어 참, 이렇게 무리한 사람들은 첨 봤네."

"바빠서 그러는 것 아닙니꺼?"

"바쁜 건 댁의 사정이구, 요즘은 세상이 하도 거칠어 사람을 함부루 집 안에 디려놓을 수가 없다고 하잖았소?"

"우리는 수상한 사람이 아닙니더."

"새벽에 셋이나 떼를 지어 남의 집 문을 두드리는 사람들이 수상하지 않단 말요?"

태영은 하정옥을 잡으러 진주 경찰서에서 올라온 사람이 아닐까 생각해봤다. 그런데

"박태영 씬 저를 보기만 하면 압니더."

하는 것이 아닌가. 박태영은 잠깐 생각했다. 상대방이 경찰관이라 해도 거리낄 것이 없고, 당에서 보낸 사람이라도 두려워할 필요가 없었다.

"권 선생님, 접니다."

하고 박태영은 대문을 밀고 밖으로 나갔다. 환히 밝아 오는 아침 빛 속에서 박태영은 단번에 그를 알아볼 수 있었다. 노동식과 상업학교 동기동창이라는 문남석 형사였다. 그러나 아는 척할 필요는 없었다.

"내가 박태영인데요. 무슨 일로 왔습니까?"

"형씬 나를 몰라도 난 형씰 잘 알고 있습니다. 나는 경남 경찰국에 있는 문남석입니다. 형씬 노동식과 친한 사이지요?"

"그런데요?"

"혹시 최근 노동식을 만난 적이 없습니까?"

"없는데요. 그런데 왜 그런 걸 내게 묻죠?"

"노동식의 가택 수색을 했더니 형씨의 주소가 있습디다. 그리고 대단히 친한 사이란 건 진작부터 알고 있었고요."

"노동식 형이 어떻게 됐다는 겁니까?"

"부산에 쏘를 파놓고 어디론가 날아버렸습니다. 그래 혹시 서울에 오지 않았나 하구."

"그렇다면 가택 수색이나 해보시구료. 그런 사람은 이 집에 없으니까." 하고 비켜선 자리에서 권창혁이 말을 끼웠다.

"그럴 필요는 없습니다. 이렇게 큰 집이니, 우리 세 사람이 수색해봐도 찾을 수 없을 거구, 있었다고 해도 30분 이상이나 여기서 떠들었으니까 어디로 피해버렸을 기고요."

문남석이 비굴하게 웃으며 말했다.

"그렇다면 우리와의 일은 끝난 게 아뇨?"

하고 권창혁이 박태영을 대문 안으로 밀어 넣으려고 했다. 그러자 문남석이

"박태영 씨에게 부탁이 있습니다."

하고 다가섰다.

"노동식을 만나거든 자수하라고 권해주십시오. 노동식은 나도 아끼는 친굽니다. 자수하지 않으면 평생 부산에 와서 살긴 틀렸습니다. 부산만이 아니라 이 땅에 발붙일 곳이 없게 될 겁니다. 자수만 하면 맹세코 내가 선처하겠소. 박태영 씨가 친구를 아낄 마음이 있으면 내 말을 명심해주이소. 앞으로 사정이 좀 달라집니다. 엊그제처럼 호락호락한

경찰이 아닙니다. 우리도 신념을 갖게 되었으니까요. 경찰만 할 것이 아니라 애국도 하기로 했어요. 노동식을 만나거든 꼭 자수시켜주시오."

문남석은 이렇게 말하고, 태영의 대답도 기다리지 않고 돌아서서 골목길을 걸어갔다. 그 뒷모습을 지켜보고 섰다가 태영은 고개를 들어 훤히 밝아버린 하늘을 보며 문득 생각했다. 바로 그 방향에 지리산이 있었다.

지리산!
괘관산!
지금쯤 단풍으로 물들어가고 있을 것이다. 하늘이 한없이 푸르고, 그윽한 가을꽃이 만발하고, 뻐꾸기 소리가 메아리를 남기고, 시냇물이 은빛으로 빛나고, 가재가 바위틈을 기고, 머루와 산포도가 양지쪽 풀덤불 속에서 익고……. 그 골싸기에서 박대영은 포부를 갖고 꿈을 가꾸고 한 아름 세계를 안으려고 팔을 활짝 펴고 심호흡을 하기도 하면서 정열의 불에 기름을 부어 온 나날을 갖지 않았던가.

그러니 그곳은 박태영에겐 두고 온 고향처럼 그리운 곳이기도 했다. 그런 만큼 속된 표현으로 금의환향해야 할 곳이었고, 장차 박물관을 세워 기념해서 아득히 먼 훗날에 후손들이 순례할 곳이었던 것이다.

그곳으로 하준규와 노동식이, 떠난 지 1년 남짓 만에 다시 돌아갔다고 하니 박태영의 마음이 평온할 까닭이 없었다. 마음 같아서는 당장에라도 하준규와 노동식의 뒤를 쫓고 싶었다. 마땅히 그렇게 해야 한다는 내심의 소리가 지상 명령처럼 엄숙하기도 했다.

그러나 생각해야 할 문제가 한두 가지가 아니었다. 간다고 해도 준비가 있어야 하고, 어느 정도 정세 판단도 있어야 한다. 일제 때와는 분명히 사정이 다르기도 했다. 안 간다고 해도 문제는 남았다. 하준규와 노동식을 비롯한 동지적인 맹세에 대한 도의적인 문제도 있거니와, 산속으로 들어간 그들을 바깥에서 효과적으로 돕는 조직과 방법을 강구하기도 해야 했다.

만일 그들을 따라간다면 당 문제는 자동적으로 해결되겠지만, 가지 않고 밖에서 도와야 할 형편이라면 당과 관계를 맺어야 한다. 그런데 당과 관계를 맺어야 한다는 일이 박태영을 우울하게 했다.

이러한 태영의 마음속의 고민이 바깥으로 반영되지 않을 수 없었다.

김숙자가 먼저 눈치 챘다.

"당신, 요즘 왜 그러죠?"

"내가 어째서?"

박태영은 우울한 표정으로 김숙자의 시선을 피했다.

"난 다 알아요."

"……"

"그러니까 속 시원하게 말해보세요."

"속 시원하게고 뭐고 할 말이 없어."

박태영은 짜증을 냈다.

김숙자는 우두커니 앉아 있다가

"태영 씨!"

하고 불러놓고 대답이 없자,

"당신, 지리산으로 가고픈 게죠?"

하며 태영을 쏘아봤다.

"……"

"부탁이에요. 그런 생각은 버리세요."

김숙자는 울먹이는 소리가 되었다.

"어떻게 내가 지리산으로 가고 싶어하는 것을 알았소?"

태영이 퉁명스럽게 말했다.

"그러지 않고서야 우울할 까닭이 없지 않아요? 나는 당신의 속셈을 잘 알고 있어요."

"너무 잘 알아서 탈이구먼. 난 지리산에라도 갈 수 있다면 춤을 추겠소. 그렇게 할 수 없으니 우울한 거요."

"내 마음은 조금도 생각하지 않는다, 이 말씀이네요."

김숙자의 말은 처량했다.

"내가 뭣을 하건 나를 내버려둬요. 내 하는 일을 돕기 싫거든 간섭이나 하지 말아요."

"내가 당신에게 뭐죠?"

"……."

"당신 하는 일이 나쁘다는 것을 뻔히 알면서도 가만히 보고만 있어야 하나요?"

"내가 하는 일이 나쁘다니, 내가 언제 나쁜 일을 했소? 언제 내가 나쁜 일을 하려고 했소?"

"나쁘다는 말이 잘못이면 손해되는 일, 불가능한 일이라고 바꿔 말합시다. 사람은 해결 가능한 문제만을 문제삼아야 한다는 건 당신이 한 말 아네요?"

"그 말은 이럴 때 쓰는 말이 아뇨. 무식한 사람은 이래서 탈이라니까."

박태영은 혀를 찼다.

"당신은 너무나 유식해서 탈이에요."

이렇게 말하는 숙자의 뺨을 갈겨주고 싶은 충동에 태영은 와들와들

떨었다.

'이 여자가 나를 망치고 말 게다.'

이런 생각이 뇌리를 스쳤다. 박태영은 책상 위에 팔꿈치를 세우고 두 손으로 머리를 감싸 쥐며 중얼거렸다.

"아, 후회해, 후회해."

"뭣을 후회한단 말예요?"

"너 같은 여자를 만난 것을 후회한단 말이다."

김숙자는 뒤통수를 한 대 호되게 얻어맞은 느낌으로 한동안 멍청했다.

"그렇게 후회가 돼요?"

한참 지난 뒤 숙자가 물은 말이었다.

"그렇다. 참으로 후회가 된다."

태영은 실수하고 있다는 걸 느끼면서도 몇 번이나

"후회한다."

는 말을 했다.

"하지만 나는 후회하지 않아요. 거머리처럼 당신에게 달라붙어 내 비위에 거슬리는 일은 한사코 못 하게 할 테니까요."

김숙자는 싸늘하게 말하며 태영을 노려봤다.

"당신은 기어코 나와 원수가 되겠다는 얘긴데, 그러지 맙시다. 당신은 이제 갈 길을 찾았지 않소. 훌륭한 의사가 되면 될 게 아니오. 나를 괴롭히지 말고 제발 물러앉아 주시오."

거칠어지려는 음성을 억제하고 태영은 조용히 말했다.

드디어 김숙자는 울음을 터뜨리고 말았다. 우는 꼴이 태영의 신경을 더욱더 자극했다.

"빌어먹을……."

하고 태영은 일어섰다.

눈물을 닦지도 않은 채 숙자는 일어선 태영을 쳐다보며 말했다.

"원수가 되건 원수보다 더한 것이 되건 난 당신이 지리산으로 가는 걸 결사적으로 반대할 테니까요."

그 말을 등 뒤로 들으며 박태영은 미닫이를 열고 밖으로 나와버렸다.

창경원과 종묘 사이의 길은 언제 걸어도 역사를 생각하게 한다. 더욱이 가로수의 잎이 시들시들 말라 떨어지기 시작할 무렵의 그 길은 걷는 사람을 감상적으로 만든다. 상투를 튼 머리에 갓을 받쳐 쓰고 넓은 도포 자락을 날리며 이조의 선비들이 그 길을 오간 것이 불과 30, 40년 전의 일일 것이니, 지금 그 길을 미군의 지프차가 양공주를 태우고 질주하는 광경이 예사로울 수가 없지 않은가.

검은 병사가 태영의 곁에 지프차를 세우더니

"헤이, 조!"

하고 불러놓고 창경원을 가리키며 물었다.

"이 안으로 들어가려면 어디로 가야 하느냐?"

태영은 못 알아듣는 척하고 병사 옆에 타고 있는 양공주를 흘겨봤다. 무슨 물감을 썼는지 머리칼은 바래진 누런빛의 수세미를 닮았다. 그 여자에 대한 미움은 없었지만 쏘아보는 눈빛이 사나웠던지, 양공주는 태영의 시선을 피해 고개를 숙였다.

"어디로 들어가느냐?"

검은 병사는 다시 물었다.

"나는 조가 아니다."

태영은 뱉듯이 말해놓고 걸음을 옮겼다.

"갓댐!"

검은 병사는 검은 얼굴 가운데 흰 눈자위를 굴리면서 지프차를 가던 방향으로 몰았다.

'저런 꼴을 없애기 위해서라도 혁명은 있어야 한다.'

태영은 낙엽을 밟고 재동 쪽으로 걸으며 다시 본래의 생각으로 돌아갔다. 문득 하영근의 방에 있는 병풍의 글 한 구절이 뇌리에 떠올랐다.

南朝無限傷心史 惆悵泰准玉笛聲

글귀의 남조南朝를 이조李朝로 바꾸면 지금의 점경點景과 그대로 어울렸다. 그러나 이조만이 상심사傷心史가 아니다. 일제 때도, 군정도, 또 앞으로도 상심사는 연연히 계속된다. 그야말로 무한한 상심사다.

태영은 다시금 숙자에 대한 미움이 치밀어오름을 느꼈다. 가능만 하다면 숙자의 부르주아 의식, 소시민 근성을 뽑아내어 짓밟고 싶었다. 불태워버리고 싶었다.

'부르주아 의식이란 무엇이냐? 소시민 근성이란 무엇이냐? 남이야 죽건 말건 자기만 잘살면 된다는 이기주의를 말한다. 위험한 일은 남에게 시키고 자기만 안온하자는 못된 버릇이다. 추운 거리에서 집 없이 헤매는 무수한 사람이 있는데, 고대광실 집을 지어 훈훈하게 스토브를 피워 놓고 러닝셔츠 바람으로 얼음물에 술을 타 마시는 꼬락서니다. 정신이 썩어 악취를 풍기면서 얼굴에 분단장을 하는 창부 같은 족속들! 자기보다 돈 많은 인간, 권세 있는 인간에겐 굽실거리고, 가난한 사람, 약한 사람은 얕보고 덤비는 이리떼 같은 족속! 똥통에 향수를 뿌려놓고 희희낙락하는 어리석은 족속! 남의 고혈을 빨아 치부하면서 으스대는 철면피한 족속! 잔인하기 이를 데 없는 족속! 푼돈으로 자선 사업을 해서 그 잔인함을 카무플라주하는 비겁하고 아니꼽고 메스껍고 치사스러운 족속들의 무리! 숙자는 스스로 그 무리 속에 끼이려는 것이 아닌

가. 나까지 그 무리 속으로 끌어넣으려는 것이 아닌가. ……나는 용서하지 않는다. 결단코 용서하지 않는다. 백 번 죽어도 나는 그런 족속을, 그 부르주아 의식을, 소시민 근성을 저주한다.'

재동 근처에 이르렀을 때 골목에서 질주해 나온 고급 승용차에 박태영은 하마터면 부딪힐 뻔했다. 끼익 소리를 내며 멎은 자동차의 문이 열리더니 운전수가 고개를 내밀고 고함을 질렀다.

"죽고 싶어 환장했어?"

"뭐라구? 망할 자식!"

가까스로 정신을 차린 박태영이 이렇게 응수했다.

"이 녀석이!"

하고 운전수가 뛰쳐나왔다.

"누굴 보고 악담이야!"

박태영은 본능적으로 공수 양면의 자세가 되었다. 1년 남짓 하준규로부터 당수 지도를 받은 박태영이었다.

주먹을 먼저 든 사람은 운전수였지만, 땅바닥에 나뒹군 사람도 운전수였다.

"이것이!"

하며 일어서려는 운전수를 박태영이 야무지게 걷어찼다. 운전수는 또 한 번 길바닥에 나뒹굴었다.

그때에야 뒤에 타고 있던 중년 남녀 가운데 남자가 허겁지겁 나오더니,

"사람을 그렇게 치는 법이 어디 있어?"

하고 제법 호통을 쳤다. 길 가는 사람들이 우르르 몰려들었다.

"먼저 주먹을 든 놈이 누군데, 당신은 눈도 없소?"

박태영은 수틀리면 네놈도 갈길 것이란 태도로 맞섰다.

"경찰을 불러요."

누구에게 지시하는 것처럼 중년의 사나이가 소리를 쳤다. 검정색 양복에 조끼까지 껴입고 금테 안경까지 곁들여 딴으론 신사의 위풍을 뽐냈다.

"경찰? 부를 테면 불러봐!"

멱살이라도 잡을 듯이 신사 앞으로 다가서며 박태영이 말했다. 그때 운전수가 비실비실 일어섰다. 박태영이 운전수를 향해 몸을 돌리자, 운전수는 겁을 먹은 듯 구경꾼 틈으로 빠져나갔다.

"버릇없이 굴면 못써!"

신사는 체면을 세울 양으로 한 마디 하고 돌아서려고 했다. 그런데 박태영이

"당신은 누구의 버릇을 가르치려는 거야!"

하고 신사의 옷자락을 움켜쥐었다.

'이 부르주아의 표본 같은 놈에게 본때를 보여주어야겠다.'

라는 생각이 불쑥 솟았다.

"이자가 왜 이래."

하고 중년의 사나이가 태영의 손을 뿌리치려고 했다.

"이자라구? 자동차를 함부루 몬 놈은 누구고, 악담을 먼저 한 놈은 누구고, 주먹을 먼저 든 놈은 누구야? 너는 네 눈으로 똑똑히 봤지? 버릇을 가르칠 사람은 나야, 나."

태영은 옷자락을 잡은 손을 휘둘렀다. 중년 신사의 몸뚱이가 이리저리 흔들렸다.

"이것 놓지 못해?"

그래도 그 사나이는 호통을 쳤다.

"사과하지 않는 한 못 놔주겠다. 금테 안경이나 쓰고 자가용이나 타고 다니면 안하무인이란 말인가? 어림도 없다."

모여든 사람들 탓도 있었지만, 박태영은 계속 끓어오르는 분노를 주체하지 못했다.

"잘 헌다, 잘 해."

하는 소리가 났다.

"자가용이나 타면 안하무인인가? 그 따위 놈, 맛을 한번 보라지."

하는 또 다른 소리가 났다.

자동차에서 여자가 내렸다. 긴 치마를 휘감은, 제법 귀부인티가 나는 여자가 다가서더니,

"젊은 사람이 점잖은 어른에게 그게 무슨 행패죠?"

하며 사나운 눈을 치켜떴다.

"점잖은 어른? 잘못이 있으면 사과를 해야죠."

하며 박태영은 옷자락을 허리춤으로 바꿔 잡고 신사를 뒤흔들었다.

"사과를 해야지, 자가용만 타면 잘못을 해도 되는 건가?"

군중 틈에서 또 야유가 나왔다.

기대했던 경찰이 나타나지 않아 신사는 기가 꺾인 모양이었다.

"당신은 들어가고 운전수를 시켜 경찰을 불러요."

"흥, 경찰이 당신들 졸개야? 잘못은 당신이 저질러놓고?"

또 누군가가 이렇게 야유하자, 둘러싼 사람들이 '와아' 하고 웃었다. 백주 대로에서 자가용을 타고 가던 신사가 청년에게 붙들려 망신을 당하고 있는 것이 고소해서 견딜 수가 없다는 그런 분위기가 되어 있었다.

"사과를 해요."

태영이 맹렬하게 다시 한 번 신사를 흔들었다.

그때서야 신사와 부인은 신변에 위험을 느낀 모양이었다. 살벌한 군중심리 같은 것에 공포를 느꼈다고나 할까. 이런 때 경찰관이 나타나 보았자 소용없을 거라는 생각도 겹친 것 같았다.

"사과하겠소. 이거 놓으시오."

중년 신사의 목소리는 떨렸다.

태영은 사나이를 홱 미는 동시에 손을 놓았다. 사나이는 비틀비틀하다가 저만큼 가 섰다. 태영은

'여러분! 이 꼴을 보시오. 이게 부르주아란 것이오. 비겁하고 비굴한 부르주아의 꼴이란 말요!'

하고 외치고 싶은 충동이 있었지만, 차마 그럴 비위는 없었다.

쥐구멍을 찾듯 자동차는 어디론가 달려가버렸다. 모여든 군중들도 흩어졌다. 불과 3, 4분 동안에 있었던 일인데, 한나절이나 걸린 노동을 치른 기분이었다. 쾌감 같은 것도 없었다. 씁쓸한 뒷맛만 남았다.

인사동의 좁은 골목으로 들어서며 박태영은, 전연 자기의 성격과는 어울리지 않는 행동을 했다는 감상을 되씹었다. 자동차에 치일 뻔한 위험이 자극한 일종의 반사 운동일 것이란 해석과 더불어 자기 속에 잠재해 있는 분노가 언제든 발작 태세에 있다는 사실을 발견하기도 했다.

'행동이다, 행동! 행동만이 결과를 만든다. 생각하기만 한다는 건 언제나 제자리걸음을 하는 꼬락서니밖에 안 된다. 행동은 나쁘건 좋건 하나의 뚜렷한 결과를 낳는다. 거기서 또 새로운 행동이 잇따른다. 병사를 훈련하는 가장 좋은 기회는 실전일 수밖에 없다. 침체 상태의 돌파구는 행동이다. 행동의 연장선상에서 혁명이 성취된다. 일거에, 일시에

성공되는 혁명이란 있을 수 없다. 혁명의 시작은 돌파구를 여는 데서부터 비롯된다. 나쁘면 후퇴하고 좋으면 전진하고……. 후퇴도 전진에의 탄조彈條다. 후퇴도 전진도 정체보다는 낫다. 그렇다면 10월 사건도 의미가 있는 것이 아닌가. 그 살육도 혁명으로 이어지는 것이 아닌가. 언제 어느 곳에 살육 없는 혁명이 있었단 말인가. 전사자 없는 전투가 있었단 말인가. 10월 사건이 설혹 실패했다고 하더라도 정세에 변동을 일으킨 작용으로서의 뜻은 있지 않은가. ……하준규를, 노동식을, 그밖에 많은 사람들을 지리산으로 몰아넣고 거기서 투사가 되게 한 계기가 되지 않았는가…….'

이런 생각에 흠뻑 빠져 그저 발만 눌러 걷고 있는데,

"여보세요!"

하고 어깨를 나란히 한 사람이 있었다. 잠에서 깨어난 듯 태영은 그 사람을 보았다. 전연 모르는 사람이었다. 나이가 서른이 되었을까 말까 한, 깡마른 체구의 사나이였다. 넥타이를 맨 복장이 단정하고, 흰 와이셔츠의 칼라나 소맷동에 때가 없었다. 그렇다고 호사스런 옷차림은 아니었다.

"아까부터 쭉 봐왔어요."

사나이가 한 말이었다.

"뭘 봤단 말입니까?"

"운전수를 때려눕히는 순간부터 보았지요."

사나이는 엷은 미소를 띠었다.

박태영은 대꾸할 필요를 느끼지 않았다. 생면부지의 사람과 길바닥에서 만나 말을 주고받으며 알게 되는 그런 일은 성미에 맞지 않았다.

"무술이 몸에 배어 있는 모양이죠?"

사나이는 태영의 마음을 끌어보듯 물었다.

"내겐 무술 같은 건 없어요."

태영은 아무렇지도 않게 말했다. 사실 그는 그 정도를 무술이라고 생각하지는 않았다. 하준규는 1년 배운 태영의 당수 기량이 보통 사람이 5년 배운 실력을 능가한다고 했지만, 태영은 그런 자부심도 없었다.

종로2가에 이르러 신호를 기다리고 있을 무렵 그 사나이가 물었다.

"지금 바쁜 일이 있습니까?"

"바쁜 일은 없어요."

"그럼 어디 다방에라도 가서 얘기나 좀 합시다."

신호가 푸른빛으로 바뀌는 바람에 태영은 대답하지 않은 채 길을 건넜다. 사나이도 같이 길을 건넜다.

태영이 길을 건넌 것은 별다른 목적이 있어서가 아니고, 그 사나이와 상관하지 않기 위한 수작이었는데, 그렇게 되고 보니 얼떨떨했다.

"오늘 하두 통쾌한 장면을 구경해서 그러는 겁니다. 어쩐지 청년과 같이 얘기하고 싶군요."

광화문 쪽으로 걷는 태영과 나란히 걸으면서 사나이가 속삭이듯 말했다. 태영은 호기심이 일지 않는 바도 아니었다.

"좋습니다."

사나이는 한참 걷다가 어떤 빌딩 앞에 섰다.

"이 빌딩 2층에 다방이 있는데요."

하는 말에 태영은 고개를 들었다. '시온'이란 다방의 간판이 보였다.

박태영은 빌딩 현관으로 들어서는 사나이의 뒤를 따랐다. 사나이는 현관의 둘째 계단에서 몸을 돌려 섰다. 그러더니 길 건너 왼쪽에 보이는 건물을 가리키며,

"혹시 저 건물 아십니까? 화신 바로 왼쪽에 있는 건물 말요."
하고 지나가는 말로 물었다.
"저건 장안 빌딩 아닙니까?"
아무런 생각 없이 태영이 말했다.

사나이는 다시 몸을 돌려 2층에 있는 다방으로 들어섰다. 사나이가 잡은 자리를 마주 보고 앉으며 태영은, 조금 전에 물은 사내의 말이 무슨 저의가 있지 않은가 하는 생각을 언뜻 했다.

장안 빌딩은 해방 직후 공산당을 조직할 무렵 화제에 올랐던 건물이다. 누구나 정치에 관심이 있는 사람이면, 그리고 서울에서 사는 사람이면, 더욱이 종로에 나들이하는 사람이면 그 건물을 모를 까닭이 없었다.

차를 청하기 전에 사나이가 자기소개를 했다.
"나는 심영택이라고 합니다."
태영은 얼른 이름을 조작했다.
"난 이준이라고 합니다."
엉겁결에 이규의 동생 이름이 떠올라 그 이름을 들이댄 것이다.
커피가 왔다. 심영택이란 사나이는 커피를 한 모금 마시고,
"이 집 커피가 좋아요."
하며 태영에게 권했다.
"난 커피맛 같은 걸 모릅니다."
하고 태영은 각설탕을 몽땅 털어 넣고 휘휘 저어 숭늉 마시듯 마셔버렸다. 심영택은 재미있다는 듯 지켜보더니,
"이형은 경상도 출신인 것 같은데 고향이 어디죠?"
하고 태영의 표정을 살폈다.
"진주입니다."

"진주라구요?"

하고 심영택은 반기는 기색을 보였다.

"내 고향은 밀양이오. 진주엔 내 친구가 많습니다."

박태영은 갑자기 호기심을 느꼈다.

"누굽니까? 혹시 내가 아는 사람일지도 모를 것 아닙니까?"

"차차 얘기하죠, 뭐."

심영택은 말끝을 흐렸다.

박태영은 심영택의 그런 태도로 보아 심영택이란 이름이 변명일 것이라고 짐작하고,

'사람을 여기까지 데려다놓고 변명까지 쓰는 덴 그만한 이유가 있을 텐데, 그 이유가 뭘까?'

하는 생각과 더불어 경계의 태세를 허물지 않기로 했다.

"이형은 무술이 상당하던데, 그걸 어디서 배우셨죠?"

"무술이라고 할 것까진 없습니다."

"나는 압니다. 그 운전수도 힘깨나 쓸 성싶은 장정이던데, 어떻게 일격에 나뒹굽니까?"

"급소라는 게 안 있습니까. 천하장사라도 급소를 맞으면 그만인걸요."

"그 급소를 알고 그 급소에 타격을 줄 수 있는 게 무술 아니겠소?"

"우쩌다 요행히 들어맞은 거죠."

"아니던데요. 이형의 자세는 빈틈이 없던데요. 나는 가라테를 압니다. 할 줄은 몰라도······. 그래서 이형의 가라테는 정식으로 훌륭한 선생헌테서 배운 거라고 나는 단언해요. 그렇죠? 내 말이 맞죠?"

"선생님은 훌륭했죠."

태영은 할 수 없이 이렇게 대답했다.

"헌데 그 가라테를 어디서 배우셨소? 일본에서 배우셨소?"

"아닙니다."

"그럼 조선에서?"

"그렇습니다."

"진주서?"

"그렇죠."

심영택은 '흠' 하는 표정이 되더니 뭔가를 생각해내려는 듯 눈빛을 쪼았다.

"그 선생님 이름을 들먹여볼 수 없소?"

"못 들먹일 것도 없죠. 하지만 그게 무슨 필요가 있습니까?"

"고명한 무술자를 알아둔다는 것은 유익한 일 아니겠소?"

박태영은 덤덤히 앉아 있다가 일어설 구실을 찾는 참인데 심영택이 혼잣말처럼 중얼거렸다.

"내가 동경에 있을 때 조선 학생으로서 뛰어나게 잘하는 가라테 선수가 있었는데, 그 사람이 아마 진주 근방 출신이라고 했지."

"그 이름을 아십니까?"

이번엔 태영이 물었다.

"물론 알죠."

그러면서 심영택은 빙그레 웃었다.

"그러나 내가 들먹이지 않아도 이형은 알 것 아뇨. 같이 가라테를 하는 사람이니까. 고향도 비슷허구."

박태영도 따라 웃으면서 말했다.

"그 이름을 심형 입에서 듣고 싶단 말입니다."

"그렇다면 내가 말하죠. 하준규 씨 아닙니까?"

박태영은 가슴이 뭉클함을 느꼈다. 그러나 태연하게 꾸몄다.

"심형은 하준규 씨를 잘 압니까?"

"이름을 들었을 뿐, 만나본 적은 없소."

"하준규 씨가 있을 무렵에 동경에 계셨다는데, 무슨 직업을 가지고 있었습니까?"

"학생이었죠."

"학생으로선 나이가……."

"많다, 이거죠? 학교에 다니는 기간보다 경찰서 유치장에 드나드는 기간이 많아서 그렇게 되었소."

"독립 운동을 하셨나요?"

"독립 운동이라고 할 것까지는 없죠. 선인, 불령 학생, 그저 그런 거지. 일제 때 독립 운동 한다고만 잡아갔나요? 헌데 이형은 일본에 가 본 일 없소?"

"없는데요."

"학교는?"

"중학교 중퇴했습니다."

"그것 잘했소. 나는 어중간하게 학적을 가지고 있다가 나이 서른 살에 학병으로 끌려가는 모욕을 당했소."

"학병요?"

"중국에 갔죠. 탈출하려고 해도 몸이 약해서 못 하고 꼬박 1년 반 동안 당하게 된 거죠. 나는 그것까지도 일제 때 징역살이한 것에 통산하고 있습니다. 그래서 일제 때의 징역이 7년이 되는 셈이죠."

"수고하셨습니다."

박태영은 진심으로 말했다.

"일제 때는 형무소 안에 있으나 밖에 있으나 매양 징역살이인데 수고랄 것 있습니까?"

이렇게 대범하게 말하는 심영택을 보며 박태영은

'이 사람의 정체가 뭘까?'

하는 호기심을 가졌다. 그러나 호기심이 함정이 될 수 있다는 경각심에 스스로의 마음에 브레이크를 걸었다.

"이형은 지금 뭣을 하십니까?"

심영택의 질문이었다. 박태영은 정직하게 말하고 싶은 충동 같은 것이 일어서 순순히 대답했다.

"학생입니다."

"어느 학교?"

"경성대학입니다. 금년에 입학했습니다."

"뭣을 전공할 작정입니까."

"경제학을 해볼까 합니다."

"경제학 좋죠."

하고 심영택은 담배를 꺼내 물고 망설이듯 하더니 불을 붙였다. 건강에 무척이나 조심하는 듯한 태도로 보였다.

"이형은 담배 안 하시오?"

"안 합니다."

"술은?"

"약간 합니다."

"그럼 우리 언제 술을 같이합시다."

"그렇게 합시다."

심영택은 담배를 반쯤 태우고 꺼버렸다.

"나는 아까 이형의 기백에 감동했소. 무술에도 감복했지만."

"누구나 적반하장 격으로 덤비면 그 정도로 흥분하지 않겠습니까. 그런 건 기백이랄 수도 없습니다."

"아니죠. 반항해야 할 일에 반항하기 위해서는 기백이 있어야 하는 겁니다. 대개는 비굴해지게 마련이거든요. 우리 조선 인민이 반항할 줄만 알았더라면 일제에 예속되지 않았을 것이고, 지금 이 꼴을 당하고 있지도 않을 겁니다."

'조선 인민'이란 말에 박태영은 귀가 번쩍했다. 그러나 무표정을 꾸몄다.

"그런데 아까 이형이 망신을 준 상대방이 누군지 아십니까?"

"모릅니다."

"그 사람은 유명한 병원의 원장이오. 김성겸 박사라고 하죠. 의사를 해서 꽤 돈을 모은 사람인데, 지금 국민당인가 하는 정당의 재정 위원을 하고 있죠."

"그런 줄 알았더라면 한 번쯤 더 흔들어 놓을 걸 그랬구먼요."

하고 태영은 일부러 난폭한 척 말을 꾸몄다. 사실은 아까 한 짓을 박태영은 뉘우치고 있었다. 그만한 일로 흥분한 자기가 너무나 놀랍다는 생각이 들어 앞으론 조심해야겠다는 마음조차 일었는데, 그자가 김성겸이란 국민당의 간부라는 것을 알자 그 생각이 말쑥이 지워져버렸다.

"심형은 뭣을 하십니까?"

박태영이 물었다.

"글쎄요."

하고 심영택은 머리를 긁는 시늉을 하며 말했다.

"묘한 직업입니다. 명칭이 있긴 한데 초면에 그런 말을 내놓기가 약간 쑥스럽습니다. 앞으로 만날 기회가 있으면 말씀드리죠. 만날 기회가 없으면 내 직업을 알아봤자 소용이 없을 테니까요."

심영택은 박태영의 학교 사정을 물었다. 박태영은 되도록이면 자기의 내심이 간파되지 않게끔 조심해서 말을 가리며 대답했다. 심영택이 박태영의 요령부득한 대답에 대화의 흥미를 잃은 것처럼

"그럼 우리 일어설까요?"

하고 자리에서 일어섰다. 그리고 다방에서 걸어나오며 물었다.

"가라테는 하준규 씨한테서 배웠죠? 헌데 하준규 씨는 지금 어쩌고 있습니까?"

"모르겠는데요."

빌딩 현관에서 나오며 심영택은 다시 한 번 물었다.

"하준규 씨가 어디에서 무엇을 하고 있는지 참으로 모르십니까?"

"모릅니다."

"알고 싶지도 않소?"

"알고 싶긴 합니다."

빌딩에서 나와 심영택은 동대문 쪽으로 걸음을 내딛다가 광화문 쪽으로 가려는 박태영을 불러 세웠다.

"하준규 씨가 지금 뭣을 하고 있는지 알고 싶거든 다음 목요일 다섯 시쯤에 그 다방으로 나오시오. 만일 내가 없거든 미스 홍이란 아가씨에게 심영택이란 이름을 들먹여 물어보시오. 그럼 연락이 될 겁니다."

심영택은 나직이, 그리고 빠른 어조로 이렇게 말하고, 박태영의 말도 기다리지 않고 동대문 쪽으로 걸어가버렸다. 다방에 앉아 있을 땐 잡담만 하고 요긴한 얘기는 길에 서서 해치우는 심영택의 태도에서 박태영은 공산당 냄새를 맡았다.

종로 네거리에 서서 박태영은 자기가 밖으로 나온 목적이 무엇이었던가를 생각하려고 했다. 김숙자에 대한 반발로 뛰쳐나오긴 했지만 분명히, 아니 막연하나마 무슨 목적을 지니고 나왔었다. 그런데 재동에서 활극을 하고 뒤이어 심영택인가 하는 사람하고 두서없는 말을 주고받고 나니 뒤숭숭한 심정이 되어 당초의 목적을 분실한 꼴이 되어버린 것이다.

늦은 가을의 태양이 기울고 있었다. 으스스 한기가 돌기도 했다. 태영은 화신 백화점 상층 스테인드글라스가 석양을 받아 이상한 광채로 빛나는 것을 우두커니 보고 섰다가 김상태를 만날 작정으로 나왔다는 원래의 동기를 찾아냈다.

태영은 공중전화로 김상태의 연구실에 전화를 걸었다. 상태는 마침 있었다. 여섯시에 다동의 그 집으로 나오기로 약속했다. 다동의 그 집이란 김상태가 단골로 다니는 술집이었다. 그 집엔 이규와 10년 후에 화신 앞에서 만나기로 약속한 김정란이 있었다.

양혜숙과 김정란은 좌익에 동조하는 아가씨들이어서 그들 앞에선 무슨 말을 해도 좋았다. 태영은 상태에게 하준규와 노동식이 부하들을 데리고 지리산으로 들어갔다는 얘기를 하고, 어떻게든 그들의 힘이 되어주도록 해야겠다고 제의했다.

"너, 나까지 빨갱이를 만들 참인가?"

김상태는 싱글벙글했다.

"농담 말고 내 말 들어봐. 곧 겨울이 닥치는데, 산에서 살자면 이만저만한 고통이 아닌 기라. 사람의 고통을 덜어주자는 기지, 사상적인 운동을 하자는 건 아니란 말이다. 넌 우익이건 좌익이건 병자를 똑같이 상대하겠다고 안 했나? 병자나 딱한 처지에 있는 사람이나 다를 게 없지 않은가. 급장님, 급장이 급우의 부탁을 안 들어 준다캐서야 말이 되나."

태영은 간절하게 말했다.

"누가 딱한 처지가 되라캤나. 결국 그들을 돕는 건 빨갱이를 돕는 것 아니가. 빨갱이를 도우면 빨갱이가 되는 기라."

그러자 양혜숙이 한마디 했다.

"빨갱이, 빨갱이 하지 말아요. 그 사람들은 인민들을 위해서 목숨을 바칠 사람들 아녜요? 말하자면 애국자 아녜요?"

"그렇게 생각한다면 너나 도우라몬."

김상태는 어이없다는 듯이 양혜숙을 돌아봤다.

"물론 나도 도울 거예요. 박 선생님, 어떻게 하면 그 사람을 돕는 것이 되죠?"

"굉장한 심파가 나타났군."

김상태가 야유하듯 말했다.

"심파라뇨? 신파 연극 하는 년 같다, 이 말씀인가요?"

양혜숙이 덤비는 척 꾸몄다.

"허허 참, 심파도 모르는 게 좌익한다꼬."

하고 김상태는, 공산당을 돕는 자를 심파다이저라고 하는데, 그것을 줄여 심파라고 한다고 설명했다.

"이를테면 동정파, 동조자란 뜻인 기라."

"그만큼 우리는 무식이 풍부한 기라."

양혜숙이 김상태의 경상도 사투리를 흉내내어 말했다.

"그런데 돕는다고 해도 막연하지 않나. 뭣을 우떠케 돕는다는 기고."

김상태가 정색을 했다. 박태영이 차근차근 얘기했다.

"식량은 농촌을 끼고 있으니까 걱정 없다고 하더라도 신발, 양말, 장갑, 내복 같은 것이 문젠 기라. 이가 끓고 하니 DDT 같은 약도 필요하고……. 우리가 지리산에 있을 땐 매일매일 옷을 삶아서 입었지. 자칫하면 동상에 걸리기 쉬우니 동상약도 있어야 해. 사람 수가 얼마나 되는지 알 수 없으니까, 우리 힘 자라는 대로 하자는 기라. 뜻이 통하는 사람을 모아 내밀적으로 후원회 같은 걸 만들면 더 좋고."

"공산당이 지령해서 폭동을 일으켰고, 그래서 지리산으로 몰려 들어간 낑깨, 공산당이 알아서 하겠지 뭐. 그 치밀한 공산당이 오죽 잘할라꼬."

김상태는 뼈가 돋친 말투가 되었다.

"공산당을 믿을 수 있으면 내가 뭣 때문에 이런 얘길 꺼내겠노. 그리 말고 상태야, 뜻이 맞는 사람을 우리 한번 조직해보자. 정치는 쑥 빼고 난민을 구제하는 셈치고 말이다."

"네나 만들어보라몬. 나는 못 하겠다. 누구보고 우떤 말을 할 끼고. 네가 그런 걸 조직한다쿠몬 내가 한몫 끼이기는 하겠다. 운동화 몇 켤레쯤, 동상약 몇 개쯤은 사서 보텔 용의가 있어. 너나 하 선배의 체면을 봐서 말이다."

"만들어보세요, 후원회를. 우리도 회원을 모집해서 힘닿는 데까지 노력할 테니까요."

양혜숙이 정색을 하고 말했다.

"나도 돕겠어요."

김정란도 한마디 했다.

"느그는 안 되는 기라."

김상태가 쏘았다.

"왜 안 돼요?"

양혜숙이 반발했다.

"누구헌테서 들읗께 이런 데 있는 여자치고 경찰 앞재비 아닌 년 없다쿠더라. 그러니 느그들이 끼여봐. 후원흰가 뭔가가 며칠 부지하겠노?"

상태의 이 말에 양혜숙이 홍분했다.

"어디에 있건 사람 나름이에요. 내가 후원회를 만들면 절대로 그런 여자는 끼우지 않아요. 내겐 사람을 꿰뚫어보는 안력이 있어요. 당신 같은 반동 의사완 달라요."

"반동이란 말을 예사로 쓰는 걸 보니 이 계집애 진짜 빨갱이 아니가."

상태가 너털웃음을 웃었다.

"우리들을 경멸하지 말아요. 진보적 사상을 가진 사람은 절대로 우리를 경멸하지 않아요. 우리들을 깔보구 욕지거릴 하구 하는 사람은 모두가 우익이에요. 우린 손님 자리에 들어가면 그것부터 알아내요. 5분만 앉아 있으면 알아요. 좌익들은 절대로 그런 짓 안 해요. 그러니까 자연 이런 곳에 있는 여자들은 좌익 편으로 기우는 거예요. 김 선생님은 그런 분이 아니면서도 힘구시라는 걸 난 잘 알구 있어요. 그런 만큼 우리를 깔보는 말을 하면 섭섭해요."

김상태가 양혜숙의 등을 가볍게 두드렸다.

"잘못했어. 앞으론 그러지 않을 거니까 마음을 풀어요."

상태도 점잖은 말을 할 땐 표준말을 썼다.

"그럼 우리 의논해요. 박 선생님이 오죽 딱해서 이런 데서 그런 말씀을 꺼냈겠어요?"

양혜숙의 제안으로 의논에 마무리가 지어졌다. 이 달 말, 각자 성의껏 지리산으로 보낼 약이며 돈을 그 집으로 가지고 오기로 했다. 그러고 나서야 박태영은 후련한 기분으로 술을 마실 수 있었다.

"이규 씨가 계셨더라면 힘이 됐을 텐데……."

김정란이 한마디 하고 얼굴을 붉히는 장면도 있었다. 그것은 이규에 관한 얘기가 나와주었으면 하는 정란의 바람이라고 할 수 있었다.

그 눈치를 채고 김상태가

"이군이 있었더라면 발 벗고 앞장서겠지. 그 사람은 빨갱이, 아니 좌익은 아니라도 남을 돕는 일엔 취미가 있는 친구니까."

하고 김정란의 비위를 맞추었다.

이규 얘기가 나오자 박태영은 침울한 감정에 빠졌다.

'지금 하 두령과 노동식이 제1선에 있다고 치면 나는 제2선에 있다. 1선과 2선이 무너졌을 때 이규는 과연 3선을 맡아줄 것인가.'

하는 생각이 난 것이다. 잇따라 '죽는다'는 상념이 돌았다.

하준규도 노동식도 박태영도 머잖아 죽을 것이란 이 불길한 생각이 어떻게 해서 뇌리에 괴게 되었는지 그 까닭은 알 수가 없었다.

'할 수 없다. 죽을 땐 죽어야지!'

여태까지 죽음을 생각하지 않은 바는 아니었으나 그날 밤의 상념엔 애절할 만큼 실감이 묻어 있었다.

"박군, 왜 그래? 얼굴빛이 좋지 않은데……. 우리가 힘껏 돕겠다고 했지 않나. 자네가 그러고 있으니까 술맛 다 떨어진다."

김상태가 태영에게 술잔을 내밀며 한 말이다.

"박 선생님, 기운을 내세요. 우리 모두 박 선생님 편이에요."

이것은 양혜숙의 말이었고,

"어떤 일이 있어도 저도 힘껏 돕겠어요."

라고 한 사람은 김정란이었다.

박태영은 어두운 골목길을 걸어 집으로 돌아가면서 어떤 태도로 김숙자를 대할까 연구했다. 또 술을 마셨다고 얼굴을 찌푸릴 것이다. 지리산으로 갈 작정이냐고 따질 것이다.

'그럴 때 나는 어떻게 한다? 한 대 후려갈길까? 그것은 안 될 말. 간섭 말라고 야무지게 쏘아줄까……?'

박태영의 각오는 굳어져갔다. 김숙자를 적으로 취급해야겠다고 굳어지는 마음이었다. 딴으론 자기를 위하고 사랑한다는 사람을 적으로 돌려야 한다는 것은 분명히 비극이었다. 그러나 박태영은 그 비극을 넘어서야 한다고 마음을 다졌다.

'부르주아 근성은 부르주아 계급과 더불어 나의 원수다. 김숙자는 그 근성을 대표하는 적이다. 내 속에서 부르주아 근성을 뿌리 뽑기 위해선 먼저 김숙자를 배제해야 한다. 혁명가는 아내를 혁명가로 교육시키지 못할 바엔 단연 이혼해야 한다. 이혼 선언을 하기까지 나는 단연 김숙자와 절교 상태를 지녀야 한다…….'

초인종을 눌렀다. 숙자와의 약속으로 세 번 짤막하게 누르게 돼 있는데 두 번으로 그쳤다. 의도한 대로 행랑채의 강 노인이 나와 대문을 열었다.

태영은 바깥사랑으로 들어갔다. 자기 방에 불이 환히 켜져 있었다. 태영이 없는 동안 그 방의 불이 켜져 있을 까닭이 없었다. 숙자에게도 태영은 자기가 없는 동안엔 그 방에 오지 못하도록 엄격하게 일러놓은 터였다.

기침을 하고 마루로 올라섰다. 일종의 망설임을 느끼며 미닫이를 열었다. 하영근 씨가 그 방에 와 있었다. 책을 읽고 있다가 고개를 들었다.

"이제 오나. 자넬 기다리고 있었네."

말은 조용했지만 태도에서 싸늘한 느낌이 흘러나왔다.

태영이 책상 앞으로 가서 책상을 등지고 앉자 하영근이 입을 열었다.

"자네, 지리산으로 갈 적정이라며?"

태영은 온몸이 경직되는 것 같았다. 김숙자가 무슨 말을 했으리라고 짐작되었다.

"그런 생각이 없진 않았습니다만, 지금 그럴 작정은 아닙니다."

태영은 되도록 정직하려고 애쓰면서 대답했다.

"지금 그럴 작정은 아니지만 언젠가는 그럴 수도 있다는 얘긴가?"

"그렇습니다."

"그럼 오늘은 안 가도 내일은 갈지 모른다는 그런 뜻도 되지 않은가?"

"그렇진 않습니다. 무슨 결정적인 변화가 있기까진 지리산으로 갈 생각이 없습니다."

"결정적인 변화란 뭣인가?"

"지리산을 통하지 않으면 승리할 수 없다는 그런 정세의 변화 말입니다."

"그럴 때가 있으리라고 생각하나?"

"아직은 뭐라고 해야 할지 모르겠습니다."

"혹시 지리산으로 가야 할 심경이 되면 사전에 내게 얘기하겠지?"

"그렇게 하겠습니다."

"그럼 됐어. 내가 공연히 걱정을 한 것 같애. 사람의 사상은 바꾸기가 힘들지 모르나, 행동을 신중히 한다는 건 어떤 사상의 소유자에게도 필요하지 않겠나."

"알았습니다."

"자네와 나 사이의 우의를 잃지 않도록 피차 노력하세."

하고 일어서다가 하영근은 말했다.
"권창혁 씨 방에 이우적 씨가 와 있다."
"이우적 씨가 웬일로 왔을까요?"
"글쎄, 지금 권창혁 씨하고 얘기하고 있으니까 곧 영문을 알겠지."
하고 하영근은 나갔다.
 박태영이 이우적을 알게 된 것은 이규를 통해서였다. 이규의 둘째 큰아버지와 이우적은 막역한 사이라고 들었다.
 진주 근처 사람이라서 하영근과도 인간적으로 친한 사이인 것 같았다.
 이우적은 일제 시대에 9년을 옥중에서 보낸 사람이었다. 하영근도 여윈 편이지만 이우적은 뼈와 가죽만 있는, 아니 해골에 가죽을 씌웠다는 표현이 적절할 만큼 여윈 사람이었다. 눈만 살아 있었다. 푹 꺼진 눈두덩 속에 커다란 눈동자가 윤기를 띠고 빛나고 있었다.
 박태영이 방으로 들어가자 이우적은 눈부신 듯 박태영을 바라보다가
"박군이 여게 웬일인고?"
하고 자세를 고쳐 앉았다.
"박군은 우리 집 식구다."
 하영근이 웃음을 머금었다.
"하형, 무던하군. 거물을 키우고 있는 셈인데."
 이우적은 박태영을 박헌영의 직계로 알아서 이렇게 말한 것이다.
"거물이 될지 무엇이 될지 알겠나. 하여간 자네가 기대한 사람처럼 만들지 않으려고 지금 나는 방해 공작 중이네."
"무슨 뜻인지 모르겠는데."
"박군은 공산당을 그만두었다는 애길세."
 하영근의 말이 떨어지자 이우적의 눈이 한층 빛났다.

"그렇다면 박헌영의 당에서 나왔단 말이지?"

"나온 것이 아니라 제명당했습니다."

박태영이 어색한 기분으로 말했다.

"왜?"

"그 까닭은 저도 잘 모릅니다. 그저 당명 불복종으로 제명되었다는 통고만 받았습니다."

"박헌영 당으로선 대단히 관대한 처분인데. 내가 알기론 제명 대상이 된 당원은 본인에겐 일절 알리지 않고 위험한 임무를 맡겨 자멸하도록 한다는데……."

이우적은 진정 의아한 표정을 지었다. 그러더니,

"흠."

하고 고개를 끄덕끄덕했다.

"그 까닭을 알 만하단 말인가?"

하영근이 빈정대는 투로 물었다.

"알 만해. 이현상이 대단한 노력을 했겠지."

그러더니 이우적은 맹렬하게 박헌영을 비난하기 시작했다. 편협한 놈, 비겁한 놈이라는 어휘가 마구 쏟아져 나왔다. 박헌영은 절대로 공산주의자라고 용인될 수 없는 소영웅주의자이며 부르주아 근성으로 악취가 분분한 놈이란 것이었다.

박태영은 이우적이 박헌영을 비방하는 말을 듣고 이상한 생각이 들었다. 작년 겨울 이우적은 해방일보 기자로 천거하겠다고 박태영을 박헌영과 만나게 한 적이 있었다.

"이번 대구 사건을 비롯한 폭력 투쟁 전략도 그놈의 소영웅주의가 저지른 모험이거든. 오죽했으면 육인선언이 나왔겠나. 그래서 우리들은 새로 당을 만들기로 한 거다. 박군은 나와 같이 당을 해볼 생각 없나?"

하영근의 시선이 느껴져서 박태영은

"사로당社勞黨을 하자는 겁니까?"

하고 잘라 말했다.

"전 당분간 사업이니 정치 운동이니 하는 것을 안 하기로 했습니다."

"그럴 수야 있나."

이우적이 말을 이으려 하자 하영근이 웃으며

"자넨 내 집에 와서 당원 포섭 운동을 할 셈인가?"

하고 이우적의 말을 잘랐다.

"박군은 학문을 하기로 작정한 사람이다. 유혹하지 말게."

하영근의 이 말이 농담이 아닌 것을 알아차린 이우적은

"하형이 그 케케묵은 보수주의로 젊은 정열을 질식시키려는 것은 역사에 대죄를 짓는 결과가 될걸세."

하고 너털웃음을 웃었다.

"누가 역사에 대죄를 짓게 될 것인가는 두고 봐야 알 일이고, 학문을 통해 인류에게 봉사하는 것도 혁명에 못지않은 중요한 일이니까."

이어 하영근은

"그건 그렇고, 명색이 공산당이란 게 그렇게 분열이 심해서야 맥이나 추겠는가. 내일 모레 지하로 잠적해야 할 사정이 몰려들지 몰라 당이 철벽같이 단결해도 살아남을까 말까 한 형편인데, 당내에서 헤게모니를 둘러싸고 싸우고만 있으니 희생의 제물이 되는 건 평당원들이 아닌가."

하고 따졌다.

"당이 성장하기 위해선 진통을 겪는 과정이 있어야 하는 거야."

이우적은 소련의 공산당도 오늘이 있기까지 갖가지 곡절을 겪었다는 얘기를 장황하게 늘어놓았다.

"들으니 공산당이 두 개가 될 모양이더군. 그렇게 싸우다간 결국 붕괴되고 말 것 같은데."

"변증법적 과정 아닌가. 대립은 보다 높은 차원으로 지양될 테니까, 두 개의 공산당이 병립할 수야 없지."

"어느 하나가 모스크바의 승인을 받을 것이다, 이 말이지? 꼭 20몇 년 전의 꼴이 재현되겠구나. 이르쿠츠크파와 상해파가 싸운 그 꼴 말이다."

"그때와 지금은 사정이 다르다."

하고 이우적은 또 설명을 시작했다. 그러나 하영근은 귀찮다는 표정으로 이우적의 말을 더 들으려고 하지 않았다.

"사정이 어떠하건 공산당을 위해선 돈 한 푼 버릴 생각이 없으니 그리 알게. 솔직하게 말해서 자네에게 얼만가의 용돈이라도 주고 싶지만 그것도 못 하겠어. 혁명이 이루어져 인민재판을 받고 죽는 경우가 있어도 난 공산당, 아니 좌익을 위해서는 돈 한 푼 안 내겠다. 내 돈이 필요하거든 빨리 혁명을 성공시켜 재산을 몰수해가란 말이다."

농담인 척했지만 하영근의 말엔 가시가 돋쳐 있었다.

"하형은 사람이 변했군. 일제 때의 하형과는 전연 다른데."

이우적이 쓰게 웃으며 한 말이다.

"일제 때는 의무감이 있었지. 사상이 어떻건 일본놈에게 항거하는 사람에 대해 미안하다는 감정이 있었던 거야. 지금은 전연 사정이 달라. 나 같은 입장에서 돈을 내면 잘 봐달라는 뇌물 냄새를 풍기게 돼. 그래서 나는 우익이건 좌익이건 정치하는 사람에겐 돈을 안 내기로 했어. 내가 돈을 낼 땐 나 자신이 정치 운동을 할 때다. 그러나 나는 정치 운동을 할 까닭이 없지. 악질 부재지주로서 평생을 끝낼 참이니까."

"그렇게 감정적인 말을 해서야 쓰나. 이 사회에서 살고 있는 이상, 사회가 조금이라도 나아지는 방향으로 각기 응분의 노력을 해야 할 것 아닌가. 활동력이 있는 사람은 활동력으로, 두뇌가 명석한 사람은 두뇌로, 돈이 있는 사람은 돈으로……. 이게 인간으로서의 도리가 아니겠는가."

이우적의 간곡한 말에도 아랑곳없이 하영근은 보료 위에 누워버렸다.

"곧 권창혁 군이 돌아올 테니까 권군 오거든 토론해보게. 나는 좀 피곤하다."

이우적은 애매한 웃음을 띠고 담배를 피워 물었다. 무료한 시간이 무겁게 흘렀다. 그 무료함을 메울 요량도 있어 박태영이 이우적에게 물었다.

"이번 10월 사건 때문에 많은 사람들이 산으로 들어갔다고 하잖습니까. 딩에선 그 사람들에 대한 대책을 어떻게 세우고 있습니까?"

"내가 알 까닭이 있나. 박헌영파에서 강행한 일이니 놈들에게 생각이 있겠지."

"산에다 저대로 두면 머잖아 전멸하지 않겠습니까. 군정청에선 경찰과 군대를 증모하고 무기 공급도 활발한 모양이던데요. 무기도 없고 보급도 없으니 산으로 들어간 사람들이 언제까지 부지하겠습니까."

"뒷감당 못 할 짓을 예사로 해치운 놈들은 천벌을 받아야 해."

"천벌을 받건 말건 그건 문제가 아니잖습니까. 무기나 그밖에 필요한 물자를 보급할 계획이나 세우고 있는지 모르겠습니다."

"그런 계획이라도 세울 줄 아는 놈들이 그 따위 짓을 해? 이번 10월 사건은 순전히 자기들의 헤게모니를 유지하기 위한 책략에서 나온 것이지, 계획된 전략에서 나온 게 아니라니까."

"그럼 10월 사건을 일으킨 당 간부들은 밉다고 합시다. 당 간부가 밉다고 해서 산으로 들어간 사람들이 전멸하는 꼴을 보고도, 그런 사태가 충분히 예상되는데도 가만있어야 되겠습니까. 헤게모니야 어디에 있건 이 문제만은 모두들 의견을 합쳐 대책을 강구해야 하지 않겠습니까."

"글쎄."

하고 이우적은 담뱃불을 비벼 껐다.

"이 선생으로선 이 문제를 어떻게 생각합니까?"

"하두 난감한 문제가 돼서 생각할 엄두도 나지 않아."

이우적의 이 말을 들었을 때 박태영은 가슴이 덜컹했다. 박헌영과의 관계야 어떻건 사로당을 만들어서까지 혁명 운동을 추진하려는 이우적 같은 사람이 산으로 들어간 동지들에 대한 구출 또는 지원 문제를 생각할 엄두도 내지 못하고 있다면 이건 정말 큰일이 아닐 수 없었다.

권창혁의 말에 의하면, 미 군정청은 어떠한 대가를 치르더라도 산으로 들어간 폭도들을 완전 소탕할 방침을 세우고 세밀한 작전 계획을 짜고 있다고 했다. 그런데 이우적의 태도로 보아 좌익 단체에선 아무런 대책도 세우고 있지 않은 것이 분명했다.

"이 선생께선 혹시 그런 대책을 세우고 있는 기관이나 단체가 있다는 말도 들은 적이 없습니까?"

"없는데."

"그렇다면 그들을 완전히 방치하는 겁니까?"

"박헌영 당에서 한 일이니까 산으로 들어가 있다고 해도 무슨 연락은 있겠지. 연락이 있으면 대응책이 있지 않겠나?"

"이 선생 자신으로선 이 문제에 관해서 생각하기도 싫다는 겁니까."

박태영은 끓어오르는 역정을 누르고 물었다.

"생각하기 싫다는 것이 아니라 생각해도 소용없지 않은가. 내가 무슨 조직을 가지고 있는 것도 아니고……. 조직 없이 될 일이 아니거든."

"사로당으로서 무슨 대책을 세울 수 없습니까?"

"사로당은 박헌영당을 반대하는 사람들의 당인데, 박헌영당이 저지른 일의 뒤치다꺼리를 하려고 하겠나?"

얘기가 이렇게 되면 박태영이 말문을 닫을 수밖에 없었다.

하영근이 벌떡 자리에서 일어나 앉았다.

"박군, 공산당이 그처럼 무책임하다는 것을 알았지? 당의 명령에 복종하지 않는 놈의 책임은 철저하게 추궁하고, 당의 지령에 따라 행동한 결과 생겨난 곤란한 문제에 대해선 아무도 책임질 사람이 없고……. 그러니 지령이 조잡할 수밖에 없는 기라. 잘 되면 간부들의 공적이고, 잘못되면 지령을 받은 자들의 책임이니 오죽이나 편리해?"

"그렇게 말할 것은 아녀."

이우적이 위엄 있게 표정을 꾸미고 말했다.

"혁명 단체라는 것은 혁명 운동 과정에 있어선 그럴 수밖에 없어. 그러나 책임 추궁이 없는 것은 아냐. 잘못된 지령이나 명령을 당이 그냥 묵과하진 않아."

"쓸데없는 소리 말게. 책임은 나타난 사태에 직접 유효하게 져야 하는 거지, 모든 것이 다 지나간 뒤에 각 개인의 논공행상을 하기 위한 절차로서, 또는 헤게모니를 쟁탈하기 위한 수단으로서 평가하는 따위의 행동은 사태의 개선에 아무런 쓸모가 없는 것 아닌가?"

"하여간 혁명 단체는 행정 단체완 다르니까."

이우적은 겸연쩍게 입맛을 다셨다.

"박군!"

하고 하영근이 박태영을 쏘아봤다.

"박군은 산으로 들어간 사람들을 걱정하는 모양인데, 산으로 들어간 사람 전체의 문제를 걱정하는가, 아니면 자네의 친구들 몇 때문에 걱정하는가?"

"말은 전체적으로 하고 있습니다만, 사실은 하준규 형과 노동식 형이 걱정입니다."

태영은 솔직하게 말했다.

"아닌 게 아니라 나도 그 사람들이 걱정이다."
하고 하영근은 한숨을 쉬었다.

"그러나 박군, 그 사람들을 위해 내게 기대하진 말아라. 만일 그 사람들이 자수하고 산에서 내려오겠다면 천 명을 데리고 오건 만 명을 데리고 오건 모두 무사하도록 내가 최대의 노력을 해보겠다. 그런데 그 두 친구를 돕기 위해, 아니 산에 있는 그 상태로는 나는 약 한 봉지 보낼 생각이 없다. 일제 시대에 자네들이 지리산에 있을 땐 친일파로서 별의별 비굴한 짓까지 할 각오를 하고 자네들을 도왔지만, 이젠 사정이 달라졌어. 동족 사이의 싸움으로 싸움의 양상이 달라졌단 말이다. 들려오는 소식에 의하면, 지리산 근처의 마을은 그들의 행패 때문에 살 수가 없다더라. 그렇게 해서 먼 훗날 혁명이 성공된다고 하더라도 오늘의 그 행패를 나는 용서할 수가 없다. 적이 미 제국주의이고 우익이면 우익이지, 어떻게 그 산촌에서 사는 사람들을 약탈하고 못살게 구느냐 말이다. 혁명이 성공되면 보상해줄 생각으로 그러겠지. 허나 그건 허울 좋은 말에 불과해. 그들은 자기들의 생명을 부지하기 위해 불쌍한 산촌의 백성들을 약탈하고 있을 뿐이다. 명백하게 말해 화적 노릇을 하고 있는 거다. 그나마 혁명이 성공될 가능성이 있으면 또 몰라. 만일 혁명이 성공되지 못한다면 그 죄를 무슨 수단으로 어떻게 감당할 것이냐 말이다. 지리산 근처의 악질 지주들이 백 년 동안 저지른 죄 이상의 죄를 저지르고 있는 형편이 아닌가. 그러한 놈들에게 나는 한 푼의 돈도 쓸 수가 없다. 인민을 위한다는 마음이 참으로 진실이라면 차마 그런 짓은 못할 것 아닌가. 박군, 자네가 자네의 친구를 위해서 할 수 있는 일은, 그들에게 자수를 권하는 방법밖에 없다. 자네가 혹시 막연하게나마 내게 기대를 걸고 있지 않을까 해서, 이 자리에 이우적 씨가 와 있기도 해서 명백하게 말해두는 거다."

하영근은 박태영이 아까 이우적에게 산으로 들어간 사람들에 대한 대책을 추궁한 것은 실은 자기의 마음을 떠보기 위한 수단의 뜻도 있었다는 사실을 간파했던 것이다.

대문이 열리는 소리와 안사랑의 샛문을 여는 소리가 났다. 권창혁이 돌아왔다. 그 짬을 이용해서 박태영은 자기 방으로 갔다.

지리산에 대한 보급 문제로 박태영은 이현상을 만나려고 했다. 그러나 여의치 않았다. 이현상도 신변에 위험을 느껴 어디론가 깊숙이 잠적한 모양이었다.

박태영은 은근히 학원 내에 조직을 만들기 시작했다. 순전히 보급을 목적으로 한 조직이었다.

"우리는 학생이다. 학생이 할 수 있는 운동은 한계가 있을 수밖에 없다. 그러니 우리는 최소한의 실천 운동은 해야 한다. 우리나라에도 혁명의 전위 부대인 파르티잔이 생겨났으니, 우리가 그 파르티잔에 참가하진 못하더라도 우리가 할 수 있는 보급 투쟁에만은 가담해야 할 것이 아닌가. 이것이 조국의 민주주의와 혁명을 위하는 최소한도의 양심적인 행동이다. 이 정도의 양심적인 실천도 없어서는 해방된 나라의 지식청년으로서 체면이 서지 않는다. 평생을 두고 양심의 가책을 받을 것은 물론, 앞으로 지도자가 될 자격을 스스로 박탈하는 것이 된다."

이러한 취지를 박태영은 독서회의 멤버 가운데 가장 믿을 만한 일곱 사람에게 전달하고 각각 두 명씩 포섭하라고 했다. 그 두 명이 또 두 명씩 포섭하면 기하급수적으로 불어날 것이다.

그러나 두 명을 포섭할 때는 신중을 기해야 한다는 충고를 잊지 않았다. 그리고 그 두 명은 서로 몰라야 한다는 주의도 주었다. 말하자면 그 두 명과 자기만 아는 무수한 관계가 성립되어야 하는 것이다. 포섭된 두 명으로부터 요구되는 금품은 절대로 1천 원을 넘으면 안 된다는 규칙을 정하기도 했다.

박태영은 또 김상태를 통해서 이와 같은 조직을 가졌고, 다동의 김정란을 통해서도 똑같은 원칙의 조직을 폈다.

기한은 겨울방학 시작 전날까지로 했다. 그 기한이 지나면, 새로운 캠페인을 전개하라는 지령이 있기까진 일체의 활동을 정지하도록 약속했다.

겨울방학은 12월 20일부터였다. 조직을 시작한 날짜가 11월 10일이었으니 약 40일간의 활동이었다. 박태영은 그동안의 성과가 과연 어느 정도일까 하는 불안한 마음으로 나날을 보냈다.

그러던 어느 날 박태영은 심영택을 만났다. 어떤 단서로, 심영택이 김삼룡의 비서라는 사실을 알았기 때문이다.

박태영은 심영택의 그런 위치를 전연 모르는 척하고 물었다.

"10월 사건 후 많은 청년들이 지리산을 비롯한 각처의 산으로 들어갔다지요?"

"그런 모양입니다."

심영택도 별로 관심이 없는 척 꾸몄다.

"공산당도 무책임하지. 도대체 그들을 어떻게 할 참이지?"

"학생은 무슨 이유로 그런 일에 관심을 가졌소?"

"내가 다니는 학교 학생들 가운데서 떠도는 얘깁니다. 학생들은 당이 어떻게 하나 하고 상당히 주목하고 있는 모양입니다."

"무슨 까닭으로 학생들이 그런⋯⋯."

심영택이 와락 호기심이 이는 것 같았으나 아무렇지도 않게 꾸미기 위해 부러 말꼬리를 흐렸다는 것을 박태영은 재빠르게 짐작했다.

"글쎄요. 혹시 학생들은 공산당이 어떤 대책을 세우는가에 따라 파르티잔에 참가할 생각이 나고 안 나고 할 게 아닌가 해요."

박태영은 '빨치산'을 꼭 '파르티잔'이라고 했다. '파르티잔'이라는 용어가 정확하지 않을까 해서였다.

"그런 학생이 많습니까?"

"많죠."

"학생도 그 가운데 하나요?"

"아아뇨."

심영택은 말을 하려다가 망설였다. 박태영이 한 걸음 들어섰다.

"공산당에서 무기나 공급해주는지 모르겠습니다."

"공산당이 어떻게 무기를 보급하겠소. 빨치산은 무기를 적으로부터 빼앗습니다. 적의 무기로 적을 친다, 그런 거지."

"식량은 어떻게 합니까?"

"잘은 모르지만 인민을 위한 빨치산이니까 인민이 먹여주겠죠."

"피복이나 약품은요?"

"그것도 마찬가지겠죠."

"그럼 공산당에서 주는 건 없습니까?"

"글쎄요. 내가 알 까닭은 없지만, 빨치산에 대해 공산당이 주는 것은 정치적인 지도와 전략적인 지령밖에 없을걸요."

"그런 사실을 알면 학생들이 실망하겠네요."

"빨치산의 성격은 본래 그런 것 아닙니까?"

"그렇다면 꽤나 힘들겠습니다. 미 군정청이 철저한 소탕 작전을 계획하고 있는 모양이던데요."

"그러나 사상적 무장이 하두 강해서 부르주아의 용병 따위는 일당백으로 무찌를 수 있을걸요."

"그것만 믿고 당은 속수무책이란 말입니까?"

"정치적 지도와 전략 지시는 하지 않겠소."

박태영은 그 이상 심영택과 앉아 있을 필요를 느끼지 않아 일어섰다. 태영은 공산당의 대책을 알고 싶었을 뿐이었다. 김삼룡의 비서인 심영택이 하는 말이라면 믿을 수 있었다.

일어선 박태영을 보고 심영택이

"그 학생들, 한둘이라도 좋으니 한번 만났으면 합니다."

하고 말을 건넸다.

"기백 있는 학생들 같아서요."

하고 어물어물 이유를 달기도 했다.

"한번 얘기해보죠."

그저 지나는 말로 남겨놓고 박태영은 거리로 나왔다.

참으로 놀랄 일이었다.

12월 20일 박태영과 일곱 명의 독서회 멤버가 모여 모금액을 집계해 보았더니 3백여만 원이나 되었다.

박태영은 30만 원이 모이면 대성공이라고 생각했는데 그 예상액을 열 배나 넘었으니 실로 놀랄 일이 아닐 수 없었다. 쌀 한 되에 50원 할 때였으니까, 1천 명의 부대를 거의 1년 동안 먹여 살릴 수 있는 거액이었다.

모금의 내역은, 김상태를 통해서 들어온 액수가 6만 원이고, 김정란을 통해서 들어온 액수가 7만 원, 그 나머지가 독서회 멤버에 의한 모금이었다. 한 사람에게 1천 원 이상 내지 못하게 한 원칙대로 되었다면 3천 명이 모금 운동에 참가한 셈이었다.

40일 동안에 이만한 성과를 얻을 수 있었다는 것은 그만큼 혁명의 기운이 높아져 있다는 증거가 아닐까. 진보적 민주주의를 지향하는 세력이 얼마나 강한가를 이 부분적인 사실로도 증명하고 남지 않을까.

박태영은 새삼스럽게 자기의 정치적 신념이 옳다는 점에 자신을 가졌고, 그런 만큼 이러한 숨은 힘을 효과적으로 동원하지 못하고 모험주의로 빠져든 당에 실망을 느꼈다. 당이 올바르게 방향을 세워 적절한 전술을 쓰기만 하면 철벽같은 인민의 요새가 될 수 있을 것이다.

독선적인 지도자들의 과오 때문에 당을 지리멸렬한 상태를 만들고 있다는 것을 생각하니 박태영은 분함을 참을 수가 없었다.

그러나 이런 불평은 하나마나 해서 우선 눈앞에 닥친 일을 처리해야 했다. 박태영은 동지들과 협의해서 보급 계획을 짰다.

첫째, 보급할 물품 목록을 다음과 같이 결정했다. 신발, 양말, 장갑, 내의, 외투, 동상약, 스트리키니네 등 복통을 비롯한 급증에 쓰이는 응급약, 외상에 쓰이는 약품류.

둘째는 구입 방법이었다. 이것은 동대문 시장의 상인을 찾아 장사할 목적으로 물건을 산다고 하고, 그 물건을 철도편으로 진주역까지 운송하는 것까지 그 상인에게 부탁하기로 했다.

셋째는 지리산의 현지에까지 수송하는 문제였다. 이것은 독서회의 일곱 멤버가 진주로 내려가서 거기서 방안을 세우기로 했다.

우선 2백50만 원 상당의 물자를 사고 남는 70만 원은 필요할 경우의 공작금으로 남겨두기로 합의를 보았다.

박태영은 하준규를 위해서 쌍안경 한 개와 노동식, 하준규에게 각각 성능이 좋은 권총 한 자루를 선사하고 싶었다. 그래 동지들에게 동의를 구했더니, 쌍안경은 좋지만 권총은 구입하기가 어려울 뿐 아니라 검색에 걸리기라도 하면 장사하는 사람이란 위장이 탄로나서 보급 투쟁 전반에 화를 미칠 위험이 있다고 했다.

돈이 있어도 필요한 물자를 구하기가 힘들었다. 그럭저럭 구색을 갖추어 철도 편으로 진주역에 발송한 것이 12월 30일.

내일 진주로 떠날 작정을 하고 박태영은 심영택을 만나볼 생각이었다. 그 까닭은, 심영택이 김삼룡의 비서임이 틀림없다면 통사정을 해도 위험할 리가 없고, 다소나마 당에서도 보탤 물건이 있을지도 모르고, 편리하고 안전한 지리산과의 연락 루트를 당이 가지고 있을지도 모른다고 생각했기 때문이었다.

지정한 장소에 심영택이 나타났다. 박태영은 자리에 앉기가 바쁘게

"선생님은 지리산에 있는 파르티잔들에게 조금도 관심이 없습니까?"
하고 물었다.

"그건 왜 묻습니까?"

심영택은 의아한 눈초리로 박태영을 봤다. 태영은 주머니에서 송장

을 꺼내놓았다.

"이건 진주 마루보시 운송점으로 가는 화물 송장입니다."

"이 송장이 어쨌단 말요?"

송장을 들여다보며 심영택이 중얼거렸다.

"이 물건들은 지리산으로 가는 것입니다."

"지리산으로요?"

심영택의 얼굴에 놀라는 빛이 돋았다.

"우리 학생들이 모은 겁니다. 자그마치 3백만 원어칩니다."

태영의 말이 자랑하는 투가 되었다.

그러나 심영택은 무관심한 표정을 꾸며 보이며 말했다.

"그런 중대한 일을 왜 내게 말하는 거죠?"

"심 선생님께서도 관심이 있을 것 같애서요. 다다익선이니까, 심 선생님께서 보태실 게 혹시 있지 않을까 해서요."

심영택은 갑자기 심각한 얼굴이 되더니,

"형은 나를 아오?"

하고 신음하듯 말했다.

"잘 압니다."

태영은 무뚝뚝하게 말했다.

"어떻게요?"

"하여간 내가 알 정도로 심 선생님은 노출되어 있습니다."

"당신은 당원이오?"

"아닙니다."

"그럼?"

"심파라고 해둡시다. 어쨌든 난 심 선생님을 잘 압니다. 본명까지 알고 있습니다. 그래서 이런 의논도 하는 것 아닙니까."

"당신은 당원이죠?"

심영택의 눈이 날카롭게 빛났다.

"아니래두요. 내가 당원이면 직접 당 기관에 의논하지, 심 선생님을 붙들고 의논하겠습니까?"

그때서야 심영택은 부드러운 표정으로 돌아갔다.

"무슨 의논이오?"

"우리 학생 심파들이 캄파(정치 운동 자금 모금)를 해서 물자를 모아 현지 가까이에 보내놓긴 했는데, 막상 현지에까지 도착시키려고 하니 적당한 방법이 없는 겁니다. 그래 혹시 당 기관에서 무슨 루트를 가지고 있지 않나 해서요."

심영택은 팔짱을 끼고 한참 생각하더니 고개를 들었다.

"그럼 그 송장을 내게 주시오. 다음은 당이 맡아 처리하도록 하겠소."

"어떻게 처리한단 말입니까?"

"현지에 화물이 도착되도록 방안을 강구하겠다는 거죠."

"이미 정해진 루트는 없습니까? 신임장을 가지고 가기만 하면 연락이 되는 루트를 말입니다."

"아직 그런 것이 없거니와 설혹 있다고 해도 비당원에게 밝힐 순 없지 않겠소."

"우리를 믿을 수 없다는 말씀이군요."

"믿을 수 없다기보다 당이 알아서 처리하겠다는 말이죠."

"그럼 좋습니다. 그런데 하나의 조건이 있습니다. 그 화물이 꼭 패관산 부대로 들어가게 해주실 수 없을까요?"

"그건 또 왜요?"

"그런 까닭이 있습니다. 파르티잔 전반에 대해서보다 그 부대에 대한 관심으로 이번 캄파가 이루어졌으니까요. 일단 그 부대에 보급을 하고 나서 앞으로 다른 부대를 위해 캄파를 계속할 작정입니다."

"일단 당이 맡으면 그렇게 편파적으로 할 수는 없죠."

그것은 태영도 납득이 되는 말이었다.

"정 그렇다면 다시 동지들과 의논해보아야겠습니다. 의논하고 나서 또 찾아뵙겠습니다."

태영이 일어서려고 하자,

"얘길 좀더 합시다."

하고 심영택은 태영을 붙잡아 앉혔다. 그리고 물었다.

"형은 정말 당원이 아니오?"

"아닙니다."

"그럼 어떤 서클에 속해 있습니까?"

"아무 서클에도 속해 있지 않습니다."

"서클 활동을 해볼 생각은 없소?"

"아직은 없습니다."

"보기에 아주 씩씩하고 활동적인데, 산발적으로 캄파를 하는 것보다 확고한 지도 체계 속에서 활동하는 것이 훨씬 효과적일 텐데요."

"학생이니까요. 우리는 이 정도의 캄파나 하며 시기를 기다릴 작정입니다."

"그러지 말고 조직 생활을 하도록 해요. 나를 안다니까 솔직히 말하겠소만, 당은 형과 같은 사람을 필요로 해요. 생각이 있으면 곧 내가 상부에 보고해서 길을 터드리겠소. 지금처럼 산발적으로 하면 아무런 공적도 되지 않습니다. 조직 속에 있어야 공적이 정립되는 거요. 인정을 받게 되기도 하구요."

"난 공적도 인정도 생각이 없습니다."

"유감스러운 일인데요."

"차차 만날 기회가 있지 않겠습니까. 그때 또 얘기하죠."

박태영은 일어서서 밖으로 나왔다. 심영택이 따라 나와 속삭이듯 말했다.

"그 화물은 내게 맡기는 게, 즉 당에 맡기는 게 현명할 겁니다. 가능하면 괘관산 부대로 가도록 힘쓸 테니까요."

당에 화물을 맡긴다는 것은 마음 내키지 않는 일이었다.

예정한 대로 동지들이 진주에 가서 수송 계획을 세우기로 했다. 멤버 가운데 두 사람이 일이 생겨 참가하지 못하게 되어, 결국 박태영을 비롯해서 여섯이 진주로 내려가기로 했다.

박태영은 하영근에게 방학 때이기도 하니 고향에 가보겠다고 했다. 그랬더니 하영근은 김숙자를 데리고 가라는 엄명을 내렸다. 박태영의 행동에 불안을 느꼈기 때문이었다. 태영은 진주에 가서 무슨 방법이든 쓸 작정을 하고 하영근의 말에 순종하기로 했다.

진주에 도착한 박태영은 멤버들과 우연히 찻간에서 만난 것처럼 가장해서 자기가 여관에 드는 구실로 삼았다.

역 앞 두 개의 여관에 갈라 든 박태영 일행은 화물의 도착을 기다리는 동안 물건을 괘관산으로 보내는 방법을 모색하기로 했다. 그런데 아무래도 김숙자가 방해가 되었다. 태영은 또 구실을 만들었다.

버스 정류소에서 표까지 끊어놓고 태영은 숙자를 근처의 다방으로 데리고 갔다. 태영과 숙자는 그때까지 냉전 상태에 있었다. 하영근에 대한 미봉책으로 겉으론 얘기를 주고받고 했으나, 두 사람만 있을 때면

태영은 결코 김숙자에게 입을 열지 않았다. 그런 태영이 차나 한 잔 하자는 말을 했으니 숙자가 기분이 좋아지지 않을 리 없었다. 다방에서 태영은 근사하게 말을 꾸몄다.

"아무래도 나는 고향에 가는 걸 포기해야겠어. 거기까지 가면 하 두령을 찾아보지 않을 수 없고, 찾아보면 자연 나오기가 힘들 거고……. 설혹 내가 찾아가지 않아도 내가 고향에 와 있다는 소문을 들으면 그편에서 오라는 연락이 있을지도 모르고 말야. 이래저래 입장만 곤란하겠어. 그러니까 당신 혼자 갔다 와요. 한 열흘 잡고 말야. 열흘 후 진주로 와서 하영근 씨 본댁에서 만나지. 그동안 나는 친구나 만나며 진주서 놀고 있을 테니까."

김숙자는 태영의 말을 듣고 반가워 어쩔 줄 몰랐다. 언젠가는 지리산으로 달아나버리지 않을까 하여 숙자는 항상 불안했던 것이다.

그러니 고향에 가겠다는 말을 들었을 때 한동안 공포에 사로잡히기도 했다. 같이 가자는 하영근 씨의 말이 그렇게 고마울 수가 없었다. 숙자는 고향에 돌아가면 태영의 동태를 지키기 위해 불침번이라도 설 각오를 했다. 그런 심정이었는데 태영이 괘관산엔 절대로 갈 생각이 없다는 뜻이 포함된 말을 하지 않는가.

"좋아요, 같이 가지 못하는 것은 섭섭하지만, 위험을 미리 피하는 것은 현명한 일예요."

김숙자는 기꺼이 응했다.

그러자 태영은 또 하나의 계교를 꾸밀 생각이 돋았다.

"그러나 하 두령에 대한 우정만은 저버릴 수 없으니 무슨 방법이든 강구해야겠어. 당신은 집으로 가기 전에 먼저 읍내로 가요. 거기서 하 두령 집은 얼마 안 되니까 가봐요. 거기 순이가 있을지 몰라. 거기 없거든 찾아보란 말요. 순이도 산으로 들어갔다면 도리가 없지만, 그러지 않았으면 어떻게 하든 순이를 찾아서 진주로 보내. 역전의 여관으로 말이오. 순이는 언젠가는 하 두령을 만날 수 있을 테니까, 하 두령에게 전할 말을 미리 순이에게 해둬야겠어."

"내가 전하면 안 될까요?"

"안 돼. 편지를 써야 해. 간곡하게 말야. 가능하다면 산에서 내려오라고 권하고 싶어. 순이한테 물어, 산에서 필요한 물건도 사 보내고 싶고. 하여간 순이를 내게 보내요."

태영의 결의를 안 것 같아 그저 기쁘기만 한 숙자는 그 부탁까지도 받아들였다.

버스를 타고 가면서 숙자는 태영의 말을 호락호락 믿는 것이 잘못이 아닐까 하는 불안에 사로잡혔다. 산으로 가는 길은 여러 갈래가 있는 것이다. 그때 순이를 보내라는 태영의 부탁만 없었더라면 숙자는 도중에 진주로 되돌아올 뻔했다.

'순이를 보내라고 해놓고 설마 산으로 가진 않겠지.'

이런 생각에 이어,

'옳지, 길잡이를 시키기 위해 순이를 보내라고 했구나.'

하는 짐작이 잇달았다.

'그렇다면 순이를 찾아 데리고 나도 진주로 가야겠다.'

숙자는 마음을 다졌다.

그런데 곧 숙자는 우울증에 빠졌다. 여태껏 거짓말이라곤 해본 적이 없는 박태영을 이렇게까지 의심해야 한다는 것이 한없이 서러웠던 것이다.

'그렇게 나를 믿지 못하느냐.'

는 핀잔을 들을 각오를 하고, 최악의 경우를 피하기 위해선 도리가 없다는 생각으로 숙자는, 순이를 찾기만 하면 데리고 진주로 갈 작정을 거듭거듭 다졌다.

1947년으로 해가 바뀌어 1월 상순이 거의 지났는데도 서울에서 부친 화물이 진주역에 도착하지 않았다. 박태영은 스스로, 또는 동지들을 시켜 매일처럼 진주역에 가서 대기하다가 허탕을 치고 돌아왔는데, 역 직원들의 말은 한결같았다.
"철도 사정이 나빠서요. 언제 도착할지 종잡을 수가 없습니다."
화물도 화물이지만, 방학 기간이 끝나가는데 서울에서 같이 온 동지들을 무작정 붙들어놓을 수도 없어 어느 날 박태영이 직접 진주역의 화물계를 찾았다. 화물계장의 말은 너무나 엉뚱했다.
"요즘 철노연 화물을 기다린다는 것은 여름철에 소불알 떨어시길 기다리는 꼴이나 마찬가집니다. 운송점에 부탁해놓고 잊어버리고 있으소. 와봐야 온 줄 알지, 미리 뭐라고 말할 순 없소."
이 말을 듣고 박태영은 서울에서 온 동지들을 전부 돌려보내기로 했다.
'연줄이 잘 닿기만 하면 트럭 한 대분쯤의 화물은 우리들이 직접 산에까지 운반해놓고 돌아왔으면……'
했는데, 연줄이 닿기는 고사하고 화물 자체가 도착하지 않는 판이니 어떻게 할 수가 없었다.
그러나 그동안 박태영이 빈둥빈둥 놀기만 한 것은 아니었다. 옛날 친구들 가운데 좌익 운동을 하거나 동조하는 사람이 많았기 때문에 그들과의 접촉을 통해서 진주 시당과 그 산하 단체의 활동 상황을 대강 파악할 수 있었다. 그 결과 박태영은, 진주시의 좌익 활동이 형식적, 부분적일 뿐 혁명적인 활기가 전연 결여되어 있다는 것을 알았다.

당 간부는 노출되는 것을 극도로 겁내기 때문에 대담한 사업 계획을 세우지 못하고, 중앙에서 내려온 지령을 이행하는 데도 지극히 소극적일 뿐 아니라 그럴듯하게 보고를 꾸미는 데만 신경을 쓰고 있다는 사실을 곧 눈치 챌 수 있었다.

활발한 것은 학생동맹이었는데, 이것도 학원을 계속 시끄럽게 한다는 결과 이상은 만들어내지 못하는 형편이었다.

적절한 과업을 주어 계속 조직원을 단련시키는 한편, 그 성과를 매일매일 확인하면서 전진해야 할 텐데, 세포 회의에선 천편일률적인 교조적 연설만 있고 벽보를 붙이라는 지령이 고작이지, 그 이상 한 걸음도 전진할 의욕을 보이지 않았다. 그러니 조직이 날로 침체해지고, 검거된 사람들의 수만큼 조직의 힘이 약화되고 있었다.

문학동맹이니 연극동맹이니 하는 단체는 유명무실일 뿐이고, 어느 하나 창의적인 활동과 그 활동을 통해 조직의 강화와 확대를 꾀하는 흔적은 보이지 않았다. 박태영은 다음과 같은 결론을 얻었다.

"진주시의 좌익 운동은 경찰에 밥을 제공하기 위한 수단 이상의 아무런 효과도 나타내지 못하고 있다."

만일 전국적으로 이런 상황이라면 혁명 운동은 시작부터 좌절했다는 비판까지 생겨 박태영은 지리산에 들어가 있는 하준규 일당이 불쌍하다는 생각마저 들었다.

1월 15일 박태영은 서울에서 데리고 온 친구들을 보내고, 중학 선배인 강달진이라는 사람 집으로 찾아갔다. 강달진은 민청 지도부에 있었다. 박태영이 진주에 내려온 이래 몇 차례 만난 적이 있었다. 강달진은 후배인 박태영을 과대평가할 정도로 신임하고 아끼는, 마음이 돈독한 사람이었다.

강달진은 외투를 걸치고 나와 골목길을 앞서서 걸었다. 도착한 곳은 어느 기생집이었다. 혁명 운동을 하는 사람이 기생집에 드나든다는 건 이상하지만, 진주의 물정으로 봐선 별로 놀랄 일도 아니었다.

대문으로 들어서자 기생이 치장한 모습으로 마루로 나서고 있었다.

"어머나, 내 지금 놀음 나가는데."

하더니

"그러나 들어와요."

하고 도로 방으로 들어가 방석을 내어 깔아 자리를 만들었다.

"놀음 갔다 와. 우린 얘기나 하고 있을 낑깨."

강달신이 말하사,

"애보고 술상을 봐드리라고 일러둘 테니, 잡숫고 싶은 것 있으면 근처 식당에서 시켜오도록 해요. 되도록 빨리 돌아오죠."

하고 기생은 밖으로 나가 식모아이에게 뭔가 시키고 나가는 모양이었다.

화려한 기생방에 강달진과 둘이 남게 된 박태영은

"주인도 없으면서 방을 마구 쓰라고 내주는 걸 보니, 강 선배님 이 집 기둥서방 아닙니까?"

하고 빈정댔다.

"기둥서방이 또 뭐요? 그보다도 화물은 어떻게 됐소?"

박태영이 진주에 와서 화물에 관해 의논한 상대는 바로 강달진이었다.

"아직 도착하지 않았어요. 여름철 소불알 떨어지길 기다리는 셈으로 기다리라고 하드먼요."

"그 화물계장 꽤나 유머가 있는 사람인데?"
하고 강달진은 웃었다.

"그런데 강 선배님, 절 진주시 당책과 만나게 해주이소."

창당 이래 당책이었던 강대창은 10월 사건의 주모자로 체포되어 지금 형무소에 있고, 그 후임으로 전 모某란 사람이 중앙으로부터 파견되었다는 사실을 박태영은 듣고 있었다.

강달진은 놀란 빛으로 물었다.

"뭣 할라꼬?"

"잘은 모르지만, 진주시의 상황이 이래서는 안 되겠어요. 보름 동안여게 머물면서 관찰해봤더니, 지금의 꼴로선 경찰의 밥이 되는 게 고작입니다. 그래 당책과 의논해봤으면 해서요."

"당책은 나도 잘 만날 수가 없소. 아지트의 보안 조치가 이만저만 철저하지 않아서 그런 점으론 금성철벽이지. 그렇지 않더라도 당책을 어떻게 쉽게 만날 수 있겠소?"

"아무것도 안 하는 당책의 아지트가 금성철벽이면 뭣 합니까. 그처럼 노출되는 걸 겁내니까 일을 못 하는 것 아닙니까?"

"왜 일을 안 해요. 그러나저러나 경찰에 노출되지 않는 게 가장 중요하지 않소. 당책이 붙들리기나 해보소. 당이 어떻게 되겠소?"

"일을 하면서도 노출되지 않는 게 중요하지 않습니까. 내가 보기엔 진주 시당은 당책의 안전 보장이 당의 목적이고 그 외의 일엔 일절 관심이 없는 것 같애요. 당책이란 이름만 대고 있는 사람의 안전 보장이 혁명 과업 수행과 일치한다고 생각합니까?"

"동무는 아까부터 당책이 아무 일도 안 한다고 말하는데, 당책이 일을 하는지 안 하는지 어떻게 알고 그런 말을 하는 거요?"

강달진은 약간 불쾌한 기색으로 말했다.

"그럼 묻겠는데요, 지금 진주 시당은 무엇을 하고 있습니까?"

"하는 일이야 많지."

"소련에 보내는 연판장 운동, 반동들을 규탄하는 벽보 붙이기, 미 군정을 비난하는 선전, 신탁 통치를 지지하는 벽보 붙이기, 기껏 그 정도 아닙니까?"

"빨치산 지원, 애국자 가족 후원, 그밖에도 일이 산더미 같소."

"그런데 그런 일을 지금 하는 방식으로 하면 아무짝에도 쓸모가 없다는 말입니다. 지금 한다는 게 모두 중앙의 지시에 의한 것 아닙니까? 그나마도 형식적·소극적으로 하고 있는 것 아닙니까. 연판장 운동을 통해서 조직이 얼마나 강해졌겠소. 당의 저변이 어느 정도 확대되었겠소. 한 사람이 열 손가락으로 지장을 찍어대는 연판장의 인원이 만 명에 달하고 백만 명에 달하면 그게 무엇이란 말입니까?"

"어쩌다 그런 놈이 있지, 연판장이 모두 그런 식으로 되진 않을 거요."

"연판장 문제는 그럼 그만둡시다. 파르티잔 지원은 어떻게 되었습니까. 어느 정도의 성과였죠? 그러나 성과의 다소도 묻지 말기로 합시다. 어떤 작은 일이라도 과업의 추진이 혁명 정세를 만들어나가는 데 도움이 되어야 할 텐데, 내가 보기엔 그렇지 못하단 말입니다. 사람들에게 연판장에 지장을 찍게 하는 게 문제가 아니라, 연판장에 지장을 찍는 사람을 당의 둘레에 모으는 게 중요한 일 아닙니까. 벽보를 붙이는 행위 자체가 문제되는 것이 아니라, 그 벽보가 대중을 선동할 수 있도록 작용하는 게 문제가 아닙니까. 솔직히 말해서 진주 시당에 투쟁력이 있는 겁니까, 없는 겁니까? 지금 정도의 경찰력에 겁을 먹고 쥐구멍만 찾는 꼴 아닙니까? 이대로 가다간 진주 시당은 전멸합니다. 지금 전멸 상태에 있는지도 모르죠. 벽보 몇 장 붙이다가 붙들려가는 사람의 수만큼 조직이 약화되고 있는 형편 같으니까요."

박태영의 말을 수긍하지 않을 수 없는지 강달진이 한숨을 쉬었다.

"간판만 지키고 있대서 혁명 운동이 되는 게 아니지 않습니까?"

"그럼 박군의 의견으론 어떻게 해야 된다는 거요?"

강달진은 진지하게 박태영의 말을 들어보겠다는 자세를 취했다.

"지리산을 제1선으로 하고, 진주를 인적·물적으로 보급 투쟁을 하는 보급 전진 기지로 만들어야 합니다."

하고 전제해놓고 박태영은 구체적인 안을 설명했다.

첫째는 모금 운동을 전개해야 한다. 그것이 당세를 파악하기 위해 가장 확실한 방법일뿐더러 파르티잔의 사기를 올리는 데 실질적인 도움이 된다.

둘째는 파르티잔 지원자를 모집하는 운동을 전개해야 한다. 그 지원자를 계속 투입함으로써 파르티잔의 세력을 확대 강화시킬 수 있고, 바로 진주 시내에 게릴라를 조직할 수도 있다. 게릴라 육성으로 경찰을 위축시킬 수 있고, 반동들에게 겁을 주어 쓸데없는 저항을 못 하게 할 수 있다.

학원 문제에 있어선 계속 학원을 시끄럽게만 할 것이 아니라, 유능한 교사와 학생을 결속해서 학원 운영의 주도권을 내적으로 장악할 필요가 있다. 장악해놓고 유사시에 학원세력을 몽땅 이용할 수 있도록 해야 한다.

비밀리에 청년 동맹원 또는 그 둘레의 청년들을 훈련해서 경찰을 비롯한 각 행정 관서에 프락치로 투입한다. 그렇게 해서 내실적으로 그런 기관 전체를 당이 장악하는 결과를 만든다.

노동자를 그저 선동해서 떠들어대게 할 것이 아니라, 각기 직장에 충실하도록 하되 내막적으로 조직을 강화해서 유사시엔 언제든 호응할 수 있도록 태세를 갖춘다.
　일반 시민과 상인들은 의식적인 동조 인사를 제외하곤 일절 포섭하지 않는다. 대중은 당세가 강해지면 자연 호응하게 마련이다.
　은행에도 프락치를 투입하는 한편, 기존 은행원을 적극 포섭해서 필요한 단계에 은행을 우리의 것처럼 이용할 수 있게 해놓는다.
　강달진은 이와 같은 박태영의 얘기를 듣더니 빙그레 웃고 말했다.
　"일일이 옳은 말이지만, 실행 가능성이 있을 것 같지 않은데."
　"가능성이 없다구요? 그럼 어떻게 하자는 겁니까? 적어도 그 정도의 일은 해놔야 혁명 운동의 바탕을 만든 셈이 되는 겁니다. 그러니 그게 불가능하다면 숫제 혁명을 포기하는 것이 옳지 않겠습니까. 가능, 불가능을 따지기에 앞서 내가 한 말 정도의 일은 절대로 필요한 최저한의 조건입니다."
　"가장 중요한 문제는 정세에 있지 않겠소? 무리를 한다고 해서 억지로 되는 일은 아닐 테니 말요."
　"모스크바에서 정세를 만들어줘야 한다, 그 말씀입니까?"
　박태영은 어이가 없어서 물었다.
　"그런 것만은 아니지만, 정세에 따라 행동할 수밖에 없지 않겠소."
　"그럼 혁명 운동을 포기하고 정세만 기다리자는 겁니까?"
　"아니지. 최선을 다해 조직을 강화하고 유지해야지. 현재 그렇게 하고 있기도 하고."
　박태영은 강달진이 무언가를 오해하고 있다고 생각할 수밖에 없었다. 만일 진주 시당의 의견을 강달진이 대표했다면 실로 중대한 문제라고 생각했다. 그들은 혁명을 하늘에서 내려오는 것으로 알고 있는 게 분명했다. 그런데 그럴 까닭이 없었다.

북한이나 동유럽처럼 소련군이 진주한 곳이면 모르되, 미군이 점령한 지역에서 그런 생각을 하고 있다면 어불성설이 아닐 수 없다. 혁명은 하늘에서 떨어지는 것이 아니고 아래로부터 치솟는 것이다.

강달진의 말을 듣고 박태영은 하나의 결론에 도달했다. 남한에서의 갖가지 좌익 운동은 그 운동 자체로 혁명 성취에 직접 접근하려는 것이 아니고, 모스크바에 보여주기 위한, 일종의 전시 효과를 노리는 것이라고 전제하고 생각하니, 작금의 여러 가지 사태가 비로소 이해되었다. 뒷수습에 대한 연구나 계획이 전연 없이 폭동을 일으키는 처사라든가, 무력 투쟁을 하라고 지령만 내릴 뿐 보급 등 사후 대책이 전혀 결여되어 있는 상황이라든가, 실질적인 일은 등한히 하고 선전 효과만 노리는 일에 열중하고 형식적인 수를 늘리는 데만 급급하다든가 하는 일련의 사태는 모조리 어떤 보는 눈, 이를테면 스탈린의 눈만을 의식한 결과라고 풀이할 수 있지 않은가.

박태영은 이런 자기의 생각을 강달진 앞에 털어놓고,

"이건 참으로 심각한 일 아닙니까?"

하고 중얼거렸다. 그런데 강달진의 대답은 대범했다.

"우리 말단이 신경 쓸 일이 아니지 않을까요. 중앙의 지시만 따르면 되지, 아득바득할 필요가 있겠소?"

강달진은 분명히 공산당을 무슨 행정 관청처럼 생각하는 것 같았다. 지금 그늘에 있기는 하지만 언젠가는 양지로 나갈 그런 기관으로 생각하고 있는 것이다.

"하여간 진주시 당책을 한번 만나보았으면 하는데요."

박태영이 당초의 제안으로 되돌아갔다.

"그건 단념하는 게 좋을 거요."

강달진이 단정적으로 말했다.

"왜요?"

"상부에 연락해봤자 퇴짜를 맞을 것이 분명하거든."

"나를 의심하는 겁니까?"

강달진은 말이 없었다.

"나를 의심한다, 그거죠?"

박태영이 거듭 물었다. 강달진의 얼굴에 괴로운 빛이 돌더니,

"진주 시당 사람들은 박군을 사로계社勞系로 보고 있어요."

하고 침울하게 말했다. 박태영은 기가 막혔다.

"무슨 근거로 나를 사로계라고 합니까. 나는 그들관 전연 접촉이 없습니다. 뿐만 아니라, 사로계에 가입할 것을 단연 거부했습니다. 그리고 지금 사로계와 통합해서 남로당을 만들고 있지 않습니까. 사로계라고 해서 기피한다면 합당한 뜻이 어디에 있습니까. 더 잘 알아보지도 않고 사로계 아닌 사람을 사로계로 몰아붙이는 따위의 처사가 어디에 있습니까. 말씀을 듣고 보니 나는 더욱 시 당책을 만나봐야겠습니다. 진주 시당은 중요합니다. 나는 당원의 자격으로서가 아니라 혁명 청년의 한 사람으로서 그를 만나 충고해야겠습니다."

"만나주지 않을 테니 서둘러봤자 소용없지 않겠소."

"만나주지 않으면 내가 뛰어들어 억지로라도 만나겠습니다."

"그럴 수도 없을 거요. 당책의 아지트를 알 수 없을 테니까요."

"내가 마음만 먹으면 이틀 안에 그 아지트를 찾아낼 자신이 있습니다."

강달진이 박태영을 놀란 얼굴로 봤다. 박태영은 자신 있게 말을 이

었다.

"경찰이 당책의 아지트를 찾긴 불가능하겠지요. 그러나 나는 찾을 수 있습니다. 인구 10만에 미달한 이 좁은 도시의 성격을 난 잘 알고 있으니까요. 게다가 내 친구도 많거든요. 이틀 안으로 찾아낼 테니, 우리 내기라도 한번 해볼까요?"

강달진이 겁에 질린 표정을 짓고 손을 흔들었다.

"그러면 안 돼요. 내가 어떻게든 주선해볼 테니까 조금만 기다려요."

강달진은 박태영의 능력을 과대평가하는 터라 박태영이 당책의 아지트를 찾겠다고 나서면 못 찾을 리 없다는 심증을 갖게 된 것이다.

"그럼 이삼 일 내로 만날 수 있도록 해주십시오."

"그렇게 노력해보겠는데, 왜 군이 당책을 만나겠다는 거요. 아까 박군이 한 그런 말을 할 목적이면 서면으로도 못 할 바 아닐 텐데."

"여하간 한번 만나보고 싶어요. 진주시 당책이 어떤 인물인가를 알고 싶습니다. 게다가 3백만 원어치 물자를 싣고 와서 어쩌면 그걸 전부 진주 시당에 맡길 참이니, 그걸 수수하기 위해서도 당책쯤은 만나봐야 하잖겠습니까?"

그러자 강달진이 좋은 생각이 떠올랐다는 듯 말했다.

"그럼 그 화물이 도착한 후에 당책을 만나도록 하지."

박태영은 강달진의 마음의 움직임을 이해할 수 있었다. 막대한 보급 물자를 가지고 온 사람이란 조건을 붙여 면회 신청을 알선하려는 것이다.

술상이 들어오자 약간 누그러진 마음이 되었는지 강달진이 물었다.

"아까 박군이 이틀 내로 시 당책의 아지트를 찾아낼 수 있다고 했는데, 어떻게 그렇게 할 수 있는지 얘길 한번 해보소."

"간단하죠. 지도를 펴놓고 검토해보면, 진주시를 열 지역으로 나눠 아홉 지역은 대상에서 빼버릴 수 있습니다. 나머지 한 지역을 하루 종일 돌아보면 압니다. 대상이 자기를 밝히게 되죠. 아까까진 없었던 장대가 담벼락에 기대 세워져 있다든가, 이상한 장소에 빨래가 널려 있다든가, 지붕에 가마니 같은 게 던져져 있다든가, 하여간 그런 징후만 나타나면 아지트 확인은 시간문제가 되는 겁니다."

그리고 박태영은 이어 보다 세밀한 설명을 보충했으나, 자기가 진주시당 재정책을 알고 있기 때문에 그 사람 뒤를 철저하고 교묘하게 추적하기만 하면 된다는 가장 중요한 얘기는 생략해버렸다. 그래도 강달진은

"박군이 경찰관이 되었더라면 남아날 놈이 없겠구먼."

하고 감탄했다.

"내가 시 당책이라면 아지트의 조건을 다음과 같이 하죠. 우익이라고 인정을 받고 있지만 내용적으론 우리와 통하고 있는 중류 이상의 집을 본거로 하고, 담을 넘든지 담 사이에 문을 만들어 드나들든지, 적어도 대여섯 채쯤 무상으로 통과하는 집을 주위에 마련할 수 있는 조건 말입니다. 그리고 포위를 당했을 땐 엉뚱한 곳으로 빠져나갈 수 있는 비밀로가 있는 곳이면 더욱 좋겠죠. 이런 조건을 감안해서 대상 지역을 파고들면 문제가 없습니다. 사람의 생각, 더욱이 당원의 생각이란 비슷비슷할 테니까요. 경찰은 밀정 없인 혁명가의 아지트를 찾아낼 수 없지만, 나는 밀정 없이도 찾아낼 수 있어요. 이 진주에서라면 말입니다."

이때 기생이 돌아왔다.

"2차 가자는 걸 뿌리치고 왔어요."

하며 기생이 상머리에 앉았다. 드디어 첫인사가 있었다.

"저, 채옥이라고 합니다."

박태영은 전태일이란 이름을 빌렸다.

화물의 송장도 전태일이란 이름으로 되어 있었다.

"어느 패 놀음이었어?"

강달진이 물었다.

"경찰서 보안계장이 새로 왔다나요. 일제 땐 모두 점잖은 사람들 자리 놀음이었는데, 요즘은 기껏 공무원 나부랭이의 놀음이니 신이 나질 않아요. 진주 기생도 타락했지."

하고 빈 잔에 술을 따르고, 강달진이 권하는 술을 서슴없이 받았다.

"그래, 무슨 얘기가 있었어?"

"모두 시시껄렁한 얘기지 뭐. 1년 못 가서 빨갱이들을 모두 잡아 없앤대요."

하더니 덧붙였다.

"아 참, 최창규란 사람을 붙들었다고 야단이던데요."

"최창규라면 그 최창규 씨?"

하고 박태영이 강달진을 봤다.

"그 최창규 말고 누구겠소."

강달진이 긴장된 표정이 되었다.

최창규란 H군 B면의 폭동을 지휘한 사람인데, 역시 박태영의 중학 선배였다. 그리고 H군 B면이면 바로 이규의 고향이었다.

"산으로 간 줄 알았는데……."

강달진이 혼잣말처럼 중얼거렸다.

"산에서 내려오자 잡은 모양이데요."

최창규가 붙들렸다는 소식 때문에 술맛이 잡쳐지고 말았다.

드디어 1월 25일 화물이 도착했다.

송장을 보고 이미 대강 짐작은 했던 모양이지만, 도착한 짐의 부피가 너무나 커서 운송점 직원들은 놀란 빛이었다.

특별히 큰 창고를 비워 화물을 옮겨놓자, 운송점 책임자가 박태영을 자기 방으로 부르고 방문을 잠갔다. 그 행동이 이상해서 박태영은 운송점 지점장이란 마흔 안팎의 사나이를 말끄러미 바라봤다.

"이상해하실 건 없습니다."

하고 그 사나이는 명함을 건넸다. 이봉혁이란 이름이었다. 박태영은

"전 전태일입니다."

하고 스토브 가까이에 있는 의자에 앉았다.

"은밀히 말씀해둬야 할 것 같애서 문을 잠갔습니다."

이봉혁은 그러면서도 바깥의 눈치를 살폈다. 박태영은 이봉혁의 말을 기다렸다.

"저 화물을 어떻게 할 겁니까?"

박태영은 얼른 대답할 수가 없었다.

"화물의 내용을 대강 챙겨봤더니……."

하고 이봉혁은 망설였다.

"그랬더니 어떻더란 겁니까?"

박태영은 아연 긴장했다.

"의심받기 좋을 그런 물건들입디다."

이봉혁이 뚜벅 말했다.

"의심받다뇨?"

박태영은 마음의 동요를 감추려고 애썼다.

"그런 말은 치웁시다. 그러나저러나 저 화물을 어떻게 할 겁니까. 격

정이 돼서 하는 말입니더."

"며칠만 보관해두십시오. 딴 곳으로 옮길 테니까요."

"딴 곳으로 옮겨 어떻게 할 겁니까."

"그거야 화주인 내가 알아서 할 일이니, 운송점에서 걱정할 건 없지 않습니까?"

"그렇기야 합니다만……."

하고 이봉혁은 난처한 표정을 지었다. 박태영은 도대체 이 사나이의 의중이 무엇일까 궁금했다. 경찰과 연락이 닿아 있는 사람일까, 아니면 무슨 의심을 품고 있다는 것일까.

"왜 그러시는지 솔직하게 말씀해주시면 좋겠는데요."

박태영이 대담하게 나왔다. 지금의 형편으로선 트집을 잡힐 아무것도 없었다.

"일본 군대의 피복창에서 나온 물건들이 대부분 아닙니까? 군복, 군대용 내의, 군대 모포, 게다가 멘솔레담, DDT, 군대용 장갑, ……. 이런 물건들이, 그것도 이만저만하지 않은 양이 의심을 받을 것이라고 생각하지 않습니까. 전 선생이 경찰관이라고 치고 한번 생각해보이소. 저런 것을 어디다 쓰려고 진주에까지 운반해왔을까 하고 일단은 의심하지 않겠습니까."

"의심받을 만한 곳에 쓰지 않을 거니까 누가 뭐래도 상관없지 않겠습니까?"

이렇게 된 바에야 버틸 수밖에 없다는 생각으로 박태영은 말했다.

"당장은 뭐라고 내 입장을 밝힐 수 없어 답답합니다. 그러나 조심해서 하시는 게 좋을 겁니다."

이봉혁은 짐짓 걱정스럽게 말했다. 박태영은 자기의 속셈을 알고 있

피는 피로 161

는 것 같은 사나이의 언동이 마음에 걸렸다. 그러나 그렇다고 해서 뭐라고 할 순 없었다.

"그럼 가보겠습니다."

박태영이 말하자, 이봉혁은

"잠깜만."

하더니 간곡히 당부했다.

"화물을 다른 곳으로 옮기실 때는 꼭 저와 의논해주십시오. 나쁘게 안 하겠습니다."

"알겠습니다."

하고 돌아선 박태영의 등 뒤에서 이봉혁은 또 한 번 당부했다.

"자칫 실수하면 큰일 납니다. 절대로 나쁘겐 안 할 테니 화물을 옮길 때 저와 의논해주이소."

박태영은 대답을 거듭할 필요가 없다고 생각하고 그냥 밖으로 나와버렸다. 그런데 아무래도 의혹이 남았다. 이봉혁이 어떤 이유로, 무슨 관계로 그런 소릴 했는지 알 수가 없었던 것이다.

박태영은 곧바로 서봉동으로 향했다. 서봉동 하영근 씨의 본댁에 순이가 김숙자와 머물고 있었다. 이주일 전 박태영의 지시를 받고 김숙자가 순이를 데려다놓은 것이다. 그동안 순이는 박태영과 하준규의 연락을 위해 두어 차례 지리산과 진주 사이를 왕래하기도 했다.

숙자는 박태영이 지리산으로 들어갈까봐 신경을 곤두세웠으나, 순이가 첫 번째 가지고 온 하준규의 편지를 보고 일단 안심했다. 그 편지는 다음과 같은 내용이었다.

"……어떤 일이 있어도 지리산으로 들어올 생각은 하지 마시오. 여기는 우리의 주의를 위해서나 나라를 위해서나 내일을 위해서나 최선의 곳이라고 할 수 없소. 나는 부득이한 사정으로 여기에 있는 것이오. 많은 동지들을 저버릴 수 없기 때문에 있는 것이오. 최선의 길이란 확신 없이 이곳에 있어야 하는 고민을 이해하기 바라오. 이곳은 최후의 승리와 직결되는 곳도 아니고, 어떤 기한을 정할 수 있는 곳도 아니니 딱하오. 그러나 주어진 이 조건을 최선으로 활용할 생각만은 잊지 않고 있소. 거듭 말하거니와, 이곳은 부득이한 사정에 휘말려 들어올 곳이지, 자진해서 들어올 곳은 아니오. 나는 박군이 세상에 있다는 그 사실만으로 커다란 위안을 받고 있소. 내가 있는 곳이 제1선이라면, 나와 똑같은, 아니 또 하나의 내가 제2선에 있다고 생각하니 마음 든든하단 말이오. 나는 여기서 죽어도 내 추억까지를 합쳐 박군은 계속 살아갈 것이라고 생각하니 용기가 난단 말이오. 그런데 박군이 이곳으로 들어와 보오. 그땐 나는 절망할 것이오. 모든 길은 로마로 통한다고 하지 않소. 나는 이 길을 걸어, 박군은 서울에서의 길을 걸어 어느 때 로마에서 만납시다. 지리산에서의 투쟁이 값진 것이라면, 내가 이곳에서 박군의 몫까지 하겠소. 박군도 서울에서 내 몫까지 투쟁하며 살아주소. 어떤 일이 있더라도 지리산으로 올 생각은 하지 마시오. 이것은 부탁인 동시에 명령이며, 명령인 동시에 간청이오. 내게 또 연락할 일이 있으면 순이에게 시키시오. 순이를 통하면 안 될 일이 없을 거요……."

숙자는 하준규의 편지를 읽고 우정의 아름다움에 눈물을 흘렸다. 그러나 숙자는 자기에게 알리지 않은 일을 순이와 의논하는 박태영의 태도가 여전히 불안했다. 가끔 숙자는

"태영 씨와 무슨 의논을 했느냐?"

하고 순이에게 물어보기도 했지만, 순이는 그저 웃기만 하고 말을 하지 않았다. 그러면서도 불쾌한 기분을 주지 않는 것이 순이의 특징이라고

할 수 있었다.

순이는 이미 의젓한 처녀로 성장해 있었다. 검은 얼굴빛이었으나, 커다란 눈은 상냥하고, 뚜렷한 윤곽의 얼굴은 건강한 아름다움으로 광채가 있었다. 검은 저고리에 바지를 입고, 동작은 사나이를 닮아 활발하고 민첩했다.

하준규를 신처럼 알고 있는 순이는 하준규의 연락병 노릇을 충실하게 했다. 밤의 산길을 하룻밤 사이에 수십 리 달릴 수 있는 순이는, 아무의 눈에도 띄지 않고 지리산에 있는 하준규와 H읍에 있는 동지들 사이에서 연락을 할 수 있었다. 언제 보아도 낮엔 H읍의 시장에서 건어물 장사를 하고 있는 순이가, 밤사이에 지리산에 갔다왔다곤 아무도 의심하지 않았다. 진주로 오는 것은 건어물 도매상에 가는 것으로 위장할 수도 있었으니 하준규의 편지 그대로 순이를 통하면 하준규와의 연락에 있어서 안 될 일이 없었다.

서봉동으로 돌아온 박태영은 순이를 불렀다.

"순아, 서울에서 보급품이 도착했다. 아마 트럭 열 대분은 될 것이다. 이것을 어떻게 운반하고 어떻게 인계하면 될지 하 두령에게 물어봐야겠다."

태영의 말이 떨어지기가 바쁘게 순이는 미리 준비해두었던 북어 꾸러미를 걸머지고 나왔다.

"해가 저물어가는데, 내일 아침에 가면 어때?"

태영이 말했으나 순이는

"아마 짐차가 있을 끼거마. 내일 장날잉깨."

하고 태평한 얼굴을 했다. 그러한 순이를 말릴 수도 없어 태영은 물었다.

"운제쯤 오게 되겠노?"

"내일 저녁때까진 올 끼거만."

"그렇게 서둘지 않아도 돼. 피곤할 테니까 이삼 일쯤 잡고 천천히 갔다 오지."

"쇠뿔은 단김에 빼야 한다쿠대. 우째도 내일 저녁때까진 올께."

순이는 상냥하게 새하얀 이빨을 드러내어 웃고 샛문을 빠져나갔다.

"산책도 할 겸 내 바래다주고 올게요."

하고 숙자가 따라 나섰다.

말한 대로 순이는 이튿날 돌아와서 하준규의 쪽지를 태영에게 전했다.

"……소소한 물건쯤이면 또 모르되, 트럭 열 대 분의 화물이라니, 도대체 박군에게 정신이 있는지 없는지 모르겠소. 뒷일은 박창남에게 맡겨두고 박군은 빨리 서울로 가시오. 박창남에게 맡겨두면 우리와 연락할 수 있게 돼 있으니, 촌각도 지체 말고 빨리 서울로 가도록 하시오. 그리고 앞으로는 절대로 그 따위 짓 하지 마시오. 산에서 모든 것을 자급자족할 수 있으니, 엉뚱한 짓을 해서 대사를 그르치게 하면 안 되오. 순이더러 박군이 서울로 떠난 것을 확인하고 오라고 했으니 그리 아시오. 노동식 형으로부터도 박군의 자중을 빈다는 말이 있었소."

읽은 쪽지를 찢어버리는 태영을 우두커니 지켜보더니 순이가 말했다.

"내일 아침에라도 언니 데리고 빨리 서울로 가라쿠던디."

"내일 아침엔 안 돼. 3일쯤은 더 있어야 해."

박태영이 말하자 순이의 눈이 동그랗게 되었다.

"두령님의 말을 안 들을 낀가배."

"안 듣는 건 아니지만 사정이 그렇게 돼 있어."

"사정이 다 뭐꼬. 두령님이 시키는 대로 하면 되는 기지."

"시키는 대로 할 거라니까."

"그럼 내일 아침 떠나지?"

"그럴 순 없어."

"금방 시키는 대로 한다쿠더니."

순이는 토라진 표정이 되었다. 순이로선 하준규의 말은 절대적인 명령이었다. 그것을 어기려는 박태영의 태도는 그러니 순이의 이해를 넘는 것이었다. 박태영은 순이와 시비를 해보았자 소용없다는 것을 알고

"알았다."

라는 말만 남겨놓고 밖으로 나왔다.

빨리 박창남과 연락을 취하려면 강달진을 만나야 했다.

마침 강달진이 집에 있었다. 태영은 지리산에서 온 지시를 강달진에게 전하고, 박창남에게 연락을 취해달라고 부탁했다.

"연락을 하겠소. 그런데 내일 박군은 진주시 당책을 만나야겠소."

"연락이 됐소?"

"화물이 도착했다는 소식과 함께 박군의 뜻을 전했더니, 오늘 아침에사 허락이 된 모양이오."

"그럼 언제?"

"내일 오후 우리 집에 와 있으소. 이리로 연락이 오게 돼 있으니까."

"그렇게 하겠습니다. 그런데 강 선배는 안전합니까, 이렇게 예사로 집에 드나들어도?"

강달진은 웃으며 말했다.

"난 아무 일도 안 하는 사람이니 위험할 까닭이 없지 않소. 민청 지도부에 있다고 하지만 무임소 장관이나 마찬가진데요. 문자 그대로 하는 일이 없소. 간혹 친구를 만나는 일 외엔 하는 일이 있어야지. 합법의 테

두리를 한 발짝도 넘어선 일이 없으니까. 그렇지 않다면 박군을 내 집으로 오라고 하겠소?"

바로 뒤가 대밭을 통해 산으로 이어진 어떤 여염집에서 박태영은 진주 시당의 책임자를 만났다. 그 집은 고정 아지트는 아닌 모양이고, 간혹 필요에 따라 이용하는 곳으로 보였다.

전일소—이라고 자칭하는 마흔 안팎의 그 사나이는 야윈 몸집이지만 강단 있는 얼굴을 하고 있었다. 박태영이

"나는 전태일입니다."

하자,

"내 이름보다 글자 한 자가 더 있네요."

하고 부드럽게 웃었는데, 말투만으론 어느 지방 출신인지 가늠할 수 없었다. 그러나 박태영은, 눈앞에 있는 사람이 당책을 위장한 사람이 아닐까 하는 의혹은 곧 씻을 수 있었다. 진주 시당을 책임지고 있다는 긍지와 포부 같은 것이 사나이의 전신에서 풍겨나오기 때문이었다.

"많은 보급 물자를 가지고 오셨다고 들었습니다. 뭐라고 감사해야 할지 모를 심정입니다."

라는 정중한 인사가 있기도 했다.

태영은, 기밀을 제외한 부분만이라도 진주 시당의 현황을 설명해줄 수 없느냐고 물었다. 그런데 들은 것은

"남로당으로 되고 나서 여러 가지로 애로가 많습니다. 당원이 증가된 것은 좋은 일이지만, 당원을 구분해서 당을 운영해야 할 형편이어서 신경이 쓰입니다."

하는, 들으나마나 한 대답이었다. 태영이 물었다.

"진주 시당은 파르티잔에 대한 보급 기지의 의미로 색다른 임무가 있으리라 생각하는데, 무슨 구체적인 방책이 있습니까?"

"구체적인 방책이야 있죠. 그런데 그 방책대로 안 되니까 문젭니다."

이렇게 전제하고 전일이란 진주시 당책은 진주 시당 당원들이 모두 신사 당원이라서 곤란하다고 했다.

"모두 깨끗한 신사복 차림이죠. 그리고 인텔리들이구요. 보수당 당원 이상으로 부르주아적이고 또는 소시민적이죠. 이래가지고 공산당이 될 수 있는지 우선 그것부터가 궁금합니다."

박태영은 그 말을 듣고 깜짝 놀랐다.

"당책께서 그렇게 말씀하신다면 큰일인데요."

"큰일이고 아니고 간에 나는 사실대로 얘기한 겁니다."

"그런 사실을 알고 계시니까 앞으론 잘 되겠죠."

"자신이 없어요. 내가 여기 온 지 두 달밖에 안 되는데, 어디부터 손을 대야 할지 엄두가 나질 않습니다. 우선 노동자 당원을 보강해야겠는데, 그 작업이 거의 불가능하단 말입니다. 조직 대상이 될 만한 공장 노동자도 없거니와, 노동자를 일으켜세울 만한 문제를 찾기가 힘듭니다."

그러면서 전일은 자기가 파악한 진주시의 상황을 혁명가적인 입장에서 분석하고 설명했다.

지주 중심의 소비 도시여서 고용인과 피고용인 사이에 정적 유대가 봉건적인 상태 그대로 남아 있다는 것, 어느 지방보다 세련된 생활환경으로 인해 사고방식이 유연하기 때문에 반동세력에 악질적인 빛깔이 없는 반면, 혁명세력에 적극성이 부족하다는 것, 그런 만큼 배타성이 강해서 군중의 점착력이 부족하다는 것 등을 지적하고, 이런 도시를 혁명의 중심지로 변하게 하려면 관청과 시민들을 충돌시키는 사건을 계속 일으켜야 하는데, 그 사건들이 하나같이 시민들의 공감을 얻을 수 있는 것이라야 한다고 했다. 그리고 이조 말의 민란을 예로 들어 그런 방법이 아니면 진주시에서의 당 사업은 별로 보람이 없을 것이란 결론을 지었다.

박태영은 그의 말을 들음에 따라 그를 믿음직한 사람이라고 느끼게 되어 일전에 강달진에게 한 진주 시당에 대한 불만과 제안을 털어놓았다.

전일은 박태영의 말에 일일이 수긍했다.

"정세는 만들어야지 기다릴 것이 아니란 말은 레닌이 말한 진립니다."
라고 하고,

"줄잡아 1년만 맡겨두면 진주 시당을 전국에서 모범이 되는 당으로 만들어보겠습니다."
라는 다짐도 했다.

박태영은 전일의 경력이 궁금했다. 그래 물어보았더니 전일이 말했다.

"일본에서 야간대학 전문부를 나왔죠. 그 무렵부터 노동 운동에 뛰어들었습니다. 전쟁이 나자 노동 운동에 대한 탄압이 심했죠. 그래 나는 일본 구주의 탄광으로 피해버렸습니다. 해방 직후 서울로 돌아왔죠."

박태영은 일제 때 지리산에 숨어 살았다는 얘기에 곁들여 지금 지리산에 있는 하준규와의 관계를 설명했다.

전일이 말했다

"들어서 알고 있습니다."

"누구에게요?"

"그걸 밝힐 필요가 있겠습니까. 당신의 경력도 모르면서 나 같은 입장에 있는 사람이 어떻게 만나자고 하겠습니까."

이런저런 얘기가 오가고 보니 두 사람은 친밀감이 더해졌다.

"어떻습니까, 당신은 당원 이상의 일을 하셨는데, 이 일을 계기로 복당하실 생각이 없습니까? 그럴 의사가 있으시면 내가 중앙에 보고도 하고 보증인이 될 수도 있습니다."

전일이 이렇게 권했으나 박태영은 생각할 시간을 달라고 하며 그 화제를 피했다. 그러자 전일이 물었다.

"그런데 가지고 온 보급 물자의 처리를 어떻게 할 겁니까?"

"하준규 씨의 의향은 박창남이란 사람에게 맡겨두고 나더러는 서울로 올라가라는 것이었습니다."

"박창남? 누굴까. 내가 한번 알아보죠."

"그럴 것 없습니다. 강달진 씨를 통해 연락해달라고 해놓았습니다."

전일은 뭔가를 생각하는 듯하더니 말했다.

"섣불리 화물을 건드리다간 큰일 날 겁니다. 그러니 그 화물은 진주시당에 일임하도록 하십시오."

"박창남 씨와 의논하겠습니다."

그러자 전일은 이웃방을 향해 불렀다.

"거게 김 동무 있지?"

"예."

"박창남이란 사람 혹시 아는가?"

"압니다. 이철민 씨가 박창남입니다."

"그래요."

전일은 얼굴을 태영에게 돌렸다.

"빨치산의 보급책을 맡고 있는 사람이 바로 박창남 씨입니다."

"그럼 됐습니다."

박태영은 무거운 짐을 벗은 기분이었다. 그런 기분으로 태영은 엊그

제 운송점에서 있었던 일을 얘기했다. 전일은 애매하게 웃었다.

"그 사람이 그럼 우리의 동지였습니까?"

태영의 물음에 전일은 말을 하지 않았으나 긍정하는 빛을 보였다. 그때에야 태영은 이봉혁이란 사람의 행동을 이해했다.

"박창남 씨에게도 말하겠습니다만, 그 화물은 잡화 도매상을 불러 매각하는 척하는 한 단계를 거쳐야 할 겁니다. 그래가지고 잡화상이 각지의 시장으로 보내는 것처럼 꾸며 지리산의 부대에 인계되도록 해야 할 겁니다."

"진주 시당이 맡아 그 정도로 신중을 기하시겠다면 나는 안심하고 내일에라도 서울로 올라가야겠습니다."

태영은 이로써 순이의 성화를 면하겠다는 생각으로 말했다.

"그건 안 됩니다. 벌써 경찰이 그 화물에 주목하고 있을지 모릅니다. 아니 십중팔구 그 화물을 주시하고 있을 겁니다. 잡화상을 동원하는 일까지도 당에서 할 테니까, 물건 값을 받고 영수증을 써주는 단계까지 마치고 가셔야 합니다."

"물건 값을 받다뇨?"

"돈을 받아가지고 도루 우리에게 넘겨주면 됩니다."

"돈이 그렇게 빨리 준비될까요? 돈을 받는 이상 비슷한 금액이라야 할텐데."

"그만한 돈은 진주 시당도 가지고 있습니다. 시당의 돈을 움직이지 않아도 며칠 동안의 유통은 은행에서 할 수 있구요."

"그럼 은행에도 프락치가……."

"그런 말씀은 마십시오."

"그런 정도면 진주 시당을 깔볼 건 아닌 것 같은데요."

"만족할 만한 당은 아니지만 깔볼 수는 없죠. 뒷일 생각지 않고 행동한다면 진주시를 하룻밤 사이에 불바다로 만들고 모든 관청을 일시적으로나마 점령할 수 있는 힘은 가지고 있습니다. 무장이 시원치 않은 것이 탈이지, 진주 시당은 병력으론 1개 사단에 해당됩니다."

박태영이 진주시 당책과 이런 이야기를 나누고 있을 무렵, 진주 경찰서에선 엊그제 운송점 창고에 들어온 화물을 두고 의논이 벌어지고 있었다.

이튿날 강달진이 박창남을 데리고 태영이 지정한 중국요릿집에 나타났다.

박창남은 일본에서 미술학교를 나온 사람이었다. 태영보다 서너 살 위였으나 서로 면식은 있었다. 그런데 얌전하게 두루마기를 입은, 어느 모로 보나 기생오라비 같은 화사하고 여성적인 모습과 몸집의 사나이가 빨치산과의 연락책임을 맡은 사람이란 걸 알고 태영은 놀랐다.

수인사가 끝나고 용건으로 들어가자 박창남이 박태영에게 말했다.

"잡화 도매상을 하는 백홍수란 사람 알지요? 그 사람에게 그 물건을 전부 팔아버리소."

"팔아버리면 어떻게 할 거요?"

"백홍수로부터 받은 돈을 도루 내게 주면 적당히 처리하겠소."

"적당히 처리하는 것은 좋습니다만, 참고로 어떻게 처리하실 건지 알고 싶은데요."

박태영이 이렇게 말하자, 박창남은 오래 생각한 끝에 말했다.

"아마 그 물건 가운데 반은 시장에서 팔아버려야 할 겁니다. 요즘 경찰이 여간 설치지 않으니까요. 더욱이 함양·산청으로 가는 물건엔 경계가 심합니다."

"그렇다고 해서 반이나 팔아버려야 해요?"

"그쯤은 해야 경찰의 눈을 속일 수 있을 겁니다."

"그럼 물건이 반 이상 팔리기까진 산으로 가지고 가지 못하겠네요."

"넉넉잡고 한 달 후쯤엔 하준규 부대에 도착할 수 있도록 하겠소."

"한 달 후면 겨울이 다 지나버리게요."

"어쩔 수 없소."

박창남의 그러한 태도를 태영은 아주 무성의한 것으로 보았다. 그래서 불쾌감을 억제하지 못할 판인데, 박창남이 또 한 소리가 귀에 거슬렸다.

"극좌 모험주의는 피해야 하니까요."

"용기 부족을 그런 말로 카무플라주할 수가 있죠."

"용기 부족?"

박창남의 표정에 발끈하는 빛이 돌았다. 강달진이 얼른 끼어들었다.

"잘못하면 싸움하겠소. 그쯤 해두시오."

"박형 말마따나 나는 용기가 부족해요. 용기 있는 사람이 알아서 처리하소."

박창남이 불쾌감을 숨기려 하지 않고 말했다.

"말 다 하신 게죠?"

하고 박태영이 일어섰다.

"박형, 왜 이러는 기요?"

강달진이 태영을 붙들어 앉혔다. 그리고 박창남을 돌아보고 말했다.

"당신은 당에서 정식으로 지령을 받은 사람 아뇨? 그런데 말꼬리를 잡았다고 책임을 회피하려는 거요?"

"강형도 듣지 않았소. 사람 부아 나게 안 됐소?"

"당신이 극좌 모험주의니 뭐니, 이 자리에선 어울리지도 않은 말을 했으니 그런 말도 나오게 된 게 아니오. 자, 서로 감정을 풀고 앞으로 할 일이나 의논합시다."

그렇게 해서 결국은 박태영이 시장 안으로 백홍수의 잡화 도매상을 찾아가지 않을 수 없게 되었다.

"대강 말은 되어 있으니 박형 혼자서 가는 게 좋을 거요. 우리는 여기서 기다리고 있겠소."

하고 박창남은 백홍수의 상점이 있는 지점을 가리켰다.

백홍수는 초로의 사람이었다. 서울에서 온 전태일이란 사람이라고 말하자, 송장과 창고 보관증을 보자고 했다.

백홍수는 송장과 보관증을 대조해보더니

"값을 얼마로 치면 될까요?"

하고 박태영의 표정을 살폈다.

"서울에서 3백만 원 주고 산 물건인데요."

"그럼 값은 3백만 원으로 칩시다."

백홍수는 50만 원을 내놓았다. 그리고 주위를 두리번거리고 나직이

"그러나 영수증은 3백만 원이라고 쓰시오."

하고 일렀다.

그럴 바에야 50만 원을 받을 필요도 없다고 느꼈으나, 진주 시당이 미리 그렇게 정해놓은 것 같아서 박태영은 순순히 따르기로 했다.

다시 중국집으로 돌아와 태영은 돈을 박창남에게 건네주었다.

"앞으로 태영 씬 어떻게 할 거요?"

강달진이 물었다.

"오늘 밤에라도 서울로 떠나겠습니다."

박태영은 순이의 성화를 생각하며 이렇게 말했다.

"그럼 그렇게 하소. 태영 씨는 한시바삐 진주를 떠나는 게 좋을 거요."

하며 강달진은 손을 내밀었다.

박태영은 그 내민 손을 잡고 악수를 하고, 박창남과도 악수를 했다.

"잘 부탁합니다."

하고 악수하지 않을 수 없었던 것이다.

혼자 중국집에서 나온 박태영은 마음이 텅 비어버린 것만 같았다. 그리고 무슨 사기를 당한 것 같은 기분이기도 했다.

돈을 모으느라고 한 달, 물건을 사느라고 며칠, 화물의 도착을 기다리느라고 한 달, 그렇게 애쓴 결과를 확인하지도 못하고 진주를 떠나야 하는 심정이 박태영을 우울하게 했다.

오후 네시 기차로 떠난다고 하니까 순이는 얼굴을 활짝 펴고 반겼다.

"두령님의 말을 와 안 듣는가 하고 나는 걱정했지. 인자 됐다."

하고 순이는 덧붙여 물었다.

"두령님에게 전할 말 없소?"

"몸 건강하시도록 부탁하더라고 해요."

박태영은 순이의 어깨를 가볍게 안아주며 말했다. 순이의 순진하고 구김살 없는 마음과 행동이 찡하게 가슴속에 메아리를 남기는 기분이었다.

태영은 진주역에서 부산행 기차표를 왔다. 서울로 가는 도중 부산에서 노동식의 부인을 찾아볼까 하는 마음에서였다. 노동식의 부인에게 줄 돈 10만 원을 준비하고 있는 터였다.

피는 피로 175

발차까지 시간이 20분 있었다. 대합실은 기차로 통학하는 학생들로 붐볐다. 태영은 숙자와 함께 한쪽 구석에 자리를 잡고 앉았다.

그러자 눈초리가 약간 사나운 사나이가 태영 앞에 서더니, 물어볼 말이 있으니 잠깐 저리로 가자면서 역원들 사무실을 턱으로 가리켰다. 김숙자가 기겁을 한 모양으로 그 사나이를 쳐다봤다.

"당신이 누군데 사람을 함부루 어딜 가자는 거요?"

태영이 앉은 채 말했다.

"나는 경찰입니다."

하고 그 사나이는 경찰 수첩을 꺼내 보였다.

"그럼 갑시다."

하고 태영이 일어섰다. 숙자도 따라 일어섰다.

닫힌 개찰구를 열고 형사로 보이는 사나이가 앞장섰다. 태영과 숙자가 그 뒤를 따랐다. 형사는 숙자를 힐끔 보더니 물었다.

"당신은 누구요?"

태영이 대답했다.

"내 아내요."

형사가 멈칫하는 것 같더니 잠자코 역원실로 들어갔다. 태영과 숙자도 따라 들어갔다.

흔히 있는 일로 보여 역원들은 그들에게 관심을 갖지도 않았다. 스토브 옆에 선 형사가 태영에게 말했다.

"신분증 같은 게 있으면 좀 봅시다."

태영은 순간, 전태일 명의로 된 학생증을 낼까, 박태영 명의로 된 학생증을 낼까 망설이다가 박태영 명의의 학생증을 내어보였다.

"당신, 학생이오?"

형사의 얼굴에 약간 실망하는 빛이 도는 것 같더니 사진의 얼굴과 태영의 얼굴을 자세히 대조해보았다.

"학생이 벌써 결혼을 했소?"

형사의 얼굴에 야릇한 웃음이 돋았다.

"학생은 결혼하면 안 된다는 법 있소?"

태영이 무뚝뚝하게 말했다. 그러나 그런 반응엔 아랑곳없이 형사는 학생증을 조금 높이 들고 누군가에게 고개를 흔들어 보였다. 아마 창 저쪽에서 또 하나의 형사가 지켜보고 있는 모양이었다. 태영은 그런 태도엔 아랑곳하지 않고 스토브의 불을 쬐었다.

형사는 학생증을 돌려주면서도 아무래도 이상하다는 표정이었다.

"학생, 고향이 어디요?"

"함양이오."

"고향 갔다가 오는 길이오?"

"그렇소."

"진주에 아는 사람이 있소?"

"진주에서 중학을 나왔으니까 아는 사람이 많소."

"진주엔 며칠이나 머물러 있었소?"

"일주일쯤요."

형사는 다시 고개를 갸웃했다. 그럼 사람을 잘못 보았는가 하는 시늉이었다. 그리고 다시 물었다.

"진주에서 누구누굴 만났소?"

"동창생이 많은데 만난 사람의 이름을 어떻게 일일이 댈 수 있겠소."

"한두 사람이라도 좋으니 말해보소."

"나는 그럴 필요를 느끼지 않소."

형사의 눈이 번쩍하는 것 같았다.

"당신은 경찰에 무슨 반감을 가지고 있는 것 아니오?"

"내가 뭣 때문에 경찰에 반감을 가지겠소?"

"그럼 왜 순순히 대답하지 않소."

"필요없는 짓을 왜 합니까?"

"나는 필요가 있어서 묻고 있소."

"그건 댁의 사정이겠죠."

"나는 필요에 의해서 당신을 경찰서까지 연행할 수 있소."

"무슨 근거로요."

"근거?"

하고 형사는 냉소했다. 그리고 덧붙였다.

"당신이 함양에서 왔다는 그 사실만으로도 연행할 수 있는 근거가 충분히 되오."

"이거 봅시다."

하고 김숙자가 나섰다. 그리고 자기의 학생증을 꺼내 보이며 다부지게 말했다.

"방학에 돌아왔다가 학교로 가는 사람을 함부로 끌고 갈 수 있어요?"

김숙자가 의과대학생임을 알자

"학생 부부라쿠는 기요?"

하고 형사는 웃었다. 그 웃음엔 형사로서의 티가 없었다. 김숙자가 의과대학생이란 그 사실로 형사의 의혹이 풀린 모양이다.

"꼭 연행하겠다는 것은 아니니 너무 감정적으로 나오지 마시오."

형사는 그래놓고 돌아서려다가 아무래도 석연치 않다는 듯 말했다.

"학생, 오늘 장대동에 있는 중국음식집에 간 적 없소?"

"없소."

태영은 서슴없이 대답했다.

형사는 다시 이상한 일도 다 있다는 표정이 되어,

"아무래도 우리가 오인한 것 같소."

하더니 또 물었다.

"학생 혹시 전태일이란 사람 모르오?"

태영은 내심 찔끔했으나 말소리는 평정했다.

"전태일? 모르겠는데요."

그러자 형사는 숙자를 돌아봤다.

"당신 혹시 그런 사람 알고 있소?"

숙자는 말없이 고개만 저었다. 태도가 자연스러웠다.

"당신이 전태일이라는 정보가 들어왔어요."

형사의 말에 태영은 어이없다는 듯 웃었다. 그리고 물었다.

"그 전인가 하는 사람이 뭘 했는데요?"

"그것까진 알 필요가 없지 않소."

하고 형사는 나가버렸다.

개찰을 해서 플랫폼으로 사람들이 나가고 있었다. 태영과 숙자도 그 대열에 끼였다. 태영은 역원실에 있었기 때문에 수월하게 플랫폼으로 나가 기차간에 좌석을 잡을 수 있었다. 그런데 태영은 기차가 떠나기 전엔 마음을 놓을 수 없었다. 그래서 숙자더러 자리를 지키게 하고 변소로 갔다. 발차까지의 몇 분 간을 그곳에서 견딜 참이었다.

발차한 기차가 터널에 이르렀을 무렵 태영은 좌석으로 돌아왔다. 대강 주변을 둘러봤으나 아까의 그 형사가 같이 탄 것 같지는 않았다. 숙자는 트렁크에서 담요를 꺼내 자기와 태영의 무릎을 덮었다. 숙자는 뭔가 묻고 싶었지만 그 충동을 꾹 참는 것 같았다.

기차가 터널을 빠져나가자 앞에 앉았던 학생이 빙그레 웃으며 말을 걸어 왔다.

"선생님, 아까 그 형사 퍽이나 끈덕지지요?"

"그렇지도 않았소."

형사와 응수하는 자기를 창 너머로 관심 있게 본 것 같은 그 학생에게 호감을 느끼면서 말했다.

"그 형사, 서 형사라고 하는데요, 악질이라고 소문난 형삽니다."

주변에 있는 사람이 모두 학생이어서 그런 말을 예사로 할 수 있지 않은가 싶었다. 그 학생은 농림학교 학생이었다.

태영과 그 학생 사이에 이런저런 말이 오갔다.

"경성대학의 민주세력이 어느 정도나 됩니까?"

학생이 물었다.

"민주세력을 혁명세력으로 친다면 아직은 미약하지만, 되도록 진리의 편에 서려는 태도로 풀이한다면 압도적이지."

"우리 학교의 상태도 그렇게 설명할 수 있겠구면요."

하고 학생은 이어 이런 얘길 했다.

"작년 10월까지만 해도 학생동맹이 거의 완전하다고 할 수 있을 정도로 학교를 장악하고 있었죠. 그런데 요즘 와선 학생동맹과 학생연맹의 세력이 반반쯤으로 되었습니다."

"왜 그렇게 되었을까?"

박태영은 진정 그 이유를 알고 싶었다.

"사람 하나의 힘이 굉장하드만요. 작년 9월에 김경주란 선생이 부임해왔어요. 주로 고급반의 영어와 최고 학년의 윤리를 겸해 맡고 있는

데, 그 교사의 작용으로 우익세력이 부쩍 는 겁니다. 그 선생을 그냥 두었다간 진주농고의 민주세력이 머잖아 파탄이 날 게 뻔합니다."

"그 선생이 어떻게 하는데?"

"그 선생은 공산주의 이론을 좌익 교사들보다도 더 잘 알아요. 그런 지식을 가지고 공산주의를 비판하니 학생들이 꿈쩍도 못 하는 겁니다. 우선 이론 투쟁에 지는데 어떻게 합니까."

박태영은 학생의 얘기를 들으면서 권창혁을 연상했다. 만일 권창혁만한 실력을 가진 교사가 적극적으로 작용한다면, 아직 의식이 여물지 않은 어린 학생들은 갈피를 잡지 못할 것이라고 짐작되었다.

"대개 무슨 말을 하는데요? 들은 대로 얘기해보소."

"공산주의를 나쁘다고 하진 않습니다. 그 길만이 절대적인 것이 아니라는 정도로 얘기하고, 학생은 모든 선택이 유예되어 있는 신분이니 미리 특정한 주의와 사상에 사로잡혀선 안 된다는 겁니다. 혁명가가 되려면 강철 같은 의지를 갖고 어떠한 고문도 이겨낼 만한 각오를 가져야 하는데, 그런 각오가 되기도 전에 혁명 사상에 사로잡히면 인생을 망칠지도 모른다는 겁니다. 이왕 학교를 다니고 있으니 공산주의를 하고 싶거든 대학을 졸업한 후에 해도 늦지 않다는 것이고, 훌륭한 혁명가가 되기 위해서도 학생 시절을 배우는 사람답게 충실히 보내야 한다는 겁니다. 그런 말이 대부분의 학생들에겐 솔깃한 모양이죠?"

"학생은 그런 말을 듣고 어떻게 느꼈지?"

"교묘한 반동의 논리라고 생각했습니다. 학생으로서 충실한 생활이란 진리에 대한 정열과 정의에 대한 의지를 백 프로 발휘함으로써만 가능하지 않겠습니까. 학생은 유예된 신분이 아니고, 결정적으로 선택해야 할 신분이라고 생각하거든요."

"그런 말로 그 선생에게 대항해본 적이 있나?"

"있습니다."

"그러니까?"

"도무지 대항할 수가 없어요. 선택을 하려면 선택할 수 있는 실력이 있어야 한다는 겁니다. 인생의 갈 길이 한두 갈래가 아닐진대, 그 가운데서 자기의 적성에 맞는 길을 택하는 게 그렇게 쉬운 일이겠느냐고 반박했어요. 그래도 내 신념은 미동도 안 합니다. 그러나 내 주위의 학생들을 내 신념으로 설득시킬 만큼 그 선생과의 토론을 끌고 갈 수가 없거든요."

"그럼 내일에라도 이렇게 물어보시오. 선생의 사상은 철저한 프티부르주아 근성의 소산인데, 우리가 극복하고 청산해야 할 것은 바로 그 프티부르주아의 근성이 아니겠느냐구. 학생들이 공부하는 과정에서 그런 근성을 익혀 앞으로 어떻게 하겠는가고 말요. 사실 부르주아 근성은 두말할 것도 없구, 프티부르주아의 근성이 나라를 망칩니다. 우리는 그 근성을 청산하지 않곤 한 발도 앞으로 내디딜 수 없습니다."

태영의 얘기가 더 계속되려고 하자, 숙자가 담요 밑으로 태영의 무릎을 꼬집었다. 그러나 숙자가 그렇게 걱정하지 않아도 되었다. 학생이

"전 요다음 역에서 내립니다."

하고 일어섰다.

"이름이나 알아둡시다."

"태영이 자기소개를 하고 말했다.

"전 최균형이라고 합니다."

학생은 모자를 벗고 절을 했다.

이때 박태영은 아까 형사와의 응수를 생각하고 전태일에 대한 추궁

이 있다는 사실을 강달진에게 빨리 알려야겠다고 생각했다.

박태영은 수첩을 꺼내 다음과 같이 적었다.

'전태일을 찾고 있습니다. 조심하도록.'

그리고 그 종이에 강달진의 주소를 적고 찢어서

"학생, 대단히 긴급한 일입니다. 내일 어떻게 해서라도 이 쪽지를 전해주십시오. 주소와 이름은 거게 쓰여 있소."

하고 학생에게 전했다.

김숙자의 항의하는 눈빛이 있었다. 그러나 박태영은 아랑곳하지 않고 기차가 정거하자 학생을 따라가며 속삭였다.

"아까 형사와 내 사이에 옥신각신한 바로 그 사실입니다. 그런 일이 있었다는 것을 강달진이란 사람이 꼭 알아야 합니다. 만일 모르고 있으면 큰일 납니다. 학생을 믿습니다."

학생은 힘있게 고개를 끄덕여 보이고 기차에서 내렸다.

자리로 돌아온 박태영은 눈을 감고 생각에 잠겼다.

'어떻게 전태일을 찾게 되었을까.'

'그 화물을 경찰이 주목하고 있는 게 틀림없다. 하주荷主를 조사한 결과 그 이름이 나왔다. 나를 미행한 사람이 있는 게 확실하다. 그러나 아직은 아무런 행동도 없었으니 별로 추궁하지 않지만, 전태일의 동태를 살피고 있는 것만은 확실하다. 운송점 사람들을 데리고 역 근처에서 미리 대기하고 있지 않았을까. 아니, 중국요릿집에서 강달진과 박창남을 만났을 때부터 미행하다가, ……중간에 놓쳤다가 가방을 들고 역으로 나올 때부터 다시 미행한 것이 아닐까? 아무튼 확실한 자신을 갖기까지 이르진 않은 모양이긴 하지만…….'

그러나저러나 전태일 명의의 학생증을 꺼내 보이지 않은 것이 천만

피는 피로 183

다행이었다.

　박태영은 아까의 그 순간을 생각하니 등골이 오싹했다. 이어, 그렇게 겁을 먹은 스스로가 비굴하기 짝이 없는 놈으로 느껴졌다.

　한편 돌이켜 생각하면 별일이 아니었다. 화물은 창고에 있고, 팔았다는 증거가 뚜렷이 있으니 아직까진 경찰에 흠 잡힐 일이 없었다. 그러나 전태일이란 사실이 판명되었다면 강달진과 박창남을 만난 것이 무허가 집회로 몰려 구속되었을지도 몰랐다.

　'경찰이 여간 아니로구나. 박창남이 지레 겁을 먹은 것이 아니라 그런 경찰을 상대로 하자니까 그만큼 신중히 하려는 게 당연하다.'

　박태영은 박창남에게 미안함을 느끼는 동시에 최균형이란 학생을 만나 연락을 취할 수 있었던 것을 큰 다행이라고 여겼다.

　숙자는 생각에 잠겨 있었다. 전태일이 박태영의 당원 이름이라는 사실을 알고 있는 터라 아까의 일로 미루어 박태영이 공산당과 아직도 관계가 끊어지지 않았다고 짐작할 수 있었다. 마음이 어두웠다. 숙자는 어느덧 공산당은 파멸의 길이라는, 신념이라고 할지 예감이라고 할지, 하여간 그런 생각을 익히고 있었던 것이다.

　태영은 다시

　'최균형이란 학생을 믿어도 좋을까? 그 정도의 부탁을 했다고 안심해도 좋을까?'

하는 불안을 되씹기 시작했다. 그런데 갑자기 최균형이 들먹인 김경주란 교사의 이름이 뇌리에 스쳤다.

　'그렇다. 이규가 말한 적이 있는 그 사람이다. 대단한 수재인데도 아버지의 몰이해로 정상적인 학교 코스를 밟지 못하고 검정 시험을 치러 사립대학에 다니고 있다던 바로 그 사람임이 틀림없다. 그런데 그 사람이 반동 교사라니 알고도 모를 일이다. 그만큼 반골이 있는 사람이니 아버지의 몰이해에 대한 반항 때문에라도 체제에 대한 비판이 있을 터인데…….'

기차는 마산에 가까워지고 있었다.

부산에 도착한 태영과 숙자는 밤 열시가 넘었는데도 곧바로 노동식의 부인 진말자를 찾기로 했다.

창에 불빛이 환하기에 반가운 마음으로 문을 두드렸더니 전연 알지 못 하는 사나이가 나타났다.

"노동식 씨 댁이 아닙니까?"

하는 물음에,

"아니오."

하는 퉁명스러운 대답이 돌아왔다. 밤중에 왜 함부로 남의 집 문을 두드리느냐는 비난이 섞인 투였다.

"전 그 부인의 동생인데요, 지금 그 부인은 어디 계실까요?"

하고 김숙자가 나서서 물었으나,

"내가 우찌 그걸 알 끼요?"

하는 여전히 쌀쌀한 대답이었다.

박태영은 뒤돌아 걸음을 옮겼다. 눈 아래 깔린 전등불의 바다를 바라보며 박태영은 처절한 생각에 잠겼다.

'저 별바다 같은 어느 불빛 아래 진말자가 살고 있을까!'

태영은 기왕 노동식의 집이었던 그 집을 돌아보았다.

'비둘기집 같은 그 가정, 비좁은 뜰에 꽃을 가꾸고 잉꼬부부처럼 살더니만!'

노동식은 지리산에 있었다. 진말자의 행방은 알 수 없었다.

역 앞 초라한 여관방에 들자 김숙자는 소리 없이 울었다. 태영은 숙자의 심정을 알 만했다.

4년 전 김숙자와 진말자는 일본 오사카에서 지리산으로 왔다. 진말자는 김숙자가 권해서 왔었다. 지리산에서 노동식과 사랑의 꽃을 피웠다. 해방의 기쁨과 결혼의 기쁨이 겹쳤다. 그들은 바다가 보이는 언덕 위에 다소곳한 보금자리를 꾸몄다. 나날이 즐겁게 다정하게 흘렀다. 그러나 그 행복은 불과 1년 남짓 계속되었을 뿐이다.

"울긴 왜 울어?"

태영은 참다 못해 한마디 했다.

"말자 씨가 불쌍해서요."

"……."

숙자는 얼굴을 들고 물었다.

"노동식 씨는 언제쯤 가정으로 돌아올 수 있을까요?"

"……."

"그런 비극을 우리도 닮아야 하는가요?"

"내가 어디 지리산에 가겠다고 했수?"

"그럼 전태일이란 이름이 왜 나타나죠?"

"……."

"당신이 계속 그 길을 걷겠다면 나를 죽여버려요. 그러고 나서 뭐든 하세요. 나는 공산주의자의 아내 노릇은 못 해요. 당신과 떨어져서는 못 살아요."

"여관방에서 창피하게 왜 이 꼴이지?"

"창피가 문제예요?"

"우리, 서울 가서 조용히 이야기합시다."

"서울 가서 할 얘길 왜 여기선 못 하나요?"

"시간과 장소라는 게 있는 거요."

"시간과 장소라는 게 있다는 것을 아는 사람이 기차간에서 부르주아 근성이니 프티부르주아 근성이니 하는 소릴 예사로 해요?"

"하면 어때?"

태영은 숙자의 신경질도 감당하지 못하려니와 자기 자신의 신경질도 감당키 어려워 방에서 나와버렸다. 시각은 열한시 20분 전이었다.

태영은 여관 바로 옆 골목에 있는 목로술집으로 들어섰다. 혼자 술을 마시도록까지 술버릇이 들어 있진 않았지만, 아침부터 겪은 일이 그를 술집으로 가게 한 것이다. 따끈한 생선국에 막걸리를 청했다.

가게 안에서 세 사람이 얘길 하고 있다가 뚝 그치고 태영 쪽을 바라보더니 별로 관심을 쓸 사람이 아니라고 판단했는지 다시 얘길 시작했다.

"그놈이 나쁜 놈이다."

"아냐, 그놈보다는……."

"하여간 단결이 제일인데."

"그럴 바에야 노동조합을……."

"그래도 부두노조는 나은 편……."

이런 말들이 들렸다. 태영은 조심스럽게 귀를 기울였다. 말하는 내용으로 봐서 그들은 부두 노동자들 같았다. 노동식에 관해 묻고 싶은 충동이 갑자기 일었다. 그러나 그런 충동은 삼가는 것이 좋았다.

"놈들은 노동조합을 하나 더 만들 모양이야."

"택이나 되나."

"아마 배후에서 경찰이 움직이고 있는 모양이지?"

"경찰 아니라 경찰 하래비가 서둔다고 해도 부두에서 다른 노동조합은 못 만들어."

"그렇게 생각할 것만은 아녀."

"서울 영등포에선 노조원끼리 큰 충돌이 있었다던데."

"노조원끼리가 아니라 깡패가 노조 안에 끼어든 기라."

"하여간 수단과 방법을 생각 않는 놈들잉께."

"여부가 있나. 우린 굿이나 보고 떡이나 먹자."

"누가 떡을 준다던가?"

"설마 잠자코 일만 하는 놈을 그만두라고는 안 하겠지."

"단결이 무너지면 골로 가는 기다. 어리석은 소리 작작 하라꼬."

"제에미, 폭동 사건만 없었더라도 이리 각박하겐 안 되었을 긴디."

"그건 그래. 그런디 우쩔 작정으로 그런 지랄을 했는지 일고도 모르겠어. 날벌이하는 우리들에게 찬탁이면 우떠코 반탁이면 우떠탄 말인가?"

"세상이 백 번 바뀌어도 노동자는 노동자지 별수 있을라꼬?"

"그렁깨 노동조합은 노동자의 권익만 옹호하도록 단결하면 되는 기라. 엉뚱한 정치 운동은 집어치우고……."

박태영은 부두 노동자들의 얘기를 들으면서

'생디칼리슴(노동조합 지상주의)이란 것이 저런 마음의 바탕에서 싹트는구나.'

하고 안타까워했다. 노동 운동은 노동자의 권익을 옹호하기 위해 필요하지만, 노동자의 권익을 옹호하기 위해선 사회 속에서 노동자의 지위를 확보해야 한다. 예종하는 지위에서 지배하는 지위로, 즉 모든 생산 수단을 자기들의 노동력과 함께 노동자가 소유함으로써만 노동자로서의 권익이 확보된다.

박태영은 이런 생각을 하고 그 노동자들과 토론을 벌여볼까 했지만 시들해졌다. 혁명 이론이란 언제든 죽음을 전제로 해서만 가능한 것이 아닌가. 권익을 위해선 혹시 죽을지도 모르는 행동을 감행해야 한다는 이론을 전개한다는 것은 부질없는 일일 것이다. 노예근성을 일조일석에 청산시킬 순 없다. 생판으로 혁명 의식을 주입시킬 수도 없다. 그들이 놓인 위치의 모순을 실감케 해서 일정한 방향으로 그들을 몰아세워야 한다. 말하자면 유능한 노동 운동 지도자는 무리 없이 사태를 그렇게 만들어나가야 하는 것이다…….

그러다가 박태영은 문득 진주역에서 당한 일에 다시금 마음을 돌렸다. 그때 느꼈던 공포가 되살아났다. 자기가 얼마나 왜소하고 비굴했던가에 생각이 이르자 얼굴을 붉혔다.

'나는 여태껏 땅을 짚고 헤엄치는 격으로 살아왔다. 땅을 짚고 하는 헤엄은 수영이 아니다. 혁명 운동의 소꿉장난, 온실 속의 혁명 운동! 혁명가는 신중해야 하되 겁을 몰라야 하는데…….'

뿐만 아니라 박태영은 자기가 사랑하고 또한 자기를 사랑하는 김숙자의 반동 의식을 시정하지 못하는 스스로가 슬펐다. 그 정도의 설득력도 없는 놈이 어떻게 직업 혁명가가 되겠다고 나서느냐 말이다.

노동자들의 말들이 먼 곳으로 밀려가고 박태영은 스스로의 생각에만 골몰했는데, 갑자기 바깥이 어수선해지는 것 같더니 유리문이 등 뒤에서 달그락 열렸다.

"어서 오이소, 박 형사."

막 들어온 사람을 보고 주인이 인사했다. 박태영은 뜨끔했다. 박 형사라고 불린 서른 안팎의 사나이는 동료로 보이는 잠바 차림의 사나이 둘을 카운터 근처에 앉히더니,

"정종 있소? 따끈하게 한 컵씩 주소. 순찰을 돌라고 한께 되게 추워서 천상 한 잔 해야겠어."

하고 박태영을 슬쩍 핥듯이 보았다.

그리고 부두 노동자들이 모인 자리로 시선을 옮기고 말했다.

"당신들은 뭣 하는 기요. 통행금지 시간이 얼추 다 돼가는데 빨리 집으로 돌아가지 않고."

"걱정 마소. 우리들 집은 바로 요 산 우에 있소. 엎어지면 코 닿을 데 있응깨 통행금지엔 안 걸릴 끼거만."

하는 응수가 노동자들로부터 있었다.

"보아하니 부두 노동자들 같은데, 당신들 조심하이소."

박 형사의 말이다.

"조심이고 나발이고 있소. 하루 벌어 하루 묵고사는 사람들이."

노동자 한 사람이 말했다.

"남로당 패들에게 넘어가지 말란 말이오. 남로당이 또 무슨 일을 꾸미려고 꿈틀거리기 시작했다는 정보가 있단 말이오."

"우리완 관계없는 소리라."

하며 한 사람이 일어서자, 나머지 사람들도 일어서서 셈을 하더니 밖으로 나가버렸다.

노동자들이 사라지자 형사들끼리 이야기를 시작했다.

"미국놈들 땜에 참으로 골치야. 빨갱이를 잡아놓으면 내주라고 하고……."

"무허가 집회 단속만 해서는 빨갱이 억누르기 힘든다 말이다."

"그러나 미국놈들도 빨갱이가 어떤 족속인지 알게 된 모양 안 같더나."

그들의 얘기는 박태영을 의식하고 하는 얘기임이 틀림없었다.

박태영은 일어섰다. 그러자 한 형사가 물었다.

"당신은 어디 사는 사람이오?"

"나도 요 산 우에 사요."

"낯이 선 얼굴인데."

"당신은 그럼 이 부산에서 사는 사람의 얼굴을 죄다 외고 있소?"

하는 말을 던져놓고 박태영은 목로술집에서 빠져나왔다.

여관으로 돌아와 보니 김숙자는 아까의 자세 그대로 처량하게 앉아 있었다. 박태영은 발끈 화가 치밀었다. 그러나 참을 수밖에 없었다.

"우리, 자도록 합시다. 근처에서 형사들이 서성거리고 있어. 불을 끄고 빨리 잡시다. 또 놈들에게 걸려들면 귀찮아."

태영은 후닥닥 옷을 벗고 이불 속으로 기어들었다.

옆방에서 묘한 소리가 들려왔다. 벽이 얇아서 곧 그 소리의 정체를 알 수 있었다. 그 음탕한 소리의 자극을 받는 자기의 육체가 슬펐다. 그러나 그 자극에 이끌려 행동하기엔 태영의 프라이드가 너무나 강했고, 김숙자에 대한 감정이 너무나 경화되어 있었다.

학기가 이미 시작되어 있었다. 학교가 다시 소연해졌다. 국대안 관계로 파면된 교수들의 복직을 요구하는 학생 집회가 연일 열리고 있었다.

태영은 초연한 입장을 취하기로 마음먹고, 독서회 멤버들에게도 그렇게 하라고 권했다. 모두들 태영의 그 퇴영적인 태도에 놀라는 것 같았다. 그러나 태영은 굳이 변명하지 않았다. 다만 이렇게 말했을 뿐이다.

"철저하게 끝까지 투쟁할 각오와 능력이 없다면 차라리 시작하지 않는 게 낫다."

그런데 태영의 본심은 학생들을 배후에서 조종하고 있는 당에 대한 불신을 안은 채 행동할 수는 없다는 것이었다.

박태영은 당분간 독서에 열중하기로 했다. 특히 트로츠키의 『러시아 혁명사』와 베른슈타인의 『수정 사회주의』에 집중했다. 당의 바른 노선을 모색하려면 유럽에 있어서의 사회주의 세력의 분열, 러시아 공산당의 분파 상황을 세밀하게 살펴두어야겠다고 생각했기 때문이다.

학원과 사회는 여전히 혼란의 소용돌이 속에 있었으나, 박태영의 나날은 그런 탓으로 해서 평온하게 흘러갔다. 하영근 씨와 김숙자는 한시름 놓은 마음이 되었다.

그해의 3·1절 행사는 남한의 정치 정세를 상징적으로 표현하는 사건이 되었다. 서울의 경우 좌익은 기념행사를 남산에서 개최하고 우익은 서울 운동장에서 개최했는데, 기념식이 끝나고 가두 행진이 되자 양파가 거리에서 충돌을 빚었다. 많은 사상자가 나고 많은 피검자도 있었다.

박태영은 이 사건을 싸늘하게 관찰했다. 우익의 처사는 말할 것도 없고, 좌익의 처사도 한 마디로 말해 되어먹지 않았다고 생각했다.

3·1운동의 평가를 어떻게 하건, 3·1운동의 최저한의 의미는 민족의 자주 독립에 있었던 것이 아닌가. 그런데 바로 그 기념일에 좌익이 신탁 통치를 지지하는 내용의 연설을 하고 그런 뜻의 플래카드를 들고 거리로 나섰으니 일종의 만화가 되지 않을 수 없었다.

세勢에 부대껴 신탁 통치를 꼭 받아야 하게 될 경우, 신중하게 생각해보니 그 신탁 통치에 의미가 있고 장래에 광명을 바랄 수 있다고 해서 받아들일 수는 있어도, 민중을 동원해서까지 우리를 신탁 통치해달라고 서둘러 요구하는 꼴은 있을 수 없지 않은가. 하물며 독립이 아니면 죽음을 달라고 외치는 바람에 수십만의 희생자를 낸 3·1운동을 기념하는 마당에서 그런 어처구니없는 수작을 한다는 건 바로 그 점만으로도 공산당 또는 남로당이 지도적인 당으로서의 위신과 자질을 포기한 것이 되지 않을까. 동시에 공산당을 비롯한 좌익은, 지리멸렬한 오합지졸일 수밖에 없었던 우익에게 반탁을 독점시켜 구심점을 만들어주는 결과가 되지 않았는가.

이런 어처구니없는 당이고 보니 박태영은 설혹 반대까진 하지 못할지라도 그 속에 뛰어들어 일할 생각은 할 수 없었던 것이다.

3·1운동 기념식에 따른 충돌 사건의 흥분이 채 가시지도 않은 어느 날, 박태영은 청량리에서 전차를 타고 시내로 들어오다가 차창 밖으로 강달진이 지나가는 것을 보았다. 태영은 동대문에서 내려 강달진이 걷던 방향으로 달렸다. 경마장 근처에서 강달진을 뒤따를 수 있었다.

강달진은 멈칫하는 것 같더니 박태영임을 알자 안도의 숨을 내쉬고 박태영의 손을 덥석 잡았다. 그리고 첫마디가 이랬다.

"박형, 큰일 났소."

"큰일 나다뇨?"

"어디 좀 들어가 차분하게 얘기합시다."

근처엔 다방이 없었다. '설렁탕집'이라고 볼품없는 간판을 붙여놓은 식당으로 들어갔다. 오후 세시쯤이어서 손님이 없었다. 자리 값으로 적당한 것을 시켜놓고 태영이 물었다.

"도대체 어떻게 되었다는 겁니까?"

"박형이 가지고 온 그 물자 때문에 모두 붙들렸소."

"모두라니요?"

"박창남 씨가 붙들렸고, 백홍수 씨도 붙들렸고, 운송점 지점장 이봉혁 씨도 붙들렸고, 은행 대리로 있던 강호섭이란 사람도 붙들렸소. 그밖에 여러 사람이 붙들릴 뻔했는데 가까스로 피했지."

"그럼 강 선배는 서울에 피신하러 온 겁니다그려."

"그렇소."

강달진의 얘기는 다음과 같았다.

미리 계획한 대로 잡화상 백홍수를 시켜 운송점 창고에서 그 물자의 반을 꺼내 진주 시장에 팔았다. 한 달쯤 그렇게 하면 충분히 경찰의 주목을 피할 수 있으리라고 생각했다. 진주 시당의 계획은, 시장에 내놓은 그 물건을 지방의 소매인이 사는 척하고 다시 사다가 조금씩 함양이나 산청 시장으로 옮겨놓고 기회를 보아 산으로 보낼 작정이었다. 그런데 경찰은 시장에 감시자를 배치해놓고 계속 감시한 결과, 다량의 물건을 사는 사람이 정해져 있다는 사실을 발견했다. 뿐만 아니라 그 물건을 사고파는 돈이 은행에 입금되지 않고 매주賣主와 매주買主 사이를 빙빙 돈다는 사실도 발견했다. 드디어 그 물자가 산으로 들어가는 루트를 잡았다.

"그래도 경찰은 지켜보기만 하고 손을 대지 않은 모양이오. 조직이 다 드러날 때까지 기다린 거지. 경찰도 발전했어."

강달진은 이렇게 감탄을 섞기도 했다.

한 달 동안 그렇게 해도 아무 탈이 없으니까 관계자들은 그 자질구레한 수작에 염증을 느꼈다. 파는 척하고 사는 척하고, 또 그것을 도로 사고, 돈을 도로 돌리고 하는 짓이 귀찮아졌다. 그래 한 트럭쯤 장꾼들의 화물처럼 가장해서 옮겨보자고 의견의 일치를 보았다. 조금 늦은 시간에 진주를 출발해서 함양읍으로 가는 도중 밤이 되길 기다려 어느 지점에서 감쪽같이 빨치산에게 넘겨주든지, 뒷일을 위해 약탈당한 것처럼 꾸미자는 것이었다.

지난 2월 22일 박창남은 사람을 시켜 운송점 창고에서 한 트럭분의 물자를 실어냈다. 이 사실을 포착한 경찰은 함양까지 이르는 도중의 지서에 연락해서 그 트럭의 동정을 살피게 했다. 그 결과 그 트럭이 빨치산과 접선한 사실을 확인하고 관계자들 검거에 나섰다.

"내가 보낸 쪽지 받았습니까?"

하고 태영이 물었다.

"받았소. 그래서 더욱 신중을 기했는데."

강달진은 울상을 지었다.

"그래, 그 사건은 지금 어느 정도 진행되고 있습니까?"

"최저 5년 이상의 징역은 받을 것이라고 변호사가 얘기했소."

태영은 할 말을 잃었다. 모처럼의 보급 투쟁이 아무런 보람도 내지 않았을 뿐 아니라 5, 6명의 희생자만 냈다니 기가 막혔다.

"아마 박형은 조심해야 할 거요. 아직은 전태일이 박형이라는 사실이 탄로 나지 않아 다행인데, 언제 그 사실이 밝혀질지 모르지 않습니까?"

강달진은 걱정스럽게 말했으나 태영은

"차라리 나도 체포되는 것이 마음 편하겠습니다. 어때요, 자수라도 할까요?"

하고 물었다.

"쓸데없는 말 마시오. 전태일이 박태영이란 사실을 아는 사람은 박창남 씨 외엔 아무도 없소. 박창남 씨가 발설할 까닭이 없으니 그다지 걱정 안 해도 되겠지만 조심은 해야지. 그리고 박형이 자수한다고 해도 붙들린 사람의 형량이 가벼워질 리도 없고요."

"강 선배는 어떻게 하시렵니까?"

"무작정 피하고 보는 거지, 달리 도리가 있겠소."

강달진이 우울하게 말했다.

"진주 시당의 세력이 사단 병력쯤은 된다고 하던데…….."
박태영이 어물어물했다.
"사단 병력이고 연대 병력이고 간에 무슨 비상수단을 쓰겠소? 하여간 박형도 조심만은 하소."
박태영은 자신이 체포되었을 경우를 생각했다. 자기가 진주 경찰서에 체포되면 하준규가 무슨 수단을 써서라도 파르티잔을 이끌고 진주까지 와서 자기를 구출해줄 것이란 엉뚱한 생각을 언뜻 해보았다.
"모두 딱하지만, 강호섭 은행 대리하고 운송점 이봉혁 씨가 안됐어."
강달진의 한숨을 섞은 말이었다.
"어떻게 폭로가 되었을까?"
"운송점에서 물건을 바로 싣고 나온 게 탈이었고, 백홍수의 조작된 은행 구좌가 탈이었지."
얘기가 이렇게 되고 보니 두 사람은 괜히 폭주暴酒를 하게 되었다.
당은 자꾸만 약해지고 경찰은 반대로 강화되어간다는 비관적 얘기도 나왔다.
"이북이 인민군을 몰고 들이닥치기 전엔 문제 해결이 어려울 끼라."
취한 강달진의 입에서 나온 말이었다. 박태영은 소스라치게 놀랐다.
"강 선배, 그게 정신 있는 말입니까? 남북 전쟁을 하잔 말입니까?"
태영은 갑자기 전쟁의 가능성을 생각하고 본능적으로 불안을 느껴 몸을 떨었다.
"막다른 골목에 이르면 전쟁을 기다리는 심정이 되는 기라요."
강달진이 자포자기한 투로 말했다.

비극 속의 만화

박태영과 강달진이 신설동 설렁탕집에서 폭주하고 있을 무렵, 지리산 하준규 부대 안에서 미묘한 문제가 발생하고 있었다.

새로 부임한 함양 경찰서 서장 T씨는 하준규와 중학교 동기 동창이었다. T씨는 부임하자마자 하준규에게 회담을 요청했다.

그 요청서는 다음과 같은 장문이었다.

'하군!

이런 처지에서 편지를 쓰게 되니 새삼스럽게 운명이란 것을 느끼게 됩니다. 불과 몇 년 전만 해도 우리는 다정한 벗이었소. 벗일 뿐 아니라 뜻을 같이하는 동지였소. 우리 다 같이 조국의 해방과 독립을 기다리지 않았소. 그리고 가끔 분에 겨워 울면서 밤을 지새기조차 하지 않았소.

그런데 해방이 우리에게 닥쳐오지 않았습니까. 조국의 독립을 이룰 날이 눈앞에 있지 않았습니까. 그런데 지금 형편이 무엇입니까. 하군과 나의 사상이 얼마나 다르기에 지금 같은 형편이 되었단 말입니까.

지금 나의 신분은 미 군정청 경찰서장입니다. 그러나 나는 미국에 충성하려는 자도 아니고, 군정청의 관리로서 충실하려는 자도 아닙니다. 독립이 되는 그날까지 우리의 치안을 유지하는 데 최선을 다할 생각뿐입니다. 그리고 하루속히 독립이 되도록 노력할 뿐입니다. 그러니 아무리 미 군정청의 명령이라고 해도 우리 동포에게 불리한 짓은 절대로 하지 않을 것입니다. 그리고 미 군정청은 사태를 잘못 파악한 때문에 실수를 저지를 경우가 종종 있다고 하겠으나 고의적으로 우리 동포에게 해될 짓을 할 의향은 전혀 없고, 가능한 한 우리에게 도움을 주려는 선의를 가지고 있습니다. 이러한 상황 속에서 치안이 문란하다는 것은 그들의 선의를 받을 여지를 없애는 것이며, 따라서 우리의 독립이 그만큼 지연된다고 나는 확신을 가지고 말할 수 있습니다. 모처럼 군정을 편 사람들이 치안이 문란한 채로 그냥 두고 돌아갈 까닭은 없지 않습니까.

하군은 내 성격을 잘 알고 있을 줄 믿소. 내가 동포에게 해 될 기관에서 일할 사람으로 생각하진 않겠지요. 지금 좌우익으로 갈라져 동포끼리 서로 싸우고 있는데, 나는 이런 일을 다시 없는 불행이라고 생각하고 있습니다. 하군이 좌익이고 내가 우익이라고 치더라도 나라를 사랑하는 마음은 한 가지 아니겠습니까. 세상 사람들이 다 싸운다고 해도 우리들만은 싸우지 않고 대화로 해결할 수 있지 않겠습니까. 지금 이 고장을 전쟁터로 하고 서로 싸우고 있는데, 지금 우리가 여기서 싸운들 무슨 결론이 나오겠습니까. 만일 결론이 나온들 그것이 민족과 국가에 어떤 보람이 있겠습니까.

하여간 나는 하군을 한번 만나보고 싶소. 만나서 얘기를 하여 의견이 맞지 않을 때, 그때 다시 맞서도 늦지 않을 것 아닙니까. 만나는 장소와 시간은 하군의 요구대로 하겠습니다. 지리산 상봉이라도 좋고, 어떤 바위 위라도 좋습니다. 하군만 허락하신다면 단신單身으로 찾아가겠습니다. 회답을 하는 방법은 누구든 만나는 사람에게 쪽지를 써서 경찰서로 연락하라고 해주십시오. 그 쪽지를 가지고 온 사람을 따지거나 조사하는 일이 없도록 조처를 미리 해두겠습니다. 어떤 지서支署로 쪽지를 보내도 좋습니다. 옛날의 우정을 믿고 부탁하는 바이니, 내 성의를 살펴서 응해주시길 간절히 바라 마지않습니다. 서로의 입장에서 벗어나 티 없는 소년 시절로 돌아가 만나보는 뜻으로 꼭 나의 소청에 응해주시기 바랍니다. 불문곡직, 불문과거하고 나는 우선 하군을 만나고 싶은 마음 간절합니다.'

이런 편지를 받고 등한시할 수 있는 하준규의 성격이 아니었다.

준규는 부하들을 모아놓고 이 편지를 피력했다. 모두들 숙연히 듣더니 일제 시대의 괘관산 이래 같이 있는 차 도령이 물었다.

"그 경찰서장을 믿을 수 있겠습니까?"

"편지의 내용으로 보아 믿어도 좋을 것 같다."

"옛날에 어느 정도로 친했습니까?"

하고 또 한 사람이 물었다.

"친하기로 말하면 중학생 시절의 둘도 없는 친구였지. 같이 유도를 하기도 한, 둘도 없는 사이였소."

그러자 노동식이 말했다.

"어디로 오라고 지정하지 않고 이쪽에서 지정하는 대로 단신 오겠다니, 두령께서 만날 의사만 있다면 다른 건 문제가 되지 않을 텐데요."

"그러나……."

하고 의견을 다는 친구도 있었다. 그 친구는

"아무리 만나봐야 결론이 같을 수 없을 텐데, 공연히 만나 뒤에 입장만 곤란하게 되지 않을까요?"

하고 걱정스런 빛을 보였다. 확실히 그렇긴 했다.

경찰과 빨치산이 만나 의견의 합치를 볼 까닭은 없다. 피차가 나라의 정세를 좌우하는 입장에 있는 사람도 아니니, 괜히 뒷일만 번거롭게 하는 결과가 고작일지 몰랐다.

하준규는 심사숙고한 끝에 다음과 같이 말했다.

"나는 한 사람의 반대만 있어도 경찰서장을 만날 의사가 없소. 나는 여러분의 만장일치된 의견에 따라 행동하겠소. 그러니 여러분끼리 충분히 토의해서 결정하시오. 그리고 이 문제는 서두를 필요도 없으니 천천히 의논해보시오."

하준규는 회의를 노동식에게 맡기고 자기의 아지트로 돌아갔다.

하준규는 칠선 계곡 들머리에 굴을 파고 노동식과 같이 쓰고 있었다.

그때 하준규는 패관산 막사를, 보다 곤란한 사정이 되었을 때를 위해 보존하려고 칠선 계곡으로 내려와 있었다. 그렇게 한 데는 보급 투쟁이 편리하다는 이유도 있었다.

아지트로 돌아온 하준규는 칸델라에 불을 켜고 경찰서장이 보낸 편지를 다시 한 번 읽었다. 글자 하나하나에 정이 서린 듯했다. 준규는 그 길로 달려가 그 옛날의 친구와 얼싸안고 울고 싶었다.

'군정청을 위해서 충실하려고 이 직을 맡은 것이 아니다.'
란 뜻의 글귀를 하준규는 추호도 의심할 수가 없었다. 지금 T는 얼마나 변해 있을지 모르지만, 준규가 알고 있는 T는 순박하고 과묵한 소년이었다.

중학교 시절 하준규의 학업 성적은 그다지 우수하지 못했다. 반면 T는 수재 축에 들었다. 수재와 공부 못 하는 사람은 어울리기 힘든데, 어쩐지 준규와 T는 그렇지가 않았다. T가 유도를 했기 때문도 있었지만, 그보다 T는 일제 시대의 학업 성적이란 것을 그다지 소중하게 여기지 않는 대범한 성격을 가지고 있었는데, 그런 대범한 점이 준규의 마음을 끌기도 했던 것이다.

 학업 성적이 좋지 않은 준규는 부자인 아버지 덕택으로 상급학교에 갈 수 있었고, T는 어느 회사에 취직을 했다가 곧 그만두고 만주로 갔었다. 준규는 T가 만주로 가서 뭣을 했는가는 모른다. 그런 만큼 준규는 간혹 T 생각을 하곤 했다. 말하자면 T는 준규가 해방 이후 꼭 한번 만났으면 하는 친구 가운데 하나였다.

 준규는 T를 만나 무슨 말을 할까 궁리해보았다. T를 설득해서 좌익 운동에 가담시켜보는 것도 나쁘지 않으리라 생각했다. 그러나 지금의 준규는 남을 설득시키기에 앞서 자기의 처신을 합리화시킬 자신마저 없었다. 어쩌다 휩쓸려버린 운명의 파도라고밖에 적절한 표현을 할 수 없는 자기의 처지를 어떻게 말해야 옳단 말인가. 그런데도 준규는 T를 만났을 경우엔 정직하게 자기의 심정을 토로하지 못할 것이란 예감을 가졌다.

 하준규는

 '2백 명 가까운 인원으로 부풀어오른 부하들을 어떻게 하면 안전하게 이끌어 갈까?'

하는 문제 외에는 생각하지 않기로 작정하고 있는 터였다. 공산당을 비롯한 좌익 계열 일반에 대한 환멸, 그렇다고 해서 중립 지대로 옮아 설 수도 없어 한탄이 뒤따르게 마련인 생각은 자기를 피로하게 할 뿐 아무런 도움도 되지 못한다는 체관이 있을 뿐이었다.

 하준규는 편지를 접어놓고 비스듬히 누워 눈을 감았다. 아지트 밖으로 지나가는 바람 소리가 세차게 들려왔다.

 '봄을 안고 오는 바람인가?'

 3월이 중턱을 넘어섰는데도 겨울의 추위가 그냥 남아 있는 곳에서 기다려지는 봄은 간절한 것이었다. 그러나 봄이 와도 좋은 일은 있을 것 같지 않다는 서글픈 마음으로 하준규는 다시 T의 얼굴을 눈앞에 떠올려봤다.

두 시간쯤 지났을까, 노동식이 정치위원을 동반하고 준규의 아지트로 왔다.
"만장일치가 되기는 했는데, 심 동무께서 요구 사항이 있답니다."
노동식의 말이었다. 심 동무란 물론 정치위원이었다.
두 달 전에 당에 의해 배치된 심종범이란 정치위원은 언제나 자신만만한 사나이였다. 3년 안에 마르크스·레닌주의가 전 세계를 휩쓸 것이라고 단단히 믿고 있는 심종범은, 미국에서 건너온 군정청 직원의 3분의 1이 공산주의자이거나 그 동조자란 소릴 예사로 하기도 했다.
"요구 사항이 뭐요. 말해보시오."
정치위원의 얼굴만 봐도 메스꺼운 하준규였지만, 그런 내색을 하지 않으려는 언제나의 버릇 그대로 부드럽게 물었다.
"미 군정청이 임명한 경찰서장이라면 개 가운데서라도 셰퍼드쯤 된다고 봐야 할 겁니다."
경상북도 영천이 고향이라는 심종범은 말에 사투리가 섞이지 않도록 극도로 조심하는 투를 잊지 않고 이렇게 말하고 하준규의 눈치를 살폈다.
친구를 개라고 하는 심종범의 말에 일순 하준규는 반발을 느꼈다. 그러나 꾹 참고 물었다.
"그래서 어떻게 하면 되겠소?"
"조그마한 틈새기도 보여선 안 될 것입니다. 옛날 친구를 만나는 것이 아니라 원수를 만난다는 경각심을 잊으면 안 된단 말씀입니다."

"경각심만 가지고 대하면 되겠소?"

"아닙니다. 다음과 같은 요구 조건을 내야 합니다. 첫째, 지금 유치장에 있는 우리 동무들을 전부 석방하라고 하시오. 우리에 대한 수색전을 일절 중지하라고 하시오. 앞으론 어떤 일이 있어도 우리에게 대항하지 말라고 하시오. 이 세 조건을 들어주면 회담에 응하겠다고 하시오."

하준규는 어이가 없어 심종범을 말끄러미 바라봤다.

"심 동무, 우리가 만장일치로 의견을 모은 것은 무조건 두령님이 경찰서장을 만나도록 하자는 것 아니었소?"

하고 노동식이 불쾌한 빛을 숨기지 않았다.

"아닙니다. 분명히 내가 요구 사항을 달겠다고 했습니다. 그것까지 합쳐 만장일치로 한 것입니다."

심종범이 권위적인 태도를 취했다.

"그렇게 된 게 아닌데요. 두령께서 경찰서장을 만나도 좋을까 어떨까를 우선 정하자고 했어요. 좋다는 의견이 만장일치가 되었어요. 그런 후에 심 동무가 요구 사항을 달겠다고 했어요."

"그때 모두들 찬성한다고 하잖았소?"

심종범이 억세게 나왔다.

"심 동무가 요구 사항을 달겠다고 하니까 '옳소' 했는데, 그건 심 동무의 자유의사를 존중한다는 뜻이었지, 그 요구 사항을 두령께서 수락해야만 경찰서장을 만날 수 있다는 뜻은 아니었단 말요."

노동식도 강하게 맞섰다.

"노 동무, 그렇게 회의를 왜곡하지 말아요. 동무들의 뜻은 분명히 나와 일치되고 있소."

"그걸 어떻게 알죠?"

"허허, 참······. 노 동무, 생각해보시오. 지금 수감 중인 동무들 석방을 그럼 노 동무는 반대한단 말요? 우리 전체 동무가 그걸 원하지 않는단 말요?"

"원하는 것과 회의의 결과는 다르지 않소."

"노 동무, 내 말을 끝까지 들어요. 앞으론 경찰이 우리에 대한 수색전을 하지 말라는 요구에 우리 동무들 중에 반대할 사람이 있겠소? 앞으로 어떤 일이 있어도 우리에게 대항하지 말라는 경찰에 대한 요구를 우리 전체 동무가 반대한단 말입니까?"

"그것과 회의 결과는 다르다고 하지 않소."

"그럼 당장 동무들을 모아 물어봅시다, 내 요구 조항이 바람직한 것인가 아닌가를."

"바람직하든 않든 나는 회의 결과를 가지고 하는 말입니다."

노동식은 흥분을 가누지 못했다.

심종범은 왕왕 이렇게 트집을 잡아 하준규와 노동식을 당황하게 했다.

그건 일종의 술책이었다. 그렇게 해서 부하들을 자기 손아귀에 넣으려는 수단이었다. 이를테면,

"나는 수감된 동무들 석방을 위해 서둘고 있는데 하준규와 노동식은 전혀 그런 문제에 성의가 없다."

또는

"나는 경찰이 우리들에게 대항하지 못하도록 술책을 꾸미려고 하는데 하준규와 노동식에겐 그런 성의가 없다."

라는 따위의 말을 유포할 수 있도록 근거를 만드는 셈이었다.

하준규는 두 사람의 입씨름을 한동안 견디고 있다가

"심 정치위원은 아까 들먹인 요구 조건이 수락되지 않으면 경찰서장의 제안을 받아들여선 안 된다는 말이지요?"

하고 따졌다. 그런데 대답이 엉뚱했다.

"지금 뭔가 경찰에 약점이 있습니다. 그렇기에 그런 제안을 해오지 않았겠습니까? 그러니 요구 조건을 한번 내보는 것도 괜찮지 않겠습니까?"

"내가 묻는 말에 대답하시오. 아까 당신이 들먹인 요구 조건을 경찰서장이 수락하지 않으면 만날 필요가 없다는 말 아닙니까?"

"따지면 그렇게 됩니다."

"그럼 내일 동무들을 모아봅시다. 그 자리에서 내가 말하겠소. 정치위원이 이런 요구를 했는데 아무리 생각해도 그건 실현 불가능해서 경찰서장을 만나지 않기로 했다고 말하겠소."

"그럴 것까지야 없지 않겠습니까. 하 동무가 꼭 만나고 싶다면 만나봐도 무방하겠죠, 뭐."

심종범이 능글능글하게 말했다.

"나는 그렇겐 안 하겠소. 만장일치로 하겠다고 이미 언명한 바도 있소."

"만장일치로 된 것 아닙니까?"

"당신 말 들으니까 만장일치는 당신의 요구 사항까지 곁들인 거라며?"

"허나 내 개인의 의견을 그렇게 대단하게 취급할 필요가 있겠습니까."

"심 정치위원, 무슨 말을 그렇게 하오?"

하고 노동식이 반박했다.

"내 말이 어떤데요?"

"두령께선 만장일치라야겠다고 하셨는데, 당신이 반대하는데 어떻게 만장일치가 됩니까. 더욱이 당신은 정치위원 아뇨?"

"정치위원이라도 대중 집회에선 한 표뿐 아닙니까. 대단하게 취급할 필요 없어요."

그러자 노동식이 언성을 높였다.

"심 동무, 우리 이러지 맙시다. 두령께서 경찰서장을 만난 뒤 무슨 탈이 있으면 당신은 그 결의에 반대했다고 발뺌하기 위한 술수란 걸 우린 잘 알고 있소. 우리가 오늘날 놓여 있는 상황이 어떤 것인진 정치위원인 심 동무가 누구보다도 잘 알 것 아닙니까. 그런데 전체의 화합에 장애가 되는 그런 마음을 가져서야 되겠소."

"뭐라구요? 사람을 모함하지 마시오. 그리고 당신이 한 말에 책임을 지시오. 당신은 적어도 당 중앙에서 파견되어 온 정치위원을 중상하고 모략했소. 나는 당신을 가만두지 않겠소."

하준규가 벌떡 일어섰다.

"심종범 씨, 좋소. 이 부대의 책임자는 나요. 당신은 나를 보좌해서 부대원들에게 정치 교육을 하라고 파견된 당원이오. 그런데 노동식 동무는 이 부대의 부책임자일 뿐 아니라 내가 가장 신뢰하는, 아니 내 생명과 같은 참모요. 그런 참모를 가만두지 않겠다는 사람은 바로 나를 업신여기고 이 부대를 파멸시키려는 파괴 분자이며 반역자요. 당 중앙도 이 부대의 파멸을 원하지 않을 거요. 당신은 당장 이 부대를 떠나시오. 내가 축출 명령을 내리겠소. 그게 모자라면 즉각 집회를 열어 그야말로 만장일치로 당신을 추방하는 결의를 하겠소. 그리고 중앙에 보고할 것이니 당신은 당신대로 대항 조치를 하시오."

심종범이 거만한 웃음을 띠고 말을 하려다가 갑자기 무릎을 꿇었다.

"하 동무, 용서하시오. 제가 좀 지나쳤습니다. 앞으론 주의하겠습니다."

하준규는 그러는 심종범에겐 아랑곳도 하지 않고 노동식에게

"이 사람에게 쌀 한 말과 돈 5천 원을 주어 일단 차범수 동무에게로 보내시오. 거기까진 차 도령을 딸려보내 내 결정을 전하도록 하구요."

하고 다시 심종범을 향해

"당의 지령은 차범수 동무한테 가서 받도록 하소."

하고 아지트에서 나와버렸다. 그리고 음력 스무날쯤의 달을 바라보며 아직 차가운 밤공기 속을 걸었다. 계곡 어귀의 초소까지 가볼 참이었다. 이글거리는 마음속의 열기를 냉각시킬 필요가 있었던 것이다.

함양 경찰서장 T씨를 하준규가 만난 것은 그로부터 일주일 후였다. 장소는 병곡면 들머리에 있는 어느 주막집을 택했다. 그곳은 함양읍과 준규의 아지트가 있는 곳의 중간 지점이었다.

T씨의 편지엔 지리산 상봉까지 가도 좋다고 했지만, 하준규는 페어 플레이를 하고 싶었다. 그래 병력을 얼마를 데리고 와도 좋으니 이쪽의 신변만은 보호하라는 전갈을 보냈던 것이다.

지정한 시간은 오후 한시였는데, 경찰서장은 그 일대에 배치한 경찰과 의용대 청년 단원을 모두 철수시키고 무장도 없는 평복으로 역시 무장하지 않은 경찰관 한 사람만 데리고 나타났다.

하준규도 부하들을 1킬로미터쯤 뒤에 머물게 해놓고, 괘관산 이래의 동지인 백 도령만 데리고 그 장소로 갔다.

두 사람은 서로 악수를 하고 눈물을 흘리며 얼싸안았다.

곧 주위의 사람을 물리치고, 막걸리와 산채 안주가 놓여진 술상을 가운데 두고 앉았다.

"이렇게 만나고 보니 할 말이 없구나."

T가 꺼낸 첫말이었다.

"자네가 이곳 경찰서장으로 올 줄은 꿈에도 몰랐다."

하준규가 받았다.

"하군이 빨치산의 사령관을 한다기에 내가 지원을 안 했나?"

하며 T는 웃었다.

"내가 사령관을 할 정도면 호락호락하다는 자신이 있었던가?"

하고 하준규도 웃었다.

"천만에."

T는 하준규의 술잔에 술을 따랐다. 그 주전자를 받아 이번엔 준규가 T의 잔에 술을 따랐다.

"자네, 좀 여윈 것 아닌가?"

준규가 물었다.

"자네는 옛날이나 지금이나 똑같군."

T의 말이었다.

두 사람은 한동안 말을 잃고 그 사이를 술잔에 입을 대며 메웠다.

"하군은 자신 있나? 이렇게 하는 것이 애국·애족과 통한다는 자신 말일세."

침묵을 깨뜨린 T의 첫말이었다.

하준규는 신중하게 대답을 꾸며야 했다.

"나름대로 자신이야 안 있겠나."

그러자 T는 우울한 표정을 짓고 말했다.

"도대체 자네는 앞으로의 정세를 어떻게 보고 있는가?"

"자넨 자신 있나?"

이번엔 준규가 물었다.

"자신 있지. 그러나 그런 얘길 해봤자 자네는 듣지도 않을 테니까 간추려 얘기하겠네. 미국은 이 나라를 공산화시키기 위해 남한을 점령하고 있는 게 아니다. 북쪽에서 소련이 교두보를 튼튼히 할수록 미국도 각오를 강화하고 있다네. 수십만의 전사자를 낸 결과로 점령한 곳인데 그렇게 호락호락 후퇴하겠나."

"미국의 태도가 문제가 아니라 이 나라 인민의 뜻이 문제 아니겠나."

하준규도 우울하게 말했다.

"그럼 하군은 인민의 뜻이 공산화에 있다고 확신하나?"

"인민 전체의 뜻이야 어찌 내가 알 수 있나? 지금 내가 거느리고 있는 동지들의 뜻만은 그렇다고 할 수 있네. 성패야 어떻게 되든 내가 거느리고 있는 사람들의 의사가 그렇게 되어 있으니 나는 그 뜻을 소중히 할 수밖에 없지 않은가?"

"안 되는 줄 알면서 그렇게 한다, 이 말이군."

"안 된다고만 생각할 수는 없지. 이 나라가 인민공화국으로 되지 말라는 법은 없으니까."

"단언하지만 민주공화국은 되어도 인민공화국은 되지 않을걸세."

T씨는 단호하게 말했다.

"그럴까?"

하고 하준규는,

"누구든 단언하는 사람은 싫어."

하며 애매하게 웃었다. 하마터면

'단언하길 좋아하니까 나는 공산당이 싫다.'

는 말이 나올 뻔했는데 가까스로 참았다.

"내가 앞으로 어떻게 될지, 예를 들어 좌익세력과 싸우다가 살아남을

지 알 수 없지만, 남한이 인민공화국이 되긴 틀렸다고 단언할 수 있네."

"그럼 좌익세력을 분쇄하기 위해서 목숨을 걸고 싸우겠단 말인가?"

"사내라면 소신껏 싸우는 용기를 가져야 하지 않겠나."

T는 부드럽게 말했다.

"그렇다면 자네와 내가 이렇게 만나 얘기할 것도 없지 않은가."

준규도 부드럽게 말했다.

"허나 자네를 설득해서 자네와 자네 부하들을 탈 없이 가정으로 돌려보내고 싶어. 그러나 그런 목적만으로 온 건 아닐세. 여하간 자넬 한 번 보고 싶었어. 그런 후에 싸우든 어쩌든 하고 싶었어. 싸움터에선 죽음이 예삿일 아닌가. 자네와 한 번도 만나보지 못한 채 내가 죽거나 자네가 죽거나 하면 어떡하나 하는 생각이 앞선 거야. 그래서 간청을 한 게 아닌가."

T의 말에 하준규는 가슴이 뭉클했다. 그 말의 진실을 조금도 의심할 수 없었기 때문이다. 그러나 그런 감동에 사로잡힐 수만은 없었다. 얼른 화제를 바꿔야 했다.

"헌데 아무런 보람도 없이 빨치산의 두목과 이렇게 만났다면 자네의 상관으로부터 꾸지람을 듣지 않을까?"

"그런 걱정은 말게. 일선의 경찰서장에겐 그만한 재량권은 있네. 그리고 상관에게 할 말이 얼마든지 있으니까. 싸움을 해서 상대방을 멸하느니보다 설득 공략으로 포섭하는 편이 낫지 않은가? 군정청의 방침도 이러한 나의 의견에 동조하고 있지."

"설득 공작이 안 되면?"

"밑져야 본전 아닌가?"

T의 말에 하준규는 웃었다.

"그건 그렇고, 자네 아들이 있나?"

하고 준규가 물었다.

"딸이 둘 있네. 아직 어려. 헌데 자넨?"

"아들이 하나 있어. 난 결혼이 빨랐거든. 국민학교에 다니고 있어."

"빨치산 노릇을 하면서도 군정청이 지배하고 있는 국민학교에 아들을 보내?"

T는 약간 빈정대는 투가 되었다.

"아버지와 아내의 뜻인 걸 어떻게 하나."

하고 준규는 살큼 피했다.

"자네 아버지 얘기가 나왔으니 말이지, 내 자네 춘부장을 만났네."

"아버질 만났다고?"

준규는 놀라는 얼굴이 되었다.

"부임 이튿날 곧 찾아가서 만났는걸. 너무나 처량한 모습이어서 난 어쩔 줄을 몰랐다."

"……"

"옳은 일을 하기 위해선 부모 봉양 따윈 무시할 수밖에 없지만, …… 자넨 그래도 좋다는 자신이 있나?"

T의 추궁은 날카로웠지만 말은 부드러웠다.

준규는 계속 잠자코 있었다.

분위기를 깨뜨리지 않을 속셈이었는지 T가 얼른 말을 덧붙였다.

"불가피한 사정이란 것도 있겠지. 그러니 그런 문제를 가지고 자넬 책하고 싶진 않네."

준규는 착잡한 마음으로 시선을 엉뚱한 곳에 쏟았다. 그때 트럭의 엔진 소리 같은 것이 먼 곳에서 들려왔다.

'저 소리가 뭘까?'

하준규는 잠깐 생각하다가,

"사람의 아픈 데를 정면에서 찌르면 되나?"

하며 웃고 다시 귀를 기울였다.

"미안하네, 어쩌다 말이 빗나갔네."

하는 T의 말 사이로 가파른 길을 기어오르는 자동차의 엔진 소리가 조금 더 명료하게 들려왔다.

"저 소리가 뭐지?"

하준규가 말했다.

"저 소리라니?"

T의 표정이 굳어졌다.

"트럭 소리 같은데."

하고 하순규는 긴장했다.

"음, 그런 것 같구나."

T가 일어서서 방문을 열고 나갔다. 준규도 따라 나갔다.

주막집 앞뜰 이쪽과 저쪽, 반대되는 지점에 T가 데리고 온 경찰관과 준규가 데리고 온 빨치산 대원이 각각 서 있었다. 자기들의 상사가 다정하게 얘길 주고받는 방 앞뜰에, 그 부하들은 불구대천의 원수인 양 서로 거리를 두고 대치한 채 서 있었던 것이다.

"너, 빨리 뛰어가 뭔가 알아봐라. 트럭 소리가 들리는 것 같다."

T가 경찰관에게 명령했다. 그리고 경찰관의 등 뒤를 향해 소리쳤다.

"만일 병력을 싣고 오는 자동차거든 빨리 돌아가라고 해라. 절대로 여기까지 오게 해서는 안 된다. 우리 서 관내의 자동차가 아니더라도 내 부탁이라고 전하라."

명령을 받은 경찰관은
"알겠습니다."
하고 뛰었다. 그러자 준규를 보고 T는
"얘길 더 했으면 좋겠는데 안 되겠구나. 일주일 후 이맘때 내가 여기 또 올 테니, 그때 자네가 한 번 더 오든지 적당한 곳으로 나를 나오라고 연락을 하든지 하게. 아무래도 저 트럭이 이상해. 증원 부대가 왔다가 내가 여기 있다는 소식을 듣고 달려오는지도 모르겠어. 내 부하 가운덴 내가 자네와 만나는 걸 반대한 놈도 있어서 증원 부대가 온 것을 구실로 여기까지 달려오는지도 모르거든. 빨리 가게."
하고 빠른 어조로 말했다.
"그럼 나는 가겠네. 일주일 후에 또 만나자."
하고 준규는 뜰 아래로 내려섰다. T가 덧붙여 말했다.
"하군, 그동안 우리 휴전하자. 나는 어떤 일이 있어도 행동을 안 할 테니 자네도 그렇게 노력하게."
"알았다. 약속하지."
하고 준규는 부하를 재촉해서 집 뒤 솔밭으로 기어올랐다.

  하준규가 안전하게 사라진 것을 확인하고 T는 터덜터덜 신작로로 걸어 내려갔다. 피했던 사람들이 어슬렁어슬렁 주막집으로 모여들기 시작했다. 아닌 게 아니라 진주 방면에서 온 증원 부대를 태우고 경무계장이 인솔해서 올라오던 트럭이, T가 지프를 대기시켜놓은 지점까지 와서 정지해 있었다. T는 경무계장을 보고 불쾌하게 한마디 했다.
"왜 시키지 않은 일을 하죠?"
"불안해서 참을 수가 있어야죠. 우선 서장님의 차가 있는 곳까지만 와볼 작정을 한 겁니다."

하고 경무계장은 진주에서 왔다는 지휘관을 소개했다.

"저는 진주서에 근무하는 유삼춘 경감입니다. 명령을 받고 출동해 왔습니다. 병력은 소대 병력입니다."

하고 유삼춘은 T를 향해 거수경례를 했다.

"수고했소. 그러나 자칫 큰일 날 뻔했소. 피차 평화로운 조건을 만들어 회담하자고 했는데 우리 측에서 약속을 어겨보오. 앞으로 귀순 공작은 가망이 없게 될 것 아뇨?"

T가 한 말이다.

"놈들의 귀순은 불가능합니다."

경무계장이 볼멘소릴 했다.

"가능, 불가능은 노력해보고 나서야 할 말 아뇨? 하여간 오늘의 회담은 이 트럭이 올라오는 바람에 허사가 됐소,"

그리고 T는 자세를 바로 하고

"구체적인 얘기는 다음에 하겠지만 지금 말해둘 게 있소. 앞으로 일주일 동안은 어떠한 전투 행위도 있어선 안 되오. 진주서 온 동지들은 함양읍으로 가서 하룻밤 쉬고 진주로 돌아가시오. 앞으로 줄잡아 일주일 동안은 전투가 없을 테니까."

하고 지프에 올랐다. 아직 해 질 무렵은 멀었는데도 산속의 신작로는 산그늘에 젖어들고 있었다.

지리산에 봄이 왔다. 만산滿山이 봄 치장을 했다.

그러나 하준규의 부대는 수심에 싸여 있었다. 봄이 와도 희망이 없기 때문이었다. 중앙에서 온 정치위원들이 입에서 거품을 뿜어내면서 인민의 승리를 외쳐댔지만, 빨치산들의 가슴은 차츰 어두운 회의에 물들고 있었다. 이것은 곧 하준규 개인의 감정을 반영한 것이기도 했다.

하준규는 빨치산으로서의 활동에 회의를 품은 지 이미 오래였다. 다만 결연한 행동으로 그 태도를 분명히 하지 못하고 있을 뿐이었다. 이러한 감정이 대원들에게 영향을 미치지 않을 까닭이 없었다. 정치위원이 하는 백 마디 연설보다도 하준규의 표정이 강한 영향력을 가지고 있었던 것이다.

심종범 정치위원 추방은 일시 부대의 분위기를 명랑하게 하긴 했다. 심종범은 하준규 부대에 있어선 속담 그대로 '개밥의 도토리' 같은 존재였다. 공산당, 아니 남로당의 명령을 받고 움직이는 군대란 뜻보다 하준규를 중심으로 모인 동지들의 클럽이란 뜻이 되살아난 느낌으로 모두들 심종범 추방에 쾌재를 불렀다.

그러나 당으로서는 새로운 문제가 제기된 셈이었다. 경남 도당 위원장을 대리해서 김영일이란 사람이 하준규를 찾아온 것은 그 무렵이었다.

김영일은 되도록 부드러운 태도로 대하려는 것 같았지만, 그의 말 내용은 사문査問하는 인상을 지우지 못했다.

"당에서 파견한 정치위원을 함부로 추방할 순 없을 텐데요."
하는 말이 나오자 하준규는 차갑게 대답했다.

"우리 동지 대원이 만장일치로 결의한 사항인데 어떻게 하겠소."

"원칙을 내세워 대원들을 타일러야 했습니다."

김영일은 이렇게 말했고,

"삼백 명 대원의 의사를, 한 사람 정치위원을 위해 무시하란 말요?"

하준규는 이렇게 대답했다. 입씨름은 이러한 서두로 시작됐다.

김 내가 듣기론 하 동무의 감정적 처사라고 하던데요.

비극 속의 만화 215

하　사람이니 감정적으로 처리할 경우도 있겠죠.

김　인민의 전위가 되어야 하는 당원은 감정을 앞세워선 안 됩니다. 어디까지나 이성으로 판단하고 행동해야 합니다.

하　감정적으로 처리했다고 해서 이성에 위배된 짓은 하지 않았소. 동기는 감정에 있었지만, 처리는 이성적으로 했소.

김　아까 당원들의 만장일치로 처리했다고 했는데, 그것은 핑계에 지나지 않은 게 아뇨?

하　핑계? 나는 내 부대를 이끄는 데 있어 핑계를 내세워본 적이 없소.

김　하 동무 개인의 감정을 위해 대원들의 만장일치를 핑계로 삼았단 말요.

하　천만에요. 나는 어디까지나 민주적으로 처리하려고 했지, 만장일치를 조작한 일은 없소.

김　심종범 동무를 추방하자고 제의한 사람은 하 동무가 아뇨?

하　내가 제의했소.

김　대장이 제의한 일을 대원들이 어떻게 반대할 수 있겠소. 그런 걸 예상하고 하 동무가 제의한 것 아뇨?

하　김 동무 말대로 그게 나쁜 일이라면 대장은 무슨 제의도 할 수 없다는 말 아뇨? 대장의 제의에 대원이 만장일치로 동조했다면 그 부대는 그만큼 단결되어 있다는 증거가 아니오? 대장이 싫어하는 정치위원에게 대원들도 싫다는 의사 표시를 한 것이 뭣이 나쁘다는 얘깁니까?

김　당 상부의 명령을 하급 조직의 회의로 번복할 순 없습니다. 그런 일을 용인했다간 당이 파괴되고 맙니다.

하　내가 이끄는 부대를 분열시키려고 책동하는 놈인데도 당 상부에서 파견한 사람이라고 해서 속수무책으로 보아 넘겨야 한다는 말입니까?

김　그럴 경우엔 상부에 보고해야죠. 상부가 그 보고를 받으면 조사 위원을 파견할 것 아닙니까. 그 조사 위원의 결론에 따라 문제가 처리될 것 아닙니까. 하 동무는 그런 절차를 등한히 했단 말입니다.

하　이 부대의 책임자는 나요. 이 부대에 해독이 될 사람인가 아닌가 판단할 수 있는 사람은 나와 우리 동지 대원들이란 말요. 그런데 무슨 조사가 또 필요하단 말입니까?

김　당에는 규율이 있어야 합니다. 당의 규율에 복종해야죠.

하　현지의 사정은 일선의 대장이 가장 잘 알고 있소. 아무리 당의 규율이 중요하다 해도 현지의 사정과 어긋나는 경우엔 복종만 할 수는 없다고 봐요. 우리는 지금 전투 중에 있소. 전투를 하고 있는 부대가 평화시의 부대처럼 상부의 명령만 기다리고 동시에 상부의 지령에만 의존할 수야 있지 않겠소.

김　심 정치위원의 경우는 사정이 다르지 않을까요. 긴급을 요하는 문제도 아니지 않소? 상부에 보고해서 상부의 지시를 기다려 처리해도 될 일이 아니었소? 아무리 생각해도 심 정치위원을 하 동무가 자의로 추방했다는 것은 당적으로 보나 현지 사정으로 보나 옳은 일이 아닌 것 같소.

하　나는 일선의 사령관으로서 그만한 일은 단독으로 처결할 수 있다고 생각하며, 앞으로도 그럴 작정이오.

김　만일 모든 부대가 그런 식으로 정치위원을 몰아낸다면 당 사업이 앞으로 어떻게 되겠소. 정치위원은 어떤 조직이건 그 조직을 당과 연결시키는 구심적인 지위이며 기능이오. 우리의 작업은 전투와 정치 목적이라는 양쪽을 추구하는 데 있소. 아무리 전투에서 승리를 거두어

봤자 그 승리를 정치적 승리에 결부시키지 못하면 아무런 소용이 없을 것이오. 전투를 하느냐 안 하느냐 하는 문제를 결정하는 것도 정치적인 고려요. 전투 부대에서 정치적인 판단을 할 순 없지 않겠소. 정치의 방향을 정하는 것이 당 아니겠소. 그 당의 정치 방향을 전투 부대에 전하고, 전투 부대가 당이 정한 정치 방향에서 이탈하지 않게끔 독려하고 감시하는 것이 정치위원의 역할이오. 그래서 정치위원은 부대장의 하위에 있지 않단 말소. 부대장은 정치위원을 추방할 권한을 갖고 있지 않다는 얘기요.

하   그렇다면 어떻게 하겠다는 거요?

김   정치위원을 받아들여야 하오.

하   심종범을 다시?

김   꼭 심종범이가 아니라도 좋지만, 당이 별도 지시를 할 때까진 심종범이 여전히 이 부대의 정치위원이니까요.

하   심종범을 받아들일 순 없소.

김   당의 명령에 불복하겠다는 말요?

하   불가능하다는 것을 알면서 무리한 명령을 내린다면 그건 당의 잘못이겠죠.

김   당의 잘못? 당엔 잘못이 있을 까닭이 없소. 당의 무류성을 믿는 것이 당원이 가져야 할 제일의 자각이오.

하   당이 하는 일엔 과오가 있을 수 없다고 하려면, 이제 김 동무가 한 것 같은 그런 말을 해선 안 되겠습니다.

김   그건 무슨 소리죠?

하   삼백 명 대원이 만장일치로 추방한 인간을 도로 받아들이란 그런 말을 하면 안 된단 말요.

김　삼백 명의 만장일치란 게 결국 하 동무 한 사람의 의견 아뇨? 하 동무가 다시 제의해보시오. 심종범 정치위원을 모셔오자구. 또 만장일치가 될 것 아닙니까?

하　나는 대원들의 의사를 존중하오. 그래서 대원들이 마음으로부터 찬동하지 않을 제의는 절대로 하지 않소. 뿐만 아니라, 내 마음과 어긋나는 제안도 하지 않소. 심종범은 우리 부대에 해독을 끼치는 존재라고 파악하고 나는 단안을 내렸소. 그리고 그 견해는 지금도 변함이 없소.

김　아까도 말씀드린 바와 같이 하 동무는 자기의 권한에 없는 짓을 한 것입니다. 말하자면 월권을 했다, 이 말씀입니다. 정치위원을 단위 부대장이 추방할 권한이 없다는 거죠. 그러나 지난 일은 하 동무가 당의 규율을 몰라서 저지른 과오라고 치겠단 말입니다. 그런데 당의 규율을 알았다면 시정하는 게 당원의 의무가 아니겠소. 심종범 동지 문제는 간단한 문제가 아닙니다. 당 전체의 큰 문젭니다. 하 동무의 생각 하나로 모든 일이 무사하게 해결될 수 있습니다. 당을 위해서, 나아가 인민을 위해서 생각을 바꾸시도록 부탁합니다.

하　나는 우리 부대를 위하는 것이 당을 위하는 일이고 인민을 위하는 일이란 신념을 갖고 있을 뿐입니다. 그러니 무리한 부탁은 안 하는 게 좋을 겁니다.

김　하 동무, 하 동무는 장차 우리 당에서 영웅으로 대접할 인물입니다. 그런 인물이 어째 당을 생각하지 않습니까. 당 없이 혁명을 어떻게 성공시킬 수 있습니까. 당은 신성합니다. 당의 명령은 절대적인 복종을 요구합니다.

하　나는 우리 부대의 육성을 통해서만 당에 복무할 수 있는 사람이오. 부대에 불리한 일은 절대로 안 할 것이니, 이 이상 이 문제는 언급하지 않는 게 좋을 거요.

　김　당의 명령을 듣지 않겠다는 거요?

　하　우리 부대에 이롭지 못한 명령이면 들을 수 없죠.

　김　하 동무의 부대는 당보다 상위에 있는 기관입니까?

　하　그렇게 생각지는 않소.

　김　그렇다면 하 동무의 말엔 모순이 있지 않소?

　하　나는 모순이 없다고 생각하오.

　김　절대로 심종범 정치위원을 받아들이지 못하겠다는 말씀이죠?

　하　그렇소.

　김　그럼 다른 정치위원이면 받아들이겠소?

　하　어떤 정치위원인지 미리 알아봐서 수락 여부를 결정하겠소.

　김　당의 배치를 하 동무는 다시 검토하겠다는 거요?

　하　그렇소.

　김　보아하니 당신은 당의 군대를 맡고 있는 것이 아니라 당신의 사병을 기르고 있는 셈이구면요.

　하　내가 무엇 때문에 사병을 기르겠소. 말을 삼가는 게 좋을 것 같소.

　김　당신의 속셈을 잘 알겠소. 이 문제가 앞으로 어떻게 될지 예측할 순 없소만, 그때 가서 후회해도 소용없을 것이오.

　하　쓸데없는 소리 그만 하고 돌아가시오. 나는 후회란 건 모르는 사람이오.

　김　당신의 그 소영웅주의가 당신을 망칠 것이니 두고 봐요.

　하　뭐라구?

　하준규는 드디어 분격을 억제할 수 없었다. 쌓이고 쌓였던 불만이 한꺼번에 분화구를 찾은 것이다. 하준규는 언성을 돋우었다.

"당신은 '당, 당' 하는데, 당이 우리에게 해준 것이 뭐이 있소. 총 한 자루, 탄환 한 개 보급해줬소? 신 한 켤레, 장갑 한 개 갖다 준 적 있소? 쌀 한 톨, 콩 한 알 준 게 있소? 약 한 봉지 가지고 온 게 있소? 우리는 우리의 힘으로 최선을 다해 싸우고 있소. 그런데 당신들은 기껏 정치위원 하나를 배치했을 뿐이오. 정치위원이 나타나서 한 일이 뭐요. 대원들 상호간에 불신을 심으려고 했소. 허울 좋은 말로 발라 넘기려고만 했소. 내 지휘권에 금이 가도록 엉뚱한 모략을 꾸미려고 했소. 불가능한 일만 들먹여놓고 결국 하지 못하면, 자기의 의견은 전부 옳았는데 우리 부대원이 잘못해서 성공하지 못했다는 따위의 중상 재료만 찾아내려고 했소. 그런 정치위원이 무슨 소용이 있단 말요. 이 부대는 사상적으로 만들어진 게 아니라 나를 추종하는 동지들로 자연 발생적으로 모인 거요. 나는 당이 만들어놓은 부대에 배치된 대장이 아니란 말요. 정치위원이 옳은 정치 지도를 한다면 뭣 때문에 내가 추방하겠소. 눈치만 슬슬 보고 돌아다니며 우리 대원들 사이를 이간질하기에만 힘썼단 말요. 당은 앞으로 명령이 명령으로서 통할 수 있도록 정비도 하고 준비도 하고 당원들을 옳게 수련도 시킨 다음에 명령을 내리도록 하시오. 지금의 당은 이 지리산에 산재되어 있는 빨치산에 대해 명령할 만한 권위를 가지고 있지 못하다고 생각하오. 기껏 연락망을 유지하는 게 고작인 것 같소. 부대 간의 의사소통이 잘 되도록 연락망 구실이나 잘 하란 말요."

김영일은 입을 다물고 듣고 있더니 입가에 냉소를 띠었다.

"하 동무, 그로써 말 다 한 거요?"

"할 말이 또 있지만 이쯤 해두겠소."

김영일이 버럭 고함을 질렀다.

"하 동무, 당이 피복이나 양식, 그리고 무기를 보급하지 않았다구요?"
"그렇지 않소? 무슨 보급을 했소?"
"정신 나간 소리 말아요. 지금 하 동무와 이곳 대원들이 입고 있는 옷은 어디서 나왔죠? 인민들로부터 보급받은 것 아뇨? 지금 당신들이 먹고 있는 식량은 어디서 나왔죠? 모두 인민들의 보급으로 얻은 식량 아뇨? 당신들이 가지고 있는 무기는 어디서 난 거죠? 모두 인민들의 협조로 얻은 것 아뇨? 그리고 대원들은 또 뭐죠? 인민 대중의 아들들 아뇨? 우리의 당은 인민을 대표하는 당이오. 인민은 우리 당의 재산이오. 인민이 내놓은 피복과 양식은 모두 당이 보급한 거나 다름없소. 인민들로부터 당이 거두어두었다가 트럭에 실어 일일이 보급해주는 것만이 당의 보급이라고 생각하오? 그 따위 생각이 반동적인 사고방식이란 거요. 당이 인민을 교육해서 직접 우리 대원들에게 보급하도록 마련한 거나 마찬가지란 말요. 당의 권위와 명분 없이 당신들이 어떻게 무슨 구실로 보급 투쟁을 할 수 있단 말요? 당신들은 산적이오? 화적이오? 산적이 아니고 화적이 아니라면 당신들은 당의 보장으로 인민들로부터 직접 보급을 받고 있는 거요. 당은 승리하는 그날 인민들로부터 받은 보급에 대해서 열 배 스무 배로 보상할 것이오. 이런 보장이 있기 때문에 우리 빨치산들은 당당하게 보급 투쟁을 할 수 있는 것 아니겠소? 그런데도 당이 당신들에게 보급을 안 했다구요? 도와준 게 없다구요? 그렇다면 당신들은 도적떼로서 인민들의 재산을 약탈해서 먹고살았단 말요? 또한 앞으로도 약탈할 요량으로 군사 활동을 하고 있단 말요? 나는 당신이 당원으로서의 자격과 수양이 전연 없다는 사실을 지적하겠소."

하준규는 정말 김영일이란 자의 면상을 후려갈겼으면 하는 충동에 사로 잡혔다. 그 궤변이 아니꼬워서 구토증이 날 지경이었다.

"여보시오, 김씨. 뻔뻔스런 소린 집어치워요. 인민의 보급이니까 곧 당의 보급이라구요? 그 따위 소릴 하고 돌아다니니까 당과 인민 사이에 자꾸만 거리가 생기는 거요. 만부득이해서 우리는 약탈을 하여 살고 있다, 지금 우리는 큰 죄를 짓고 있다, 그러나 언젠가는 이 죄를 속죄할 수 있도록 노력해야겠다, 그러기 위해서는 승리해야 한다, 이렇게 생각할 수는 있을망정, 인민들의 재물을 강제적으로 빼앗고 있는 실정을 당에 의한 보급이란 따위의 말로 둘러대진 말아요. 하여간 당신하곤 더 얘기하고 싶지 않으니 빨리 이곳에서 나가요!"

"그렇겐 안 될걸요."

하고 김영일은 제법 위엄 있게 포즈를 취하고 말을 이었다.

"이 부대는 인민의 부대요, 동시에 당의 부대요. 당신 같은 위험천만한 소영웅주의자에게 맡겨둘 수는 없으니, 내일에라도 정치위원단을 파견해서 재교육을 실시해야겠소."

"정치위원단은커녕 정치위원 한 사람도 나는 받아들일 수 없소. 어느 놈이건 내 승낙 없이 이 부대에 들어오는 놈은 다리뼈를 분질러놓을 테니 그렇게 알아두시오."

하준규는 싸늘하게 말했다.

"정치위원이 있으면 반동놈들과 내통하기에 불편이 있겠지."

김영일이 냉소를 머금고 한 소리 했다.

"뭐라구?"

하준규는 드디어 주먹을 들어 김영일의 면상을 후려쳤다. 김영일은 단번에 거꾸러졌다. 그래도 입은 살아서 고함을 질렀다.

"심종범을 내쫓은 이유를 나는 알고 있어. 함양 경찰서 서장놈하고 내통하자니까 방해가 된 거지? 그걸 누가 모를 줄 아나?"

하준규는 거꾸러진 김영일의 어깨를 걷어찼다.

이때 노동식이 뛰어들어 하준규를 말렸다.

"두령, 왜 이러시는 거유?"

"노 동무는 이놈이 한 얘기를 들었죠? 이놈을 그냥 둬선 안 돼요. 이런 놈이 도당의 간부로 있는 한, 당 사업이 성공할 까닭이 없어."

하준규의 발길이 다시 시작되려는 것을 노동식이 가까스로 말리고, 차 도령에게 김영일을 밖으로 끌어내도록 일렀다.

김영일을 부축하고 가는 차 도령의 등을 향해 하준규는 소리를 높였다.

"차 도령, 그 녀석을 십 리 밖에까지 끌고 가서 내버려두고 와요. 건방진 놈, 주둥아리만 까져가지고."

"두고 봐라, 이놈아!"

하고 김영일이 발악을 했다.

"누굴 보고 놈자를 써!"

차 도령이 김영일의 뺨을 갈겼다.

하준규와 김영일의 싸움 얘기가 순식간에 부대 안에 퍼졌다. 차 도령은 몇몇 동지들과 합세해서 김영일을 산 아래로 끌고 내려갔다.

이때 몇몇 대원이 하준규의 아지트에 모여들었다.

"두령, 저놈을 그냥 보내면 뒤탈이 있을 겁니다."

하고 제안하는 사람이 있었다. 노동식이 물었다.

"그럼 어떻게 하란 말인가?"

"죽여버리는 게 좋을 겁니다. 경찰에 발견되어 사살된 것으로 가장할 수 있으니까요."

하는 소리도 나왔다.

"그렇게 하는 게 상책입니다. 우리 부대에서 비밀이 샐 리는 만무하니까요."

하고 동의하는 사람이 나왔다.

"명령만 내려주십시오. 당장 뒤따라가서 처치할 테니까요."

"김영일을 따라온 놈은 어떻게 됐노?"

노동식이 물었다.

"차범수 동무의 대원들이니까 걱정할 것 없습니다. 우리 식구와 똑같은 처진데요, 뭐."

하고 김영일을 없애버림으로써 후환을 없애자는 의견을 끈질기게 말하는 사람들이 있었지만 하준규는

"그럴 순 없어. 놈을 살려줬다고 해서 후환이 있으면 얼마나 있겠노. 돼먹지 못한 놈이지만 죽일 것까진 없다."

하고 모두의 흥분을 무마했다.

이런 일이 있은 지 사흘 후, 산청 지역에 근거지를 두고 활동하고 있던 차범수 부대가 단계 방면으로 보급 투쟁을 나갔다가 군경과 충돌하여 30여 명의 사상자와 20여 명의 포로를 낸 사건이 발생했다.

이쪽에서 출동하면 저쪽에서 피해주는 등 이른바 무언의 신사 협정 같은 것이 있어 이때까진 그런 대규모 충돌 사건 같은 것은 없었다. 그런데 30여 명의 사상자를 낼 정도로 치열한 전투가 있었으니, 확실히 정세에 변화가 있었다.

하준규와 노동식은 전투 자체보다 그런 전투가 있게 된 정세의 변화에 주목했다. 구급약품 같은 것을 대강 챙겨 들고 하준규는 큰 산을 둘

이나 넘어 차범수의 아지트를 방문했다.

차범수 대장 자신이 어깨에 유탄을 맞았다면서 어깨를 싸매고 토굴 속에 누워 있었다.

"나도 이만한 부상을 했기에 망정이지 이런 부상도 없었더라면 동무들의 얼굴을 대할 낯이 없을 뻔했소."

하고 차범수는 고통에 얼굴을 찌푸리면서도 태연하게 말했다.

"차 선배답지 않은 말씀을 하십니다. 사령관이 그렇게 심약해서야 어떻게 전투를 하겠소."

하준규는 이렇게 전제해놓고 상황을 물었다.

"마음 내키지 않는 짓을 해서 결국 실패했다."

이렇게 말하고 차범수가 한 설명은 대강 다음과 같았다.

너무 가까운 곳에서만 보급 공작을 해왔기 때문에 인근 주민에게 이만저만 미안한 문제가 아니었다. 그래서 차범수는 단계 지방의 비교적 부유한 농민들에게 통지해서 얼마간의 양식을, 지정한 골짜기에까지 갖다놓아 달라고 할 계획을 세웠다. 그랬더니 정치위원이 반대하고 나섰다. 빨치산의 세위를 되도록이면 먼 거리에까지 미칠 필요가 있으니, 단계의 한 부락을 완전 포위해서 상당량의 식량을 확보해야 한다는 것이었다. 차범수는 끝내 마음이 내키지 않았다. 단계는 군경이 집결되어 있는 곳이어서 섣불리 그들을 자극하면 뒷일이 좋지 않을 것 같고, 한 마을을 포위하게 된다면 본의 아니게 행동이 난폭하게 되어 양민들의 불만을 살 우려가 있기 때문이었다.

그런데 정치위원은 단계 습격을 고집했다. 빨치산의 세위를 높이는 동시에 다량의 식량을 확보할 수 있으니 일석이조라는 것이었다. 그 제안에 반대하면 차범수는 속절없이 비겁자가 되어야 할 궁지에 몰렸다.

그런데다 대규모의 출동이 있을 경우엔 군경이 충돌을 피하는 전례도 있고 해서 차범수는 대원들의 행패가 없도록 엄중히 시달하고 행동을 개시했다. 그 결과가 쌀 한 톨 얻지 못하고 30여 명의 사상자와 20여 명의 포로를 내고 만 참담한 패배였다.

"정치위원인가 뭔가의 말을 들어 좋은 일 있어본 적이 없어."

하준규는 탄식을 섞어 말했다.

"어떻게 교육을 받았는지, 어떻게 당의 중견 간부가 되었는지 내력을 알 수 없는 패들이 갑자기 나타나서 정치위원이니 뭐니 해가지고 설쳐대니 생각하면 한심스러워. 그렇다고 이번의 실패 책임을 그들에게 돌릴 생각은 없지만."

하고 차범수는 한숨을 쉬었다.

"성공하면 정치위원의 지도력이 높이 평가받고, 실패하면 일선 대장의 책임이 되니까 묘한 일 아닙니까."

"그 따위 공적 같은 것이야 아랑곳없지만, 정치위원의 횡포가 고쳐지지 않으면 앞으로의 일이 탈이오."

"그래서 나는 정치위원을 추방해버리지 않았습니까. 앞으로도 그런 걸 받아들일 의사가 없고요."

"하 두령, 아닌 게 아니라 그게 문제가 되어 있는 모양이오. 당에서 사문위원회를 만들고 있다는 소식을 아까 들었소."

"사문위원회? 얼마라도 하라지. 나는 그에 응할 생각이 없으니까."

"그러나 당을 통해서 단결해야 하니까 당을 무시할 순 없을 겁니다. 불쾌한 일이 다소 있더라도 꾹 참고 타협점을 구해야 될 거요. 지금 이 형편에 당인들 하 두령을 어떻게 하겠소. 기껏 당의 체면을 세우려는 정도일 끼라. 그러니까 이편의 할 말을 정정당당하게 하고라도 약간의 양보는 있어야 될 거요."

"나는 양보하지 않겠습니다. 내가 옳다고 생각하는 방향으로 밀고 나갈 참입니다. 그건 그렇고, 경찰력이 그처럼 강화됐습니까?"

"만만치 않아요. 전연 뜻밖이었어. 이제까진 마지못해 응한다는 식의 반응이었는데, 어제의 공격력은 그런 게 아니었어요. 단단한 각오가 없고서는 그런 공격을 할 수 없어. 우리의 퇴로를 막고 조명탄까지 쏘아 올리면서 한 공격이었거든. 확실히 정세가 바뀌었다는 느낌이었소."

"무기와 식량을 현지 조달하는 이런 방법으로 과연 우리의 부대를 언제까지 지탱할 수 있을지 생각하면 한심스러워서……."

하준규의 말투가 처량하게 변했다.

"나도 그걸 생각하고 있소. 많은 동지를 죽이고 보니 가슴이 떨려. 앞으로 뾰족한 수가 날 것 같지도 않고……. 이번 일로 사기가 엄청나게 저하되었소. 참말로 앞일이 걱정이오. 당은 당이 시키는 대로만 하면 된다고 우기지만 그걸 어떻게 믿을 수 있어. 똑똑한 무기 한 자루 보급하지 못하는 주제인데 그런 당을 어떻게 믿는단 말요. 그런데 참, 그 뒤 T 서장을 또 만나봤소?"

"도당에서 시비를 걸어와서 지랄들을 하는 바람에 약속을 지키지 못했습니다. 적당한 날을 골라 한 번 더 만나보고 싶습니다. 사상은 달라도 성의는 의심할 수 없는 사람이니까."

"만나보시구료. 꼭 그렇게 해서 무슨 타결책을 강구해보십시오. 나는 뒷일만 보장된다면 우리 대원들을 전부 집으로 돌려보냈으면 해요. 나 혼자만이 다른 부대에 배속되든지, 당에 가서 심부름꾼 노릇을 하든지 해도 좋으니, 대원들의 진의를 알아보고 모조리 집으로 돌려보냈으면 해. 하 두령에게만 하는 얘기지만요. 앞으로 부대를 감당할 자신이 없어. 양민으로부터 원성은 높아만 가고, 우리의 세는 줄어만 가고…….
하 두령, 이게 내 진정입니다. 빨치산의 대장이 이런 심정이라면……
대강 알아볼 만하지 않습니까?"

하준규는 차범수의 말을 숙연하게 들었다. 차범수는 하준규 자신의 의사를 대변하고 있었다. 하준규는 눈물이 솟아오름을 느꼈다. 차범수는 하준규의 심중을 짐작한 듯 말을 계속했다.

"하 두령! 어차피 나와 하 두령은 올 데까지 와버렸소. 미 군정이 계속되는 한, 아니 이 땅에 미국의 세력이 뻗쳐 있는 한, 우리는 응달에서만 살아야 할 몸이오. 요행으로 혁명이 이루어지기까지 우리는 불행한 뒤안길을 걷게 마련이오. 그런데 요행을 바랄 수 있겠소? 정치위원은 내일에라도 혁명이 성공할 것처럼 떠들어대지만 공연한 사탕발림이지. 하여간 나나 하 두령은 도리가 없소. 그러나 대원들은 어떻게 하느냐 말이오. 몇 사람 전사자를 내서 심약해져 하는 말이 아니오. 항상 생각해온 일이오. 내가 대원들에게 죄를 짓고 있지 않은가 하는 생각이 머리에서 떠나지 않는단 말입니다. 자기가 자신을 가질 수 없는 일을 어떻게 부하에게 권할 수 있단 말요. 미 군정에 붙어 민족에 반역하는 놈들에 대한 미움으로선 닥치는 대로 죽이고 불 지르고 하다가 이 몸 하나 태워버리면 어떠냐 싶지만, 미움이 곧 힘으로 통하지는 않는단 말이오."

"차 선배님의 심정은 잘 알겠습니다. 그러니 말씀 그만 하십시오. 상처의 고통이 심한 모양인데 안정해야 될 것 같습니다. T 서장을 만나면 허심탄회하게 선후책을 강구해보겠습니다. 추궁이 없으리라는 것을 확인만 하면 나도 내 부대를 해산해릴 생각입니다. T군은 그럴 성의를 가진 사람입니다. 당을 반역하는 한이 있더라도 동지들의 목숨을 살려야 할 것 아닙니까?"

"그러나 하 두령! 조심해야 합니다. 일개 서장이 어떻게 그런 약속을 할 수 있겠소. 설혹 약속을 했다고 해도 어떻게 그걸 믿을 수 있겠소. 자칫 잘못하면 동지를 구하지도 못하면서 당만 배반하는 결과가 됩니다. 신중하셔야 할 거요. 게다가 사전에 하 두령의 심중이 탄로나보시오. 수습 못 할 일이 생길 거요."

"알겠습니다."

하고 하준규는 차범수의 손을 잡았다.

"T씨와의 얘기가 잘 진전되고 결과에 대한 확신이 서거든 내게 꼭 연락해주시오. 오라고만 하면 내가 하 두령을 찾겠소."

하며 차범수는 하준규의 손을 되잡고 힘을 주었다.

음력 스무날께의 달이 돋았다. 하 두령은 차 도령과 정 도령을 데리고 귀로에 올랐다. 발소리와 숨소리를 죽이고 산의 능선을 탔다.

칠선 계곡을 눈 아래로 내려다보는 지점에 이르러 차 도령이 잠깐 쉬어가자고 제안했다. 아지트로 돌아가서 쉬면 어떠냐고 하자, 차 도령은 아지트로 돌아가기 전에 할 얘기가 있다는 것이었다.

정 도령을 시켜 근처의 동정을 살피게 하고 하준규와 차 도령은 바위 틈에 비집고 들어가 앉았다.

"두령님, 차범수 부대에서 어마어마한 얘기를 들었습니다."

"뭔데?"

"당 중앙에서 두령님을 소환할 거라고 합니다. 당명 불복종에 반란 혐의가 있다는 죄목으로 소환할 끼라는 풍문이 차범수 부대 대원들 사이에 쫙 퍼져 있습니더."

"그런 소릴 한 사람이 누군데?"

"심종범 정치위원이라고 하던디요."

"그 사람, 아직 차범수 부대에 있던가?"

"며칠 전에 다녀갔답니다. 그때 한 말이라고 하던디요."

"백 번 소환하라고 하지. 내가 가서 말하기만 하면 놈들의 모략이 단번에 마각을 드러낼 테니까."

"아닙니다, 두령님! 지리산에 파견되어 있는 당 중앙 간부는 전부 심종범·김영일과 한패랍니다. 소환되어가기만 하면 반란죄 선고를 받고 총살을 당할 끼라고 하던디요."

"총살?"

하준규는 어이가 없어 웃었다.

"웃을 일이 아닙니다. 심종범이 말하길, 하준규는 지주의 아들이어서 성분적으로 반동분자가 될 요소가 있다고 하더랍니다. 그리고 약간 무술을 잘한다고 그걸 미끼로 영웅을 자처하는 모양이지만, 당명에 복종하지 않는 놈은 어떤 능력자도 용서하지 않는 것이 당의 규율이며, 그런 기술이 있는 자일수록 더 위험하니 단번에 숙청해야 된다고 단정적으로 말하더래요."

하준규는 그럴 수도 있으리라고 짐작할 수는 있었다. 그러나 그런 내밀적인 이야기를 왜 미리 퍼뜨렸을까 하는 데 의혹을 가졌다. 진정 숙청할 의향이면 미리 발설하지 말아야 하는 것이다. 더구나 차범수 부대는 하준규 부대와 형제간이라 할 만큼 밀접한 관계에 있고, 그 부대 대원들이 하준규에 대해 가지고 있는 존경과 사랑은 결코 하준규 부대 대원들에 못지않다는 것을 소위 정치위원이란 작자가 모를 까닭이 없었다. 그 말이 차범수 부대에 퍼지면 하준규 부대에 곧 파급되리라는 것은 누구나 짐작할 수 있으니, 충분히 의도적인 것이라고 풀이할 수밖에 없었다.

하준규는 그 풍설을 다음과 같이 풀이했다. 하준규가 그 풍설을 듣고 소환에 응하지 않게 함으로써 결정적인 당명 불복종자로 만들 계교라는 것, 또는 그 풍설을 듣고 하준규가 반란을 꾸미도록 해서 그 증거를 확보하여 반역자로 낙인을 찍어 숙청할 구실을 만들자는 것이었다.

어느 편이건 유쾌한 것은 아니었다. 그런데 확실한 건, 하준규의 풀이대로라면 심종범이나 김영일 등은 감정에 사로잡혀 당 사업 망치길 예사로 하는 패거리들이란 점이었다.

"부대에 들어가선 그런 말을 아무에게도 하지 말어. 어느 시기에 가서 내가 정식으로 문제를 제기할 테니까."

하준규는 차 도령과 정 도령에게 이렇게 이르고 아지트로 갔다.

이튿날 하준규는 간부 회의를 소집했다. 먼저 차범수 부대의 패배에 관해 보고하고, 정세의 변화가 있다는 사실을 지적한 후 차 도령으로부터 들은 얘길 공개했다. 차 도령과 정 도령이 보충 설명을 했다.

이어 의장을 노동식으로 바꾸고 대책을 논의했다.

"당이 정 그렇게 나오면 우리는 그래도 당명을 따라야 하는가, 그렇지 않으면 어떤 태도를 취해야 하는가?"

가 토론의 골자였다.

"당에서 이탈하는 한이 있더라도 우리는 그런 당명에 따를 수 없다."

는 것이 간부 회의의 결의였다.

"두령을 소환할 경우, 우리는 단연코 그 소환에 불응한다."

는 결의도 있었다.

하준규가 소환 문제에 관한 자기의 해석을 피력하고,

"그러다간 괜히 그들의 술책에 말려들 염려마저 있으니 심사숙고할 필요가 있다."

라고 했으나, 단연코 소환에 불응해야 한다는 결론을 내렸다.

"우리, 보광당으로 돌아갑시더. 남로당을 탈당하고 보광당으로서 인민에 복무하는 부대가 되면 될 것 아닙니꺼?"

라는 의견을 내는 사람도 있었다.

"그야말로 그건 반란죄에 해당한다."

라고 하준규는 발언을 막았다.

"우리는 가능하다면 남로당의 테두리를 벗어나선 안 된다. 남로당은 전국적인 조직이며, 그 조직을 통해서만 혁명의 역량을 총집결시킬 수 있다. 우리가 현재 당에 대해서 비판적인 것은, 몇몇 불순분자들이 당을 업고 월권 행위를 하는데 대한 불만 때문이고, 당명의 신성성을 빙자해서 당의 명령을 남발하는 데 대한 반발일 뿐이다. 당 자체를 배신하는 것이 아니란 점을 명심해야 한다.

하준규는 또 그 회의에서

"다시 T 서장을 만날 필요가 있을지 없을지 토의해보시오."

하고 제의했다.

"그건 하 두령의 재량에 맡깁시다."

하는 의견이 압도적이었다.

"나는 T군을 만난다고 해서 불리할 건 하나도 없다고 생각한다."

라고 하준규는 솔직하게 말했다.

장소를 가까운 벽송사로 할 것을 조건으로 하고 간부 회의의 승인을 받았다. T 서장을 만난 후에 전체 대회를 열자는 데 의견의 합치도 보았다.

그날 밤 노동식과 나란히 누워 하준규는 다음과 같이 술회했다.

"요 며칠을 지내보니 정치위원의 의미를 알게 됐소. 전투 부대엔 꼭 정치위원이 있어야 한다는 뜻도 깨달았소. 당의 우선을 하자면 정치위원이 필요하단 말요. 각 부대가 편리한 대로만 움직이면 당 사업에 지장이 생기겠어."

"그야 그렇지요. 그러나 정치위원은 그야말로 당원으로서의 수양이 철저한 사람이라야 보람이 있을 것 아니겠소. 심종범 같은 놈은 부대를 당에 결부시키기는커녕 당과 이간시키는 폐단을 만드는 놈 아뇨?"

노동식은 이렇게 말하고 웃었다.

하준규는 차범수의 고백을 털어놓고 자기도 공감했다는 얘기를 했다.

"큰일인데요."

하고 노동식은 우울하게 말했다.

"혁명 운동의 시발점에서 그런 회의에 사로잡혀서야 어디 말이 됩니까. 수단을 가리지 말고 목적을 향해 악착같이 덤벼야죠. 모택동 동지의 말마따나 우리에겐 인민을 위하는 진보적인 노선과 인민의 이해와 반대되는 반동의 노선이 있을 뿐 아닙니까. 당에 대한 불만이 있다고 칩시다. 그렇다고 해서 인민을 위하는 대열에서 이탈할 수야 있겠습니까?"

"노 동지의 말은 잘 이해하겠소. 노 동지의 말 그대로요. 그러나 자신이 없단 말요. 몇 해가 걸릴지, 몇십 년이 걸릴지……. 그러다가 우리의 동지들이 승리의 날을 보지 못하고 죽어버리기나 한다면 어떻게 그 슬픔을 참겠소. 커다란 목적을 위해 다소의 희생자가 나오는 것은 불가피하겠지만, 희생자의 입장에서 생각하면 그처럼 비참한 게 또 있겠소? 자기가 알지도 못하는 인민 대중의 행복을 위해 기꺼이 생명을 버릴 수 있는 사람은 행복할 거요. 위대한 사람이기도 할 게고. 그러나 나 자신이 그렇게까진 수양이 돼 있지 않은걸. 차 선배도 말합디다. 자기가 믿지 못하는 일을 어떻게 부하들에게 권할 수 있겠느냐고…….”

“그러니까 두령께선 믿어야 합니다. 새 시대를, 인민의 행복을, 겨레의 앞날을. 그걸 믿지 못하고 우리가 어떻게 살겠소. 나도 아직 자신이 없지만 믿으려고 애는 쓰고 있어요. 믿으려고 애를 쓰면 언젠가는 믿게 될게 아닙니까.”

“노 동지의 얘기를 들으니까 마음이 후련하오.”

벽송사의 주지를 통해서 T 서장과의 회담 약속이 성립되었다. 5월 5일 오전 11시 벽송사에서 만나기로 한 것이다.

그런데 5월 5일을 나흘쯤 앞둔 어느 날 돌발 사고가 났다.

당 중앙에서 파견된 조사단의 단장은 정원식鄭原植이란 사십 안팎으로 보이는 사람이고, 7명 조사단원 가운데 두 달 전 하준규 부대에서 추방된 심종범이 끼여 있었다. 그 때문에 하준규 부대는 아연 긴장했다.

하준규 부대의 전초는 조사단 일행을 전초선에 세워놓고, 대장의 허가를 받는 동안 움직이지 못하게 했다. 시비는 그때부터 일었다. 전초선에서 당 중앙의 조사단을 제지한다는 것은 사리에 어긋난다는 것이었다. 그러나 하 두령 소환에 관한 풍문으로 긴장해 있는 부대로선 이미 굳은 각오가 돼 있었다. 더욱이 심종범의 출현이 그들을 자극했다.

전초선을 담당한 9명의 대원이 한 줄 횡대로 서서 한 걸음도 전초선을 넘겨 보내지 않을 태세를 취했다. 조사단의 수행 부대는 소대 병력으로서 우세했지만, 힘만으론 어떻게 할 수 없는 분위기가 만들어져버렸다.

전초에서 제2보초선에 연락하자, 제2보초선에서 제3보초선으로 전달하고 부대 본부에 그 소식이 알려졌다. 잠깐 동안 긴급 회의가 있었다. 심종범의 출현으로 봐서 충분히 경계해야 하니 데리고 온 소대 병력은 제2보초선을 넘지 못하게 할 것, 조사단원 가운데 대표자와 그 외 1명만 부대 본부에 들여놓을 것 등을 결의했다.

제2보초선에 2개 소대를 배치하는 조처가 취해짐과 동시에 노동식이 조사단을 맞이하기 위해 전초선으로 나갔다.

신임장 확인과 암호 교환이 있은 후 간단한 인사를 하고 노동식은 조사단 일행을 안내했다. 그런데 제2보초선에서 일동을 세우고 선언했다.

"대표 한 분과 그밖에 한 분, 그러니까 두 분만 나를 따라오시고, 나머지 분들은 별도의 명령이 있을 때까지 여기서 머물러 주셔야겠습니다."

"신임장과 암호로 당 중앙에서 파견된 동무들임이 확인되었을 텐데, 이린 조처는 너무 무례하지 않소?"

조사단원 가운데 하나가 항의했다.

"우리 부대에 오셨으면 우리 부대의 규율을 지켜주십시오."

노동식은 엄정하게 말하고 앞장서서 걸었다. 그러자 조사단과 소대 병력 전원이 그 뒤를 따르려고 했다. 그때 대기하고 있던 하준규 부대의 2개 소대가 일제히 손에 총을 쥐고 조사단을 막아섰다.

"이게 무슨 짓이야."

조사단 가운데서 고함 소리가 있었다. 심종범이 지른 소리였다.

"우리 사령관의 명령에 반대한 자가 누구얏!"

제1소대장인 정 도령이 고함을 질렀다.

"누구든 사령관의 명령을 어기면 사정없이 쏜다!"

일동은 그 기합에 눌려 주춤했다.

"아까 내가 말한 대로 대표자와 그 외 1명만 나를 따라오시오."

노동식이 조용히 말했다.

할 수 없다고 생각했는지 정원식이 한 사람을 데리고 노동식의 뒤를 따랐다. 제2보초선과 하준규의 아지트의 거리는 1킬로가 넘었다. 정원식은, 당 중앙에서 왔다는 신임장을 보였는데도 권위를 인정하는 것 같지 않은 하준규 부대의 서슬이 한편 불쾌하고 한편 불안했다. 뿐만 아니라 단둘만이 일행과 멀어져 있다는 것이 불안감을 가중시켰다.

하준규는 아지트 바깥에서 그들을 맞이했다.

"이분은 당 중앙 상임위원 정원식 선생입니다."

수행원이 하준규에게 정원식을 소개했다.

"여기 계신 분이 우리 부대의 사령관이신 하준규 두령입니다."

노동식은 하준규를 이렇게 소개했다. 두령이란 말이 정원식은 귀에 거슬린 모양이지만 내색은 하지 않았다.

"먼 길을 오시느라고 수고했습니다. 봄볕이 따스하니까 방으로 들어갈 필요없이 여기서 얘기합시다."

하고 하준규는 대원들을 시켜 의자를 풀밭에 갖다놓으라고 했다.

"만일을 위해서 방 안이 좋지 않을까요?"

정원식의 말이었다.

"만일을 걱정하실 필요는 없습니다. 안전이 철저하게 보장되어 있소."

하준규는 자신 있게 말했다.

"그럼 용건부터 시작하겠소."

정원식이 말을 꺼냈다.

하준규와 노동식은 귀를 기울였다.

"당에서 파견한 정치위원을 추방하고 앞으로도 정치위원의 배치를 거절했다는데 사실이오?"

"사실이오."

"그 까닭은?"

"심종범이나 김영일에게 세세한 설명을 했는데 또 설명을 해야 합니까?"

"이건 중대 문제요. 하 동무의 입으로부터 직접 듣고 싶소."

하준규는 전날 김영일에게 한 얘길 간추려 말했다. 하준규의 얘기를 듣고 정원식이 물었다.

"하 동무는 그런 짓을 당명 불복종이라고 생각하지 않습니까?"

"명령이라도 우리 부대에 해가 된다고 판단되면 복종할 수 없죠."

이렇게 김영일과 하준규 사이에 있었던 것 같은 응수가 계속되었다. 조금 다른 점은 김영일에 대해서보다 정원식에게 한 말이 보다 과격했다는 것이다. 정원식은 결론적으로 말했다.

"정치위원 없는 군대는 당의 군대가 아닙니다. 그건 사병의 집단에 지나지 않습니다. 방금 대장의 말을 들으니 하 동무는 명백히 당명 불복종 죄를 범했습니다. 나는 당의 이름으로 하 동무를 당 중앙이 지시하는 장소로 소환합니다."

"……."

"응하겠지요?"

"나는 우리 대원들의 의사를 물어 행동하겠소."

하준규는 싸늘하게 말했다.

"당 중앙의 소환이오. 대원의 의견이 개재될 성질의 것이 아니오."

"대원은 내가 시키는 대로 합니다. 나도 대원들이 시키는 대로 합니다. 이것이 우리 부대가 창설 이래 지켜온 제일원칙입니다. 나는 이 원칙을 위배할 순 없습니다."

"신성한 당의 명령인데두요?"

"당도 신성하겠지만, 대원들의 의사도 신성합니다."

"대원들의 의견은 이 경우 소용없다니까요."

"당이 대원들의 의견을 소중히 하지 않으면 뭣을 소중히 합니까? 인민을 위하는 당 아닙니까? 대원이 곧 인민 아닙니까? 인민 가운데서도 가장 요긴한 투사들 아닙니까? 그런데 그들의 의견이 소용없다니, 나는 그런 걸 신성한 당의 명령이라고 생각할 수 없는데요. 어떻게 당이 전투부대 대원들의 의견을 무시하라는 명령을 내릴 수 있단 말입니까."

"하 동무의 과오가 결정적이며 이미 판명이 되었으니 하는 말이오."

"정치위원 추방을 나는 대원들의 만장일치 동의를 얻어 집행했습니다. 그러니 그 후의 처신도 대원들의 의견을 물어 처리할 수밖에 없다는 얘기요."

"아마 그럴 시간이 없을 거요."

정원식이 냉소를 섞어 말했다.

"왜요?"

"우리는 지금 당장 하 동무를 중앙당이 지시한 곳으로 데려가야 하오."

"내가 응하지 않는데두요?"

"응하지 않을 수 없죠."

"핫하 "

하고 하준규는 크게 웃었다.

이러한 응수가 대원들 사이에 곧 알려졌다. 한쪽에서 제3소대와 제4소대가 회의를 열었다. 그 회의의 결과는 어마어마했다.

조사단이 억지로 하 두령을 데려가려고 끝끝내 버티면 조사단 전원을 감금하고, 조사단을 수행한 소대 병력에 대해선 순순히 물러갈 것인가 버틸 것인가를 따져본 후 필요한 대책을 강구하겠다는 것이며, 사태가 어떻게 전개되건 심종범을 감금해두고 차범수 부대에 그 풍설 유포를 확인한 다음 하 두령의 위신을 위해 사살하자는 결의가 있었다.

이 결과는 순식간에 실천에 옮겨졌다. 제3소대는 제2보초선까지 진출해서 심종범을 조사단 가운데서 끌어내어 완전히 포위했다. 그리고 곧 사문이 시작되었다. 그 사문회엔 나머지 조사단을 배석시켰다.

"하 두령을 소환케 해서 총살할 것이란 말을 차범수 부대에 퍼뜨렸다는 데 그게 사실인가?"

하는 사문이었다.

그리고 배석한 조사단원들의 의견을 물었다. 험난한 시련 속에서 나날을 보내고 있는 빨치산이 활동하는 과정에서 터무니없는 풍설을 흘려 일선 부대장의 명예를 실추시키고 아울러 사기를 저상케 한 행동을 용서할 수 있는가 없는가 물은 것이다.

"만일 그러한 일이 사실이라면 용서할 수 없다."

는 것이 조사단원들의 일치된 의견이었다. 심종범은 그런 일이 없다고 부인했다.

차 도령이 나섰다.

"나는 분명히 차범수 부대에서 심종범이 그런 말을 했다는 사실을 들었는데, 심종범이 부인하니 부득이 차범수 부대에 가서 그 사실 여부를 확인해볼 수밖에 없습니다. 그런데 이 일은 조사단원 여러분이 할 일입니다. 조사단원이 조사를 끝낼 때까지 우리 부대에서 심종범을 보호하겠습니다. 여러분이 조사한 결과와 심종범의 말이 일치하면 우리는 심종범을 당장 석방하겠습니다. 그 대신 조사 결과가 내 말과 같이 나올 경우엔 심종범은 우리 손으로 사살하겠습니다. 빨치산 활동에 치명적인 타격을 주는 이런 따위의 인간을 용납할 아무런 까닭도 없거니와 모든 빨치산들을 경각케 하는 본보기가 될까 해서입니다."

차 도령의 이 제안은 박수갈채를 받았다.

이 소식이 하준규와 정원식이 응수하고 있는 자리에 전해졌다. 정원식이 흥분했다.

"조사단원을 감금하다니 이건 하 동무의 반란이오. 빨리 대원을 타일러 즉시 심종범을 석방토록 하시오."

"심종범 때문에 결국 이런 사건이 난 것 아닙니까? 심종범이 어떤 놈이기에 추방했는지 알아볼 수 있는 좋은 기회요. 나를 조사할 뿐 아니라 심종범도 조사해야 되지 않겠소. 심종범 석방은 그 조사 결과를 기다려서 해도 늦지 않을 거요. 그동안의 숙식은 우리 부대가 제공하겠소."

하준규는 명령을 내려 조사단 전원을 아지트까지 데리고 오도록 했다. 그리고 특별한 손님을 맞이하기 위해 만들어놓은 아지트에 그들을 수용했다. 이를테면 감금해버린 것이다.

조사단을 호위해온 소대는 산청 지구 대원사 위쪽 계곡에 근거지를 둔 강철균 부대 소속이었다. 당 중앙 지리산 파견부 아지트에 근접해 있어서 간혹 호위 임무를 맡기도 한다면서 소대장 김약수는 물론 대원들도 이른바 당 중앙의 간부들에게 적잖은 불만을 가지고 있었다. 그런 까닭으로 하준규 부대가 조사단 일행을 사실상 감금했다는 것을 알면서도 별다른 대응 조치를 취할 생각을 갖지 않았다. 하기야 무슨 조치를 취하려고 해봤자 하준규 부대의 한복판에선 어찌할 도리가 없었다.

이튿날 조사단 가운데 3명이 차범수 부대를 향해 떠났다. 자기들로서도 심종범이 미리 그런 발설을 했다면 그냥 둘 수 없는 문제였던 것이다.

정원식은 하준규란 인간을 알게 되자 태도를 완화했다. 하준규가 당을 걱정하는 의도도 이해할 수 있었다. 탄력성 있게 대응해야 할 어려운 판국에, 그리고 당이 대중적인 기반을 획득하기도 전에 관료주의적 경화증을 일으키고 있다는 것은 뜻있는 당원이면 누구나 걱정해야 할 문제였다.

그러나 하준규의 눈으로 볼 땐 정원식도 한심스러운 존재였다. 크리스천이 하나님을 믿는 그런 열도로 스탈린을 믿는 태도라든가, 마르크스주의 교과서대로 역사가 진행되리란 것을 맹목적으로 믿으면서 현실을 편리하게만 해석하려는 관념적인 사고방식이라든가가 아무래도 마땅치 못했다. 이런 사람이 중앙 상임위원이라면 당 중앙의 인적 구성이 얼마나 약한지 알 수 있을 것 같았다.

조사단은 이틀 만에 차범수 대장의 서한을 휴대하고 왔는데, 그 문면엔 분명히 심종범이 악성적인 풍문을 유포했다는 사실이 기록되어 있었다.

하준규 부대는 발끈했다.

"그런 따위의 정치위원이 당을 위해서, 부대를 위해서 무슨 도움이 될 것인가?"

하는 말로부터 시작해서,

"그런 인간임을 파악하고 미리 추방 명령을 내린 하준규 두령이 얼마나 영민한가?"

라는 말로 끝나는 성토 대회가 두 시간을 끌었다. 성토 대회장이 인민재판정으로 바뀌었다.

"당을 해친 자, 빨치산의 질서를 파괴하려는 분자, 존경하는 우리의 두령을 모함한 자, 당 중앙을 농락, 조사단까지 구성케 해서 전력을 소모케 한 자, 이러한 반역도 심종범을 어떻게 처치해야 되겠느냐?"

라는 고발이 있고, 잇따라

"죽여라."

하는 아우성이 있었다.

"반대 의견이 있는 사람은 손을 들라."

라고 했지만 아무도 손을 드는 사람이 없었다. 그런데 한구석에서

"여게 마침 중앙에서 온 정원식 조사단장이 참석하고 있으니 정원식 단장으로부터 심종범을 사형하는 데 대한 승인을 받아두자."

하고 제안하는 소리가 있었다.

"옳소."

하는 찬성의 아우성이 있었다.

정원식이 일어섰다.

"당의 간부에 관한 일인 만큼 상부의 지시를 받아야 합니다. 나로선 승인할 수 없습니다. 그런 권한이 없습니다."

그러자 대원들이 정원식 앞으로 몰려가서

"당신도 그럼 심종범과 공범이다."

"심종범 음모에 협조하기 위해 이곳에 왔느냐?"

"당명을 조작한 놈을 가만둘 테냐?"

"당에 죄를 지었으면 이미 당 간부로서의 자격을 상실했는데 상부의 지시가 무엇 때문에 필요한가?"

"일선에서의 범죄는 대장의 명령으로 처리하는 게 군법이 아닌가?"

"당신은 조사단 책임자로서 조사 결과에 대해 처분을 내려야 할 것

아닌가?"

"인민재판을 인정하지 못하겠단 말인가?"

하는 말들을 중구난방으로 쏟았다.

정원식은 대원들의 살기를 느낀 모양이었다. 얼굴이 새파랗게 질렸다.

"우리는 이어 정원식에 대한 인민재판을 제안합니다."

하는 소리가 어디에선가 나오자 정원식은 당황한 나머지

"심종범의 사형을 승인합니다."

하고 떨리는 목소리로 말했다.

"와!"

환성이 일었다.

"총살 방법을 말하시오."

사회자의 말이 있었다. 그때 하준규가 발언권을 청했다.

"대원 여러분, 전투에 있어서 살생은 불가피합니다. 그러나 이와 같은 살생은 피해야 합니다. 벌을 주되, 개과천선할 수 있는 기회를 줍시다. 꼭 사형이라야 할 이유는 없지 않습니까?"

"안 됩니다, 안 돼요. 우리 빨치산은 그럴 시간적 여유가 없습니다. 두령님, 발언을 중단해주십시오."

하는 고함이 이곳저곳에서 터졌다.

하준규는 자기의 설득력으로선 그 자리의 분위기를 번복할 수 없다는 것을 깨달았다. 그러나 그는 고함을 한층 높였다.

"대원 여러분, 그럼 내 호소를 들어주시오. 심종범 처단을 우리 손으로 할 것이 아니라 중앙에서 온 조사단에게 맡깁시다. 그들이 그의 범행을 조사했고, 그 단장이 사형의 타당성을 승인하지 않았습니까. 그리고 심종범은 조사단의 일원이기도 합니다. 그러니 그의 처단과 뒷일을 조사단에게 일임합시다. 그의 신병을 그들에게 맡깁시다. 우리 손으로 피를 흘리는 일은 가급적 피합시다. 대원 여러분, 내 말을 이해하시오."

만장은 물을 뿌린 것처럼 숙연했다.

노동식의 제의로 하준규 두령의 호소를 받아들이기로 했다.

심종범의 신병이 조사단에 맡겨졌다.

"우리는 당신들의 처리를 주목하겠소. 당 중앙의 위신을 지켜보겠소. 우리가 당을 신뢰할 수 있도록 조치가 있기 바랍니다."

심종범의 신병 인도가 있을 때 하준규 부대의 젊은 대원들이 한 말이었다.

그날 오후 조사단 일행은 하준규 부대를 떠났다. 그들이 떠난 한 시간쯤 후에 하준규 부대의 전초선을 지키고 있던 대원들이 먼 곳으로부터 들려오는 4, 5발의 총성을 듣고 긴장했다. 그러나 이어지는 총성은 없고, 아지랑이 싸인 산파山波의 정적을 가끔 새소리가 누볐다.

빨치산들은 두고 온 고향 생각에 잠겨들었다.

그런데 그 4, 5발의 총성이 심종범을 처형한 총소리였다는 것을 하준규 부대가 안 것은 그로부터 며칠 후였다.

심종범 처단은 당규가 얼마나 엄격한가를 보여준 일종의 시범이기도 했다. 노동식은 그 여파가 하준규에게 미치리라는 것을 의심하지 않았다. 그래서 차범수에게 연락해서 정보를 수집해달라고 부탁했다.

며칠 후 차범수가 아직 낫지 않은 어깨를 붕대로 싸맨 채 하준규를 찾아왔다. 당 중앙에서 하준규를 엄중히 문책하라는 지령을 내린 것을 확인하고서였다. 하준규는 그 말을 듣더니

"엄중히 문책한다면 총살이라도 할 텐가?"

하고 웃었다.

"반당 분자로 결정되면 그럴 수도 있겠지."

차범수는 암울한 표정을 지었다.

"무슨 조건으로 반당 분자라고 규정한단 말입니까?"

노동식이 물었다.

"글쎄요, 나로선 상상도 안 되는 일인데, ……아마 하 두령의 부대가 아무런 행동을 취하지 않는 것도 그 조건 속에 들었는가 보이더만."

하준규는 함양 경찰서장과 휴전을 약속한 후 아무런 행동도 하지 않고 있는 터였다.

"그럼 어떻게 하면 좋을까요?"

노동식의 질문이었다.

"어느 곳에서 소환을 해도 당분간 응하지 말도록 하시오. 무슨 핑계라도 낼 수 있지 않겠소. 부대 안에만 있으면 누구도 손을 댈 수 없을 것 아니겠소. 더욱이 이 부대엔 하 두령의 심복들만 있으니까."

차범수가 단호하게 말했다.

"결국 당과 결별하는 꼴이 되겠구먼."

하준규의 말투는 우울했다.

"당도 사람으로 구성되는 것 아닙니까. 지금의 간부들이 없어지고 우리를 이해해주는 간부들이 들어설 때까지 기다릴 수밖에 없겠지요. 그러니 지금의 인적 구성과 결별하는 것이지, 당과 결별하는 것은 아니라고 생각하면 될 게 아닙니까."

차범수의 말에도 일리는 있었으나, 그런 사태를 기다리기만 할 순 없었다. 그런 뜻을 하준규는 솔직하게 말했다. 이에 대한 차범수의 대답은,

"어떤 일이 있어도 우리 부대는 하 두령의 부대와 동조할 테니 걱정

할 것 없소. 그런데다가 다른 부대를 포섭할 수도 있으니 정 수틀리면 지금 지리산에 와 있는 당을 불신해버리자 이겁니다. 부대를 통솔하지 못하여 각 부대의 불신임을 받는 당이 무슨 소용이 있겠습니까?"

"이현상 선생에게 내밀적으로 보고라도 해 보면 어떨까요?"

노동식의 의견이었다. 그랬더니 차범수는

"아직 모르고 있소?"

하고 이현상이 체포되었다고 했다.

"이현상 선생이 체포되었다고요?"

하준규는 놀랐다.

"그렇습니다. 지난 2월 7일 서울 영등포에서 전평 산하 노동자와 대한 노총 측의 충돌 사건이 있었던 모양이오. 그때 전평의 노동자가 백수십 명 검거되었다더군요. 이현상 선생과 허성택 씨는 19일에 붙들린 모양인데, 그 충돌 사건의 후유증 때문이겠죠."

그리고 차범수는 민전 사무국장 박문국도 김오성과 함께 체포되었다고 했다.

"제엔장, 그런 정보를 우린 통 들을 수가 없으니……."

노동식이 끌끌 혀를 찼다.

"지난 3월 10일엔 민전에서 폭압반대대회를 열고 전평과 지방 당에 조직적인 실력을 과시하도록 호소했다고 합니다만, 그런 방법이 어느 정도 효과가 있을는지."

차범수는 이렇게 말하고 쓴웃음을 웃었다.

"요즘은 우익들의 세력이 제법 강해진 모양이지."

하준규가 중얼거렸다.

"대한 노총도 만만찮고, ……특히 서북청년회西北靑年會란 것이 대단한 모양이드만. 북쪽에서 넘어온 반동 청년들인데, 그쪽에서 당한 일을 남쪽에서 화풀이할 작정인가 봐. 하여간 물불 가리지 않고 덤빈다니까 보통 일이 아닌 것 같애. 우리가 전번에 당한 것도 경찰에 의해서가 아니고 그 서북 청년들에게 의해서요."
하며 차범수는 다시 쓰게 웃었다.

"도대체 어떻게 될 것인지?"
하고 하준규는 눈을 감았다. 참으로 하준규는 오리무중을 헤매는 기분이었다. 우익과도 싸워야 하고 당에도 밉게 보이고 있으니 앞뒤로 적을 대하고 있는 상황이었다.

"하나부터 열까지 우리 힘으로 밀고 나가야지 별수 있겠소. 당은 믿을 수도 안 믿을 수도 없고, ……결국 철저하게 우리 자신이 책임을 져야 하는 겁니다. 헌데 하 두령은 아직까진 좋습니다, 내게 비하면. 나는 벌써 수십 명의 부하를 죽였거든. 그걸 생각하면 기가 막혀 '어떻게 해서라도 그들의 죽음이 헛되게 안 되도록 해야 할 텐데……' 하고 생각하면 견딜 수가 없어요."

"차 선배, 그런 심약한 말씀은 마시오."
노동식은 언젠가 하준규가 한 소리와 똑같은 소릴 했다.

"허기야 막상 희망이 없는 것도 아니지만."
하고 차범수는 물었다.

"3월 22일 총파업 소식도 못 들었소?"

"못 들었는데요."
노동식이 대답했다.

"참말로 캄캄한 밤중이로구만."
하고 차범수가 웃었다.

"그런 통지도 당에서 안 하는 것을 보면 당이 우리를 어느 정도 적대시하고 있는지 알 수 있지 않습니까?"

말해놓고 보니 하준규는 정말 그런 상황에 자기들이 놓여 있다는 사실을 새삼스럽게 깨달을 수 있었다.

3·22 총파업이란 다음과 같은 사건이다.

1. 3·1절 기념대회에서 만행을 한 경찰관을 즉시 처벌하라!
2. 노동자의 권익을 보장하고 노동조합 운동의 자유를 보장하라!
3. 박헌영 체포령을 취소하라!
4. 허성택 등 전평 간부들을 즉시 석방하라!
5. 진보적인 노동 법령을 즉시 실시하라!
6. 인민일보, 중앙일보, 해방일보의 정간을 취소하라!

이상 여섯 가지의 구호를 내걸고 전국에서 3월 22일, 24시간 총파업을 하라고 남로당이 지령을 내렸다. 이 지령에 따라 서울, 부산, 광주, 인천, 부평, 대구 등 주요 도시와 공업 지대에서 총파업이 있었다.

서울의 경우를 보면 상오 4시부터 경전을 비롯한 철도·출판노조의 부분적인 파업이 있었고, 전신 전화국은 전원, 용산 공작소, 종방, 그밖에 40여 공장에서 파업이 있었다.

인천에서는 상오 10시부터 부두노조를 비롯해서 조선제강, 조선알루미늄, 인천 자동차 공장 등에서 부분적인 파업이 있었다.

부평의 조병창, 부산의 운수 관계 노동조합의 파업이 있었고, 경부선은 삼랑진에서 정차해버리는 사보타주가 있었다.

"작년 9월의 총파업과 비교하면 어때요?"

작년에 직접 노동조합을 지휘한 경력이 있는 노동식이 물었다.

"그런 것까진 모르겠는데."

차범수의 대답은 이랬으나, 사실 규모에 있어서는 작년의 파업에 비해 훨씬 작았다. 차범수는,

"노동자의 힘이 그만한 세위를 가졌다는 것은 기뻐할 일이 아닙니까?"
하고 의기가 저상해 있는 하준규를 고무하려고 했다. 그런데 사태의 진상을 알았더라면 차범수도 그렇게 말할 심정이 안 되었을 것이다.

3·22 총파업은 좌익세력을 과시한 것이 아니라, 좌익세력이 얼마나 약화되어 있느냐를 보여준 결과로 끝났다. 그리고 이 파업 때문에 입은 손해 역시 적지 않았다. 모두 2천76명의 피검자를 내게 되었다. 그 반면 우익세력의 신장은 눈부셨다.

도중에 박태영이 화제에 올랐다. 화차 한 차량분의 보급품을 진주까지 싣고 왔는데도 두 트럭분이 산에 도착했을까 말까 해 유감스러웠다는 얘기로부터 시작됐는데, 이것이 남로당에 대한 비판으로 번졌다.

"그만한 사람을 포섭하지 못했다는 것은 당으로서 큰 실수였지요."
라는 노동식의 말이 있자 차범수가 물었다.

"지금 당에선 박군을 받아들이려고 하는데 박군이 응하지 않는 모양 아니오?"

"박군이 기어이 산으로 오고 싶어하는 걸 내가 겨우 말렸소. 그 사람이 오죽해서 당의 권유를 물리쳤겠습니까. 박군으로선 현재의 당이 되어먹지 못했다는 판단을 내린 겁니다. 아무튼 지금 당에 상하가 있을 수 있소? 상하가 있다면 기껏 분업적인 의미 이상 될 게 없지 않겠소. 그런데도 중앙이 지방을 깔보고 상위자라고 해서 하위자에게 위압적으로 대하는 형편이니 딱하단 말입니다."

하준규의 말에 이어 노동식이

"박군은 학자로 만들어야지. 당은 활동자가 필요하기도 하지만 학자

도 필요할 테니 어떻게 해서건 학문에 전념하도록 해야 할 텐데…….
왠지 위태위태합니다."
하고 웃었다.
"박군 걱정을 할 형편은 못 되는 것 같애, 현재의 우리 입장에선."
하준규는 자꾸만 우울증으로 빠져드는 모양이었다.
그러니 자연 얘기는 원점으로 돌아가지 않을 수 없었다. 다시 말하면 당과 하준규 사이의 벌어진 틈을 어떻게 조정해야 하느냐의 문제였다.
조정 역할을 맡을 수 있는 이현상이 체포되었다면 하준규의 입장을 이해해줄 사람은 중앙에선 없어진 셈이 되었다.
차범수는 그날 밤 하준규의 아지트에서 묵었다.
되풀이해서 그 문제가 화제에 올랐으나, 당이 결정적으로 하준규를 처단할 의향으로 나올 땐 하준규의 부대와 차범수의 부대가 합세하고 또 다른 부대를 포섭해서 경남 도당의 현 간부를 불신임하는 운동을 일으키자는 결론밖에 내릴 수가 없었다. 그렇게 되면 결국 경남 도당은 파괴되고 말 것이다.
도당을 파괴한 세력을 중앙당이 어떻게 대할지 예측할 수도 없고, 일단 이러한 결론을 얻었어도 모두 마음이 편하지가 않았다.

하준규가 함양 경찰서장을 다시 만나게 된 것은 그로부터 수일 후, 4월 들어 첫 일요일이었다. 먼젓번 만났을 때로부터 거의 한 달 반이 걸린 셈이었다.
이번의 장소는 벽송사였다. 함양 경찰서장 T씨는 이번에도 단신으로 나왔다. 하준규는 노동식을 데리고 왔다. T씨가 먼저,
"일주일 후에 만나자고 했었는데 어떻게 된 건가? 난 그 땜에 일이

손에 잡히지 않아 혼났다."
라고 투덜댔다.

"우리 내부에 약간 문제가 있었어."

하준규는 미안하다는 뜻으로 말했다.

"알고 있지."

하며 T씨는 빙그레 웃었다.

"뭣을 알고 있단 말인가?"

"자네 부대에 있던 정치위원이 인민재판 결과 살해되었다며?"

T씨는 아무렇지도 않게 말했다.

"그걸 어떻게 아는가?"

"그런 것도 모르고 경찰서장 노릇을 하고 있을 줄 알았나?"

하준규는 질린 표정이 되었다.

"빨치산의 농태를 환하게 파악하고 있네."

"스파이가 있단 말인가?"

"스파이도 있고, 카운터 스파이도 있고, 뿐만 아니라 포로도 있지 않은가. 그러나 안심하게. 아까의 정보는 자네 부대에서 나온 게 아니니까."

T씨는 계속 웃는 얼굴이다가 갑자기 정색을 하고 물었다.

"지금 산에선 자네가 큰 문제로 되어 있다며?"

하준규는 어이가 없어 대답을 못 했다.

"그 정보의 출처만은 알았으면 하는데요."

이번엔 노동식이 말했다.

"출처를 말할 수야 있습니까?"

T씨는 말꼬리를 흐렸다.

만일 빨치산의 동태가 그렇게 일일이 상대방에게 알려진다면 일이 끝장난 거나 다름없다는 생각이 들었다.

"그건 그렇고."

하고 T씨는 말을 이었다.

"남한만이라도 독립 정부를 세우게 되었네. 주동은 이승만 박사일세. 하지 장군은 반대하는 모양이지만, 미국 고위층과 이승만 박사 사이에 확약이 이루어진 것 같애. 남한에 독립 정부가 서는 날엔 사태가 달라질 거야. 적어도 지금처럼 자네들을 어물어물 놔두진 않을걸세."

"소미 공위가 있는데 어찌……?"

노동식이 말을 끼웠다.

"미소 공위에 기대를 걸고 계십니까? 두고 보시오. 그건 언제건 결렬되고 맙니다. 앞으로 한 번쯤은 공위가 재개되겠지요. 그리고 결렬됩니다. 그 결렬이 신호가 되어 남한에 독립 정부가 서는 겁니다."

"3천만이 모두 반대하는데도?"

하준규의 말이었다.

"3천만? 북쪽을 포함해서 천오백만은 반대하겠지. 그러나 그 반대는 효과가 없을걸. 미 군정의 바탕 위에서 독립 정부를 만드는 거니까 별로 어려운 문제가 아닐 거야."

"미 군정을 바탕으로 해서 서는 정부가 독립 정부라고 할 수 있겠나. 기껏 괴뢰 정부를 만들겠지."

"일엔 순서가 있는 법 아닌가. 차차 독립 정부로 키워나가면 될 것 아닌가?"

"통일을 저해하는 그런 따위의 음모엔 나는 결사반대하겠다."

하준규는 분연히 말했다.

"그렇다면 내 말을 들어보게. 꼭 남한만의 정부 수립을 반대하겠다면 효과가 있는 반대 운동을 해야 할 것 아닌가. 그런데 지금 자네들이 하고 있는 짓은 뭐꼬? 산에 숨어 앉아서 양민들 곡식이나 소를 뺏어 먹는 게 정치 운동이야? 그런 수단으로 남한만의 독립 정부 수립을 반대할 수 있겠어? 지리산 근처의 농민들은 자네들로부터 받는 피해에서 벗어나기 위해서도 독립 정부 수립에 찬성할걸세. 자네들을 격퇴할 수 있는 강력한 정부를 희망할 것이란 말일세.”

하준규와 노동식은 잠자코 듣기만 했다. T씨는 말을 계속했다.

“나는 남한에 독립 정부를 세우는 편을 지지하는 사람이지만, 동포의 절대 다수가 반대하는 방향의 길을 걷고 싶진 않아. 자네가 정부 수립에 반대하겠다면 한 사람이라도 더 자네의 의견을 따르도록 설득 공작을 할 필요가 있지 않은가. 그 설득 공작이 산에 앉아 있어갖고 되겠는가. 마을로 돌아와서 마을 사람들을 설득해야 할 게 아닌가. 도시로 나가 도시 사람들을 설득해야 할 게 아닌가. 지금 남로당은 합법적인 정당이야. 군정의 질서를 파괴하지 않는 한 얼마든지 정치 활동을 할 수 있어. 물론 다소의 애로는 있겠지만, 남한 독립 정부 수립을 반대하는 운동만은 자유롭고 활발하게 할 수 있을걸세. 우선 하지 사령관이 반대하니까.”

“무슨 꿍꿍이속이 있겠지.”

하준규가 빈정댔다.

“그건 절대로 아냐.”

하고 T씨는 이승만 박사와 하지는 빙탄불상용氷炭不相容의 관계에 있다는 사실을 역설했다. 터무니없는 말 같지는 않았다.

하준규는 남한만의 단독 정부는 절대로 있을 수 없다는 원칙론을 말했다.

"이 사람아."

T씨는 흥분을 억제하고 냉정하려고 애쓰면서 말했다.

"자네하고 이론 투쟁하러 내가 여기에 온 것은 아니네. 현실 문제를 현실적으로 해결해보자는 애기야. 지금 북쪽에선 단독 정부가 서 있는 거나 마찬가지다. 북쪽에선 단독 정부를 세워놓았는데 남쪽만 미 군정에 그냥 순종하고 있으란 말인가? 아까도 말했지만 단독 정부를 반대하려면 효과가 있게 해야 할 것 아닌가. 지금 자네들은 묘혈을 파고 있는 셈이다. 인민들을 골탕만 먹이고 있단 말이다. 지금 춘궁기 아닌가. 그렇잖아도 양식이 모자란 판인데 자네들이 뺏어가니 농민들은 지금 죽을 지경이다. 그뿐인가. 자네들과 내통하지 않나 하고 우리 편에서 달달 볶는 판이니, 조금이라도 생활에 여유가 있는 사람은 이 지리산 주변에서 살려고 하지 않는다. 자네들은 그러고도 그들의 지지를 받고 있는 줄 아나? 만일 그렇게 생각한다면 큰 착오다. 그런 착오에 바탕을 둔 일이 잘 될 까닭이 있겠어? 자네들은 자네들이 승리한 훗날 그들에게 보상해줄 생각이겠지만, 그들은 그런 걸 믿지도 않거니와, 생일에 잘 먹기 위해서 허기를 참을 기력도 없다네. 진정 노동자, 농민을 위할 생각이 있다면 빨치산을 해체해야 하는 거다."

"자네들은 양민을 괴롭히지 않나?"

하준규가 쏘는 듯 말했다.

"그것도 자네들 때문이지."

T씨도 다부지게 말했다. 이어 T씨는 경찰이 양민을 괴롭히는 실정을 누누이 설명하고

"만일 자네들이 지리산에서 없어지기만 하면 경찰의 수도 십분의 일쯤으로 줄어들 것이니 결국 그것도 자네들 책임이 아닌가?"

하고 날카롭게 따졌다.

"이미 투쟁은 시작되었으니 끝장을 봐야지. 농민들은 공교롭게도 전투 지역에서 살기 때문에 받는 고통쯤으로 생각해야지 별수 있겠나."

"하기야 그렇긴 해. 그러나 우리의 힘으로 그 희생을 최소한도로 막아줄 양심은 가지고 있어야 안 되겠나. 자네들과 우리가 싸워갖고 될 일이 아니란 말일세. 솔직히 말해 좌익세력은 줄어만 간다. 그 원인이 물론 탄압에 있겠지만, 미 군정의 처지로서 수단 방법을 가리지 않는 좌익을 탄압하지 않고 배겨내겠나."

"수단 방법을 가리지 않는 편은 미 군정이 아닌가?"

하고 하준규는 미 군정의 수단을 일일이 열거했다.

T씨는 한동안 가만히 듣고만 있더니

"꼭 한 가지만 말하지."

하고 물었다.

"자넨 자네가 가고 있는 방향에 절대적으로 자신이 있나?"

그리고 덧붙였다.

"만일 꼭 자신이 있다면 다음 말을 하지 않고 이대로 나는 가겠네."

"우리가 승리 못 할 바도 아니지."

하준규의 말은 조용했다.

"그런 정도의 자신이라면 내 말을 듣게나. 일단 비합법적인 투쟁은 그만두는 게 어때? 자네들 말마따나 혁명이 성공할 것이라고 보아도 앞으로 십 년 넘게 걸릴걸세. 미 군정이 이 반도를 호락호락 내놓지 않을 거고, 장차 독립 정부가 선다고 해도 미국이 그걸 뒤에서 밀어줄 거니까 쉽사리 넘어지지 않을걸세. 그러니 만부득이할 때까진 합법적인 노력을 하는 게 현명하지 않겠나. 합법적으로 정치 운동을 할 일체의 수단이 봉쇄되었을 때 비합법 운동으로 들어서도 늦지 않으리라고 생각하는 게 어떨까."

T씨의 마음이 말 그대로라면 고마운 마음이라고 안 할 수 없었다.

그렇다고 해서 양두구육이 아니냐고 따져볼 형편도 안 되었다.

"때가 늦었어."

하준규는 숙연히 말했다.

"뭣이 늦었단 말인가?"

"우린 이제 합법적 활동을 할 수 없는 처지에 말려들었단 말이다."

"아냐, 내가 절대로 책임을 지지. 지금이라도 자네가 산에서 내려오기만 하면 모든 자유를 보장하도록 하지. 내 목을 걸고 맹세하겠네."

T씨는 결심의 빛을 보였다.

"내 개인의 문제만이 아니니……."

하준규는 어물어물 중얼거렸다.

"자네의 전 대원을 책임지지. 절대로 과거를 추궁하지 않겠어. 조사도 않겠어. 경찰뿐만 아니라 어떤 사람도 간섭 못 하게 하겠어."

T씨는 바짝 열을 올렸다.

"사실 문제로 그렇게 되겠습니까?"

노동식이 피식 웃으며 말했다.

"내 관내에 있어선 절대로 자신이 있습니다. 다른 관내엔 부탁은 하겠지만 절대적인 자신이 있다고 할 순 없지만요."

"그런데 자네가 전근이라도 하면?"

하준규가 물었다.

"내 생명을 걸고 내 방침대로 인계하겠다. 만일 그 방침에 어긋나는 일이 있다면 어디에 있건 달려와서 그런 일이 없도록 하겠다."

"자네의 성의는 의심하지 않지만 세상일이 어디 그처럼 수월하게 되겠는가?"

하준규는 쓸쓸하게 말했다.

"그렇게 사람을 못 믿겠다면 내일에라도 군정청 최고 책임자의 보증서를 받아가지고 오지. 군정청의 방침도 그래. 합법적인 정치 운동만 하겠다면 그렇게 보장하겠다는 거야. 그리고 일선의 경찰서장에게 무슨 그런 권한이 있겠느냐고 의심하겠지만, 자네들 공산당과는 달라. 관내의 일에 관해선 절대적인 권한을 가지고 있네. 그리고 자네의 부대가 한 짓을 조사한 기록을 보았는데, 다소의 약탈은 있어도 살인이나 방화는 없었어. 약탈은 농민들이 자진해서 내놓았다고 해석하면 그만 아닌가. 자네 부대가 이 이상의 일을 저지르기 전에 해산하는 게 현명할 걸세. 만일 살인이나 방화 사건이 있었다면 아무리 내 권한에 속하는 일이라도 난 용서할 수가 없어. 하군이 원하기만 한다면 어떤 보장이라도 요구하게. 내 다 들어줌세. 자네의 대원들을 자기 집으로만 보내주게. 그리고 산에 남은 사람들과 일절 관계를 끊겠다는 서약만 해주게. 경찰에서 부르는 일도 없을 게고, 경찰이 찾아가는 일도 없을 걸세."

T씨는 애원하듯 말을 엮어나갔다. 하준규와 노동식은 그의 성의에 완전히 압도되어 할 말을 잊었다.

"지금 이 자리에서 결정하라는 말은 아니다. 한번 잘 생각해보게. 자네들은 지금 함정에 빠져 있어. 옳고 그르고를 따질 생각은 없어. 내 판단으론 그렇단 말이다. 인민을 위한다면서 인민을 골탕 먹이고 있잖나. 그런데 자네들이 적으로 하고 있는 게 결국은 누구고? 똑같은 동족들 아닌가. 반동은 마땅히 적으로 하고 싸워야 한다는 것이 자네들의 신념이겠지만, 싸우는 데 방법은 있어야 하지 않겠나. 좌익들의 목표는 뭐라고 할 수 없지만, 해방 후 쭉 써온 방법과 수단은 나빴어. 나는 단정적으로 말할 수 있어. 우선 결과만 가지고 따져보자. 방법과 수단이 옳았더라면 날이 갈수록 좌익세력이 커져야 될 게 아닌가. 그런데 자꾸만 줄어들고 있지 않은가. 이 현실을 직시해야 하네. 자네들은 그 원인을 미 군정의 탄압에 있다고 하겠지만, 그 탄압을 자초한 것이 자네들 아닌가. 토론과 설득의 방법으로 어디까지나 평화적으로 대화적으로 노력했더라면 오늘과 같은 극한 상황까지 몰리진 않았을 것 아닌가. 가정과 마을을 버리지 않고 자네들의 목표에 접근할 수 있게 얼마든지 정치운동을 할 수 있었던 것이 아닌가. 그러나 이런 말도 집어치우자. 문제는 자네들이 함정에서 벗어나는 데 있네. 이 기회를 놓치면 영원히 기회가 없어질 걸세. 마지막이란 말이다. 내가 이곳으로 온 것은 하군 자네를 구하려는 일념에서였다. 내가 경찰관이어서 내 말을 믿지 못하겠다면 경찰관을 오늘이라도 그만두고 말하겠다. 자네의 정치적인 신념을 포기하라는 건 아니다. 이 극한 상황에서만 벗어나란 말이다. 동시에 자네가 이끌고 있는 젊은 사람들을 처참한 운명에서 풀어주란 말이다. 먼 훗날 자네와 자네의 부하들을 역사가 어떻게 기록할진 모르나, 확실히 지금 말할 수 있는 것은 눈앞에 죽음이 있다는 사실이다. 자네는 지금 자네를 포함해서 자네의 부하들을 죽음의 수렁으로 끌고 가고 있지 않은가."

T씨의 말을 듣기가 하준규와 노동식에겐 고통스러울 만큼 되었다.

"그만해두게. 자네의 뜻은 잘 알았다."

하준규는 손을 저었다.

"알아주어서 고마워."

하고 T씨는 말을 끊었다.

그러고도 T씨는 두 시간을 더 그 자리에 머물러 화제를 바꾸어 세계 정세를 비롯해서 친구들의 소식을 전하기도 했다. T씨가 떠난 것은 봄철의 긴 해가 기울기 시작할 무렵이었다. 떠나면서 그가 남긴 말은 이랬다.

"어떻게 결정해도 자넨 나의 친구다. 만약 내게 무엇을 알릴 필요가 있거든 이 절의 주지를 통하게."

아지트로 돌아오니 하준규와 노동식을 기다리는 사람이 있었다. 상부에서 왔다는 두 청년은 신임장을 제시하고,

"삼 일 후, 하동 지방에서 대대적인 작전을 전개하기로 결정했습니다. 따라서 이 부대에서 백 명의 대원을 내일 저녁때까지 산청 대원사 골짜기로 차출해주어야겠습니다."

라는 지령을 전하고 돌아갔다. 곧 간부 회의가 시작되었다.

당과의 관계가 정상적이라면 그 지령에 무조건 복종해야 하기 때문에 회의라고 해봤자 누구를 지휘자로 하고 누구누구를 차출해야 하는가의 인선 문제만 토의의 내용이 될 것이다.

그러나 사정이 달랐다. 지령 검토부터 시작하는 회의가 되었다.

"아무래도 이 지령은 이상해요. 이런 지령을 내리려면 당 군사 책임자가 와서 작전 내용을 설명해줘야 할 것 아닙니까?"

라는 말이 있었고,

"우리 부대를 거세하기 위한 방책의 일부인지도 모르겠다."

라는 의견도 있었다.

하여간 백 명의 대원을 차출한다는 건 큰 문제였다. 밤늦게까지 토의했으나 결론이 나지 않았다. 우선 차범수 부대에 사람을 보내 구체적인

정보를 알아보자는 데만 의견의 일치를 보았다.

즉시 괘관산 이래의 동지 셋을 차범수 부대에 파견했다.

하준규와 노동식은 그날 밤 잠을 이루지 못했다. T씨의 말이 마음에 걸리고, 상부의 지령도 마음에 걸렸다. 그들은 서로 상대방 마음의 움직임을 알고 있어서 그 문제에 관한 얘기를 꺼내지 않았다.

그러나 하준규의 가슴속에선 차차 결심이 익어갔다. 부대를 해산해버리자는 결심이었다. 그것은 T씨의 말을 믿기 때문이기도 했지만, 그가 본래부터 지녀온 회의 탓도 있었다.

'자기도 분간할 수 없는 정세 속에서 부하들을 어떻게 거느린단 말인가?'

하준규는

'진주나 부산으로 나가 조그마한 무술관을 만들어 젊은 아이들에게 무술이나 가르치며 살았으면······.'

다소곳한 마음을 가슴 한구석에서 발견하고 어둠 속에서 눈물을 흘렸다.

차범수 부대에 보낸 대원들이 돌아온 것은 이튿날 아침이었다. 밤새 워 갔다왔다 한 것이다.

'무엇 때문에 이러한 수고를 하는가!'

하는 안타까운 심정으로 하준규는 그들을 맞이했다.

대표격인 정 도령의 보고는 다음과 같았다.

"차범수 동지의 부대엔 그런 지령이 없었다고 합니다. 그래 차 동지께서 하시는 말씀이, 지금의 형편으론 부대를 분산할 수 없다는 이유로 병력 차출을 보류하랍니다. 무슨 일이 있으면 곧 알리겠다고 했습니다."

그 후 두 시간쯤 지났을 때 차범수가 보낸 사람이 들이닥쳤다. 그 사람은 한 통의 편지를 전했다. 요약하면, 지금도 당에서 무슨 일을 꾸미는 모양이니 절대로 현 위치에서 움직이지도 말고 병력을 차출하는 일도 없도록 하라는 것과, 차범수 자신이 내일이나 모레 오겠다는 사연이었다.

그리고 또 얼마쯤 지났을 때 이번엔 도당이 파견한 연락자들이 나타났다. 그 연락자가 전한 지령은 다음과 같았다.

'백 명의 대원은 하준규 자신이 인솔할 것. 오늘 밤 중대한 작전 회의가 있으니 오후 아홉시까지 당 본부에 출두할 것.'

노동식이 도당에서 온 사람들을 바깥으로 데리고 가서 말했다.

"지금 우리 부대는 위급한 처지에 있어서 병력을 분산할 수 없소. 따라서 백 명의 차출은 불가능하오. 하 두령은 지금 몸이 아파 오늘 밤의 회의엔 참석할 수 없을 거요. 돌아가 그렇게 말하소."

연락자들은 아무 말 않고 돌아갔다.

당으로부터 최후의 통첩이 온 것은 이튿날 새벽이었다.

'만일 오늘도 출두하지 않으면 당명 불복종으로 규정하겠다.'

는 것이었다.

진퇴유곡이란 이런 경우를 두고 쓰는 말일 것이다.

성의를 의심할 순 없다고 하더라도 경찰서장의 권유에 호락호락 응할 수도 없는 형편이었고, 어떤 음모가 개재되어 있을지도 모르는 도당의 명령에 순종할 수도 없는 형편이었으니 말이다.

그래 당에 대해선 문서를 통해 이쪽의 태도를 밝히기로 했다.

그 문서는 노동식이 작성했다. 다음과 같은 내용이었다.

첫째, 대대적인 작전을 전개할 경우엔 미리 군사 회의가 있어야 하는데, 그런 절차를 생략한 처사여서 응할 수 없다.

둘째, 공격을 받아 반격이 불가피할 경우를 제외하곤 사전에 그 부대 책임자의 동의 없인 병력 차출을 요청할 수 없다고 보고 응할 수 없다.

셋째, 우리 부대는 지금 정치적으로나 군사적으로 정비 단계에 있으므로 우리가 주체적으로 필요하다고 판단한 정세가 아니면 병력을 동원할 수 없다.

넷째, 상위당上位黨이 내린 명령이라고 해서 정세, 기타 사정에 불구하고 무조건 응할 수는 없다.

다섯째, 상위당이라고 해서 월권적인 행동은 있을 수 없다. 계속 그러한 월권이 거듭되면, 그보다 더 상위인 기관에 보고하는 등 우리의 자위책을 강구하겠다.

여섯째, 우리는 당에 충실한 군대이며 인민의 전위 부대임을 자부한다. 기왕에 우리 부대는 당에 조그마한 과오도 없었다. 심 정치위원에 대한 우리의 불신임이 당연했다는 것도 도당 자체가 인정한 일이다.

이상과 같은 사유로 금번의 출동 명령에 응할 수 없으니 양해하기 바란다. 만일 이에 대해 불미한 점이 있다고 생각하면 당 중앙에서 감찰 책임자를 초청하여 그 책임자 임석하에 흑백을 가릴 용의가 있다.

1947년 5월 ×일

하준규

강경한 문면이면서 당에 대한 반역은 아니라는 점에 중점을 두었다.

하준규는 그 문면에 만족하고, 최후통첩을 가지고 온 도당 연락자에게 이 문서를 들려 보냈다.

그러나 그것으로 문제가 해결된 것은 물론 아니다. 차범수를 끼워 이튿날 삼자 회담이 있었다. 즉 차범수, 하준규, 노동식의 회담이었다.

먼저 정세에 관한 광범위한 검토가 있었다. 함양 경찰서장 T씨가 한 말을 분석하는 작업을 겸했다.

"남조선에 단독 정부를 세운다는 말이 있었는데 그게 과연 가능한 일일까?"

하는 것이 검토의 초점이 되었다.

"불가능한 일이다."

라고 단언한 사람은 노동식이었고,

"막상 그렇게만 생각할 일이 아니다."

라고 한 사람은 차범수였다.

그러나

"그런 일이 있게 해선 안 된다."

는 결론엔 세 사람이 일치했다.

"그런데 그런 일이 없도록 하는 노력으로 산에서 이대로 투쟁하는 것이 효과적일까, 사회로 돌아가서 반대 운동을 하는 것이 효과적일까."

하고 하준규가 문제를 제출했다.

"전술은 다양해야 할 테니까, 산에서 투쟁하는 사람도 있어야 하고, 사회 속에서 투쟁하는 사람도 있어야 하고 하니 단순한 문제가 아니지."

차범수의 얘기였다.

"아닙니다. 우리의 처지로 말입니다."

하준규가 고쳐 말했다.

"우리의 처지에 역점을 둔다면, 우리는 정세가 새롭게 전개되기 전엔 이대로 버틸 수밖에 없죠."

하고 노동식이 우물쭈물했다.

"그런데……."

"그런데 어떻단 말이오?"

차범수가 물었다.

"그런데 당 안에서 화합이 안 되니 탈이란 말입니다."

하고 노동식이 우울한 표정을 지었다.

"그게 답답해."

차범수는 입술을 한 번 깨무는 듯하더니

"세상 돌아가는 사정을 똑똑히 좀 알아야겠어. 산속에서 단편적으로 들려오는 정보만 가지고 시국을 판단하려니까 될 일이 아닌 기라."

하고,

"우리 셋 가운데 하나가 서울에 갔다 오면 어떨까?"

하고 제안했다.

"좋은 의견이긴 한데 신변 보장이 될까요?"

노동식이 불안한 얼굴이 되었다.

"그걸 T씨에게 교섭해보면 어떨까?"

차범수는 하준규의 눈치를 살폈다.

"경찰관의 도움으로 서울에 드나들었다는 걸 알면……."

하고 노동식도 하준규를 보았다. 차범수가 말했다.

"소미 공위가 재개될 모양이거든. 이런 판국이니 섣불리 행동할 수 없지 않겠소. 아무리 도당이 밉기로소니, 쥐새끼 밉다고 독을 깰 순 없는 노릇이고, 그렇다고 해서 오리무중인 상태로 수많은 부하들의 생명을 거느리고 있을 수만도 없고……. 모든 책임을 내가 지고 부하들 생명이 보장될 수 있기만 하면 부대를 해산시켜버리고 싶은 생각이 하루에 열두 번도 더 난단 말요. 하 두령은 아직 부하를 죽여보지 않았으니까 내 심정을 이해할 수 없겠지만, 승리에 대한 희망은 막연하고 생명의 위험은 눈앞에 있으니 기가 막힐 노릇이다. 그래 T씨의 얘기를 잘 진척시켜보자는 부탁도 했는데, 소미 공위가 재개될 희망이 있다니까 당분간 그것에 기대를 걸어보는 수밖에……. 그렇더라도 우리 자신이 확실한 정세 판단을 할 수 있어야겠단 말요."

하준규는 차범수의 심정을 이해하고도 남음이 있었다.

"차 선배의 의견에 동감입니다. 내가 서울에 갔다 오겠소. 서울엔 박태영 군이 있고, 또 당 고위 간부를 만날 수도 있을 거니까, 시국을 판단할 자료쯤은 수월하게 모을 수 있지 않겠소."

"하 두령이 간다면야."

차범수는 즉각 찬성했으나 노동식은 입을 다물고 있었다.

"사실 T씨의 얘길 듣고 내 마음은 동요가 심했어요. 주의·사상에 대한 신념도 문제려니와 3백 명 대원들의 장래 문제도 심각하거든요. 그래 나도 똑같은 각오를 했답니다. 나 하나 비겁한 배신자로서 죽기로 하고 부하들을 살렸으면 하는……. 그러나 3백 명 부대를 해산한다는 건 쉬운 일이 아니지 않습니까. 상대방의 보증력도 문제가 되지만, 그보다 그 말을 어떻게 꺼내겠어요. 결단을 내리기 위해서라도 정확한 정세 판단이 필요할 것 같애. 내가 서울에 가도록 하겠소."

하준규는 거듭 이렇게 말하고 노동식에겐

"노형, 나 없는 동안 힘들겠지만 이 부대를 맡아주어야겠소."

하고 간곡한 표정을 지었다.

"두령의 뜻이 그렇다면 도리가 없지요."

그러면서도 노동식이 불안해하는 태도를 보이자 차범수가 한 마디 거들었다.

"필요하다면 하 두령이 안 계시는 동안엔 우리 부대를 합류시키지."

"그것도 좋은 방법입니다."

노동식의 표정이 약간 밝아졌다.

다음에 부대 합류 방법 문제 토의가 있었다.

경남 도당과의 충돌을 피하는 동시 함양 경찰서와의 충돌도 피하기 위해 부대를 덕유산으로 옮기기로 했다. 부대 이동을 하는 도중 마을을 지나가면서 평화적인 수단, 즉 설득과 간청으로 식량을 확보할 계획도 세웠다. 바야흐로 초여름으로 계절이 바뀌니 산채로 식량을 보충할 수도 있을 것이란 희망도 있었다.

하준규는 부대 이동 도중에 적당한 기회를 포착하여 빠져나가도록 하고, 수행원으로선 옛날 덕유산 시절 이래의 부하인 차 도령과 순이를 데리고 가기로 했다. 순이는 함양 읍내의 시장에서 건어물 장사를 하고 있었지만 언제라도 지체 없이 연락할 수 있게 돼 있었다.

차범수 부대도 시기를 보아 덕유산으로 합류하기로 했다.

5월의 태양이 눈부시게 깔린 서울 거리에 하준규는 차 도령과 순이를 데리고 들어섰다.

청진동 여관에 숙소를 잡아놓고 하준규는 순이를 명륜동으로 보냈다. 박태영에게 연락하기 위해서였다.

마침 학교에서 돌아와 있던 박태영은 순이를 보고 놀랐고, 순이로부터 하준규가 와 있다는 소식을 듣고 더욱 놀랐다. 청진동 여관으로 달려갔다. 피차 건강한 모습을 확인하자 두 사람은 서로 손을 잡고 한동안 눈물을 흘렸다.

"서울 한복판에서 하 두령을 이렇게 쉽게 만날 줄이야 꿈에도 몰랐습니다."

박태영의 말이 목멘 소리가 된 것도 당연했다.

하준규는 자기가 서울에 오게 된 이유를 차근차근 설명했다.

그 설명을 듣고 박태영이 말했다.

"소미 공위는 기대할 게 못 됩니다. 지금 당이나 민전에선 대단한 기대를 걸고 있는 모양이지만, 나는 절대로 기대할 것이 못 된다고 생각합니다. 그 까닭은 소련이나 미국이 각각 양보할 이유를 갖고 있지 않기 때문입니다. 그들은 우리나라를 위해서 교섭을 하는 것이 아니라, 자기들 나라를 위해서 교섭할 것이 뻔합니다. 미국과 소련은 이미 전쟁 상태에 들어가 있는 거나 마찬가집니다. 서로 총을 안 쏘는 전쟁을 시작한 겁니다. 그러니 냉전이란 말이 생겨나는 것 아닙니까. 지금 중국에선 국공 내전이 치열합니다. 국민당이 몰리고 있는 참이죠. 그런 판국이니 미국이 이 반도에서 소련이 유리하도록 공위를 진행시키겠습니까. 어림도 없는 일입니다. 소련 또한 자기 나라에 불리한 결과를 보려고 하겠습니까. 게다가 두 나라 모두 자기들의 세위를 국제적으로 과시하려 하고 있습니다. 이런 판국이니 공위에 기대를 건다는 건 전연 무망한 노릇입니다."

"그럼 앞으로 어떻게 된다는 거요?"

하준규의 말엔 힘이 없었다.

"혁명의 길은 멀다고 각오해야죠. 결국 우리의 힘으로 혁명을 해야 하고, 우리의 힘으로 통일을 해야 하고, 우리의 힘으로 독립 국가를 만들어야 하죠. 십 년쯤은 잡아야 할 겁니다. 우리의 일생은 혁명을 위해 모조리 흡수될지도 모릅니다. 그런 각오를 가지고 나가야 할 줄 압니다."

"그렇게 오랫동안 빨치산 활동을 끌고 나갈 수 있을까?"

"끌고 나가야죠. 달리 도리가 있습니까. 당에선 성급한 계획을 세우고 파르티잔을 조종할지 모르지만, 그런 계략에 넘어가면 안 됩니다. 마라톤을 하는 것처럼 타이밍을 해야 합니다. 마라톤을 하는 것처럼 호흡 조절도 해야 합니다."

"정작 마라톤이 된다면 부하들을 다 죽이게 돼. 식량도 그렇고, 의약품도 그렇고, 무기도 그렇고……."

"그러니까 사전에 준비를 해야죠. 중공의 파르티잔은 십여 년을 지탱해오지 않았습니까. 그 본을 따를 생각을 해야 할 겁니다."

"그런 건 당의 방침으로 결정되어야지, 단위 부대의 책임자로선 어떻게 할 수 없지 않을까?"

"그건 그렇습니다. 그러니 당의 체질을 고쳐야죠. 나는 당의 체질이 고쳐지리라고 믿습니다. 어지간히 실수를 했으니, 그 실수를 통해 교훈을 얻기도 하겠죠."

"그러나 지금의 꼬락서니는 그게 아니거든."

"이번 소미 공위가 결렬될 때까지만 기다리면 나아질 겁니다."

"그걸 어떻게 믿어."

"혁명이 먼 길이란 사실만은 알게 되지 않겠습니까. 그렇게 되면 당의 내용도 달라지겠죠."

"안 달라지면?"

"기다릴 수밖에 없죠, 뭐."

"무작정?"

"도리가 없지 않습니까. 좋으나 궂으나 당은 당인걸요."

"난 도저히 그럴 수 없어."

"안 됩니다. 두령님, 안 됩니다. 그러한 날이 올 때까지 최선을 다하면서 기다려야죠. 난 이미 제명된 놈이니까 섣불리 당으로 돌아갈 생각은 없습니다마는, 혁명에 대한 의지를 포기하진 않았습니다. 다만 내 마음에 맞도록 당이 개조되길 기다릴 수 있는 형편에 있다는 거죠. 혁명은 릴레이 경주나 마찬가지니까 바통 터치를 할 때까지 기다릴 참입니다. 그러나 두령님은 이대로 밀고 나가야죠. 마라톤이라고 생각하시구요."

"그러다간 난 언젠가 당으로부터 숙청당하고 말걸."

하고 하준규는 지금 도당과의 사이가 험악하다는 얘길 했다.

"그러나 당이 두령님을 어떻게 할 순 없을 겁니다. 두령님의 당내에 있어서의 비중이 굉장히 크니까요."

"그걸 누가 알아주겠어."

"벌써 알려져 있습니다. 평양에서 온 사람들을 만난 적이 있는데요, 두령님의 인기는 평양에서도 대단하답니다. 그런 두령님을 쉽게 취급할 순 없을걸요. 그보다도 두령님이 이렇게 나와 있어도 좋을지 그게 걱정입니다."

하준규는 함양 경찰서장 T씨가 만들어준 증명서가 있으니까 당분간은 걱정할 것 없다고 설명했다. 그리고 T씨와의 관계, 그 사람과의 사이에 있었던 일을 말하기도 했다.

박태영이 얼굴을 찌푸렸다.

"두령님께서 오죽 잘 알고 행동하시겠습니까만, 그런 일은 위험천만합니다. 당원으로서 절대로 삼가야 할 것이 반동과의 거랩니다."

"주의·사상 이전에 인간이란 것도 있지 않겠소."

"전쟁에 인간이 있겠습니까. 먹느냐 먹히느냐의 판에 인간이 있겠습니까?"

"그것도 정도 문제 아니겠소. 아무튼 T씨와의 거래에 있어서 손해되는 짓은 안 할 테니 걱정 마시오."

"외람됩니다만 모택동의 십일계란 것이 있습니다."

하고 박태영이 외워 보였다.

1. 동창생, 친구, 동료, 또는 부하들의 잘못을 알면서도 책망하지 않고 그저 화합하면 된다는 생각으로 방임해두는 것.

2. 정면에서 말하지 않고 뒤에 돌아가서 말하는 것, 회의 때는 말하지 않고 있다가 회의가 끝난 뒤 지껄이는 것.

3. 남을 책하지 않고 말하지 않는 것을 현명한 보신술保身術로 알고 침묵하는 것.

4. 간부라고 해서 자기 의견만 고집하는 것.

5. 개인 공격을 주로 하고 보복하려는 것.

6. 반혁명 분자, 즉 반동분자의 말을 듣고도 예사로 여기고 보고하지 않는 것.

7. 선동·선전하지 않고 당원의 임무를 망각하는 것.

8. 인민 대중에게 해가 되는 행동을 보고도 분격하지 않는 것.

9. 자기 일에 충실하지 않고 하루하루를 무위 속에서 지내는 것.

10. 선배연해가지고 대사를 치를 능력이 없으면서도 소사를 하기 싫어하는 것.

11. 자기의 과오를 반성하여 고치지 않는다든가, 자기를 책하되 비관 또는 실망에 그치고 마는 일은 삼가야 한다.

"그 십일계에 내 행동이 전부 걸리는 것 같구먼."

하고 하준규가 웃었다.

"그럴 리야 있겠습니까만, 특히 반동분자가 한 말에 솔깃했다면 그건 정말 큰일입니다."

"그러나 혁명을 한다고 너무 빡빡하면 안 되지 않을까? 아무리 반동 진영에 있는 사람의 말이라도 들을 만한 건 들어둬야지."

"들을 만한 말에 독이 있다는 겁니다. 들을 만한 가치가 없는 말이면 독이 있을 수가 없지요. 먹음직하니까 먹지 않을 수 없는 유독성 식품, 이게 큰일입니다. 내가 들은 대로라면 그 함양 경찰서장 같은 사람이 가장 위험한 반동이란 말입니다."

하준규는 박태영의 말에 일리가 있다고 느끼면서도 속으로 웃었다. 유혹은 언제나 매력 있는 내용과 형식을 갖추고 나타날 때 가장 강력하다는 것을 하준규인들 모를 까닭이 없었다.

"남한에 단독 정부를 세우는 문제는 어떻게 될까?"

"그런 음모가 진행되고 있는 게 사실이니, 그럴 가능이 있다는 예상은 해둬야죠. 혁명의 방책은 그런 것까지 포함한 대책이어야 되지 않겠습니까?"

"그걸 한번 구체적으로 말해보시오."

"첫째는 반대죠. 만일 우리 세력으로 그 음모를 분쇄하거나 봉쇄할 수만 있다면 이 나라의 혁명세력은 든든하다고 평가할 수 있고, 그 자신감을 바탕으로 앞으로의 전략을 짤 수 있을 겁니다. 그런데 그 음모를 도저히 분쇄할 수 없다고 판단했을 때는 단독 정부 수립에 가담해야 합니다. 그 정부 자체를 우리의 손아귀에 넣도록요. 볼셰비키가 케렌스키 정부를 지지하고 나선 사례를 쫓아야죠. 단독 정부를 내면에서 장악할 수만 있다면 그것도 굉장한 성공 아닙니까. 그 기관을 이용할 수도 있고, 유명무실한 것으로 만들어버릴 수도 있으니까요. 그것도 저것도 안 될 경우엔 얼만가의 교두보만이라도 잡아두도록 획책해야 합니다.

그 정부를 이용하기 위해서나 파괴하기 위해서나, 프락치가 내부에 들어가 있는 것이 효과적일 테니까요. 이를테면 단독 정부 수립의 음모에 대해선 삼중의 전략을 세워야 한다고 봅니다. 그러니 레닌의 전술을 철저하게 연구할 필요가 있죠."

"그런데 지금 당이 그만한 전략을 세워 실수 없이 해낼 수 있을까?"

"아무리 무능한 사람만 모였다고 하더라도 레닌의 제자들이라고 자처하는 당원들이니까 그쯤 전략은 세울 수 있을 겁니다."

"그럴까?"

하준규는 미덥지 못하다는 표정이었다.

"그 정도도 못 한다면 정말 큰일이죠. 그런 당은 부숴버리든지 해야 할 겁니다. 나처럼 새파란 애송이가 생각하는 걸 생각하지 못한다면 뭐가 되겠습니까?"

하고 박태영은 말을 이었다.

"삼중의 전술을 성공시키기 위해선 지금부터 적당한 인물을 골라 소수 정당에 입당시켜놓아야 할 겁니다. 정 선거가 실시될 판국이 되면 그들이 출마하는 거죠. 당은 총력을 기울여 반대 운동을 조직하는 동시에 그 조직이 바로 하룻밤 사이에 그들을 당선시키는 작용을 발휘하도록 전술을 쓰는 겁니다. 선거를 보이콧 못할 처지의 사람은 차선의 방법으로 이 사람에게 투표하라고 지시하면 충분히 가능한 일이거든요. 또 그만한 조작을 할 수 있는 힘이 없어서는 단독 정부 음모의 완전 봉쇄는 될 수가 없을 겁니다."

"그것도 저것도 안 될 때엔?"

"큰일이죠. 단독 정부 반대도 실패한다, 그 단독 정부에 프락치를 보내는 일도 실패한다면, 그런 당이 그보다 더 심한 난관을 뚫고 나갈 수 있겠어요?"

"그땐 혁명을 포기해야 하나?"

"포기할 수는 없겠죠. 포기할 수는 없겠지만, 사태가 어렵게 되는 겁니다. 우선 당의 힘이 깔보일 테니까요. 거대한 힘을 가졌다고 해서 위협적인 존재였던 당이 기실 허깨비들의 집단이었다는 것이 폭로되면 반동들이 덤비는 꼴부터 달라질 것 아닙니까?"

"내겐 그런 상태가 눈에 보이는 것 같애."

이건 하준규의 본심을 실토한 것이었다. 박태영의 마음도 하준규의 마음과 거의 같은 빛깔인데도 말만은 그렇게 할 수가 없었다.

"두령님, 그런 걸 패배주의라고 합니다. 두령님의 마음이 왜 그렇게 약하게 되었습니까?"

하준규는 차범수가 한 말을 인용했다. 희망은 막연한데 생명의 위험은 확실한 판이니 수백 명 부하를 거느린 입장에서 마음이 약해질 수밖에 없다는 넋두리였다.

만나자마자 딱딱한 얘기를 해서 두 사람은 피로를 느꼈다.

"여관방에서 비관만 할 게 아니라 바깥으로 나가 술이나 한잔합시다."

하고 박태영이 일어섰다.

"박태영 씨, 술을 마시나?"

하준규가 뜻밖이란 표정을 짓고 물었다.

"는 건 술밖에 없답니다."

"그거 별로 반가운 소리가 아닌데. 난 술보다 목욕을 했으면 좋겠어."

하준규와 박태영은 종로를 건너 다동에 있는 목욕탕으로 갔다.

"이렇게 두 다리 쭉 뻗고 목욕해보는 게 얼마 만인가?"

탕 안에 몸을 잠그게 하며 하준규는 천장을 쳐다보고 중얼거렸다.

박태영은 그 말을 듣고 가슴이 뭉클함을 느꼈다.

미소 공위 재개를 앞두고 서울은 들떠 있었다. 거리마다 '소미 공위 성공 만세' 또는 '공위 대표를 환영한다', '소련은 인민의 벗', '공위 소련 대표 환영'이란 벽보가 나붙었다.

좌익들의 이러한 작용이 서울의 공기를 들뜨게 했지만,

'미소 공위를 통해서 남북통일이 이루어질 수 있지 않을까?'

하는 시민들의 아련한 희망도 곁들인 게 사실이었다.

하준규나 박태영은 미소 공위에 별로 기대를 걸고 있지 않았지만, 그래도 그 들뜬 기분에 말려들었다. 뭔가 하나의 목표를 위해 움직이고 있다는 것을 피부로 느낄 수 있다는 것은 그만큼 사기를 돋우는 결과가 되기도 했다.

하준규는 며칠 서울에 있는 동안 지리산 속에서 위축되었던 의욕이 점점 부풀어올랐다. 이러한 압도적인 세력이 우리 배경에 있다는 생각으로 마음 든든했다. 적적한 산속에서 뭐가 어떻게 돌아가는지 몰라 답답했던 심정이 탁 트이기도 했다.

어느 날 하준규와 박태영은 이능식 교수의 소개로 국문학자이며 남로당 간부인 김태준金台俊을 만나는 기회를 가졌다. 김태준은 중국 연안에서 독립 동맹에 가입해서 활동하다가 해방 이듬해에 돌아왔다. 연안에서 온 사람이란 사실만으로 일종의 후광을 띠었다.

연희동에 있는 이능식 교수의 집에서 기다리고 있으니 김태준이 나타났다. 쉰 살 전후라고 들었는데 나이보다 늙어 보였다. 수수한 양복 차림인 그는 하준규, 박태영과 차례로 악수를 하고 나서

"하 동무 얘기는 잘 듣고 있소."

하고 뚜벅 입을 떼었다.

"좋은 소린 못 들으셨겠죠. 요즘 하 두령은 당과 사이가 좋지 않답니다."

박태영이 이렇게 말하고 김태준의 눈치를 살폈다.

"하 두령?"

김태준의 눈이 안경 너머에서 번쩍했다. '두령'이란 말이 귀에 익지 않은 모양이었다. 박태영은 하준규를 그렇게 부르게 된 이유를 설명했다.

"흠, 그럼 박군도 일제 시대에 지리산에 있었나?"

김태준이 놀라는 빛으로 물었다."

"'박군도'가 아닙니다. 지리산으로 들어가 반일 투쟁을 하자고 제의한 장본인입니다, 박군은."

하준규가 이렇게 말하자 김태준은 고개를 끄덕끄덕하고 물었다.

"헌데 당과의 사이가 나쁘다는 얘기는 뭐요?"

박태영이 하준규로부터 들은 대로 얘기했다.

김태준은 심각한 얼굴로 변했다.

"사실이 꼭 그렇다면 큰일인데."

"사실 아닌 얘기를 우리가 꾸미겠습니까?"

박태영이 말을 끼웠다. 공기가 어수선하게 되었다. 하준규가 말했다.

"그 따위 일은 별로 중요한 일이 아니니, 선생님이 연안에 계셨던 시절 얘기나 해주십시오."

"연안 얘기야 하겠소. 그러나 당과의 사이가 그렇다는 것은 결코 중요하지 않은 일이 아니오."

하고 한참 생각하더니 다음과 같이 말했다.

"아무래도 당내의 민주주의가 부실한 것 같애. 벌써부터 느껴온 일인데 그게 큰일이오. 그러나 지금 어떻게 할 수 있겠소? 제일의적第一義的인 목적을 견지하고 있다면 당에 복종해야지. 정 이래선 안 되겠다고 생각할 땐 건의를 해야지. 비판도 하구. 헌데 하 동무, 앞으로는 당과의 사이가 나쁘다는 표현은 쓰지 맙시다. 당의 어떤 간부가 나쁘다, 이렇게 생각하란 말요. 당의 어떤 간부의 처사가 그릇된 것을 당이 그릇된 것으로 알면 안 됩니다. 당은 신성하고 완전합니다. 우리 공산당은 잘못을 저지를 수가 없게 돼 있어요. 당원 가운덴 잘못을 저지르는 사람이 있어도 당엔 잘못이 없다, 이런 신념을 가지란 말이오. 알겠소?"

백 번, 천 번 들어온 소리지만 김태준의 입을 통하니 광채를 띠었다.

하준규가 물었다.

"소미 공위는 성공하겠습니까?"

"꼭 성공해야 한다고만 생각해둡시다."

김태준은 묘한 함축을 남긴 채 단언하지 않았다.

"이승만 일파가 단독 정부 수립을 음모하고 있다는데 선생님의 견해는 어떻습니까?"

하준규가 다시 물었다.

"응당 그런 음모가 있으리라고 알아야죠. 그 음모가 진행되고 있는 것도 사실이구요. 그러니까 투쟁이 필요한 것 아뇨?"

김태준의 대답은 원칙론에서 벗어나지 않았다.

"단독 정부가 수립되었을 때는 어떻게 합니까?"

역시 하준규의 질문이었다.

"결사적으로 투쟁해야죠. 그땐 우리 모두가 빨치산이 되어야 합니다. 이승만의 음모가 성취되기만 하면 어떤 합법 투쟁도 불가능할 테니까 모두 지하로 들어가야 하오. 유일한 수단은 무력 투쟁일 거요. 그땐 나도 총을 멘 일개 병졸이 될 작정이지. 하 동무의 지휘하에 들어갈지도 모르구. 그러니 하 동무의 입장은 굉장히 중요합니다. 지금도 그렇거니와 혁명을 성공시킬 원동력이며 전위 부대가 되니까. 소미 공위가 성공해도 투쟁은 계속될 것이고, 성공하지 못하면 더욱 투쟁이 가열될 테니, 하 동무는 결정적인 역할을 지금도 하고 있지만 앞으로도 해야 합니다. 중국 혁명의 주동자는 빨치산입니다. 소비에트 혁명의 주동자도 빨치산이구요. 무력에 의한 승리 없이 고래로 혁명이 성공한 적이 없잖소."

이번엔 박태영이 물었다.

"학자로서의 선생님과 혁명가로서의 선생님이 마음의 내부에서 갈등을 일으키는 일은 없습니까?"

"무서운 질문인데."

하고 빙긋 웃고 김태준은 담배에 불을 붙였다.

"솔직히 말하면 학문이란 아편과 같은 거요. 종교를 아편이라고 하지만, 나는 그 이상의 아편이 학문이 아닐까 싶어. 세속을 떠나고 투쟁을 떠나서 조용히 학문에 정진하고 싶은 유혹처럼 강한 것이 또 있겠는가. 학문에 혹한 사람으로선 말야. 그런데다 학문을 통해서 인민에게 봉사 할 수 있다는 명분마저 있거든. '사회를 보다 훌륭하게 하기 위해, 인민의 지혜를 높이기 위해 학문이 꼭 필요하니, 위험한 고비를 계속 넘어야 하는 어려운 길을 걷지 않아도 학문하는 것만으로도 충분한 존재 이유가 있지 않을까?' 하는 마음이 강하게 작용할 수도 있구……. 그러나 나는 이렇게 생각했어. '지금 이 단계에 보다 중요한 것이 무엇이냐? 학문이냐, 혁명이냐? 이 시기를 놓치면 혁명할 기회가 영영 없어질지도 모르지만 학문할 기회는 언제나 있을 수 있지 않나. 승리한 뒤 평화가 오면 그때 학문을 해도 무방하지 않으냐. 이 위급한 마당에선 인민의 행복을 짓밟는 원수들을 물리치는 일이 가장 시급하지 않은가. 학문은 내가 안 해도 할 사람이 얼마든지 있지만, 혁명의 필요성을 자각하고 생명을 걸 사람은 그렇게 많지 않을 터이니, 나는 학자로서 일하기보다 원수를 없애는 한 알의 탄환이 되어야겠다……'라고."

"개인적인 욕망이나 개인으로서 우월해지겠다는 의식은 없으십니까?"

태영이 거듭 물었다.

"왜 없겠어. 같은 값이면 나 개인도 잘살아보고 싶고, 이왕이면 우월한 존재도 되고 싶지, 그러나 인민 전체가 비참한데 나 개인이 어떻게 잘살 수 있을까. 인민 전체에 보람됨이 없는 개인의 우월이 무슨 소용이 있는가? 혁명가의 행복은, 살아선 인민 대중과 더불어 있고, 죽어선 인민 대중을 위해 보람됨이 있었다는 자부를 가질 수 있다는 데 있지 않은가. 이 행복감처럼 충실한 감정은 없다고 생각해요. 나는 모택동, 주덕, 주은래 같은 동지가 어떻게 살고 있는가를 보았어. 무명옷을 입고 발엔 감발을 치고 소금과 수수죽을 먹으면서도 그들은 세계에서 제일 호사스런 사람들이야."

여기서 김태준은 연안에서 살았던 시절 얘기를 꺼냈다.

김태준은 능변은 아니었으나 능변 이상의 화술을 가진 사람이었다. 어떤 장면이건 그것을 눈에 뵈도록 말로써 그렸다. 어떤 사실이건 기승전결을 갖추되, 그 사이에 꼭 감동적인 일화를 섞었다.

김태준은 자기 자신이 직접 견문하지 않은 사실에 대해선 꼭 자기가 읽은 기록의 출처를 제시했다. 이를테면 그는 얘기 한 가지를 하는데도 학자적인 태도를 무너뜨리지 않았다.

얘기의 클라이맥스는 서금에서 연안까지의 이른바 롱 마치였는데, 김태준은 대목마다 일일이 출처를 대었다.

에드가 스노의 『중국의 붉은 별』엔 이 대목을 이렇게 기록했지, 이것은 애그네스 스메드나의 『승리의 길』에 있는 대목인데, 또는 님 웨일스는 자기의 회상록에 이렇게 적었지, 하는 투로 얘길 읽었다.

재미있는 얘기는 시간을 잊게 한다. 어느덧 늦은 봄의 해가 저물어 있었다. 이능식 교수의 부인이 저녁 식사를 준비했다.

저녁 식사를 한 뒤에 김태준의 하준규에 대한 질문이 시작되었다.

지리산에 있는 빨치산의 총수는 얼마나 되는가. 그 총책임자는 누군가. 어떻게 편성되어 있는가. 동지 교육은 어떻게 하는가. 보급 투쟁은 어떻게 하는가. 의료 시설은 있는가. 경찰과의 충돌은 몇 번이나 있었는가. 지금까지의 전과는? 희생자는?

특히 중요한 질문은

"현재의 병력으로 얼마만한 적을 감당할 수 있겠는가?"

하는 것과,

"지리산 지구에 해방구를 설치할 경우 얼마만한 병력으로 얼마 동안 지탱할 수 있느냐?"

하는 것이었다.

박태영은 아까까지의 김태준과는 전연 면목을 달리한 졸렬한 질문에 내심으로 웃었다. 그러나 하준규는 성의껏 대답했다.

"현재의 상태로도 자체 보존이 곤란할 정도입니다. 적의 세력이 두 배가 되기만 하면 요량껏 도망만 쳐야 할 형편이 되겠죠. 세 배로 적이 늘면 도망하기도 지난할 것입니다. 그런데 이편에선 병력 증강을 못 하니 탈입니다. 병력이란 무기를 갖춘 병사를 말하니까, 사람의 수가 아무리 늘어도 무장시킬 방도가 없으니 막연합니다. 그러니 지금의 형편으로 해방구를 설치한다는 건 상상도 못 합니다. 군정청의 경찰은 우리와 접촉할 수 있는 산간부의 농민을 소개시키고 있고, 심한 경우엔 마을 하나를 몽땅 불살라버리기도 하니, 앞으로 사태가 더욱 악화된다고 보아야겠습니다. 그리고 대규모의 전투는 감당할 도리가 없습니다. 첫째, 우리들은 중화기를 가지고 있지 못하거든요. 어떻게든 중화기를 노획해 보려고 하지만, 적은 후퇴할 때 포를 가지고 가지 못할 경우엔 아무짝에도 못 쓰게 분해해버리거나 폭파해버립니다. 뿐만 아니라 우리들은 비행기를 가지고 있지 못하니, 그것이 최대의 핸디캡이 되는 겁니다."

김태준은 묵묵히 듣고 있더니 뚜벅 말했다.

"태백산 능선을 통로로 해서 중화기를 북쪽에서 가져와야겠군."

너무나 어처구니가 없었던지 하준규는 빙그레 웃으며 말했다.

"중화기뿐입니까. 비행기도 가지고 올 수 있으면 좋겠습니다."

"하여간 빨치산 전법을 연구해야겠어. 당에 전문 부서를 두구……."

그러나 그 이상의 얘기는 전개될 수 없었다. 넓은 중국에서의 예를 좁은 나라에 그냥 적용할 수도 없고, 비교적 보급이 풍부했던 유고슬라비아의 예도 마땅하지 않았다.

김태준은 헤어질 무렵 다음과 같은 말을 남겼다.

"당장 빨치산에 대한 대책을 효과적으로 강구하도록 당에 건의할 참이오. 특히 무기 보급 문제를 잘 연구하도록 하겠소. 그런데 하 동무, 나도 불원간 빨치산에 입대하게 될지 모르겠소. 소미 공위가 결렬되고 남한이 단독 정부의 음모를 밀고 나간다면 도리 없이 당은 좁은 의미 그대로 전투 기관이 되어야 하지 않겠소. 그때 부대를 임의대로 택할 수 있다면 나는 하 동무의 부대를 택할 참이오."

김태준의 그 말은 하준규를 높이 평가한다는 뜻일 것이다.

김태준이 돌아간 뒤 이능식 교수의 말이 있었다.

"김 선생은 학자로선 일류이겠지만 혁명가로선 돈 키호테구먼."

이능식은 당적을 가지고 있진 않았으나 과학자동맹의 일원이었다. 그러한 이능식이 한 말이니 수긍이 가는 점이 없지 않았다.

박태영은 김태준의 '학문은 아편'이란 설에 대해 이능식의 의견을 물었다. 이능식은 다음과 같이 대답했다.

"나는 학문의 유혹 때문이 아니라 김태준 선생 같은 돈 키호테가 될까 겁이 나서 혁명의 제1선엔 서지 않겠다."

그날 밤 하준규는 여관으로 돌아오며 농담을 했다.

"박형, 임꺽정이란 사람 알지?"

"벽초의 임꺽정 말입니까?"

"그렇지."

"임꺽정이 어쨌는데요?"

"내가 임꺽정을 닮았다 싶으니 우습구만."

하고 하준규는, 청석골의 화적 두목 임꺽정이 서울에 와서 버젓이 양반 행세를 하며 기생방 출입을 한 얘기를 하고, 자기가 그 꼴을 닮지 않았느냐면서 웃었다.

"지리산 화적 두목이다, 그 말씀입니까?"

"그렇지 않소?"

박태영도 따라 웃었다. 그때 마침 두 사람은 수도 경찰청 앞을 지나고 있었다. 경찰청 앞을 지나고 나서 박태영이

"이왕이면 속속들이 임꺽정을 닮아야 할 게 아닙니까?"

하고 하준규의 마음을 떠 봤다.

"어디 기생집에라도 가볼 생각 없으십니까?"

"천만에."
하준규는 잘라 말했다. 여관이 가까워졌을 무렵 박태영이 물었다.
"언제쯤 돌아가시렵니까?"
"내일이라도 갔으면 해."
"이왕 오신 김에 미소 공위의 결말이나 보고 가시죠."
"결말이 그렇게 빨리 나겠소?"
"결렬될 게 뻔하니까 결말이 나겠죠."
"결렬될 공위의 추이를 보면 뭣 해."
"그 뒤에 전개될 정세가 중요하지 않겠습니까?"
"그렇기도 한데 부대 일이 궁금하기도 해서……. 허기야 차범수 선배도 지금쯤 덕유산으로 옮겨 와 있을 거니까."
"덕유산이면 바로 그 은신골에 근거를 잡았습니까?"
"대강 그 근처지."
"순이네 집은 지금 거게 없지요?"
"모두 함양읍으로 이사와 있지."
덕유산 은신골!

박태영은 속으로 중얼거려보았다. 1943년 겨울이었으니 그럭저럭 4년 전의 겨울, 박태영이 은신골을 찾은 기억이 어제 일처럼 새로웠다.

박태영과 하준규와 노동식은 각각 쌀 서 말과 몇 권의 책, 그리고 일용품을 싼 보따리를 짊어지고 개서나무, 저나무, 굴참나무 등 교목과 노린재나무, 쑥백나무, 산초나무 등 관목이 원시림 그대로 얽혀 있는 사이로 알아볼 듯 말 듯 이어진 산길을 걸어오르고 걸어내려 덕유산 은신골을 찾아갔었다.

산마루에서 해가 졌는데 아득한 어둠의 바다에서 등불이 보였을 때의 그 반가움, 화전민의 따뜻한 친절에 눈물겨웠던 사연, 그리고 날이 감에 따라 큰 부대로 부풀어간 과정!

정말 꿈만 같은 시절이었고, 그 속의 생활이었다. 대일본 제국에 항거한다는 기분으로 기고만장했던 그 시절.

은신골을 떠나게 된 날의 그 이를 데 없는 감회!

일본이 망한 지 2년 만에 또다시 그곳을 찾아 들어가지 않을 수 없게 된 하준규의 사정! 역사가 이루어지려면 그렇게 엄청난 우로를 헤매야 하는 것일까!

박태영은 눈시울이 뜨거워졌다. 여관 문간의 불빛을 피해 서서 손수건으로 눈 언저리를 닦고서야 박태영은 하준규의 뒤를 따라 여관 안으로 들어섰다.

차 도령과 순이가 바둑판을 갖다놓고 오목놀이를 하고 있었다. 두 사람이 늘어서자 일어서는 차 도령과 순이를 번갈아 보며 준규가 물었다.

"오늘은 누가 이겼소?"

"빤한 것 아닙니꺼."

하고 순이가 새하얀 이빨을 드러내고 웃었다.

차 도령은 겸연쩍게 머리를 긁었다.

"백 번 해서 백 번 지는 오목을 뭣 때문에 하노?"

하는 하준규를 보고 순이가

"그래도 오늘은 차 도령이 두 판 이겼습니더."

했다. 보아하니 차 도령이 항상 지는 모양이었다.

"극장에나 가서 놀다 오라고 해도 여관에서 꼼짝을 안 하는 기라."

하준규는 귀여운 동생들을 보듯 차 도령과 순이를 번갈아 보았다.

미닫이를 사이에 둔 방 두 개를 쓰는데, 한 방에서 하준규와 차 도령이 자고, 순이는 미닫이를 반쯤 열어놓고 건넛방에서 잤다. 그런데 그런 생활이 조금도 어색해 보이지 않았다.

하준규는 차 도령과 순이에게 의논했다.

"덕유산 형편에 걱정이 없다면 두어 달 서울에서 묵으며 정세를 관망하고 싶은데 어떨까."

하는 의논이었다. 말이 떨어지기가 바쁘게 순이가 나섰다.

"두령님, 그리 하이소. 내 내일에라도 덕유산에 갔다 올 끼니깨요. 옛날 우리가 살던 집도 보고 싶구요, 무슨 일이 있는가, 그라고 두 달 동안 두령님이 서울에 있어도 되겠는가를 노 도련님한테 물어보고 오문 될 끼니예."

"그 정도의 임무 같으면 제가 갔다 오겠습니다."

차 도령의 말이었다.

"차 도령은 안 돼. 붙들리몬 우쩔 끼고. 내가 갈 끼라."

순이의 말은 단호했다.

"순이의 말이 맞아. 차 도령은 내 곁에 있어. 여자 홍길동을 보내야 나도 안심을 하지."

"여자 홍길동이 또 뭡니까?"

박태영은 짐작을 했으면서도 물었다.

"눈치가 빠르고 동작이 민첩하거든. 그뿐 아니라 둔갑도 잘해. 검은 저고리 검은 바지를 입고 있던 여자가 별안간 노랑 저고리 남색 치마를 입은 여자로 둔갑하거든."

하고 하준규가 껄껄 웃었다.

"그런 기 둔갑이몬 세상에 둔갑 못 하는 사람 있을라고예. 노란색 안을 댄 저고리를 뒤집어 입으면 노랑 저고리가 되고예, 남색 안을 댄 바지를 뒤집어 입고 호크를 풀어버리몬 치마가 되고예. 하기야 진짜 둔갑도 할 수 있어예."

순이는 자신만만한 투로 말했다.

"힘은 장사고."

하고 차 도령도 빈정댔다.

"힘은 요령이라예. 그건 두령님헌테서 배운걸예."

차 도령의 얘기에 의하면 순이의 당수 실력도 대단하다는 것이었다. 웬만한 남자 두셋은 너끈히 감당할 실력이라고 했다.

"유고슬라비아의 파르티잔에 로욜라라는 여자가 있었다는데, 우리 순이는 조선의 로욜라가 되겠구나."

박태영도 한마디 거들었다.

"나는 순이구마, 순이예요. 로욜라는 싫어요."

이튿날 아침 순이는 덕유산을 향해 떠났다.

1947년 5월 21일에 재개된 미소 공동 위원회는 별다른 파탄 없이 진행되어 6월 7일에 공동성명 11호를 발표했다. '남북 조선 제 민주 정당 및 사회단체와의 협의에 관한 규정'이란 제목이 붙은 이 성명은 12개 항목으로 되어 있었는데, 그 제6항은 다음과 같았다.

'공동 위원회에 참가할 것을 청원한 민주 제 정당 및 사회단체의 명부와 각 당 및 단체 대표의 명부가 공동 위원회에서 승인되면, 남한에 소재한 상기 정당 및 사회단체의 대표를 초청하여 공동 위원회는 6월 25일 서울에서 합동 회의를 개최한다. 그리고 북조선에 소재하는 민주 제 정당 및 사회단체의 대표를 소집한 합동 회의는 6월 30일 평양에서 개최한다. 서울의 합동 회의는 소련 수석대표가 사회하고, 평양에서의

합동 회의는 미국 대표단 수석이 사회한다.'

11호 성명이 발표되자 정당·단체들은 청원을 시작했다. 마감 날짜인 6월 23일 현재 청원한 정당 및 사회 단체는 도합 463개, 그 가운데 남한이 425개, 이북은 38개였다. 그런데 남한의 청원 단체 중 민전民戰 산하 단체는 불과 25퍼센트 미만이었고, 우익 및 중도계가 3분의 2를 훨씬 넘었다.

당초 남로당은 참가 비율을 남한에서만 5대 5의 선을 확보하려고 했다. 그래야만 북한의 민전 단체와 합세하여 2대 1의 우세를 확보하여 자기들의 의도대로 임시정부를 수립할 계획이었다.

당시의 상황을 일기체로 기록해본다.

6월 25일 하오 1시 30분. 서울 중앙청 회의실에서 정당·사회 단체 대표 425명이 참가한 가운데 스티코프 사회로 합동 대회가 열렸다. 이 회의는 공위의 업무가 시작되었다는 것을 알리는 의미 이상의 것은 없었다.

6월 26일. 스티코프 이하 37명의 소련 측 대표들이 평양으로 떠났다.

6월 29일. 브라운 소장 이하 미국 측 대표단 80명이 하오 7시 30분 특별 열차 편으로 평양으로 향했다.

6월 30일 하오 2시. 북조선인민위원회 회의실에서 평양 합동 회의가 개최되었다.

같은 날, 하오 4시 30분부터 인민위원회 앞 광장에서 '소미 공동 위원회 경축 평양 시민대회'가 열렸다. 약 20만의 군중이 참집했다. 회장 정면엔 김일성과 스탈린의 초상화가 걸려 있었다.

이 경축 대회엔 미·소 양측 대표들이 모두 초대되었다.

5시 30분 폐회한 후 군중은 시위 행진에 들어갔다. 그때 들고 나온 플래카드엔 '민주주의 임시정부는 인민공화국으로 선포되어야 한다', '김일성을 수반으로 임시정부를 수립해야 한다', '민족 반역자, 친일 분자 김구, 이승만, 안재홍, 김성수, 장덕수 등을 임시정부에서 제외하라'는 등의 구호가 있었다.

시민대회에서 채택된 선언서의 요지는 다음과 같았다.

1. 조선은 반드시 민주주의 인민공화국으로 선포되어야 한다.

2. 임시정부는 조선의 애국자만으로 구성되어야 한다.

3. 임시정부의 수반으로는 민족 해방 운동에서, 민주 건설 실시 사업에서 인민의 지지와 신뢰를 받는 지도자가 되어야 한다.

4. 임시정부는 이미 북조선 인민위원회가 취한 것과 같이 토지 개혁, 산업 국유화 등을 전국에 실시해야 한다.

7월 1일. 공위 정식 합동 회의가 평양에서 열렸다.

7월 2일, 3일. 37차 본 회담을 역시 평양에서 가졌다.

7월 4일. 브라운 소장 이하 미국 대표단이 서울로 돌아왔다.

서울로 돌아온 브라운 소장은 기자 회견에서,

"평양에서 융숭한 대접을 받았고 자유로이 행동할 수 있었다."

는 극히 의례적인 성명을 발표했다.

좌익 진영은 이러한 공위의 진행에 용기백배했다. 그러나 박태영과 하준규는 미소 공동위가 절대로 성공하지 못할 것이란 판단을 재확인했다.

좌익이 압도적으로 수가 많은 우익계 청원 단체를 그대로 인정할 수 없을 것이니 회의가 순조롭게 진행될 까닭이 없을 것이라고 추측할 수 있었기 때문이고, 미국이 인민공화국 수립을 용인할 까닭이 없다고 믿었기 때문이다.

미소 공위는 박태영이 짐작한 대로 협의 대상 단체 선정 문제를 둘러싸고 교착 상태에 빠지게 되었다.

남로당은 그러한 사태를 당세의 확장으로 극복하려고 했다. 국민의 압도적 다수가 남로당을 지지한다는 것을 과시해서 공위의 미국 측 대표에게 압력적으로 작용할 작정이었다.

남로당 중앙 위원회는 처음 당원 배가 운동을 벌였다. 그러다가 곧 오배가 운동으로, 나중엔 십배가 운동을 서두르게 되었다.

이런 바람이 박태영에게 불어닥치지 않을 리 없었다. 서울대학교마저 온통 이 회오리바람에 휩쓸렸으니 말이다.

평소에 친하게 지내지도 않던 친구들이 슬그머니 박태영을 불러내어 나름대로 설명을 하고 남로당에 입당하길 권하기도 했다. 그런 경우 박태영은 한마디면 족했다.

"그런 문제엔 흥미 없소."

그런데 박태영이 주동 역할을 하고 있는 독서회 안에서 갈등이 일기 시작했다. 경북 출신인 박영목, 신태창이 남로당에 입당하자는 권유를 독서회 멤버들에게 했다. 이에 호응한 학생은 전북 출신인 정용준, 충북 출신인 강대철, 경남 출신인 심종관이었고, 반대한 사람은 경북 출신인 신화중, 서울 출신인 신동영, 이명철이었다. 유양수, 김기업, 이태호 등은 중립이었다. 하준규가 온 바람에 박태영이 두어 달 동안 그들과의 접촉을 등한히 해서 발생한 일이었다.

모처럼 명륜동의 박태영을 찾아온 신화중은 이 일을 계기로 독서회가 깨질지 모르겠다는 말까지 했다.

박태영은 이른바 남로당의 그런 당세 확장 운동을 미친놈 짓이라고 생각했으나 노골적으로 남로당에 반기를 드는 행동은 하기가 싫은 터였다. 게다가 김태준으로부터 들은 말로 인해 어느 정도 충격을 받고 있었다.

"당의 몇몇 사람이 나쁘지, 당이 나쁜 것은 아니다."
란 말이었다.

그러나 박태영은 그 독서회에 애착이 있었다. 그런 문제로 해서 와해시키기엔 너무나 아까운 멤버들이었다.

박태영은 결심을 했다.

7월 초순 어느 날 박태영은 학교에 나가 독서회 멤버를 운동장 한구석 그늘진 곳에 모아놓고 자기의 진심을 털어놓았다.

"무작정 당원을 모집하고 있는 남로당은 이미 공산당의 자격과 기능을 망각한 당이다. 그런 당의 당원이 되었다고 해서 명예스러울 것도 없고 일을 할 수 있는 것도 아니다. 꼭 공산주의자로서 활동하고 싶거든 이런 돼먹지 않은 당에 들지 말고 신정한 공산낭에 들자. 진정한 공산당이 북로당이면 우린 북로당에 들자. 그렇지 않거든 옳은 당이 생길 때까지 기다리자. 지금 남로당은 미친 수작을 하고 있다."

신태창으로부터 박태영에게 맹렬한 반격이 왔다.

"이승만, 김구, 김성수가 이끄는 세력이 있고, 민주주의 민족전선이 이끄는 세력이 있다. 그 가운데 어느 편이 옳고 어느 편이 나쁘냐? 아니, 어느 편에 서는 것이 양심에 충실할 수 있는가? 아니, 어느 편이 덜 나쁜가? 우리는 소미 공위가 성공하느냐 유산되느냐 하는 이 마당에 가급적이면 성공을 바라고 노력하는 편에 빈자貧者의 일등一燈이나마, 돌멩이 하나만한 힘이나마 보태주어야 할 것이 아닌가. 우리는 진정한 공산주의자가 되려는 것이 아니라, 조그마한 보람이라도 다해 애국을 하자는 거다. 그러기 위해서 남로당에 힘을 보태주자는 거다. 밑져야 본전이 아닌가. 나라와 민족을 위해서 이 정도의 성의도 표시할 수 없다면, 그건 학생으로서의 도리도 아니고 체면도 아니다."

신태창의 반발에 정비례해서 박태영의 말도 신랄해졌다. 미소 공위의 성패 문제에서 시작해서 남로당에 입당한다고 해도 지푸라기 한 가닥만큼도 애국에 보탬이 되지 않는다는 것을 역설했다.

"모두 다 미쳐도 우리는 미치지 말잔 말이다. 그러기 위해서 우리는 독서회를 하고 있는 게 아닌가. 애국할 기회는 앞으로 얼마든지 있다. 우리의 힘을 집중적으로 보람 있게 쓰기 위해서라도 무정견無定見한 짓을 일삼는 남로당에 힘을 빌려줘선 안 된다. 남로당은 공산당일 수도 없고, 따라서 애국 애족하는 당도 못 된다. ……물론 신태창 군의 정열과 양심을 의심하진 않는다. 그 정열과 양심이 보람 있게 쓰일 날이 있을 것이다. 남로당에 지금 입당한다는 것은 나라를 위해서나 우리를 위해서 백해무익하다."

그리고 왈가왈부가 계속되었으나, 결국 신태창이 자기의 제안을 철회함으로써 독서회가 와해되는 위기를 모면했다.

그날 청진동 여관으로 돌아와 박태영이 이런 경위를 말했더니 하준규는 우울한 표정을 짓고 중얼거렸다.

"박형이 저주하는 당에 나는 속해 있는 셈 아닌가."

"그런 게 아니죠. 내나 두령님은 공산당에 속해 있습니다."

"있지도 않은 공산당에?"

"천만의 말씀입니다. 우리 마음속의 공산당이 가장 확실한 공산당입니다. 두령님은 남로당을 위해서가 아니라 인민을 위해 일하시는 것 아닙니까. 두령님의 군대는 남로당을 넘어 인민에게 복무하는 군대가 아닙니까. 남로당과는 공동의 목적을 위해 부득이 연합전선을 펴고 있는 것으로 생각하시면 될 게 아닙니까."

남로당은 한편으로 진정 운동陳情運動을 전개했다. 외곽 단체들로 하여금 ① 정권 형태는 인민위원회로 하고 ② 민주 애국 투사를 즉시 석방할 것이며 ③ 공위의 협의 대상과 정부조직에서 친일파, 민족 반역자, 친파쇼 분자 등을 제외하고 ④ 박헌영 체포령을 취소하라는 내용으로 진정서를 미소 공위에 보내도록 했다. 물론 이것은 미소 공위에 인민의 의사와 주장이 이렇다는 것을 알림으로써 공위의 결정에 영향을 주기 위해서였다. 이렇게 해서 6월 27일까지 전달된 진정서만 해도 전부 3,863통, 연서 인원連署人員 22만 6천410명이었다.

그런데도 별다른 효과가 없자 남로당은 군중을 동원해서 공위에 압력을 가하기로 했다. 그것이 '7·27 미소 공위 경축 임시정부 수립 촉진 인민대회'란 깃이있다.

이 인민대회에서 채택한 결정서의 내용은 대략 다음과 같다.

1. 통일된 민주 정부를 수립하려면 모스크바 삼상 결정을 정확히 실천하는 소미 공위의 성공밖에 없다.

2. 한민당, 한독당, 독촉 계열督促系列의 수백 유령 단체를 공위에서 단호히 제외시켜야 한다.

3. 남조선에서 민전 단체가 협의 대상의 50퍼센트를 가져야 한다는 걸 강력히 주장한다.

4. 정부 형태는 인민공화국으로 해야 한다.

5. 미 군정 기관에서 친일파 제거, 테러단 해산, 이승만·김구의 국외 추방, 한독당·한민당·독촉 계열 해산, 투옥된 좌익 인사 석방, 박헌영 체포령 취소, 인민적 자위 운동의 법적 승인을 요구한다.

이 대회는 서울만이 아니라 전국의 대도시에서 열려 도합 수십만 명을 동원했고, 대회 개최를 허가하지 않는 지방에선 경찰과의 충돌 사건도 있었다.

이렇게 소연한 정세 속에서 하준규는 서울에 그냥 머물러 있을 수가 없었다.

'남로당을 불신할망정 인민을 위한 노력은 포기할 수 없고, 미소 공위의 실패를 예상해서 장구한 계획을 짜야겠다.'

는 결론을 안고 하준규는 덕유산으로 돌아갈 예정을 세웠다. 하준규에 대한 커다란 자극은 7·27대회의 열띤 분위기였다. 7월의 염천에 수만 군중이 외치는 광경을 하준규는 자기에 대한 대중의 지지이며 격려라고 가슴속에 새겨 넣었다.

하준규는 덕유산으로 떠나기 전날 밤 명륜동으로 하영근과 권창혁을 방문했다. 하영근은 하준규를 반갑게 맞아들이긴 했으나 가슴을 튼 얘기는 없었다. 다만 권창혁이 이런 말을 했다.

"7·27대회는 공위를 성공시키려는 것이 아니고 파기할 목적으로 개최한 거나 마찬가지의 결과를 가져올 것이 뻔하다. 대회의 결정서는, 민전이나 남로당 내부에 파괴 분자가 잠입해서 남로당을 파괴할 목적으로 쓴 것이라고 해도 수긍이 될 만한 내용이다. 민주주의를 줄곧 들먹이면서 정당을 해산시키라는 말이 웬 말이며, 박헌영 체포령을 취소하라면서 이승만, 김구를 국외로 추방하라는 말이 뭐냐 말이다. 호통만 치면 그냥 통한다고 생각하는 사람들이 한 짓은 아닐 것이니, 틀림없이 반민전反民戰의 프락치가 한 짓이 아닐까. 어쨌건 남한의 단독 정부는 수립되게 됐다. 7·27대회가 미국을 자극시켰으니, 골치 아픈 나라 이승만에게나 넘겨주라고 될 거로구먼."

하준규와 박태영은 그 말에 일절 반응을 보이지 않았다. 하준규는, 누가 무슨 말을 하건 이미 혁명의 길에 들어섰으니 그 길에서 이탈할 수 없을 것이며 이탈해서는 안 될 것이라고 마음을 다졌다. 그리고 정세를 나름대로 판단할 수 있었으니 긴 혁명의 길, 마라톤을 할 각오를 세웠다.

떠나는 날을 하루 더 연장한 하준규가 차 도령과 순이를 데리고 고궁을 비롯해서 서울을 한 바퀴 돌고 남산 위에서 두 시간이나 우두커니 앉아 있었던 것은 다시는 서울을 볼 날이 없지 않을까 하는 감상 때문이었다.

아니나 다를까 하준규는 그로부터 7년 후 사형수의 몸으로 묶여서 서울로 오게 된 이외엔 서울로 올 기회가 없었다.

어느 전야

하준규는 덕유산으로 내려가는 날 새벽에 안영달安永達의 알선으로 김삼룡을 만났다. 안영달과 하준규는 동경에 있을 때 서로 안면이 있었다.

하준규는 김삼룡을 만나자 평소에 품고 있던 경남 도당에 대한 불평을 모조리 털어놓았다. 하준규의 투쟁 경력과 무술가로서의 실력을 들어서 알고 있는 김삼룡은, 앞으로 당을 위해서 중요한 역할을 맡을 사람으로 인정하고, 당적으론 모순이 있는 말인데도 하준규의 의견을 전적으로 받아들이기로 했다. 그리고 그 자리에서 다음과 같은 결정을 내렸다.

하준규의 부대는 당 중앙 직속으로 한다. 김삼룡의 명령 외에는 일절 받을 필요가 없다.

하준규 부대와 당 중앙의 직접 연락 루트를 만든다. 구체적인 것은 안영달이 정한다.

경남 도당과는 횡적인 연락만 취하면 된다. 필요에 따라 하준규가 경남 도당을 감찰하는 역할을 맡아야 할지 모른다. 그러나 별도의 지시가 있을 때까지 보류한다.

하준규 부대에 정치위원이 필요하다는 요청이 있을 경우엔 중앙에서 정선하여 파견한다.
그리고 김삼룡은
"무력으로 사태를 해결할 단계가 오고 말 것이니 빨치산을 증강하도록 하시오. 그리고 앞으로 인민군이 창설될 것이니 그 모체가 될 거라는 포부와 자신을 갖고 최선을 다하기 바라오."
라는 간곡한 부탁과 함께 우선 군비로 쓰라고 1백만 원을 하준규에게 주었다.

서울에 온 성과로 봐선 개선장군처럼 돌아갈 수도 있었으나 하준규는 마음이 무거웠다. 당을 포기할 수 없다는 각오가 굳어진 반면, 객관적인 정세가 상당히 불리하다는 사실을 확인한 것이다.
하준규는 박태영에게 다음과 같은 말을 남겼다.
"우리의 운명, 우리의 갈 길은 이미 정해진 거나 마찬가지 아니오. 그리고 모든 길은 로마로 통하는 것 아니겠소. 로마는 멀어. 한없이 멀어. 단숨에 거게까지 뛸 순 도무지 없을 것 같애. 결국 릴레이식이 되는 기라. 그러니 박군은 흥분하지 말고 냉정하게 우리가 행동하는 것을 지켜보고 있어줘. 우리가 패하면 패한 우리의 무덤을 넘고 전진하는 역할을 맡아주어야 할 것 아니오. 절대로 동요하지 말아요. 한꺼번에 덤비다간 큰일 나는 기라. 나는 죽어도 희망을 가지고 죽어야 할 것 아니오. 박군이 뒤에 남아 있다면 그게 바로 내 희망인 기라. 지금 당은 삼배가, 오배가 운동을 벌이고 있으니 박군에게도 복당하라는 권고가 있을 기라. 박군은 그런 권유에 응할 까닭이 없겠지만 혹시 욱하는 성질로 무슨 짓을 할지 몰라 내가 특별히 당부하는 거요. 앞으로 3, 4년 동안은 절대로 복당할 생각 마시오. 내가 살아 있는 동안은 박군의 입장을 보장할 테니까. 그리고 빨치산에 접근할 생각도, 또는 보급 운동 비슷한 것도 하지 마시오. 하려면 총을 메고 싸울 일이지, 어중간한 일을 하다가 화를 만나면 본전도 찾지 못하니까."

박태영은 아무 대꾸도 없이 하준규의 말을 듣기만 했다.

8월의 뜨거운 햇볕 아래로 하준규가 탄 기차가 달리기 시작하여 완전히 시야에서 없어질 때까지 박태영은 플랫폼에 서 있었다. 그런데 그것이 박태영과 하준규의 마지막 이별이 될 줄은 두 사람 다 알 까닭이 없었다.

8월 2일 밤 열시, 진주에 도착한 하준규는 진주 경찰서 바로 옆에 있는 C여관에 남도식南道植이란 이름으로 숙박계를 쓰고 투숙했다. 남도식이란 사람이 서울 어느 사립중학교의 교원으로 있다는 사실을 알고 그의 신분증을 위조하여 소지하고 있었던 것이다. 차 도령은 아우, 순이는 누이동생으로 숙박부에 적었다. 경찰서에서 가까운 여관일수록 경계의 눈을 피할 수 있다는 맹점을 이용한 것이다.

그러나 진주에서 덕유산까지 들어가기엔 적잖은 애로가 있었다. 경찰의 경비 태세가 여간 삼엄하지 않기 때문이었다. 하준규는 함양군으로 직행하는 루트를 피하고 원지에서 덕유산으로 가기로 계획을 세웠다. 마침 이튿날이 덕산 장날이기 때문에 방학에 귀성한다는 핑계를 장만하고 장꾼들 틈에 끼이면 무난하리라고 생각했다.

이튿날 새벽 하준규 일행은 장꾼들이 타는 화물차에 편승해서 덕산으로 향했다. 덕산까지만 가면 밤을 이용해서 가까운 빨치산 지역으로 들어갈 수 있고, 일단 그 지역에 들어서기만 하면 걱정하지 않아도 되었다.

덕산까지 이르는 도중 두세 번 검문이 있었지만, 깡마른데다가 키가 작은 하준규를 중학교 교사쯤으로 볼 수 있었으니 별로 주의를 끌지 않고 덕산에 도착할 수 있었다.

덕산에 도착하자 하준규는 대원사 주변을 근거지로 하고 있는 강금석 부대에 순이를 보냈다. 양복을 벗고 시골 처녀처럼 옷을 갈아입으면 순이는 단번에 무지한 시골 여자로 둔갑한다. 나물을 캐는 척, 가재를 잡는 척, 논을 둘러보는 척 꾸미고 들길을 걷다가, 골짜기를 헤매다가 하면 수월하게 목적지에 도달할 수 있었다.

순이의 연락으로 밤이 되자마자 하준규 일행은 무사히 강금석 부대의 본부로 들어갔다. 밤이 되면 경찰관들은 경찰서나 지서를 단단히 지키기에 신경을 쓸 뿐 다른 경비는 소홀하게 돼 있었던 것이다. 그래서 그 지역은 낮엔 미 군성 치하에 있고 밤엔 빨치산 치하에 있는 것으로 알았다.

강금석은 일제 때 농업보습학교를 졸업하고 한동안 면서기를 했는데, 해방 직후 치안대장을 맡아 10월 사건을 주동한 바람에 입산했다. 나이는 서른다섯이고, 부하를 거느리는 통솔력도 있었다.

강금석은 하준규를 환영하는 뜻으로 닭을 잡고 술을 준비하는 등 정성을 다했다. 더욱이 서울에서 돌아오는 길이란 얘기를 듣자 서울을 알고 싶어했다.

하준규는 객관적 정세가 불리하다는 말은 빼고 되도록이면 낙관적인 자료만 들먹였다. 특히 7·27대회의 성황에 역점을 두고 말을 엮었다.

강금석은 미소 공위의 전망도 듣고 싶어했다. 그런데 이 문제에 관해서만은 낙관적인 측면을 얘기할 수가 없었다.

"잘 되면 물론 그것으로 우리의 앞날도 순조롭게 전개되겠죠. 그러나 솔직한 얘기로 소미 공위엔 기대할 수 없을 것 같습니다."

하고 하준규는 미소 공위의 결과가 어떻게 되건 그런 데 신경을 쓰지 말고 장기 대책을 세워야 할 것이라고 강조했다.

그 말을 듣자 강금석은 표정이 음울하게 변했다. 그때 하준규는 느꼈다.

빨치산 행동을 하는 사람들에겐 되도록 가까운 시일 내에 좋은 일이 있을 것처럼 말해야 한다. 내일 좋은 일이 있을 거라는 기대로 하루하루의 긴장과 불안을 이겨낼 수 있을 것이기 때문이다. 1년이고 2년이고 그런 처지를 감당해야 할 것이라고 하면 사기가 저하되는 것은 물론이고 탈락자가 속출하게 마련이다.

그런 느낌을 갖자 하준규는 말을 고쳤다.

"하지만 걱정할 건 없어요. 7·27대회를 보니까 우리의 민주 역량이 대단합니다. 신념의 불길만 꺼지지 않으면 우리의 승리는 확실해요."

"경찰력은 자꾸 보강되는데 우리 힘은 줄어만 드니 걱정 아닙니까?"

하준규는 김삼룡의 말을 상기했다.

"무슨 수단을 써서라도 병력을 확보해야 합니다. 앞으로 인민군으로 발전할 전망으로도 그렇고, 사태의 해결은 무력이 결정할 것이니까요."

"하 동무의 부대는 어떤 형편인지 모르겠습니다만, 우리 부대는 이번 겨울을 넘기지 못할 것 같소. 첫째는 식량 조달이 문제고, 둘째는 무기 문제가 탈입니다."

강금석의 말은 침울했다. 하준규가 물었다.

"지금 강 동무의 부대원이 얼맙니까?"

"137명입니다. 봄엔 2백 명 이상이었는데 사상자가 11명이나 있었고 포로가 된 자가 20명이나 있었소. 탈락한 사람도 상당수 있었구요."

"탈출한 자를 붙들었을 때는 어떻게 합니까?"

"총살입니다."

"몇 명이나 됩니까, 총살된 사람이?"

"10여 명 됩니다. 그러나 우리 부대에서 하진 않습니다. 도당으로 압송했습니다. 집행은 도당에서 하죠."

그 말을 듣자 하준규는 갑자기 우울해졌다. 자기 부대에서는 아직 그런 일이 없었지만, 앞으로도 그런 일이 없으리라 장담할 수는 없었다.

'만일 혁명을 성공시키지 못할 경우, 그 총살은 어떤 의미를 갖게 될까.'

하는 상념이 일순 준규의 뇌리를 스쳤다.

'전쟁 상태니까 할 수 없다는 이유만으로 납득이 될 수 있을까.'

갑자기 침울해진 하준규의 심정을 짐작한 듯 강금석이 말했다.

"바로 일주일 전에 내 사촌 동생이 총살을 당했습니다."

"탈출하려다 붙들렸습니까?"

"결국 그런 겁니다."

하고 생각하는 빛이더니 강금석이 얘기를 이었다.

"본인은 절대로 그러지 않았다고 변명합디다. 밤에 등 너머 마을로 보급 투쟁하러 나갔었는데 오면서 보니 그애가 보이지 않았어요. 다시 돌아섰습니다. 그애를 찾으려고요. 그런데 그놈은 물레방앗간에서 자고 있었습니다. 그애 말로는 방앗간에 혹시 숨겨둔 양식이 없을까 하고 갔답디다. 이곳저곳 뒤져봤지만 양식은 없고 갑자기 졸음이 와서 조금 쉬어 가려고 방앗간 뒷구석 벽에 몸을 기대고 앉았다는 겁니다. 그런데 어느덧 잠이 들어버렸다고 합디다. 그러나 그런 변명이 통할 까닭이 있습니까. 종래의 예를 좇아 사유를 첨부해서 도당으로 보냈습니다. 그랬더니 총살을 집행했다는 통지가 왔습니다."

하준규는 어이가 없었다. 그래서

"변명의 여지가 전연 없으면 할 수 없지만, 변명의 여지가 다소 있다면, 설혹 그것이 변명이라고 하더라도 관대하게 처분해야지 어디……."

하고 중얼거렸다.

"사유서에 사촌이란 사실도 밝혔거든요. 하기야 내 사촌이라고 해서 특별 취급을 할 수는 없죠. 그럴수록 엄벌을 내려야 하긴 하지만…… 하여간 나는 좋은 세상이 와도 얼굴을 쳐들고 집에 가긴 글렀습니다."

"그렇겠네요."

하준규는 진심으로 동정했다.

"그러나 도리가 없죠."

하고 강금석은 또 다음과 같은 얘길 했다.

"탈출자 문제가 큰일이긴 합니다. 탈출해서 경찰에 자수하면 경찰은 그놈들을 의용 경찰대니 청년단 행동대원이니 해서 이용한단 말입니다. 그놈들을 앞장세우고 공격해 오거든요. 그놈들은 우리의 사정을 잘 알고 있으니 여간 곤란하지 않습니다. 그러니까 자연 탈출자를 잡기만 하면 엄벌을 내릴 수밖에 없는 겁니다."

"탈출해서 경찰에 이용당하는 놈들에 대한 대책을 강구해야겠소."

하준규는 엄숙하게 말했다.

"하고 있습니다."

강금석도 결연한 표정을 지었다.

"놈들을 처치하는 전담반을 만들었습니다. 동태를 쭉 살피다가 기회가 포착되기만 하면 죽여버립니다. 며칠 전에도 두 놈을 죽였습니다.

놈들은 경찰지서에서 마련한 합숙소에 가기로 되어 있었는데, 어느 날 밤 두 놈이 자기 집에 돌아가서 잔다는 정보를 포착했죠. 1개 소대가 새벽녘에 놈들의 집을 습격해서 도끼로 쳐 죽였습니다. 대원들의 적개심이 대단했던 모양이죠. 놈들의 자지를 끊어오지 않았겠습니까?"

하준규는 가슴속에서 피어오르는 울분을 억제할 수가 없어서 사발에 따라놓은 채 손도 대지 않은 술을 단숨에 들이켰다. 그런데 그 울분은 탈출자에 대한 울분도 아니고, 놈들의 자지를 끊어가지고 왔다는 대원들에 대한 울분도 아니었다. 그러한 처지에 놓인 자신의 운명, 그러한 처지를 만들어버린 정세 일반에 대한 울분이었다.

'그처럼 험악한 죄악을 거듭 짓고 도대체 어디로 간단 말인가. 천당으로 간단 얘긴가, 지옥으로 간다는 얘긴가. 우리의 동족, 우리의 혈육을 죽이고, 바로 어제까지의 동지들을 도끼로 쳐 죽이고, 그리고 시체에 붙은 자지까지 끊는 따위의 만행을 거듭해야만 혁명이 가능하단 말인가. 그런 비참을 쌓아올려 승리했다고 해서 거기에 영광이 있을까. 행복이 있을 수 있을까.'

하준규는 강금석이 다시 따라놓은 술을 역시 단숨에 들이켰다.

"술맛이 좋죠?"

분위기를 바꿔보려는 듯 강금석이 물었다.

"난 술맛을 잘 모릅니다."

하준규의 덤덤한 대답이었다.

"이 골짜기의 물이 좋은 모양입니다. 술맛이 썩 좋거든요. 우리의 처지에 술을 마시면 안 되지만, 난 요즘 술을 마시지 않으면 잠을 잘 수가 없습니다."

"그 심정 알 만합니다."

하고 하준규는 덥석 강금석의 손을 잡았다. 갑작스런 동작이어서 강금석이 놀라는 표정이 되었다.

"강 동무, 우리의 인생은 이로써 망친 거죠?"

"그렇다고 할 수 있죠."

"인생을 망치고도 희망이 있을까요?"

강금석은 한동안 말이 없더니 뚜벅 입을 열었다.

"인생은 망쳐도 혁명의 투사는 건재할 수 있지 않겠습니까?"

"혁명의 투사가 망쳐버린 인생을 보상할 수 있을까요?"

"글쎄요."

"나는 자신이 없습니다. 이 하준규는 자신이 없어요. 나는 일제 시대에 일본놈의 병정 노릇을 하기가 싫어서 지리산에 숨었습니다. 일본놈을 죽이기도 했죠. 그러나 좋은 기분은 아니었습니다. 우리가 살기 위해 부득불한 노릇이지만, 우리의 손으로 사람을 죽였다는 사실은 결코 유쾌한 것이 못 되었습니다. 그놈들이 우리 애국자를 무수히 죽였다는 것을 알면서도 기분이 좋지 않더라, 이 말씀입니다. 그런데 지금 우리는 뭣을 하고 있죠. 우리의 혈육을 죽이고 있는 게 아닙니까. 우리의 혈육이 우리를 죽이고 죽이려 하는 게 아닙니까. 불행인지 다행인지 나는, 내 부대는 아직 고의로 동족을 살해한 적은 한 번도 없습니다. 그래서 아직껏 동족을 죽이는 문제에 있어서 실감을 느껴보지 않았습니다. 차범수 부대에서 많은 사상자가 났다고 해서 위문하러 간 적이 있었지만, 전투가 있으면 사상자가 있다는 그 정도의 생각이었소. 내 부대에서 인민재판이 있어 심종범이란 정치위원을 죽게 한 일이 있지만, 그놈에 대한 미움이 앞선 탓인지 뉘우쳐본 적은 없었소. 그런데 오늘 밤 강 동무의 말을 들으니 등에 소름이 끼칩니다. 동족상잔이란 참사에 대한 실감이 너무나 뼈저려요. 강 동무, 큰 수고 하셨습니다."

"어쩔 수 없는 일 아닙니까. 이왕 내친걸음이니 혁명의 완수를 기할 뿐 아닙니까. 혁명의 성공으로 내가 지은 죄의 만분의 일이라도 보상할 셈으로 이를 악물고 있습니다. 하 동무도 마음 단단히 가지셔야죠. 앞으로 동무의 부대도 사람을 안 죽이곤 배겨낼 수 없는 처지가 될 겁니다."

"그렇겠죠. 그런 처지가 되고 말겠죠. 이미 내친걸음인데 후퇴야 할 수 있겠소. 다만 나는 그런 처지가 슬프다는 얘깁니다. 어떤 일이 있어도 이런 죄를 보상할 수 있는 혁명을 성공시켜야죠."

"나는 혁명의 원동력은 미움에 있다고 생각합니다."

강금석이 자기의 마음을 다지듯 조용히 말을 이었다.

"이론만으로 되는 것도 아니고 정의감만으로 되는 것도 아닙니다. 폭력으로써만 가능한 게 혁명이 아닙니까. 이론에서 폭력은 나오지 않습니다. 미움! 이겁니다. 미움은 복수의 심리에 불을 붙입니다. 미움은 그러니까 한량없이 부풀어오를 수 있습니다. 성난 태평양의 파도처럼 될 수도 있고, 대지진 같은 파괴력을 갖기도 합니다. 그런데 미움은 자연 발생적으로 커지는 것은 아닙니다. 미움은 적이 키워주는 것입니다. 적으로부터 뺨을 한 대 맞으면 이쪽에선 두 대쯤 때려야 직성이 풀립니다. 그러면 저쪽으로부터 석 대쯤으로 보복이 옵니다. 그렇게 상승 작용을 거듭하다가 드디어 죽이기에 이릅니다. 죽여도 보통으로 죽여선 직성이 풀리지 않기 때문에 자지를 끊는 만행으로까지 극단화합니다. 경찰은 우리 편을 붙들면 전엔 약간 폭행을 한 뒤에 유치장에 가두었다가 재판을 해서 벌을 정했는데 요즘은 마구 죽입니다. 얼마 전 덕산에서 있었던 일인데, 목을 쳐 죽여가지고 그 대가리를 축구공처럼 톡톡 차고 돌아다녔답니다. 그러니 우리는 그 3배, 4배 되는 보복을 하게 됩니다. 이렇게 가열된 양쪽의 미움이 어느 날 결전의 시기를 마련하겠죠. 그 결전에서 이기기만 하면 혁명은 성공하는 겁니다. 지금에 있어서의 영웅은 가장 큰 미움을 가진 자입니다. 미움은 자기를 불사르는 것도 불사합니다. 원수를 죽일 수만 있다면 자기가 죽어도 좋다는 집념으로 불타는 거죠. 용기는 그런 곳에서 비롯된 과감한 것입니다. 하 동무는 기막힌 지도자라고 들었는데, 하 동무에게 모자란 게 꼭 한 가지 있습니다. 그건 미움입니다. 하 동무에겐 미움이 부족해요."

"강 동무의 미움은 충분하다고 생각합니까?"

"아직도 모자랍니다. 그러나 하 동무에 비하면 월등한 것 같습니다. 나는 많은 부하를 죽였으니까요. 그러나 나는 보상을 바라지 않습니다. 되도록 많은 원수를 죽일 작정뿐입니다. 언젠가는 나도 맞아죽을 각오를 하고 있으니까요. 이런 각오가 돼 있는 놈에겐 장차의 보상 같은 건 문제가 되지 않습니다."

하준규는 쓴웃음을 웃었으나 강금석의 말을 수긍하는 마음이 되었다.

한 되가량 술을 비운 강금석이 제안했다.

"오늘 밤엔 달도 좋고 한데, 보초들을 위로할 겸 산책이라도 하지 않으시렵니까?"

하준규는 그 제안에 동의했다.

두 사람은 아지트에서 나왔다. 교교한 달이 중천에 떠 있었다. 개울물 소리가 쉴 새 없이 들려올 뿐, 달빛에 젖은 산들은 고요하기만 했다.

하준규는 부대원들을 위해 사가지고 온 과자를 일부 가지고 나왔던 터라, 근무하는 보초들에게 그것을 나눠주었다. 보초선을 한 바퀴 돌고 들어온 하준규는 보초들의 훈련이 썩 잘 되어 있다는 점을 들어 칭찬했다.

"별다른 훈련을 한 것은 아닙니다. 그들의 마음속에 있는 미움이 그들 자신을 훈련시킨 겁니다."
하고 강금석이 웃었다.

하준규는 자기가 갈 노순과 암호 등 연락 방법을 정해 차 도령과 순이를 이튿날 아침 덕유산으로 보냈다. 하준규는 강금석 부대에서 하루 더 묵고 떠날 작정을 했다. 그 일대의 지리와 병력 상황을 세밀히 파악할 필요도 있고, 강금석에게 호의를 느껴 앞으로 긴밀한 연락을 취할 방법을 강구할 필요도 있었던 것이다.

분대 병력을 붙여 차 도령과 순이를 보낸 뒤 강금석이 제안했다.

"여기까지 오신 김에 도당 지리산 파견 본부를 찾아보는 게 어떻겠습니까. 여기서 4킬로쯤 계곡을 거슬러 오른 곳에 있습니다."

준규는 지세를 알 겸 가보고 싶은 생각이 있었으나 도당에 대한 불쾌감이 제동을 걸었다.

"강 동무는 나와 도당의 불화를 모르고 계십니까?"

"알고 있습니다. 그러니까 더욱 권하는 겁니다. 이 기회에 화해할 수도 있지 않을까 해서요."

"화해는 해야죠. 나도 그럴 생각입니다."

"그럼."

하고 강금석은 출발 채비를 하려고 했다. 그러한 강금석을 만류하고 하준규가 말했다.

"화해하기 위해선 도당의 간부가 이리로 와야겠소."

"……"

"앞으론 내가 도당을 감독하게 되었습니다."

"그렇게 됐어요?"

강금석은 나쁜 기분은 아닌 것 같았다.

"도당에 벌써 그런 통지가 와 있을지도 모르죠. 그렇다고 해서 내가 그곳으로 못 가란 법은 없지만, 하두 체통을 찾고 위계질서를 찾는 자들이니까 하는 소립니다."

"당연한 말씀입니다."

하고 강금석은 전령을 도당으로 보냈다.

말이 난 김에 하준규는 김삼룡을 통해 받은 당 중앙의 지령을 강금석에게 설명해주었다.

"그거 정말 잘 된 일입니다. 사실 지금의 도당으로서는 하 동무를 명령할 처지가 못 되니까요."

강금석의 말은 꾸민 것이 아니었다.

도당의 대표들이 강금석의 아지트에 도착한 것은 점심때를 넘긴 시각이었다. 김부일이란 이름의 경남 도당 지리산 당부책黨部責과 몇 달 전 칠선동에 온 일이 있는 정원식이 대표로 나섰다. 하준규는 모르고 있었지만 그들은 하준규의 부대가 통고서 한 장만 보내놓고 덕유산으로 이동한 사실과 하준규가 부대를 이탈했다는 사실을 알자 당 중앙에 하준규를 맹렬히 중상한 보고서를 올렸었다. 그런데 그 보고에 대한 처리는 없이 바로 어제 당 중앙으로부터 하준규 부대와 차범수 부대를 중앙 직속으로 한다는 것과 하준규가 경남 도당을 감독할 권한을 갖게 될 것이란 지시를 받아 얼떨떨한 참이었다.

김부일과 정원식은 하준규가 그런 일로 자기들을 부르는 줄 알았기 때문에 마음이 내키지 않았지만 별 도리 없이 강금석의 아지트까지 오게 된 것이다.

그런데 뜻밖에도 하준규의 화창한 얼굴을 보자 적이 마음이 놓였다.

하준규는 두 사람의 손을 붙들고, 기왕의 일을 일절 물에 씻어버리고 앞으로는 잘 지내자고 하고, 당의 관료주의적 경화에 대해선 평소에 품었던 소신을 솔직히 털어놓았다.

"비합법 태세에서 일을 하자니까 그런 경향이 안 생길 수 없습니다."

하고 김부일이 자기들의 잘못을 인정하는 동시에 변명도 했다.

"비합법적인 태세에서 있을수록 서로 정이 통해야 합니다. 단결은 철석같은 규율만 갖고는 어림도 없습니다. 정이 통한 화합이 빨치산 활동에 있어서 가장 중요한 문제라고 생각하는데요."

하준규의 이 말이 계기가 되어

"규율은 엄하되 정이 통할 수 있는 방법이 무엇일까?"

하는 문제의 토의가 있었다.

하준규는 일제 때 이래의 자기 경험을 토대로 다음과 같이 말했다.

"교육을 시킬 때는 조그마한 잘못도 전체의 생명과 관계되니 저질러선 안 된다고 엄격하게 다루고, 일단 잘못을 저질렀을 때는 생각할 수 있는 한 그 죄를 가볍게 다룰 수 있도록 마음을 써야 할 줄 알아요. 예를 들면 담뱃불 하나가 부대의 소재를 알리는 위험이 될 수 있으니 허가 없이 담배를 피우는 행동은 이적 행위가 된다고 엄격히 교육을 시키되, 막상 그런 짓을 했을 때는 '주위의 사정으로 보아 이적이 되지 않는다고 판단했기 때문에 생긴 해이된 마음이 범한 잘못'쯤으로 처벌하란 말입니다."

정원식은 이에 반대했다.

"어디까지나 원칙대로 밀고 나가야 합니다. 원칙을 밀고 나가는 덴 개인적인 감정이 개재될 틈이 없으니까요. 그런데 일단 원칙을 변칙으로 바꾸기 시작하면 아무래도 개인적인 감정이 개재하게 됩니다. 그렇게 되면 조직이 무너집니다. 지금 우리가 믿을 건 조직의 힘밖에 없습니다. 조직은 정으로는 지탱되지 않습니다. 읍참마속泣斬馬謖이란 고사가 있지 않습니까. 하 동무의 부대는 일제 이래의 동지들이 모인 형제집단 같으니까 정을 통한 조직의 강화라는 것도 가능할지 모르겠습니다만, 그것을 사정이 다른 부대에 적용시킬 순 도저히 없습니다."

이러한 토론으로 한나절이 지났다.

그런데 하준규가 두드러지게 느낀 것은, 김부일이나 정원식이 철저할 만큼 정세에 대한 낙관적인 견해를 갖고 있을 뿐만 아니라, 당을 위해선 한꺼번에 수만 명을 학살해버려도 눈 한 번 깜짝하지 않을 감정의 소유자들이란 사실이었다. 그들은 동족상잔에 따른 비애 같은 것도 느끼지 않는 듯하고, 어제까지의 동지를 처형하는데도 마음의 동요를 일으키지 않았다. 하준규는 그 두 사람의 경력을 들었을 때 비로소 이해가 되었다. 그들은 노동자 출신이었다. 필요없는 생각이나 감정을 촉발하는 자의식 같은 것과는 원래 무관 무연한 사람들이었다.

'혁명적 인간이란 이런 사람들을 두고 하는 말일지 모른다. 혁명의 완수만이 최고의 목적이라면 자의식 같은 것은 사치일 수밖에 없다.'

하준규는, 도당의 간부들이 자기에게 악감정을 가지게 된 것은 관료주의적인 근성 때문이 아니고, 기본 계급 출신인 인텔리층에 대한 근본적인 반감 때문이라는 것을 깨달았다.

'노동자와 농민이 아니면 공산주의자 되긴 불가능하지 않은가.'
하는 생각마저 들어, 이것 역시 혁명가에겐 있을 수 없는 자의식의 과잉 탓이라고 느끼며 하준규는 내심으로 웃었다.

하여간 그 모임은 피차를 이해하는 데 큰 도움이 되었다. 앞으로의 일을 토의하기도 하면서 저녁 식사까지 마치고 정원식과 김부일은 그들의 아지트로 돌아갔다.

강금석은 하준규를 위해서 3개 분대를 동원했다. 제1분대는 밤중에 출발해서 하준규가 갈 길의 상황을 미리 파악하는 임무를 맡았다. 제2분대는 하준규와 동행하고, 제3분대는 후환을 없애는 임무를 맡았다.

그렇게까지 할 필요는 없다고 하준규가 반대했으나, 강금석은 끝내 고집을 부렸다. 만의 하나라도 불상사가 있어선 안 된다며, 자기는 제2분대와 함께 덕유산까지 동행하겠다고 했다. 그런데 강금석의 이 조치가 하준규를 구하는 결과가 되었다.

하준규가 강금석 부대의 아지트를 출발한 것은 새벽 세시. 유평리에 도착하니 날이 훤히 밝았다. 유평리에서 쑥밭재까지의 거리는 11킬로미터. 쑥밭재는 해발 1,220미터의 꽤 험한 고개다. 고갯마루에 섰을 때는 한시가 지나 있었다. 거기서 주먹밥으로 요기를 하면서 벽송사까지의 상황이 어떤지 알려줄 연락원을 기다리기로 했다. 그 무렵 쑥밭재와 벽송사까지의 8킬로미터 남짓한 길은 안전하다고 했지만 강금석이 신중을 기해 선발대로 하여금 그 길을 탐색케 한 것이다.

오후 한시가 넘어도 선발대로부터 연락이 없었다. 강금석은 이상이 생겼다고 판단했다. 척후를 낼까 생각할 때 갑자기 총성이 세 발 들려왔다. 위험한 상태에 빠져 이러지도 저러지도 못 할 땐 총 세 발을 쏘아서 비상 신호를 하라고 일러두었는데, 바로 그 총성이었다. 총성이 난 곳은 하봉 근처라고 짐작되었다. 선발대가 거기로 퇴각한 모양이고, 벽송사까지의 길 근처엔 복병이 있다는 신호일 것이다.

쑥밭재에서 벽송사로 갈 수 없다면 하봉으로 돌아 칠선 계곡으로 빠질 수밖에 없었다. 험로이긴 하지만 그곳 지세엔 익숙한 하준규였다. 분대원 두 명을 쑥밭재에 남겨 후속 3분대를 기다리게 하고, 제2분대는 10미터 간격으로 횡으로 흩어져 산비탈을 기어 하봉으로 향했다.

하봉까지의 중간쯤 지점에서 제1분대의 연락이 있었다. 쑥밭재에서 벽송사까지의 길 양쪽에 2백 명 이상으로 추산되는 경찰대가 매복되어 있고, 3백 명 이상의 경찰 병력이 의탄을 중심으로 집결되어 있다는 보고였다. 의탄은 하준규가 그날 밤 여덟시 덕유산에서 마중 나온 자기의 부대와 만날 지점이었다.

"이런 일은 전에 없었는데."

하고 강금석이 의아하다는 표정을 지었다. 하준규도 동감이었다.

쑥밭재에서 벽송사, 벽송사에서 의탄까지의 길에 5백 명에 이르는 경찰 병력이 동원되어 있다면 만만치 않은 일이었다. 하준규의 노순을 미리 알고 배치했다고 생각할 수밖에 없었다. 그밖에 그런 병력을 동원할 이유가 있을 까닭이 없었다. 그 근처에서 빨치산이 작전 행동을 한다면 인접한 곳에 있는 강금석 부대에 통보가 없을 리 없었다.

"하 동무가 이리로 온다는 걸 아는 사람이 있었소?"

강금석이 물었다.

"어제 보낸 차군과 순이 외엔 아는 사람이 없을 텐데……. 그리고 강 동무와 나, 제1분대."

하준규도 역시 궁금했다.

"어떻게 할랍니까?"

"내야 정황을 파악했으니까 어떻게라도 할 수 있지만 의탄이 걱정이오. 우리 부대의 일부가 그리로 오게 돼 있거든요."

"정탐대가 미리 사태를 파악할 테니까 큰일이야 있을려구요."

이렇게 말하면서도 강금석은 불안을 숨기지 못했다.

"강 동무, 미안하지만 이렇게 해주실 수 있겠소?"

"어떻게요?"

"제1분대와 제3분대가 합세해서 쑥밭재 저쪽에 있는 경찰대를 습격하는 겁니다. 그렇게만 해주면 나는 제2분대를 이끌고 의탄 쪽으로 가겠소. 거기서 적당한 지점을 잡고 의탄에 집결한 경찰대를 다른 곳으로 유인할 작정입니다."

"그렇게 합시다."

하준규와 강금석은 주도면밀한 작전 계획을 짰다. 이때가 벌써 오후 세시. 덕유산을 출발한 부대가 늦어도 일곱시 반까진 의탄에 도착할 테니까 그때까진 의탄에 집결해 있는 경찰대를 딴 곳으로 유인해내야 했다.

강금석은 제1분대를 인솔하고 쑥밭재로 되돌아가고. 하준규는 제2분대를 이끌고 산을 타기 시작했다. 아무리 빨라도 평지로 쳐도 20킬로미터가 넘는 거리를 태산 준령을 타고 길 아닌 길을 걸어 네 시간 안에 의탄에 도착하는 것은 불가능했다.

하준규는 산길 삼십 리를 한 시간 내에 뛸 수 있지만, 분대원들은 그렇지가 못했다. 마음이 급해 혼자 앞으로 나갔다가 한참을 머물러 분대원들을 기다려야 했으니 답답했다.

'빨치산의 첫째 자질은 걸음이 빨라야 한다는 것이다.'

하준규는 새삼스럽게 그런 것을 느꼈다.

하준규의 마음을 알고 있는 분대원들은 결사적이었다. 그러나 예정한 일곱시에 목적지에 도달할 순 없었다.

목적지에 이르러 하준규는 시계를 보았다. 여덟시가 10분이나 지나 있었다. 갑자기 가슴이 두근거렸다. 그것이 신호가 된 듯 일제 사격 소리가 조용한 산촌의 밤을 뒤흔들었다. 수백 정의 총이 일제히 터뜨린 그 요란한 소리는 오랫동안 계속되었다. 하준규는 일순 눈을 감았다. 덕유산에서 온 자기의 부대가 완전 포위된 채 공격을 당하고 있구나 짐작하고 몸을 떨었다. 하준규는 벌떡 일어섰다. 그리고 수류탄을 있는 대로 내놓으라고 일렀다. 일곱 사람이 가진 수류탄은 일곱 개였다. 그 수류탄을 호주머니에 쑤셔 넣고 하준규는 오른쪽에 있는 언덕을 가리키며,

"저 언덕에 기대어 여러분이 가지고 있는 총탄을 다섯 발씩만 남겨놓고 전부 쏘도록 하시오. 처음 일제 사격은 일곱 명이 한꺼번에 다섯 발씩 쏘고, 그리고 2분쯤 있다가 세 명이 쏘고, 그 다음은 네 명이 쏘고, 이런 요령으로 20분 동안 사격을 계속하고 곧 원대로 돌아가도록 하시오. 오던 길로 도루 가면 아무 탈 없을 거요."

이렇게 일러놓고 어둠 속을 향해 달렸다. 들길에서는 기었다.

제2분대의 사격이 시작되었다. 전연 반대쪽에서 나는 사격 소리가 경찰대를 놀라게 한 모양이었다. 경찰대의 사격 소리가 순간 멎었다. 그때 도로 가에까지 기어간 하준규는 경찰대가 있는 듯한 지점을 향해 수류탄을 던졌다.

'꽝' 하고 굉음이 요란했다. 경찰대는 그것을 대포 소리로 알았을 것이다. 하준규는 몸을 날려 100미터 저쪽으로 뛰어가서 또 한 발 수류탄을 던졌다.

또다시 굉음이 났다. 먼저 수류탄이 터졌을 때 그쪽으로 총부리를 돌려 쏘다가 다시 그쪽으로 방향을 돌리는 듯했다. 하준규는 왼쪽으로

50미터쯤 거리를 옮겨 세 개째 수류탄을 터뜨렸다.

　조명탄이 올랐다. 하준규는 바위 틈에 몸을 숨겼다. 그런데 그 조명탄은 적의 소재를 알기 위한 것이 아니고 자기들의 후퇴를 편리하게 하기 위한 것이었다. 트럭 엔진을 거는 소리가 요란하고, 저쪽 비탈로 달음질쳐 가는 경찰대의 일부가 보였다.

　조명탄이 꺼지는 순간 하준규는 네 개째의 수류탄을 던졌다. 제2분대의 사격이 잠깐 계속됐다. 뒷산으로부터의 사격 소리도 요란했다. 경찰대가 쏘는 총 소리는 사라졌다. 당황해서 후퇴하기 바빠 총을 쏠 겨를이 없는 모양이었다.

　다시 고요가 돌아왔다. 기진맥진한 하준규는 밭두렁 밑에 누워 무슨 동정을 포착하려고 했다. 달이 올라 동쪽 하늘이 어슴푸레 빛을 띠었다.

　'제2분대는 무사히 돌아갔을까? 우리 부대는?'

　하준규는 그 결과가 두려웠다. 난데없는 기습 포위를 당해 공격을 받았으면 적잖은 희생자가 났을 것이다.

　하준규는 경찰대가 완전히 철수한 것을 확인하고 들길을 휘청휘청 걸어 의탄 뒷산 어귀에 이르렀다. 달빛이 환하게 비쳐 빛과 그늘을 엮어 냈다. 그늘 쪽으로 들어가 준규는 속삭이듯 불렀다.

　"강북."

　차 도령에게 일러둔 암호였다. 아무런 반응이 없었다.

　조금 더 산속으로 걸어 들어가 약간 소리를 높였다.

　"강북."

　여전히 반응이 없었다. 계획대로라면 하준규가 걸어가고 있는 그 근처에 연락원이 와 있어야 했다. 준규는 불안이 더해만 갔다.

　'경찰대가 퇴각한 건 내 기습에 당황해서가 아니고 우리 편을 전멸

시켰기 때문이었을까.'

이런 생각이 들기조차 했다. 그러면서도 하준규의 발은 움직이고 있었다. 어느 무덤 가까이까지 갔다. 그 무덤이 목표물이 되어 있었다.

나무 그늘에 서서 무덤을 바라보며 하준규는 중얼거렸다.

"강북."

"강남."

소리가 어디선가 들려왔다. 두리번거리는 준규의 눈앞으로 다가서는 그림자가 있었다. 하나, 둘, 셋, 세 방향에서 그림자가 모여들었다. 그리고

"두령님!"

하는 목멘 소리들이 터져 나왔다. 준규는 그 세 사람을 한꺼번에 안고 울음을 터뜨리고야 말았다.

숲에 둘러싸인 공지가 있었다. 30명가량의 장정이 서서 기다리고 있었다. 그 모습들 위로 달빛이 그윽했다. 노동식이 한 걸음 나서서 경례했다.

"두령님, 전투 완료했습니다. 사망 7명, 부상자 15명. 사망자와 부상자는 이미 출발시켰습니다. 두령님, 죄송합니다."

노동식의 보고는 울먹거리며 끝났다. 하준규는 노동식의 어깨를 가볍게 두드렸을 뿐 말이 없었다. 곧 출발 명령을 내렸다. 덕유산 본거에 도착했을 땐 짧은 여름밤이 밝아올 무렵이었다.

노동식의 말에 의하면, 일곱 명으로 조직된 선발대를 보내기까지 해서 의탄 뒷산의 상황을 미리 파악해놓았는데 어떻게 포위당하게 되었는지 영문을 모르겠다는 것이었다. 차 도령과 순이를 불렀다. 그들은 조금도 지장 없이 덕유산으로 들어올 수 있었다고 했다. 도중에 만난

사람도 없었다고 했다. 하준규가 물었다.

"너희들을 수행해 준 강금석 부대 사람들에게 노순을 말한 적 없나?"

"없습니다."

그렇다면 자기의 부대에서 정보가 누설된 것은 아니었다.

강금석 부대? 그럴 리 없었다. 같이 위험을 당했기 때문이다.

하준규는 그저께 만난 도당 간부들을 의심해보았다. 그럴 까닭이 없다는 생각과 그랬을지도 모른다는 생각이 들기도 했지만, 피와 살과 뼈가 모조리 혁명을 위해 만들어진 듯한 그 사람들이 그런 짓을 할 리는 없을 것 같았다.

그 문제는 영원히 수수께끼로 남았다.

미움이 혁명의 원동력이 된다는 강금석의 말은 진실이었다. 일곱 명의 부하를 잃고 열다섯 명의 부상자를 낸 그 사건은 하준규를 표범으로 만들었다.

그로부터 일주일 후 함양 경찰서가 하준규 부대에 의해 박살나고, 경찰대는 수십 명의 사상자를 냈다. 경찰과 내통했다는 이유로 집을 불살린 사람이 22명, 참살당한 사람이 10여 명이었다.

덕유산에서 함양까진 수월찮은 거리다. 작전에 참가한 병력은 불과 2백 명이었다. 중화기가 있는 것도 아니었다. 그러한 장비, 그러한 병력으로 그처럼 먼 길을 쳐들어가서 그만큼 전과를 올렸다는 것은 그 지방 사람의 말을 빌리면 '귀신이 곡할 노릇'이었다.

하준규는 그 사건을 계기로 해서 '표범', '홍길동', '제갈량' 등의 별호를 받게 되고, 북쪽에까지 알려지는 영웅이 되고, 경찰이 지목하는 제1급 범죄인이 되었다.

하준규에 대한 남로당의 관심은 날로 높아져갔다. 남로당 중앙은 그에게 덕유산·지리산 지역에 깔린 빨치산의 총책임을 맡겼다. 명칭은 '지리산지구 인민유격대 사령관'. 1947년 10월 초순이었다.

하준규는 대병력을 정치적으로 훈련하고 단합시킬 필요를 느껴 김삼룡에게 정치위원 파견을 요청했다.

김삼룡은 남한 지역 총책 이승엽과 의논하여 정치위원으로서 박우종朴祐鐘을 파견했다.

박우종이 하준규 부대에 도착한 것은 1948년 1월 초순이었다. 그때 박우종이 하준규 사령관에게 한 보고는 다음과 같았다.

1947년 11월 17일 유엔 총회에서 미국 대표 존 포스터 덜레스는

"1948년 3월 31일 이전에 남과 북에서 유엔 감시하에 총선거를 실시하여 국회를 구성하고 통일 정부를 세우자."

고 제안했다. 이것은 조선 문제(한국 문제)를 유엔에서 해결하자는 의견인데, 모스크바의 삼상 결정을 백지화하자는 것이었다.

당연히 소련은 이에 반대했다. 유엔 감시하의 총선거란 남한만의 단독선거밖에 안 될 것이니 그러한 음모엔 동조할 수 없다고 했다. 소련 대표 신비스키는

"미국의 일방적이고 완전한 불법 행위를 유엔 총회란 권위로 은폐하려는 처사가 아닌가?"

고 비난했다. 그리고 유엔은 한국 문제를 토의할 자격이 없으며, 그래도 꼭 유엔에 이 문제를 상정하겠다면 남북한의 대표를 다 같이 초청해야 한다고 제의했다. 그런데 이 제의는 34대 7, 기권 16표로 부결되고 말았다. 한편 미국은 한국에 정부를 수립하기 위한 총선거 실시를 감시할 목적으로 '유엔 한국임시위원단' 설치를 제의했는데, 이것은 11월

16일 총회에서 채택되었다.

남로당은 12월 11일

"유엔의 결의와 유엔 한국위원단의 활동은 그 목적이 남한에 단정單政을 수립하는 데 있다."

고 규정, 이를 전면적으로 반대할 것을 결정하고, 12월 11일 당 중앙위원회 성명을 발표했다.

"국토를 양단하고 민족을 분열하는 단선·단정을 반대하며, 소련의 제안대로 소미 양군의 동시 철퇴를 실현시켜 인민의 손으로 민주 자립 정부 수립을 위해 모든 구국 운동을 적극 지원한다. 남로당의 당면과제는 남한에 단독 정부를 세우려는 미국의 음모와 우익들의 술책을 철저하게 봉쇄하고 파괴하는 데 있다. 우리 인민 유격대는 당의 방침에 따라 이 목적 관철을 위해 노력해야 한다."

하준규는 박우종의 보고를 듣고 말했다.

"소미 공위는 없어진 거나 다름없이 되었구먼."

"지금은 그런 사정입니다."

"유엔 감시하에 남북을 통한 총선거를 하자는 제안이 부당하다는 이유는 어디에 있습니까?"

"그렇게 되면 미국이 주도권을 쥐게 되니 안 된단 말입니다."

"미국이 주도권을 쥔다고 해도 우리가 우리의 의사를 반영할 수 있도록 선거를 치르면 될 게 아니오?"

"미국이 주도권을 쥐면 그게 안 된다는 말입니다."

"지금 남한은 미 군정하에 있지 않소. 그런데도 우리는 이렇게 유격 활동을 하고 있지 않소. 생명을 걸고 말입니다. 이와 같은 용기로 임하면, 그리고 남한 인민 대부분이 우리를 지지한다고 볼 때 부당한 선거가 되리라고 생각하진 않는데요. 더군다나 북쪽은 소련 주도하의 지역이니 몇몇 감시단이 들어간다고 해서 낭패될 건 없지 않소. 그리고 그 감시단 구성 국가가 중립 국가라면 그다지 걱정할 것 없을 것 같은데요."

"앞으로 수립될 정부는 어디까지나 자주 자립적인 정부라야 합니다. 그러려면 소미 양군이 철퇴한 후 인민의 손으로 정부를 만들어야 합니다. 누군가의 감시를 받고 하는 총선거가 자주적 선거가 되겠습니까?"

"소미 양군의 철퇴가 가능할까요?"

"가능하도록 인민의 힘을 결집해야죠."

"어떻게 인민의 힘을 결집합니까. 내 사견으로는 소미 공위가 없어진 이 마당엔 유엔 감시하의 선거밖에 도리가 없는 것 같은데요. 미국이나 소련이 느그 마음대로 하라고 이 상태를 그냥 두고 철퇴할 리가 만무하니까 하는 소립니다."

"그럼 하 동무께선 남한 단정을 지지한다는 말입니까?"

"천만에요. 나는 단정엔 절대로 찬성하지 않습니다. 당의 지시 때문에도 그렇고, 내 자신의 신념으로도 그렇소."

"그러시다면 유엔 감시하의 총선거도 반대해야 합니다. 그게 바로 단정을 만들자는 음모니까요."

"북에서 그 제안을 받아들이면 될 것 아뇨. 그럼 단정은 안 될 것 아뇨?"

"북에선 절대로 받아들일 수 없습니다."

"그게 이해가 안 된단 말이오. 총선거를 통해 남북을 통일하는 정부를 세우려고 하는데 그것을 반대하다니, 그 이유를 알지 못하겠단 말요."

"그렇게 해선 인민의 정부가 안 됩니다."

"그것도 이상한 말입니다. 선거를 해서 국회를 구성하고, 그 국회에서 헌법을 만들 것 아닙니까. 그 헌법을 인민의 정부가 되도록 만들면 될 게 아닙니까. 우리가 지금부터 노력만 하면 국회의 과반수를 차지할 수 있지 않겠소. 그만한 자신이 없다면 이제까지의 정치 운동을 반성해야요."

"그런 사상은 대단히 위험합니다."
하고 박우종이 정색을 했다.

"왜 위험합니까?"

"우리의 당은 인민을 위한 당일 뿐 아니라 노동자, 농민의 전위당前衛黨입니다. 그 전위당의 간부이자 유격대의 사령관이 그런 말씀을 한다는 건 대단히 위험합니다. 지금 미국이 선거를 하자는 건 북한 쪽에서 그 제의를 듣지 않으리란 전제하에서 하는 것입니다. 그러니까 단정을 하자는 저의가 있다는 겁니다."

"왜 북쪽에서 그 제의를 받아들이지 않느냐는 겁니다, 내 말은."

"받아들이지 않는 것이 아니라 그렇겐 못 합니다. 지금 형편에 유엔 감시하의 선거를 해보십시오. 남이나 북이나 반동들이 다 차지합니다. 우리에겐 돈이 없습니다. 헌데 그들에겐 돈이 있습니다. 표를 얻기 위해 갖은 수단을 다 쓸 것입니다. 봉건 유습까지 마구 이용할 겁니다. 한마디로 말해 체제와 상황을 이대로 두곤 인민의 의사를 정당하게 반영시킬 수 없습니다. 모처럼 인민의 의사를 반영시킬 수 있도록 어느 정도 틀을 잡아놓은 북쪽이 그 준비를 무無로 만들어버릴 선거를 용납할 까닭이 없지 않습니까."

"그럼 선거를 하지 말자는 얘기 아뇨?"

"선거를 하되, 미국식 선거를 하면 안 된다는 겁니다. 미국식 선거는 부르주아가 승리하도록 돼 있습니다. 미국식 체제에 반대하는 목적을 가진 우리 당이 미국식 체제에 의한 선거를 할 수 있겠습니까."

"어떤 선거가 되어야 한다는 거요, 그럼?"

"우리 당이 주도권을 쥐고 당의 이익에 거스르는 자를 배제하는 선거라야 합니다. 인민의 당이야말로 인민의 의식을 반영합니다. 그 인민의 당이 선거뿐만 아니라 모든 정치 활동에 있어서 이니셔티브를 쥐어야 하죠. 그러지 못한 선거는 반인민적 선거일 뿐입니다. 유엔 감시하의 선거뿐만 아니라 당의 노선에 위배되는 모든 선거에 반대해야 합니다. 요는 우리가 이기는 선거를 해야지, 패배할 선거를 뭣 때문에 할 거냐 이겁니다. 하 동무의 당성을 의심하지 않으니까 나는 이런 토론도 하는 겁니다. 그렇지 않으면 하 동무는 비판을 받아야 할 겁니다."

"우리가 이길 수 있는 선거란 어떤 겁니까?"

하준규는 어이가 없었지만 이렇게 물어보지 않을 수 없었다.

"지금 당에서 성안成案 중인 것으로 압니다."

"만일 그 방식에 실현성이 없으면?"

"끝까지 싸워야죠."

"끝까지 싸워도 보람이 없으면?"

"그럴 까닭이 없죠. 마지막 승리는 우리에게 있으니까요. 동유럽에선 인민의 정부가 성공적으로 수립되어가고 있는 모양이고, 이웃 중국에서도 승리적으로 과업이 진행되고 있습니다. 우리 위대한 소비에트가 동맹국으로서 우리를 지원하고 있고, 다행히 북조선에 우리는 교두보를 잡고 있지 않습니까. 유엔에서 우리 문제를 해결하자는 따위의 음모는 단연 분쇄해야 합니다."

"알겠소."

하준규는 이렇게 말하고 질문을 끝냈지만 어쩐지 석연할 수가 없었다.

남로당이 주도권을 잡는 정부를 수립해야겠다는 의도는 물론 모르는 바 아니었다. 그러나 그러한 사태를 어떻게 만들어내는가 하는 문제를 제기하면 다음다음으로 의혹이 생겨났다. 결국 소련의 힘을 믿어보자는 것인데, 미국의 힘을 어떻게 배제할 것인가 하는 것도 문제려니와 남로당의 독점 정부란 현재로 봐선 전연 무망했다.
　무망한 앞날을 향해 계속 살육전을 해나가야 할 것이란 생각이 하준규의 마음을 무겁게 했다. 그러나 이제 와선 달리 도리가 없었다.

　그런 가운데서도 정세는 진행되고 있었다.
　1월 8일 유엔 한국위원단이 서울에 왔다. 12일 덕수궁에서 첫 모임이 있었다. 인도 대표 메논을 의장으로 한 위원단은 13일부터 한국인 대표와 접촉을 시작하고, 좌익 정치인들과도 접촉하기 위해 미 군정 당국에 좌익 정치인들의 신분을 보장할 것을 요구했다. 군정은 이들을 체포하는 일이 없을 것이란 성명을 발표했다.
　미소 공위가 덕수궁에 자리 잡았을 땐 좌익들이 그 주변에 몰려 법석을 떨고, 우익들은 반대하는 아우성을 바깥에서 질렀다. 이번엔 반대 현상이 벌어졌다. 유엔 한국위원단이 들어오자 우익들이 그 주변에 몰려 법석을 떨고, 좌익들은 바깥에서 이를 비난 공격했다.
　유엔 한국위원단은 1월 18일, 북한에 주둔하고 있는 소련군 사령관을 면회할 수 있게 해달라는 요청서를 메논 의장의 이름으로 유엔 소련 대표에게 보냈다. 유엔 소련 대표 그로미코는 다음과 같은 서한을 유엔 사무총장에게 보냄으로써 메논의 요구를 거절했다.
　"……북한의 소련 사령관을 방문하겠다는 희망을 표명한 유엔 한국위원단 임시 의장으로부터 보내온 1월 18일자 서한에 관해서 우리는,

귀하가 1947년 제2차 유엔 총회 석상에서의 유엔 한국위원단 구성에 대하여 이미 소련 정부가 표명한 부정적 태도를 상기할 필요가 있다고 생각한다."

그러자 1월 25일 이승만은, 소련이 유엔 한국위원단의 입북을 거절한다면 남한만이라도 선거를 단행할 수밖에 없다는 주장을 내세웠다. 한민당 당수 김성수金性洙도 같은 의견이었다.

하여간 소련 측의 입북 거절로 인해 남북을 통한 총선거는 불가능하게 되었다. 부득이 남한만의 총선거를 유엔 총회에 건의하여 승인을 얻었다. 그리고 선거 일자를 5월 10일로 정했다.

이러한 결정에 반대한 건 좌익들만이 아니었다. 김구, 김규식을 비롯한 민족 진영의 중진들도 일제히 단독 정부 수립에 반대하고 나섰다. 김구는

'3천만 동포에게 읍고泣告함.'

이란 격렬한 성명서를 발표했다.

남로당과 민전은 단독 선거를 방해하기 위해 배수의 진을 치기로 작정했다.

하준규는 2월 7일을 기해 구국 투쟁에 들어간다는 지령과 함께 다음과 같은 민전의 성명서를 받았다.

"괴뢰적 단선·단정을 분쇄하고 외제의 앞잡이 유엔 위원단을 국외로 구축하고 소미 양군을 철수시켜 조국의 주권을 방어하고 통일·자유·독립을 쟁취하기 위하여 성스러운 투쟁에 기립했다. 정의의 싸움은 벌어졌다. 이 투쟁이 아무리 희생에 찬 투쟁이라 할지라도 우리는 모든 악조건을 극복하고 싸워 승리해야만 우리 조국의 주권과 국토가 방어될 것이며, 우리 민족의 생명이 보전될 것이다. 그러므로 조선 인민은

모든 계층과 당파와 사상의 여하에 불구하고 정의의 구국 투쟁에 총궐기하여 우선 무엇보다도 단선·단정을 분쇄하지 않으면 안 된다. 전 인민이 일치단결하여 강제적, 괴뢰적 단선을 보이콧한다면 우리는 단선의 음모를 분쇄할 수 있을 것이다."

이 성명서에는 유격대원 모두가 그 취지를 소화하고 이해할 수 있도록 하라는 주의서가 첨부되어 있었다.

그런데 동봉된 지령은 어마어마했다. 그것을 요약하면 다음과 같다.

1. 선거를 반대하는 벽보와 전단으로 일대 선전 운동을 할 것.
2. 부단히 집회를 해서 선동 연설을 할 것.
3. 선거를 지지하는 놈들에게 설득·설복 공작을 펴되, 듣지 않을 경우엔 최후의 수단으로 말살할 것.
4. 공장 노동자는 장기간 파업을 단행하고, 농민은 미 군정에 대한 비협조적 태도로 일관할 것.
5. 경찰서, 지서 등을 습격하여 인민의 힘을 과시할 뿐 아니라 선거 업무에 종사하지 못하도록 힘쓸 것.
6. 당의 정상 조직과는 달리 용기 있고 원기 있는 청년들로 행동대를 조직하여 무력 활동을 할 것.
7. 인민 유격대는 이러한 노력에 대해 무력적인 배경이 되어줄 것.
8. 인민 유격대는 그 세위가 미치는 범위 안에서만이라도 선거가 이루어지지 못하도록 최선의 힘을 다할 것.

이른바 '2·7폭동'은 전국을 휩쓸었다.

경인 지방, 전남북 지방, 경남북 지방, 그리고 제주도에까지 폭동과 파업의 바람이 불었다.

파업으로 생산 기관이 마비되고, 철도·교량 파괴로 수송에도 혼란을 가져왔다. 전신주, 전신선의 절단으로 통신이 두절되는 사태가 속출했다.

부산 항만의 선박 노조원도 파업을 단행했고, 장성·화순 등 탄광의 노동자들도 파업에 돌입했다. 서울을 비롯한 각 지방에서 민주 학생 연맹의 선동으로 일부 학생들이 맹휴하기도 했다.

남로당의 지령에 의해 감행된 이 '2·7폭동'은 1948년 2월 7일부터 20일까지 그들의 말에 의하면 다음과 같은 성과를 올렸다.

파업 30건, 맹휴 25건, 충돌 55건, 시위 103건, 봉화 204건, 그리고 총 검거 인원은 8천479명이었다.

그들의 구호는 다음과 같았다.

1. 조선의 분할 침략 계획을 실시하는 유엔 한국 위원단을 반대한다.
2. 남조선 단독 정부 수립을 반대한다.
3. 양군은 동시에 철퇴하여 통일 민주 정부 수립을 우리 조선 인민에게 맡겨라.
4. 국제 제국주의의 앞잡이 이승만, 김성수 등 친일파를 타도하라.
5. 노동자, 사무원을 보호하는 노동법과 사회 보장제를 즉시 실시하라.
6. 노동 임금을 배로 올려라.
7. 정권을 인민위원회에 넘겨라.
8. 지주의 토지를 농민에게 무상 분배하라.
9. 조선민주주의인민공화국 만세.

말하자면 이상은 벽보용으로 채택된 구호였다.

하준규는 이러한 구호의 나열에 모순을 느꼈다. 그래 정치위원 박우종에게 이런 말을 했다.

"이 구호는 남로당의 입장을 너무 노골적으로 내세운 것 같소. 단정을 반대하는 전 국민적인 감정이 결여되어 있소. 그러니 단정을 반대하는 것이 곧 남로당을 위하는 것이라고 해석될 수도 있어 그만큼 효과가 덜하지 않을까 하는데 어떻소?"

이에 대한 박우종의 대답은,

"우리 당 아니고는 나라의 진로를 바로잡을 수 없으니 할 수 없지 않습니까?"

"그렇더라도 이렇게 많은 것을 나열할 필요는 없지 않을까요?"

"이런 시기를 이용해서 당의 성격, 우리의 노선을 선전할 필요가 있습니다."

하준규와 박우종은 이런 문제에도 이렇게 왕왕 대립이 있었거니와 단정 반대 운동의 실시에 있어서도 의견이 어긋났다.

이를테면 박우종은 그 지역 내의 경찰지서를 닥치는 대로 습격하고 동시에 우익 인사들이 꼼짝 못하도록 납치도 하고 인민재판도 하자는 의견이었는데 하준규는 달랐다. 결정적인 시기와 이유도 없이 경찰서 습격을 할 필요가 없다는 것이며, 직접 적대 행동을 하지 않는 사람을 이쪽의 사상에 동조하지 않는다는 이유로 납치하는 따위의 짓은 할 수 없다는 것이었다.

이렇게 대립되었지만 박우종은 마지막 단계에선 언제나 하준규의 의견을 따랐다. 그리고 박우종은 정치위원이니 당의 원칙을 고수하는 입장을 취할 뿐 하준규의 의견도 각도를 달리하면 충분히 수긍할 수 있다는 아량을 가지고 있었다. 무엇보다도 박우종이 하준규를 존경한다는 것이 두 사람의 의견 대립을 조절하는 기본적인 바탕이었다.

하준규는 휘하의 각 부대를 동원해서 단선·단정 반대 선전 선동 활동에 주력했다. 어느 부대가 어느 부락에서 선전 활동을 벌이면 다른 부대가 그 부대를 엄호해주는 등 치밀한 계획에 의해 움직였다.

남로당과 민전에 의한 단독 선거 반대 운동이 치열했으나, 3월 20일부터 그해 4월 9일까지의 유권자 등록 기간 중에 총 유권자의 95퍼센트에 해당하는 730만 명이 등록하고, 의원 정수 2백 명에 대해 948명이 입후보했다.

유권자 95퍼센트의 등록은 남로당에 대해선 결정적인 타격이었다.

하준규는 이 사실을 들어 정치위원 박우종에게 당의 방침을 변경해야 하지 않겠느냐는 의견을 말했다. 박우종은 그런 일은 당 중앙에서 할 일이라며 유권자 등록수가 문제가 아니라고 했다.

"박 동무, 당이 그처럼 반대했는데도 95퍼센트가 등록했다는 사실이 문제가 아니면 뭣이 문제겠소?"

"경찰의 압력을 받아서 할 수 없이 한 일이 아니겠습니까?"

"그렇다면 경찰의 압력은 받고 우리의 압력은 받지 않았다는 얘기가 되는 게 아뇨?"

"그렇다고 할 수 있지만, 선거일이 되어보면 알 게 아닙니까?"

"90퍼센트 이상이 투표를 한다고 합시다. 그렇게 되면 객관적으로 90퍼센트 이상의 인민이 단정을 지지하는 결과라고 할 수 있지 않겠소?"

"두고 보시오, 미국놈들이 조작하지 않는 한, 유효 투표가 30퍼센트 이상 되지 못할 테니까요."

"30퍼센트 이상 안 될 것이라는 데 무슨 근거라도 있습니까?"

"당에서 대강 그렇게 계산하고 있는 모양입니다."

"그럼 당에서 몇이나 등록할 것으로 보았다고 합디까?"

"그건 듣지 못했는데요."

"박 동무, 우리 내기합시다. 유권자 등록이 95퍼센트였다고 하잖았소. 나는, 등록한 사람은 당일 피치 못할 사정이 없는 한 모조리 투표할 것이라고 생각하오. 그렇게 되면 당의 면목이 뭐가 되겠소. 이쯤 결과가 나왔으니 반드시 당의 전략을 바꿔야 하오."

"어떻게 한다는 겁니까?"

"당에서 내밀적으로나마 후보자를 내든지, 이미 입후보 등록을 한 사람들 가운데 적당한 사람을 골라 그에게 투표하도록 조직의 노력을 그리로 돌리는 겁니다."

"하 동무, 큰일 날 소리 그만하십시오. 선거 반대 운동을 찬성 운동으로 돌릴 순 없습니다."

"내밀적인 공작은 해둬야 된단 말이오."

"그것도 안 됩니다. 가는 데까지 가 보면 알 겁니다."

"95퍼센트가 등록했다면 현재 남조선에서 우리를 지지하는 사람은 크게 잡아 성년의 5퍼센트밖에 안 된다는 사실을 알아야 해요. 가는 데까지 가보고 선거가 성공적으로 끝난다면 어떻게 할 거요?"

"그런 일은 없겠지만, 만일 그렇게 되면 선거 무효 투쟁을 하는 수밖에 없죠."

"유권자 90퍼센트 이상이 참여한 선거를 어떻게 무효화시킬 수 있단 말요?"

"러시아 대제국도 혁명으로 전복시켰지 않습니까?"

"하루 종일 토론해도 결론이 나지 않겠소."

하고 하준규는 웃었다.

"헌데 하 동무의 생각은 왜 자꾸만 비관적이죠?"

"비관적으로 보는 게 아니라 상식적으로 보는 겁니다."
"상식을 넘어서는 곳에서 혁명은 시작됩니다."
"상식을 무시하고 정치가 성공할 수 있을까?"
하준규는 우울하게 말했다.

드디어 5월 10일이 되었다.
박우종의 추측은 완전히 빗나갔다. 등록 유권자의 91퍼센트가 선거에 참여한 것이다. 선거 방해 공작이 주효해서 투표를 못 한 곳은, 4월 3일에 발생한 폭동이 아직 계속되고 있는 북제주의 2개 구뿐이었다.
이러한 결과로 미루어 국민의 8할 이상이 단독 정부 수립을 바란다는 것을 알 수 있었다.
하준규는 이쯤 되었으면 당이 전략을 바꾸어야 할 것이라고 생각했다.
'빨치산 활동을 하고 있는 나의 명분이 어디에 있을까?'
라는 생각도 안 해볼 수 없었다. 성인 인구 8할이 지지한 선거에 있어 무효 운동을 하는 덴 보다 강력한 명분이 있어야 했다.
박우종은 미 군정, 즉 경찰의 압력을 선거가 성공적으로 이루어진 이유로 들었지만, 하준규가 조사한 바에 의하면 그렇지 않았다. 투표소에 나가자는 권유는 있었지만 강제는 없었고, 투표 과정이나 개표 과정에 조작이 있지도 않았다는 것이다. 설령 남의 눈이 무서워 투표소에까지 갔다면, 그러고도 선거에 반대하는 마음이 있다면 무효표를 만들어버릴 수도 있었을 텐데 무효표가 극히 적었다고 하니, 투표한 율率로 봐서 대다수 국민이 선거를 지지했다고 보아야 할 것이 아닌가. 당이 만일 이러한 사실을 직시하지 못한다면 이는 보통 문제가 아니란 생각이 들기도 했다.

그런데 당 중앙에선 유격대의 활동을 강화해서 단독 정부 수립을 계속 방해하라는 지령을 내렸다. 동시에 북조선 인민 회의의 토의를 거쳐 공포되었다는 '조선민주주의인민공화국 임시헌법'이란 것을 보내왔다. 그리고 이 헌법을 지지하도록 대중 운동을 벌이라는 지령이 있었다.

하준규는 슬그머니 화가 났다.

그래 정치위원을 끼운 간부 회의에서 이 사실을 알리고,

"단선을 반대하지도 못한 주제에 북조선에서 만든 헌법을 지지하도록 대중 운동을 벌이라는데, 도대체 어떻게 하자는 얘긴지 알 수가 없다."

라고 투덜대기조차 했다. 박우종은,

"그러나 당 중앙의 지령이니 따라야 하지 않겠습니까?"

하고 하준규의 눈치를 살폈다.

"헌법도 좋고 대중 운동도 좋은데, 하여간 어떻게 하라는 얘기야? 이 헌법을 대중 앞에서 읽어주고 무조건 이에 따르라고만 하면 그만인가? 소미 공위를 성립시키지도 못하고 단선 반대를 성취하지도 못한 주제에 씨알머리 없는 짓을 또 하라구? 마을마다 돌아다니며 밤잠 안 자고 단선 반대 운동한 일을 생각하니 얼굴이 뜨거워질 판이다. 대중 운동을 어떻게 하면 될지 모르겠으니, 정치위원이 방안을 짜서 제시해 보시오."

그러자 박우종이 발끈했다.

"그럼 하 동무는 책임을 회피하겠다는 말입니까?"

"회피고 뭐고, 나는 어떻게 해야 할지 모르겠다니까요."

"내가 방향 제시를 하면 그대로 따르겠습니까?"

"그거야 검토한 후에 결정할 문제 아니겠소?"

"나는 하 동무의 그런 패배주의에 불만입니다."

"패배주의? 나는 사태를 신중히 검토하자고 했지, 패배주의 해본 적은 없소."

"이번의 단선 반대만 해도 그렇지 않습니까. 하 동무께서 내가 건의한 대로 전략을 세우기만 했으면 우리가 맡고 있는 지역 내에선 투표를 못하게 할 수도 있었을 겁니다. 북제주군처럼 말입니다. 그런데 하 동무는……."

"이 지역을 그렇게 만드는 것만으로 무슨 보람이 있었겠소?"

"줄잡아 우리의 영웅적인 실적만은 남겠죠."

"이곳을 불바다로 만들고? 나는 그런 영웅 되긴 싫소."

"모두 그런 생각이었으니까 단선 반대 투쟁이 성공하지 못한 겁니다. 당의 지시가 나쁜 건 아닙니다."

하준규는 일순 생각에 잠겼다. 아닌 게 아니라 제주도에서처럼 대대적인 폭동만 일으켰다면 선거고 뭐고 되었을 리가 없었다. 그러나 남로당이 아무리 서둘러도 부분적인 사건, 결국은 물거품처럼 사라져버릴 장난 같은 사건이 있었을 뿐 아닌가. 바로 이게 문제였다.

하준규는 각자 그 문제를 좀더 생각해보라고 하고 회의를 해산했다.

김구와 김규식이 단정을 반대하고 나섰지만 결정적인 힘은 되지 못하고 말았다. 남로당과 민전이 아무리 발버둥쳐도 대세의 방향을 바꾸기는 전혀 무망했다.

그와는 반대로 단독 정부 수립 과정은 활발하게 진행되고 있었다.

5월 31일엔 제헌 국회의 개원식이 있었다. 이어 6월 1일엔 헌법, 정부 조직법, 국회법 등을 만들기 위한 기초위원 선출이 있었다. 7월 14일엔 헌법이 통과되고, 그 헌법에 따라 이승만이 대통령으로 선출되었다.

이런 소식이 날아들자 빨치산들의 사기가 나날이 저하되어갔다.

당에서 무슨 소릴 해도 빨치산들은 자기들의 눈과 귀를 통해 국민의 압도적인 지지하에 선거가 치러졌다는 것을 알고 있었다. 반쪽의 정부 일망정 우리의 정부가 서게 된다는 사실은 충격적이었다. 그리고 앞으론 미 군정이 아니라 그 정부를 상대로 해서 싸워야 한다는 예상이 그들의 마음을 우울하게 물들였다.

내일에라도 좋은 일이 있을 것이란 기대로 버텨왔던 이들은 앞으로 기약할 수 없는 투쟁의 길이 남았다고 인식하지 않을 수 없자 마음의 동요를 억제할 수 없었다.

게다가 정부가 수립되면 기왕의 죄를 묻지 않고 대한민국의 품으로 돌아오는 자는 무조건 포섭하는 특별 사면이 있을 것이란 풍문이 유포됐다.

아들을 지리산에 두고 있는 부모들 가운덴 하준규에게 편지를 보내는 사람도 있었다. 그 편지의 골자는 의논이나 한 것처럼 모두 비슷했다.

'남한에 정부가 서면 공산당이 발붙일 곳이 없어지고, 정부가 서는 이 시기를 놓치면 돌아올래도 돌아오지 못할 것이니 내 아들, 내 동생을 설득해서 돌려보내 달라.'

는 내용이었다.

하준규의 아버지한테서도 편지가 왔다. 모든 것을 단념하고 산에서 내려오라는 부탁이었다. 과오는 군정 때 저지른 것이니, 우리 정부가 서면 용서받을 수 있을 것이고, 그렇게 되도록 이번 선출된 국회의원을 통해 운동을 하고 있으니 부대를 해산하고 자수하라는 것이었다.

그런데다 이곳저곳에서 탈출자가 생겨난다는 보고도 들어왔다.

하준규로선 괴로운 날의 연속이었다.

어느 날, 하준규는 일제 때의 괘관산 이래 같이 고생해온 동지 가운데서 몇 사람을 뽑아 정치위원이 도당 연락부에 간 틈에 모임을 가졌다. 그 모임엔 차범수도 참석했다. 그 자리에서 하준규는 솔직한 심정을 털어놓았다.

90퍼센트 이상의 국민이 참여한 이번 선거는 좋으나 궂으나 일종의 합법성을 가진다는 것.

90퍼센트 이상의 국민을 상대로 싸워야 하는 결과가 되니 앞으로의 투쟁은 육체적으로나 정신적으로 더욱 고통스럽게 되리라는 것.

당에서 단독 정부 수립을 계속 반대할 작정이라고는 하나 선거를 중단시키지 못한 사례로 봐서 무망하리라는 것.

남에 단정이 섰으니 북에서도 대응책을 강구할 것인즉 미국과 소련이 건재한 이상 남과 북은 상당 기간 갈라진 채 대립 상태를 지속하리라는 것.

먼 장래에 승리를 바라볼 수 있을지 모르니 5년 내지 10년간의 투쟁은 각오해야 되리라는 것.

이러한 상황이니 각자의 마음을 물어 스스로 자기의 앞길을 타개할 수 있도록 자유의사에 맡겼으면 한다는 것.

새 정부가 서면 특별 사면이 있을 것이란 풍문엔 상당한 근거가 있다는 것.

대강 이상과 같은 요지의 설명을 하고 나서 동지들의 의사를 물었다.

"모든 일을 두령님의 결정에 맡기겠습니다."

괘관산 이래의 동지들은 이 말 외엔 없었는데, 차범수의 의견은 다음과 같았다.

"하 두령의 심정은 잘 알겠소. 그러나 하 두령의 의사로 이 유격대를 해산한다, 또는 했다고 하면 하 두령은 인민공화국의 배신자가 되고 말 거요. 이제까지의 투쟁 경력을 봐서 그럴 순 없지 않습니까. 만일 이 부대를 해산한다고 해도 다른 부대는 또 어떻게 할 겁니까. 쉬운 문제가 아닙니다. 그러니 꼭 부대를 해산할 필요를 확인한다면 반란의 방식을 통해 해산해야 할 겁니다. 물론 이건 하나의 방법이지, 최선의 방법일 순 없습니다. 정치위원이 돌아오면 인민대회 형식의 모임을 갖는 겁니다. 그 모임에서 반란을 하는 겁니다. '두령의 말은 안 듣겠다. 우리의 장래는 어떻게 되는 것이냐?'라는 따위의 질문을 해서 정치위원을 추궁하고, 탐탁한 대답이 있을 까닭이 없으니 해체를 동의해서 정치위원 책임하에 해체를 결정하도록 하잔 말입니다. 그게 하 두령을 구하고 우리 모두를 구하는 방법 아니겠습니까?"

"나는 그런 비열한 방법은 싫습니다. 내가 역적이 되어도 좋고, 그 때문에 총살을 당해도 좋아요."

하더니 하준규는 갑자기 좋은 생각이 났다는 듯,

"반란의 형식을 꾸민다면 좋은 방법이 있소. 해체 결정이 이루어졌을 때 나를 쏴죽이고 해체하면 어때요? 두목을 죽이고 돌아왔다고 하면 그만큼 특별 사면을 받는 폭이 넓어지지 않겠소?"

"무슨 그런 말씀을 하십니꺼?"

차 도령이 울부짖듯 말했다.

"죽어도 같이 죽고 살아도 같이 살고 해야 안 되겠습니꺼?"

이 도령의 말이었다.

"그런 게 아냐."

하고, 조용히 하라고 이르고 하준규는 말을 이었다.

"너희들이 차마 나를 죽이진 못할 테니 내가 자결을 하지."

모두들 아연한 표정으로 하준규를 바라보았다.
"두령님! 왜 이러십니까?"
노동식이 핀잔하는 투로 말하고 준규의 승낙도 없이
"해체하겠다곤 아직 말하지 않았으니 모두들 동요하지 마시오. 이 문제는 좀더 생각한 후에 다시 의논하겠소."
하고 모임을 해산시켰다. 모두 돌아가고 노동식과 차범수만 하준규 곁에 남았다.

노동식이 맹렬히 비난했다. 갈 길이 옳다면 10년 아니라 20년이 걸려도 가야 하고, 우리가 목적지에 이르지 못하면 후배에게 바통 터치라도 해줘서 릴레이식으로 가야 한다는 말이 누구의 말이었느냐고 따졌다. 차범수는 가만있기만 했다.

하준규는 가벼운 웃음을 띠고 노동식의 말에 일일이 수긍하는 척했으나 그의 마음속에 하나의 각오가 다져지고 있었다.

자결만이 부하들의 생명과 장래를 구할 수 있는 유일한 방법이 될 날이 올지 모른다는 것, 그런 때가 오면 서슴없이 자결하겠다는 것이었다.

그런데 뜻밖의 일이 생겼다. 도당 연락부에 갔던 박우종이 한 아름 지령을 안고 돌아왔는데, 그 가운덴 하준규가 지리산 유격대 대표 자격으로 해주대회海州大會에 참석하라는 지령이 있었다.

박우종의 설명은 이랬다.

"지난 6월 29일부터 7월 5일까지 7일 동안 남조선 제 정당·사회 단체 지도자 회의가 평양에서 열렸다고 합니다. 그 회의에서, 남한에서는 최고인민회 의원을 공개적으로 선거할 수가 없으니 이중 선거를 하기로 결정했답니다. 각 시·군에서 5명 내지 7명의 대표들을 해주에 모이게 해서 인민대표자대회를 열고, 거기서 360명 남한 대의원을 선출하자는 겁니다. 하준규 동무는 그 회의에서 최고인민회의 대의원으로 선출될 겁니다."

어리둥절한 사람은 하준규만이 아니었다.

"그래, 언제쯤 떠나야 합니까?"

노동식이 물었다.

"8월 초순엔 떠나야 할 겁니다."

박우종의 대답이었다.

"어떻게 해주까지 갑니까?"

노동식이 다시 물었다.

"내가 수행하기로 돼 있으니 거기까지 가는 건 걱정이 없습니다. 노 동무와 차 동무도 후보 명단에 들어 있었던 모양인데, 이곳에서 많은 사람을 뽑으면 유격 활동에 지장이 있다고 해서 보류한 모양입니다."

부대 해산 문제를 두고 고민하던 하준규는 당황했다.

"며칠이나 걸릴까요?"

하고 물어보지 않을 수 없었다.

"거기까지 가는데요?"

박우종이 되물었다.

"회의 말요."

"일주일 이상이야 걸리겠습니까. 허나 이왕 거겔 가신 김에 이곳저곳 구경도 해야 될 테니 조금 더 걸릴 겁니다. 그러나 한 달을 넘기진 않을 겁니다."

"생각해보겠소."

하준규는 덤덤히 말했다.

박우종의 얼굴에 놀라는 빛이 돌았다.

"생각해보다니요? 이건 명령입니다."

"아, 그래요?"

하고 하준규는 입을 다물었다.

박우종은 해주대회에 참가하는 대표자들을 지지한다는 연판장 운동을 벌여야 한다는 지령도 공개했다. 연판장 운동이란 남로당 각 지구 위원회 산하에 전권 위원회라는 행동대를 별도로 두고, 이 위원회의 성원들이 각 직장, 가두, 농촌 등지에서 서명 투표를 받는 운동이었다. 도장 아닌 지장을 찍어도 무방하다고 되어 있어서 서명 투표를 얼마든지 날조할 수 있었다.

"남한에 단독 정부가 수립되니 우리도 북조선에 정부를 세울 수밖에 없으며, 북조선 정부가 통일 중앙 정부의 합법성을 갖자면 이런 연판장 운동이 필요합니다."

박우종이 이렇게 말했으나 하준규는 어쩐지 허망하게 느껴졌다. 그래서 박우종이,

"대원 동지들을 마을에 침투시켜 되도록 많은 연판장을 받아가지고 가야 유리합니다."

라고 했지만 하준규는

"연판장은 우리 동지들 것만 받아도 충분하다."

하고 그 제안을 일축해버렸다.

"지리산 호랑이라는 별명까지 받고 있는 하 동무가 왜 이렇게 소극적으로 되었습니까?"

하고 박우종은 걱정하는 빛을 보였다.

"소극적으로 된 것이 아니라 신중하게 하자는 겁니다. 나는 우리 대

원 동지들의 앞날을 걱정하고 있는 겁니다."

박우종이 발끈했다.

"남한에 단독 정부가 서는 것이 그렇게 두렵습니까? 우리는 지금 통일 정부를 세우려 하지 않습니까. 우리가 세운 정부에 남한의 단독 정부가 대항할 수 있을 것 같애요? 어림없습니다. 북조선에선 벌써 인민군대를 창설해놓았답니다. 그리고 남한의 군대는 사실상 우리가 장악하고 있는 거나 다를 바 없어요. 우리 대원 동지들은 머지않아 인민군대에 합류하게 됩니다. 그런데 그들의 장래를 걱정하다니 말이 됩니까?"

"박 동무는 순진해서 좋소."

하고 하준규는 웃었다. 사실 하준규는 박우종과 얘길 하면, 박우종이 모든 사정을 알면서도 모르는 척 꾸미고 천연스럽게 엉뚱한 소릴 하는지, 아니면 단순하기 때문에 당이 시키는 일이면 금과옥조처럼 믿는지 분간할 수 없을 때가 있었다. 당의 지시만 있으면 분명한 흑백을 예사로 거꾸로 말할 때도 있었다.

"순진한 게 나쁩니까?"

박우종은 이렇게 말해놓고,

"그런데 하 동무, 해주에 가선 절대로 그런 말을 하면 안 됩니다. 영웅이 당을 불신하는 듯한 말을 하셔야 쓰겠습니까?"

라고 했다. 이런 말을 하는 것을 보면 박우종은 그처럼 단순한 인간은 아니었다.

산에서도 8·15 3주년을 축하하는 행사가 있었다. 그날은 바로 대한민국의 독립을 선포하는 날이기도 했다.

빨치산들은 복잡한 심정으로 이날을 맞이했다.

하준규는 해주로 출발하는 날을 바로 내일로 작정하기도 해서 대원들을 모은 자리에서 다음과 같은 연설을 했다.

"오늘은 우리가 일제의 쇠사슬에서 해방된 지 꼭 3년째 되는 날입니다. 동지들 가운덴 그때 나와 함께 괘관산에 있었던 동지들도 있습니다만, 나는 그날의 감격을 어제 일처럼 기억하고 있습니다. 그날 하늘과 땅은 우리의 것이나 다를 바 없었습니다. 하늘을 나는 기분이었습니다. 그 기쁨을 나는 잊을 수가 없습니다. 나는 그날, 옳고 바르게만 행동하면 반드시 보람을 얻을 수 있다는 것, 정의는 반드시 승리한다는 것을 알았습니다. 동시에 조국의 창창한 앞날을 믿어 의심하지 않았습니다. 그런데 3년이 지난 지금 우리는 여기 이 산골에 이렇게 모여 있습니다. 우리는 지금 행복합니까? 우리는 지금 충분히 행복합니다. 조국의 이 산속에서 저 푸른 하늘을 이고 영원한 태양 아래 이렇게 서 있을 수 있으니 그 이상 행복한 일이 또 어디에 있겠습니까. 우리가 행복한 것은 그뿐만이 아닙니다. 우리는 항상 내일을 믿고 살아왔습니다. 그리고 또 내일을 믿고 살아갈 것입니다. 내일이 있다는 것, 내일을 믿고 살아갈 수 있다는 것, 이 이상 행복한 일이 또 어디에 있겠습니까. 우리는 또한 정의와 진리의 군대라는 자부가 있어 행복합니다. 정의란 인민을 위한 절개를 말합니다. 진리란 인민을 위한 방법을 말합니다. 우리는 인민을 위한다는 절개로 어떤 고통도 참을 수 있습니다. 우리는 인민을 위한 방법을 찾기 위해 때론 굶주리고 때론 추위에 떨었습니다. 인민을 위한 고통은, 인민을 배신하고 얻은 안락보다 영광스럽습니다. 이러한 영광 속에 있는 것보다 행복한 일이 달리 있을 수 있겠습니까. 그러나 우리 한번 마음속 깊이 진정으로 물어봅시다. '우리는 참으로 행복한가?' 하고. 우리는 왜 여기에 서 있습니까. 부모와 형제와 처자와 친구와 더불어 집에서 마을에서 이날을 축하하지 못하고 왜, 무엇을 하자고 여기에 있습니까. 정의를 위해서, 진리를 위해서 여기 이렇게 서 있다고 합시다. 그런데 그 정의는 지금 잡히질 않습니다. 진리는 자꾸만 멀어져가는 느낌입니다. 우리의 의미는 부모들의, 형제들의, 처자들의 걱정거리 이상도 이하도 아닐지 모릅니다. 그래도 우리는 행복하다고 할 수 있겠습니까? 우리는 기왕 많은 고통을 겪었고, 앞으로 또 고통을 겪어야 합니다. 그런데 고통이 영광이 되려면 보람이 있어야 합니다. 우리는 영영 그 보람을 찾지 못한 채 죽어 없어질지 모릅니다. 그래도 우리는 행복하다고 할 수 있겠습니까. 행복이란 말을 들먹인 자체가 틀렸습니다. 우리는 이미 행복을 단념하지 않았습니까. 행복과는 담을 쌓고 살 작정을 한 우리들이 아닙니까. 행복이 뭣인지도 모르고 죽어간 동지들이 덕유산, 지리산에 걸쳐 그 수를 헤아릴 수도 없는데, 지금 살아남아 있다고 해서 우리가 행복을 들먹일 수 있겠습니까. 우리는 인민을 위한다고 해놓고 실상 그들에게 고통만 주어오지 않았습니까. 넘기 힘든 보릿고개에 우리들은 그들의 식량을 뺏어먹지 않았습니까. 훗날 갚아주겠다고 허울 좋은 거짓말을 하고 그들의 소, 돼지, 닭을 잡아먹지 않았습니까. 그 때문에 그들을 군정의 경찰로부터 모진 박해를 받게까지 한 적이 한두 번이었습니까. 우리를 도왔다는 이유로 경찰의 박해를 받고, 우리에게 협력하지 않으면 우리가 그들을 박해하고……. 이렇게 해서 우리는 이 지역의 인민들에게 많은 죄를 지었습니다. 그래놓고 인민을 위한다는 말을 하니 보통 심정으로 견뎌낼 일입니까, 이 일이? 그러나 이 모든 책임은 우리들만이 질 책임은 아닙니다. 첫째, 우리들을 이 산으로 몰아넣은 놈들이 있습니다. 우리는 화적 노릇을 해 먹겠다고 이 산으로 들어오진 않았습니다. 올바르게 살려고 애쓰다 보니 어느덧 이렇게 몰려든 것입니다. 우리를 이러한 처지에 빠뜨린 놈들이 누구냐? 그들이 바로 우리의 원수입니다. 행복을 단념하는 것도 좋습니다. 정의와 진리도 단념합시다. 그러나 원수에 대한 미움만은 결단코 단념할 수가 없습니다. 원수는 철저하게 미워해야 합니다. 이 미움만이 우리가 살아 있는 근거입니다. 동시에 언제 죽어도 좋다는 각오의 바탕이기도 합니다. 미움에 철저하려면 죽음을 겁내선 안 됩니다. 우리의 목적은 죽는 데 있다고 각오합시다. 남을 미워하면서 자기는 살아야겠다는 생각은 비겁합니다. 미움을 포기하든지 죽길 바라든지, 두 가지 가운데 하나만을 택해야 합니다. 오늘 해방 3주년을 맞이하는 이 자리에서 우리의 각오를 새롭게 하기 위해 각자 자기의 갈 길을 선택하도록 합시다. 미움을 포기하고 살 길을 택할 것인지, 미움과 더불어 죽을 길을 택할 것인지, 이 선택에 있어서 어느 편을 택하건 나 하준규는 그 자유를 절대적으로 보장하겠습니다. 맹세합니다. 여러분, 그렇다고 해서 희망이 전연 없는 바는 아닙니다. 나는 내일 해주에서 열릴 인민대표자대회에 참석하기 위해 이곳을 떠납니다. 한 달쯤 후엔 돌아올 수 있지 않을까 합니다. 그동안의 일은 차범수 동무와 노동식 동무에게 맡기겠습니다. 아까 말한 선택의 건은 내가 없어도 차 동무와 노 동무가 신중하게 처리해주리라 믿습니다."

하준규가 박우종을 대동하고 덕유산을 떠난 것은 1948년 8월 16일, 육로로 양양을 거쳐 해주에 도착한 것은 8월 20일, 회의 바로 전날이었다.

남한에서 파견한 대표는 1천80명이었는데, 회의에 참석한 수는 1천2명이었다. 78명은 월북하려다가 체포되었거나 교통 사정이 여의치 않아 못 왔다.

　하준규는 이 회의에서 남한 지역에 할당된 최고인민회의 대의원 360명 가운데 한 사람으로 뽑혔다. 그런데 하준규의 단체 소속은 남로당이 아니고 학병거부동맹이었다. 만일 정치위원 박우종이 막후 회의에서 하준규의 최근 동정을 그대로 보고했다면, 더욱이 덕유산에서의 마지막 연설을 언급이라도 했더라면 하준규는 대의원으로 뽑히지 못했을 텐데, 박우종은 정치위원으로서의 본분을 어기기까지 하며 하준규의 당성을 높이 평가했다. 그 의도는 명백했다. 단 한 사람이라도 영웅을 보태고 싶은 남로당의 저의를 박우종은 파악하고 있었던 것이다.

　한 달 안에 돌아올 수 있을 것이라고 말했지만 하준규는 북한에 남아 있어야 하게 되었다. 그로써 하준규는 지리산에서 영영 퇴장하고 말았다.

지리산 5

지은이 이병주
펴낸이 김언호

펴낸곳 (주)도서출판 한길사
등록 1976년 12월 24일 제74호
주소 10881 경기도 파주시 광인사길 37
홈페이지 www.hangilsa.co.kr
전자우편 hangilsa@hangilsa.co.kr
전화 031-955-2000~3 팩스 031-955-2005

부사장 박관순 총괄이사 김서영 관리이사 곽명호
영업이사 이경호 경영이사 김관영 편집주간 백은숙
편집 박희진 노유연 이한민 박홍민 김영길
관리 이주환 문주상 이희문 원선아 이진아 마케팅 정아린
디자인 창포 031-955-2097
인쇄 예림 제본 예림바인딩

제1판 제1쇄 2006년 4월 20일
제1판 제6쇄 2023년 7월 10일

값 14,500원
ISBN 978-89-356-5928-9 04810
ISBN 978-89-356-5921-0 (전30권)

• 잘못 만들어진 책은 구입하신 서점에서 바꿔드립니다.